Promessas Cruéis

Rebecca Ross

Promessas Cruéis

Tradução
Sofia Soter

Copyright © 2023 by Rebecca Ross LLC
Copyright da tradução © 2024 by Editora Globo S.A.

Todos os direitos reservados. Nenhuma parte desta edição pode ser utilizada ou reproduzida — em qualquer meio ou forma, seja mecânico ou eletrônico, fotocópia, gravação etc. — nem apropriada ou estocada em sistema de banco de dados sem a expressa autorização da editora.

Título original: *Ruthless Vows*

Editora responsável **Paula Drummond**
Editora de produção **Agatha Machado**
Assistentes editoriais **Giselle Brito e Mariana Gonçalves**
Preparação de texto **Paula Prata**
Diagramação e adaptação de capa **Carolinne de Oliveira**
Projeto gráfico original **Laboratório Secreto**
Revisão **Vanessa Raposo**
Design de capa original **Olga Grlic**
Fotos de capa **teclas de máquina de escrever** © marekuliasz/Shutterstock.com
flores © Magdalena Wasiczek/Trevillion images

Texto fixado conforme as regras do Acordo Ortográfico da Língua Portuguesa (Decreto Legislativo nº 54, de 1995)

CIP-BRASIL. CATALOGAÇÃO NA PUBLICAÇÃO
SINDICATO NACIONAL DOS EDITORES DE LIVROS, RJ

R738p

Ross, Rebecca
    Promessas cruéis / Rebecca Ross ; tradução Sofia Soter. - 1. ed. - Rio de Janeiro : Alt, 2024.

(Divinos rivais ; 2)

Tradução de: Ruthless vows
ISBN 978-65-85348-38-6

1. Ficção americana. I. Soter, Sofia. II. Título. III. Série.

24-88385   CDD: 813
                 CDU: 82-3(73)

Meri Gleice Rodrigues de Souza - Bibliotecária - CRB-7/6439

1ª edição, 2024 — 5ª reimpressão, 2024

Direitos de edição em língua portuguesa para o Brasil adquiridos por Editora Globo S.A.
R. Marquês de Pombal, 25
20.230-240 – Rio de Janeiro – RJ – Brasil
www.globolivros.com.br

*Para quem já procurou
outro mundo atrás da porta do armário,
escreveu uma carta cuja resposta ainda aguarda
ou sonha com histórias e sangra palavras*

Pelo prado seguinte, o riacho tão quieto,
Sobe a íngreme encosta; no vale sem endereço
É enterrado por fim.
Foi uma visão, ou um sonho desperto?
A música partiu: acordo ou adormeço?
— John Keats, "Ode a um rouxinol"

Prólogo

Enva

Nunca houve a menor dúvida, mesmo após tantos anos mortais empoeirados, que Dacre um dia viria atrás dela. Enva sabia que sua música o manteria no túmulo por tempo limitado. Por mais que ela tivesse sacrificado para cantá-lo, o feitiço perverso que cantara para ele acabaria por perder poder.

Ela dedilhara a canção de ninar pela volta de um ano inteiro, da primavera ao verão, quando as tempestades cinzentas tornavam o mundo verde e suave. E do verão ao outono, quando as árvores viravam umbra e ouro, e a geada cobria a grama morta com sua manta. Do outono ao inverno, quando nasciam dentes de gelo nas montanhas e o ar rachava, e finalmente à primavera outra vez.

Foi suficiente para enterrar seu antigo amante por séculos, na conta dos mortais, e ela tranquilizara o rei humano da época. Quanto aos outros três divinos... Alva, Mir e Luz... Enva nunca temera seu despertar.

Porém, tudo de bom acabava. E toda canção tinha um verso final.

Dacre despertaria, e ela o aguardaria.

Enva cerrou os dedos compridos em um punho, sentindo a dor nas juntas inchadas. Sabia que o feitiço acabaria, mas não tinha se preparado para o custo de engolir tanto poder.

Momentaneamente perdida no passado, Enva parou na sombra na Broad Street, vendo as pessoas passarem apressadas, sem notar sua presença. Ela normalmente era ignorada, o que preferia. Podia se misturar à turba de mortais como se nascida entre eles, com o corpo fadado a sangrar e apodrecer e o espírito de uma vela acesa, bruxuleante e incandescente. Brilhante na escuridão.

Ela esperou mais alguns momentos pelo pôr do sol. Só então saiu para a penumbra e atravessou a rua, de olho em um café em particular. Tinha quase certeza de que já estivera ali, havia muito, muito tempo. Antes da cidade ter brotado de uma interseção de paralelepípedos. Antes dos prédios serem construídos em esqueletos altos de aço.

Ela *quase* se lembrava dali, se deixasse a memória recuar no tempo. Se ousasse reviver a era em que vivera com Dacre no subterrâneo. Quando poderia se afogar na solidão das sombras, despertando na cama dele, desejando o céu.

Ele a trancara em uma gaiola de ouro, mas ela escapulira de suas mãos fortes.

Enva chegou à porta do café. Estava fechado, mas fechaduras nunca a tinham impedido, então ela entrou no prédio e observou os arredores. Ela já estivera ali, sim, mas o lugar era inteiramente diferente. Teve a estranha sensação de que, enquanto tudo a seu redor mudara e evoluíra como as estações, ela própria não o fizera. Era a mesma de séculos antes, delineada pelo vento muito antigo e por constelações geladas.

Porém, ela não estava ali para cair na armadilha do passado. Enva forçou a vista e avançou um passo, procurando a porta.

PARTE UM

A magia ainda cresce

I

Um grave encontro

A primavera finalmente tinha encontrado a cidade de Oath, mas nem a inundação de luz do sol derretia o gelo nos ossos de Iris Winnow. Ela percebeu que alguém a perseguia enquanto caminhava pelo movimento da Broad Street, atravessando trilhos de bonde e paralelepípedos gastos. Resistiu à tentação de olhar para trás, e forçou-se a enfiar as mãos nos bolsos do sobretudo enquanto pulava uma fileira de ervas brotando das rachaduras da calçada.

O casaco tinha meros três dias e ainda cheirava à loja onde Iris o comprara — um toque de perfume de rosas, chá preto de cortesia, sapatos de couro envernizado —, e os dias andavam esquentando a ponto de ela não precisar usá-lo no caminho de ida e volta do trabalho. Porém, ela gostava de vestir o sobretudo e apertar o cinto, como uma armadura.

Ela sentiu um calafrio enquanto se esgueirava pela multidão aglomerada na porta da padaria, na esperança da pessoa atrás dela perdê-la de vista no tumulto de gente querendo comprar o pão do café. Ela cogitou que fosse Forest atrás dela. A ideia fez ela se sentir melhor imediatamente, e, logo depois, profundamente pior. Ele já tinha feito aquilo, em Avalon Bluff. Na verdade, tinha passado *dias* atrás dela, esperando o momento certo de surgir, e ela ainda ficava enjoada só de lembrar.

Iris não resistiu mais um segundo. Olhou de relance para trás, e o vento jogou alguns fios de cabelo em seu rosto.

Não viu nem sinal do irmão mais velho, mas ele também não era a pessoa afetuosa e risonha de antes de se alistar no exército de Enva. Não, a guerra deixara marcas nele, o ensinara a caminhar pelas trincheiras, atirar uma arma e atravessar discretamente a terra de ninguém até o território inimigo. A guerra o ferira profundamente. E, se Forest a perseguia naquela manhã, era porque ainda duvidava dela.

Ele ainda acreditava que ela fugiria e deixaria ele e Oath para trás sem uma palavra de despedida sequer.

Quero que confie em mim, Forest.

Iris engoliu em seco e apertou o passo. Passou na frente do prédio onde trabalhava antigamente, onde a *Gazeta de Oath* iluminava o quinto andar, o lugar onde ela conhecera Roman e o considerara um esnobe arrogante e elitista. O lugar onde suas palavras tinham aparecido no jornal pela primeira vez, onde ela tinha descoberto a emoção da reportagem.

Iris passou direto pelas portas de vidro pesado, tocando o anel no quarto dedo da mão. Virou a esquina para uma rua menor, atenta ao som de passos atrás dela. Contudo, o ruído dos sinos do bonde e dos camelôs da esquina era demais, e ela arriscou o atalho pelo beco.

Era um trajeto estranho e confuso, pelo qual a maioria dos veículos não conseguiria transitar sem perder um retrovisor. Uma rua de paralelepípedos onde ainda se sentia a magia ao passar por certas portas, olhar o brilho das janelas ou atravessar uma sombra que nunca se esvaía, por mais forte que fosse o brilho do sol.

Iris parou ao ver palavras pintadas em tinta vermelha intensa em uma parede de tijolos brancos.

O lugar dos deuses é no túmulo.

Não era a primeira vez que ela via aquela declaração. Na última semana, a tinha visto pintada na parede de uma catedral, na porta da biblioteca. As palavras eram sempre vermelhas, brilhantes como sangue, e frequentemente se seguiam de um único nome: *Enva.*

Fazia semanas que ninguém via a deusa. Ela não cantava mais para inspirar as pessoas a se alistar e lutar na guerra. Às vezes, Iris duvidava que Enva estivesse ainda na cidade, apesar de ter quem alegasse vislumbrar a deusa vez ou outra. Quanto aos responsáveis por pintar aquela frase sinistra pela cidade inteira… Iris só podia especular, mas parecia ser um grupo de Oath que não queria divino vivo algum em Cambria. Inclusive Dacre.

Com um calafrio, Iris seguiu caminho. Ela estava quase na *Tribuna Inkridden* quando se permitiu olhar mais uma vez para trás.

Havia mesmo alguém no fim da rua. Porém, a pessoa se virou e se escondeu na sombra de um portal, e Iris não conseguiu discernir nem a silhueta, muito menos o rosto.

Ela suspirou, esfregando os braços arrepiados. Tinha chegado ao seu destino e, se *fosse* Forest em seu encalço, ela conversaria com ele mais tarde, quando voltasse ao apartamento. Fazia uma semana que aquela conversa assomava, os dois hesitantes a iniciá-la.

Iris entrou pela porta de madeira, e suas botas fizeram barulho no piso de azulejos em preto e branco do saguão. Ela desceu a escada, sentindo a temperatura mudar sob as lâmpadas que zumbiam de leve no teto. Mais um motivo para usar o sobretudo o ano todo.

A *Tribuna Inkridden* era sediada no subsolo de um edifício antigo, onde parecia ser outono eterno, com suas mesas de carvalho empilhadas de papel, o teto percorrido por veias de canos de cobre, as paredes de tijolo exposto cheias de fissuras, e as luminárias de latão nas mesas delineando a dança de fumaça de cigarro e das teclas reluzentes das máquinas de escrever. Era um lugar sombrio, mas aconchegante, e Iris soltou um suspiro suave ao entrar.

Attie já estava sentada à mesa que compartilhavam, olhando distraída para a máquina. Segurava uma xícara lascada de chá com as duas mãos finas de pele marrom e franzia o cenho pesado, perdida em um devaneio profundo.

Iris tirou o casaco e o pendurou nas costas da cadeira. Ainda usava as botinas de amarrar que tinha recebido na linha de frente, muito mais confortáveis do que os sapatos de salto que usava antigamente na *Gazeta*. As botas não combinavam com a saia quadriculada e a blusa branca que vestira, mas Helena Hammond não parecia se incomodar com a roupa, desde que Iris escrevesse boas matérias para o jornal.

— Bom dia — cumprimentou Attie.

— Bom dia — ecoou Iris, ao sentar. — O tempo está bonito hoje.

— Então vai cair uma tempestade antes da gente ir embora — retrucou Attie, sarcástica, e tomou um gole de chá. — Teve notícias? — sussurrou em seguida, com a voz mais suave.

Iris sabia do que Attie falava. Estava perguntando por Roman. Se Iris tinha arranjado alguma notícia do paradeiro e da situação dele.

— Não — respondeu Iris, com um aperto na garganta.

Ela tinha enviado inúmeros telegramas desde a chegada em Oath. Tiros no escuro, contatos com estações de trem que ainda funcionavam apesar da proximidade com a linha de frente da guerra.

ALERTA DE DESAPARECIMENTO PONTO ROMAN C KITT PONTO CABELO PRETO OLHOS AZUIS CORRESPONDENTE DE GUERRA PONTO VISTO EM AVALON BLUFF PONTO FALAR COM I WINNOW VIA TELÉGRAFO DE OATH PONTO

Iris ainda não tinha recebido resposta, mas, também, o que esperava? Não faltavam soldados e civis desaparecidos ultimamente; então, ela se distraiu ajeitando a máquina de escrever, que não era a *dela*, e sim uma máquina que estava sobrando na *Tribuna*. Era um instrumento velho; a barra de espaço tinha desbotado de tantos toques, e algumas teclas gostavam de emperrar, criando vários erros. Iris ainda estava tentando se acostumar, com saudade da máquina mágica que tinha ganhado da avó. A máquina de escrever que a conectara a Roman. A Terceira Alouette.

Iris encaixou uma folha de papel nova, mas pensou na própria máquina, se perguntando onde estaria. A última vez que a vira fora no quarto da pousada de Marisol. E, apesar da hospedagem milagrosamente ter sobrevivido ao bombardeio, não dava para saber o que Dacre e seu exército fizera com a cidade depois de invadi-la. Talvez a Terceira Alouette ainda estivesse lá, no antigo quarto de Iris, intocada e coberta por cinzas. Talvez um dos soldados de Dacre a tivesse roubado para usá-la em correspondências nefastas, ou talvez a tivesse despedaçado em estilhaços reluzentes na rua.

— Tudo bem aí, menina? — a voz de Helena Hammond interrompeu o momento de repente, e Iris ergueu o olhar, vendo a chefe parada perto da mesa. — Está meio pálida.

— Tudo, sim, estava só... pensando — respondeu Iris, com um sorriso tímido. — Perdão.

— Não precisa se desculpar. Não quis interromper sua contemplação, mas tenho uma carta para você.

Um sorriso atravessou a expressão severa de Helena quando ela tirou do bolso da calça um envelope amarrotado.

— É de alguém que você vai gostar de ler — acrescentou.

Iris arrancou a carta da mão de Helena, sem conseguir esconder a avidez. Tinha de ser notícia de Roman, e sua barriga se contorceu de esperança e pavor enquanto ela rasgava o envelope. Primeiro, Iris se surpreendeu com o tamanho do texto — longo demais para ser um telegrama —, então suspirou, com a respiração trêmula enquanto lia.

Queridíssima Iris,

Nem consigo começar a descrever o alívio que senti (e ainda sinto!) ao saber que você voltou em segurança para Oath! Attie certamente já contou o que aconteceu em Avalon Bluff naquele dia terrível, mas esperamos no caminhão por você e Roman por todo o tempo possível. Mesmo assim, senti que meu coração ia parar quando partimos sem vocês dois, e pude apenas rezar para estarem em segurança e para conseguirmos nos reunir.

Helena escreveu para mim e contou que Roman ainda não foi encontrado. Eu sinto muito, minha amiga querida. Queria poder fazer algo para aliviar a preocupação que você sente. Saiba que você será sempre bem-vinda aqui, na casa da minha irmã, em River Down. A viagem de Oath para cá dura apenas um dia, e há lugar para você e para Attie, caso desejem visitar.

Até lá, meu coração está com você. Saudades!

Da sua amiga,

Marisol

Iris piscou para conter as lágrimas e guardou a carta no envelope. Fazia apenas duas semanas da última vez que Iris vira Marisol. Duas semanas desde que estavam todos juntos na pousada. Duas semanas desde que ela se casara com Roman C. Kitt no jardim.

Uma quinzena não era muito tempo; Iris ainda tinha hematomas desbotados e machucados nos joelhos e nos braços, de quando rastejara por escombros e nuvens de gás. Ainda ouvia o estrondo da explosão das bombas, sentia a terra tremer sob seus pés. Ainda sentia o sopro de Roman em seu cabelo ao abraçá-la, como se nada nunca fosse separá-los.

Duas semanas eram um piscar de olhos — podia ter sido ontem, pelas feridas internas ainda expostas de Iris —, mas ali em Oath, cercada por gente que vivia como de costume, como se uma guerra furiosa não fosse travada ao oeste… aqueles dias em Avalon Bluff pareciam apenas um sonho. Ou pareciam ter acontecido *anos* antes, como se a memória de Iris retomasse aqueles momentos tantas vezes que tinham virado sépia, pelo tempo e pelo uso.

— Marisol está bem, parece? — perguntou Helena.

Iris fez que sim e prendeu o envelope debaixo de um livro na mesa.

— Está. Convidou a mim e a Attie para visitá-la na casa da irmã.

— Devemos ir em breve — disse Attie.

Claro, pensou Iris. Attie já estivera em River Down. Ela levara Marisol (com uma gatinha manhosa chamada Lilás) para cumprir a promessa feita a Keegan. E Keegan, capitã no exército de Enva, era outra pessoa que preocupava Iris. Ela não sabia se a esposa de Marisol tinha sobrevivido à batalha em Avalon Bluff.

Iris estava prestes a responder quando o silêncio pesou sobre o escritório. Uma das lâmpadas piscou, como se em alerta, e o ritmo regular das máquinas de escrever foi diminuindo até parecer que o coração da *Tribuna* tinha parado de bater, suspenso na calada. Helena franziu a testa e se virou para a porta, e Iris acompanhou seu olhar, fixado no homem parado sob o batente de tijolos.

Ele era alto e magro, de terno azul-marinho completo, com um lenço vermelho dobrado no bolso. Era difícil adivinhar sua idade, mas o rosto pálido tinha a marca das rugas. Um bigode se via acima da boca torcida, e os olhinhos brilhavam como obsidiana na luz fraca. Sob o chapéu-coco, o cabelo grisalho tinha sido penteado para trás com pomada.

Iris demorou para reconhecê-lo. Cogitou que fosse ele a segui-la pela manhã, até ver que estava acompanhado por dois seguranças que o esperavam no corredor, com braços grossos cruzados para trás.

— Chanceler Verlice — disse Helena, cautelosa. — O que traz o senhor à *Tribuna Inkridden*.

— É particular — respondeu o chanceler. — Podemos dar uma palavrinha?

— Claro. Venha por aqui.

Helena passou por entre as mesas a caminho de sua sala.

Iris observou o chanceler Verlice que ia atrás dela, passando o olhar pelos redatores e colunistas no caminho. Parecia até que olhava *através* deles, ou que *procurava* alguém, e o coração dela parou quando ele encontrou seu olhar do outro lado da sala.

Seus olhos inescrutáveis fitaram os dela por um momento demorado antes de se voltarem para Attie. Ele finalmente chegou à sala de Helena e, sem escolha, abaixou o olhar e entrou. Helena fechou a porta; os dois seguranças ficaram de sentinela no corredor, impedindo qualquer ida ou vinda.

Devagar, a *Tribuna Inkridden* retomou o burburinho de atividade. Redatores voltaram a riscar pilhas de papel com suas canetas-tinteiro vermelhas, colunistas continuaram a datilografar, e assistentes voltaram a correr do aparador de chá ao telefone, carregando xícaras fumegantes e recados rabiscados de uma mesa a outra.

— O que você acha que aconteceu? — cochichou Attie, esticando a cabeça para ver a porta da sala de Helena.

Iris controlou um calafrio. Ela voltou a vestir o sobretudo e apertou bem o cinto.

— Não sei — respondeu em um cochicho. — Mas coisa boa não é.

Dez minutos depois, a porta da sala se abriu.

Iris manteve a atenção no papel e nas palavras que gravava ali, entrando no ritmo da máquina, mas via o chanceler pelo canto do olho. Ele atravessou a sala com calma, e ela sentiu seu olhar outra vez, como se avaliasse ela e Attie.

Ⓟromessas Ⓒruéis **23**

Iris rangeu os dentes, abaixando o queixo para o cabelo cair e cobrir o rosto, protegendo-a do olhar do chanceler como um escudo.

Sentiu alívio quando Verlice e os dois guardas sumiram escada acima, mas a nuvem pungente de sua água de colônia continuava como névoa no ar. Iris estava prestes a se levantar para se servir de chá, na esperança de limpar aquele gosto desagradável da boca, quando Helena acenou para ela.

— Iris, Attie. Preciso falar com vocês.

Attie parou de datilografar e se levantou sem dizer uma palavra, como se estivesse esperando aquilo. Porém, ela mordeu o lábio, e Iris viu que a amiga estava tão ansiosa quanto ela. O que o chanceler fora dizer ali provavelmente tinha a ver com elas. Iris seguiu atrás de Attie até a sala de Helena.

— Sentem-se, por favor — disse Helena, se instalando atrás da mesa.

Iris fechou a porta e sentou no sofá de couro gasto, bem à esquerda de Attie. Ela resistiu à vontade de estalar os dedos e esperou Helena quebrar o silêncio.

— Vocês fazem alguma ideia do motivo da visita do chanceler? — Helena perguntou finalmente, com a voz estranhamente fria e calma, como a água sob uma camada de gelo.

Attie olhou de soslaio para Iris. Ela chegara à mesma conclusão. Iris percebeu no olhar. A irritação, a preocupação, o brilho da raiva.

— Ele não gostou dos nossos artigos — disse Iris. — O que publicamos sobre Clover Hill e Avalon Bluff serem evacuadas, bombardeadas e atacadas com gás.

Helena pegou um cigarro, suspirou e o jogou na pilha de papel.

— Não gostou mesmo. Eu sabia que não gostaria, mas publiquei mesmo assim.

— Bom, mas ele não precisa *gostar*, né? — disse Attie, levantando a mão, frustrada. — Porque eu e Iris escrevemos a verdade.

— Não é assim que ele vê a situação.

O cabelo castanho-arruivado de Helena caía sem vida na testa. Sob seus olhos, manchas arroxeadas e fracas indicavam que não tinha dormido. As sardas se destacavam na pele pálida, assim como a cicatriz que tinha no rosto.

— Como ele vê, então? — perguntou Iris, girando a aliança no dedo.

— Como propaganda política e incitação ao medo. Ele acha que estou tentando lucrar em cima das manchetes.

— Que besteira! — exclamou Attie. — Iris e eu fomos *testemunhas* do ataque. Estamos trabalhando como repórteres. Se o chanceler vê problema nisso, é porque obviamente é simpatizante de Dacre.

— Eu sei — disse Helena, suave. — Acredite, moça. Eu sei bem. Vocês escreveram a verdade. Escreveram sua experiência, com coragem e honestidade, bem como eu precisava que escrevessem. E, sim, o chanceler parece estar atado a Dacre, disposto a dançar sob a coreografia do deus. Isso me leva à questão seguinte: Verlice acha que estou tentando causar encrenca, fazer as pessoas entrarem em pânico e se enfurecerem. Ele nos culpa pelo vandalismo de *o lugar dos deuses é no túmulo,* frase que foi, inclusive, pintada em letras garrafais na entrada da casa dele hoje cedo.

Iris flexionou a mão. Ela se lembrava de ver a frase de efeito destemida na caminhada matinal.

— As pessoas têm direito às próprias opiniões e crenças nas divindades, quer as idolatrem ou não. Não podemos controlar isso.

— Foi exatamente o que eu disse a Verlice — respondeu Helena. — Ele discorda.

— O que isso muda aqui, então? Quer que a gente pare de escrever sobre a guerra? Que a gente finja que os deuses não existem?

— Claro que não — respondeu Helena, bufando, mas sua ousadia diminuiu conforme prosseguia. — E não quero pedir isso de vocês, porque vocês passaram por mais do que qualquer um aqui pode imaginar. E acabaram de voltar. Mas, se Dacre estiver avançando ao leste com a força que vocês viram na linha de frente... precisamos saber, especialmente se nosso querido chanceler estiver mancomunado com ele. Precisamos saber quanto tempo temos antes do deus chegar a Oath, e o que podemos fazer para nos preparar.

O coração de Iris acelerou. Ela se sentia vazia desde a volta para Oath. Dormia, mas não sonhava. Engolia, mas não sentia gosto. Escrevia três frases e apagava duas, como se não soubesse como avançar.

— Precisa que voltemos à linha de frente— declarou, sem fôlego.

Helena franziu as sobrancelhas.

— Sim, Iris. Mas não será exatamente como antes, já que Marisol não está mais em Avalon Bluff.

— Como, então? — perguntou Attie.

—Ainda estou resolvendo os detalhes, e não tenho o que dizer por enquanto.

Helena passou a mão pelo cabelo, deixando-o com ar ainda mais murcho e bagunçado do que antes.

— E não quero respostas agora — prosseguiu. — Na verdade, quero que vocês duas tirem o resto do dia de folga. Quero que *pensem* mesmo nisso e no que significa para vocês, em vez de me darem a resposta que supõem que eu *quero* ouvir. Entenderam?

Iris assentiu, imediatamente pensando em Forest. O irmão não desejaria que ela partisse, e o pavor a fez engasgar só de imaginar dar a notícia para ele.

Ela olhou de relance para Attie, sem saber o que a amiga faria.

Porque a verdade era que Attie tinha cinco irmãos mais novos e pais que a amavam. Tinha se matriculado em aulas de prestígio na Universidade de Oath. Tinha muitos fios que a amarravam ali, enquanto Iris tinha apenas um. Porém, Attie também era musicista e escondia o violino no porão, desafiando a lei do chanceler que obrigava a entrega de qualquer instrumento de corda. Tinha dado a um velho professor ranzinza uma assinatura da *Tribuna Inkridden*, porque um dia ele acreditara que a escrita dela não tinha futuro algum.

Attie nunca fora o tipo de pessoa que deixaria gente como o chanceler Verlice ou professores caretas darem a palavra final.

E, Iris estava aprendendo rápido, ela também não era.

Nuvens escuras enchiam o céu quando Iris chegou ao parque na margem do rio. Ela tinha se despedido de Attie no café da esquina, onde as duas tinham tomado um café da manhã atrasado juntas antes de seguir o conselho de Helena. Attie queria andar de novo pelo pátio da universidade antes de voltar para a casa dos pais, e Iris queria visitar o parque que ela e Forest frequentavam quando pequenos.

Iris parou em uma pedra coberta de musgo, sentindo o peso da maleta da máquina de escrever. Olhou para a correnteza rasa.

Salgueiros e bétulas cresciam, tortas, ao longo das margens sinuosas, e o ar tinha um gosto doce e úmido. Era estranha a sensação de distância da cidade naquele lugar, onde os sinos dos bondes, os estouros dos veículos e as muitas vozes pareciam se aquietar. Por um momento, Iris imaginou-se a quilômetros de Oath, aninhada no interior idílico, e se agachou para recolher algumas pedras do rio, sentindo o choque frio da água nos dedos.

Anos antes, Forest tinha encontrado um caracol entre as pedras, que dera de presente para Iris. *Morgie*, ela o batizara, e o levara com orgulho para casa, adotado como bicho de estimação.

Ela sorriu, mas a lembrança era afiada e cortou seus pulmões como vidro.

Se me vir demais, acabará cansado de minhas tristes histórias sobre caracóis, tinha datilografado um dia para Roman.

Impossível, ele tinha respondido.

Iris deixou as pedras caírem e as viu afundar no rio, respingando água. Um trovão roncou no céu enquanto o vento farfalhava as árvores. As primeiras gotas de chuva caíram nos ombros de Iris, escorrendo pelo sobretudo como lágrimas.

Ela começou a caminhar mais rápido para casa, a chuva caindo com vontade. Quando chegou ao prédio, estava de cabelo encharcado, mas, felizmente, a maleta da máquina de escrever era à prova d'água. Normalmente, não levava o instrumento para casa depois do trabalho, mas tinha percebido que não gostava de se ver sem máquina de escrever. Só para o caso da inspiração atingi-la de madrugada.

Iris subiu com pressa a escada externa que levava ao segundo andar, as botas ressoando nos degraus de aço, mas parou abruptamente ao ver que a porta do apartamento estava entreaberta. Quando ela saíra pela manhã, Forest ainda estava em casa, sentado no sofá, polindo os sapatos velhos. Ele parecia relutante em sair do apartamento, e Iris se perguntava se ele temia que alguém o reconhecesse e acreditasse que tinha desertado. A verdade era muito mais complicada, mas a maior parte do povo de Oath não entendia o que estava acontecendo na guerra.

— Forest? — chamou Iris, se aproximando da porta que empurrou mais um pouco, e escutou ranger nas dobradiças. — Forest, você está aí?

Não houve resposta, mas Iris viu a luz acesa, quente e nebulosa, lá dentro. Tinha alguém na casa dela. Um calafrio a percorreu.

— Forest? — chamou de novo.

Não houve resposta, apenas um sopro de fumaça almiscarada e o som de movimento.

Iris entrou pela porta.

Um homem alto e mais velho, de jaqueta de couro fino sobre o terno escuro, se encontrava de pé em sua sala, a poucos metros dela. Era um homem que ela nunca vira, mas reconheceu assim que encontrou seu olhar, e o calafrio só fez aumentar, transformando o sangue dela em gelo.

Ele tragou o charuto uma última vez, como se preparado para brigar, o tabaco enrolado ainda em brasa quando o abaixou.

— Olá, srta. Winnow — disse o homem, com a voz grave. — Onde está meu filho?

2

Palavras enfeitiçadas

Não era assim que Iris imaginava conhecer o pai de Roman. Na verdade, era a *última* coisa que ela esperava. Não era para acontecer no apartamentinho deprimente dela, com papel de parede manchado, móveis puídos e piso arranhado. Um lembrete nítido de que Iris era da classe trabalhadora, e os Kitt, não. Não era para acontecer quando ela estava descabelada e encharcada de chuva, triste e sozinha.

Não, em imaginação, ela estaria arrumada com as roupas mais elegantes, o cabelo cacheado e penteado com presilhas de pérola, e de mãos dadas com Roman. Aconteceria na vasta mansão dos Kitt no norte da cidade, talvez no jardim ensolarado, e a avó astuta e a mãe gentil de Roman serviriam chá e sanduíches cortados em triângulo.

Que profundamente realista, então, perceber que sonhos como aquele raramente se alinhavam com a verdade. Quão impossível era a cena imaginada por ela. Ainda assim, empertigou a postura, firme como ferro, se recusando a desviar o olhar primeiro.

— Olá, sr. Kitt — falou. — Não esperava sua visita.

— Perdão por aparecer sem avisar — respondeu ele, apesar de Iris perceber que não se arrependia de nada. — Como você já deve saber... meu filho não tem o hábito de me manter informado de seu paradeiro, e preciso que ele volte para casa.

Casa.

A palavra a acertou como um dardo, e Iris se permitiu um momento para respirar, soltar a máquina de escrever e tirar o sobretudo, que pendurou no encosto da cadeira mais próxima. Graças aos deuses, ela tinha conseguido fazer com que religassem a eletricidade, e Forest tinha se ocupado com a limpeza do apartamento desde sua volta. Não estava mais repleto de garrafas de vinho. As teias de aranha haviam sido tiradas, e o assoalho, varrido. Tinha comida na geladeira, água na torneira do banheiro, apesar do lugar ainda lhe parecer estranho sem a presença da mãe.

Iris afastou aqueles pensamentos. Ela tinha um dilema em mãos e não estava preparada. Não sabia o que contar ao sr. Kitt sobre Roman, nem quanto o homem já sabia. Não sabia o que era seguro dizer e o que deveria esconder.

Tentou pensar no que Roman preferiria, mas a resposta foi um espasmo dolorido no peito.

— Quer uma xícara de chá, sr. Kitt? — ofereceu.

— Não. Não escutou minha pergunta, moça?

— É claro que escutei. O senhor não sabe onde está seu filho, mas acha que eu sei.

O sr. Kitt ficou quieto por vários segundos tensos. Ele a fitou, e Iris se obrigou a encará-lo. Ela não cederia poder ali; não se encolheria nem desviaria o olhar, como se ele tivesse dominado aquele território.

Ela via as semelhanças entre os dois: Roman e o pai. Eram ambos altos, de ombros largos, cabelo preto e volumoso e olhos azuis como andacá. Tinham o queixo afiado, as maçãs do rosto esculpidas e a pele com tendência a corar. Iris lembrou que sempre sabia quando Roman estava envergonhado, desconfortável ou irritado, porque seu rosto imediatamente ficava vermelho, e o charme que a característica tinha nele. No caso do sr. Kitt, contudo, o rosto parecia inchado pelos anos de fumo e bebida.

Ele tragou o charuto outra vez, soprando a fumaça em espiral. Talvez não gostasse que ela o analisasse assim, ou talvez não esperasse que fosse teimosa. Iris não se importava, mas não conseguiu conter a tensão quando o sr. Kitt pôs a mão por dentro da jaqueta.

— Demorei para entender — começou ele, e a tensão se esvaiu dos ossos de Iris quando ela percebeu que ele tirava apenas um jornal dobrado das sombras do casaco.

O sr. Kitt jogou o jornal no chão diante dela. Iris, olhando para baixo, viu que era a *Tribuna Inkridden*. Ela leu a manchete e seu coração deu um pulo de reconhecimento, como se tivesse vislumbrado um reflexo do próprio rosto no espelho.

DACRE BOMBARDEIA AVALON BLUFF, ATACA CIVIS E SOLDADOS COM GÁS TÓXICO NAS RUAS, por IRIS INKRIDDEN

— Não entendia — continuou o sr. Kitt — por que meu filho abriria mão de tudo só para trabalhar para um jornal sensacionalista vagabundo na linha de frente. Por que abandonaria o cargo na *Gazeta de Oath*. Por que romperia o noivado com uma moça bela e inteligente. Por que me desobedeceria e devastaria a mãe pela segunda vez. Era incompreensível, até eu ler seu primeiro artigo na *Tribuna*, quando tudo fez sentido.

Iris não se mexeu, mal respirou. A coragem diminuiu quando ela percebeu que o sr. Kitt armava uma armadilha astuta para ela. Esperou que ele elaborasse, sentindo a boca secar.

Ele sorriu para o jornal, para a manchete dela. As palavras impressas que Iris escrevera. O horror que ela vivenciara, ao qual sobrevivera por pouco. Quando o sr. Kitt ergueu o olhar para ela outra vez, Iris viu a fúria e o ressentimento mal-disfarçados em sua expressão.

— Veja bem, srta. Winnow... Roman sempre sentiu atração por histórias e palavras. Desde que era moleque, quando entrava escondido na minha biblioteca para roubar livros da estante. Foi por isso que minha sogra deu uma máquina de escrever de presente no aniversário de dez anos dele, porque ele sonhava em virar "romancista". Em escrever algo importante para outras pessoas. Foi por isso que ele queria ir à universidade, passar as horas apenas analisando os pensamentos de outras pessoas e tentando rabiscar os próprios.

Iris sentiu o calor subir à pele.

— O que está tentando me dizer, sr. Kitt?

— Estou dizendo que suas palavras o enfeitiçaram. E preciso que você o liberte.

Ela precisou engolir a gargalhada que quis escapar. Porque, quando o silêncio vibrou no ar, ela viu que o sr. Kitt estava falando com absoluta seriedade.

— Se minhas palavras enfeitiçaram seu filho, saiba que as dele tiveram a mesma magia em mim — disse ela, mexendo, por reflexo, na aliança.

As lembranças voltaram, ameaçando afogá-la.

Iris as revivera centenas de vezes, como se estivessem ancoradas ao anel. O momento em que Roman pusera a aliança em seu dedo. As estrelas que queimavam no céu, as flores adocicando o crepúsculo que os cercava. O sorriso dele sob as lágrimas. O jeito de sussurrar o nome dela no escuro.

O movimento inquieto chamou a atenção do sr. Kitt para sua mão. Iris o viu notar o brilho do anel, e o dedo que o continha. Uma expressão terrível surgiu no rosto dele, tão terrível que fez o ar congelar no peito dela.

— Entendi — disse ele, simplesmente, arrastando a palavra deliberadamente antes de pigarrear. — Então você está grávida?

Iris se sobressaltou como se tivesse levado um tapa.

— *Como é que é?*

— Pois não imagino nenhum outro motivo para meu filho se unir legalmente a alguém como você, uma menina sardenta de mau berço que quer esgotar a herança dele. É claro que Roman tem honra, apesar de frequentemente se equivocar...

— O senhor me seguiu até o trabalho hoje cedo — interrompeu Iris, começando a listar as ofensas na mão esquerda, apenas para que ele continuasse a ver o brilho da aliança. — Invadiu meu apartamento. Sem dúvida revirou meus pertences particulares. E agora me insultou de tal modo que não me resta mais nada a dizer.

Ela indicou a porta do apartamento, ainda aberta, e a chuva forte e fria que caía do outro lado.

— Agora, *vá embora*, antes que eu chame as autoridades para escoltarem o senhor.

O sr. Kitt riu, mas as palavras dela deviam ter seu peso, pois ele começou a caminhar até a porta. Ele pisou no jornal, borrando a manchete de Iris, e ela precisou engolir a sequência de palavrões que queria gritar para ele.

Ele parou ao chegar ao lado dela. O sr. Kitt voltou a olhá-la. Os olhos azuis avermelhados. O hálito de fumaça.

Meros momentos antes, Iris notara as semelhanças físicas entre Roman e o pai. Porém, voltando a encará-lo, sentiu um alívio até dolorido ao reconhecer que Roman Carter Kitt não se parecia em nada com o homem que o originara.

— Ele não pode se esconder tanto tempo atrás das suas saias, srta. Winnow — disse, como se fosse eternamente se recusar a reconhecê-la como Kitt. — Quando o encontrar mais tarde, diga que preciso conversar com ele. Que eu e a mãe dele queremos que volte para casa. Que eu o perdoo pelo que fez.

Iris teve dois segundos para decidir as palavras com que se despediria. Dois segundos, e, por mais que quisesse manter o sr. Kitt inteiramente desinformado, sabia também que era um homem poderoso que desejava avidamente que Roman voltasse.

— Ele não está aqui — disse ela.

— Onde ele está hospedado?

— Não está em Oath.

O sr. Kitt arqueou a sobrancelha, mas as palavras que Iris não dissera pareceram atingi-lo finalmente.

— Que amor deve ter por ele, então, srta. Winnow. Para deixá-lo para trás em Avalon Bluff e preferir se salvar.

Ele passou por ela e finalmente saiu do apartamento.

Iris, pálida e trêmula, viu ele se misturar à tempestade, deixando para trás o cheiro da água de colônia e a fumaça do charuto para sufocá-la. Lágrimas arderam em seus olhos. Lágrimas, raiva e remorso afiado como uma faca, rasgando-a até os ossos.

Ela se esperou fechar e trancar a porta antes de cair de joelhos, devagar.

3

Toda história tem dois lados

Querido Kitt,

Estou me tornando uma mulher feita de arrependimentos.

Todo dia, acordo do sono cinzento e sem sonhos e penso em você. Me pergunto onde você estará. Se estará ferido, faminto ou assustado. Me pergunto se estará sobre o chão ou embaixo dele, se Dacre o acorrentou ao coração da terra, tão fundo em seu domínio que não terei a menor chance de encontrá-lo.

Queria nunca ter soltado sua mão naquele dia. Eu deveria ter ficado ao seu lado quando estávamos tentando ajudar os soldados na colina. Deveria ter me recusado a deixar que o gás nos afastasse. Deveria ter notado que meu irmão não era você. Se eu tivesse feito uma dessas coisas sequer, nós dois ainda estaríamos juntos.

A porta de casa se abriu.

Iris parou de datilografar e prendeu a respiração. Porém, ao reconhecer o som dos passos de Forest, se levantou rapidamente do chão e saiu do quarto para cumprimentá-lo.

Ele estava espanando água do casaco e das botas. Já tinha quase anoitecido, e Iris não sabia onde o irmão estivera. Ela odiava que aquilo arrancasse a casquinha de uma ferida ainda não cicatrizada dentro dela: as horas todas em que a mãe chegara tarde em casa, os momentos todos em que Iris se preocupara, mas não fizera nada.

Mais um arrependimento.

Forest fungou e ficou paralisado. Ele olhou para cima, a chuva brilhando o rosto, até encontrar Iris do outro lado da sala.

— Você fumou charuto? — perguntou, sem conseguir esconder o choque.

Iris fez uma careta. Ela devia ter arejado melhor o apartamento.

— Não.

— Então alguém esteve aqui. Quem foi? Fez mal a você?

— *Não*. Quer dizer, sim — falou, massageando a testa, sem saber quanto contar a Forest. — Meu sogro veio visitar. Queria saber de Roman. Perguntou onde ele está.

Forest suspirou. Trancou a porta e foi até a mesa da cozinha, onde deixou um saco de papel. Pelo cheiro, era o jantar.

— E o que você respondeu? — perguntou, cauteloso.

— Que Roman não está em Oath. Não mencionei Dacre.

Forest tirou do saco dois sanduíches embrulhados em jornal. Iris viu a tensão no maxilar dele, como se considerasse o que dizer.

— Venha, sente-se para comer — disse ele, finalmente, puxando uma das cadeiras da cozinha. — Trouxe seu preferido.

Iris sentou-se à mesa, de frente para o irmão, e desembrulhou o sanduíche. Era mesmo seu preferido — peru no pão de centeio, com cebola roxa a mais —, e seu coração voltou a esquentar até ela ver um picles no pão. Precisou engolir o nó na garganta. Engolir de novo as lembranças vívidas de Roman, do dia em que se sentara ao lado dele no banco do parque e vira quem ele era de verdade pela primeira vez.

Eles comeram em silêncio. Iris estava aprendendo que Forest ultimamente era muito quieto. Os dois eram, e frequentemente acabavam introspectivos. Ela se surpreendeu quando o irmão interrompeu o momento desconfortável com a voz brusca.

— Desculpa por eu não ter estado aqui quando você chegou do trabalho — falou, hesitante, e espanou os farelos da camisa. — Estava em entrevistas, procurando emprego.

Iris levantou as sobrancelhas.

— Ah, é? Que notícia ótima, Forest. Está pensando em voltar para o relojoeiro?

Forest negou com a cabeça.

— Não. Se eu voltar, vão me perguntar coisa demais. Eles sabem que me alistei, e não quero ter que explicar o que aconteceu.

Iris entendia. Porém, ela também não queria que o irmão sentisse que era necessário se ater às sombras e recomeçar a vida inteira, apenas porque Dacre o agarrara e o manipulara como um boneco.

Ela abriu a boca, mas engoliu as palavras.

Forest a olhou.

— Que foi?

— Nada. É só que... estou orgulhosa de você.

O irmão contorceu o rosto. De repente, ele pareceu estar segurando lágrimas, então Iris, com a voz mais leve, acrescentou:

— E seria bom se você deixasse um bilhete, só para eu saber que você saiu, mas vai voltar. Para não me preocupar. Na verdade, hoje eu voltei mais cedo do trabalho, até. Helena deu folga para mim e para Attie, e...

— Por que ela deu folga para vocês? — interveio Forest, como se pressentisse a tempestade.

Iris segurou a língua. *Bom*, pensou, *não adianta adiar o inevitável.*

— Iris?

— Helena pediu para eu e Attie voltarmos à linha de frente.

— Claro que pediu — disse Forest, jogando o resto do sanduíche na mesa. — Você voltou faz só *duas semanas*, e ela já quer mandar vocês embora outra vez!

— É meu trabalho, Forest.

— E você é minha *irmã*! Minha irmãzinha, que eu deveria proteger.

Ele passou a mão pelo cabelo molhado, fechando a boca em uma linha tensa.

— Eu nunca deveria ter deixado você e a mamãe para trás — continuou. — Se tivesse ficado aqui, nada *disso* teria acontecido.

Disso.

Forest ferido e curado por Dacre, lutando para o inimigo. A mãe sucumbindo bebedeira, atropelada pelo bonde enquanto voltava bêbada para casa. Iris na frente de batalha como repórter de guerra, quase explodida por uma granada nas trincheiras.

Era um nó desesperador, um fio amarrado no outro.

— Por que você foi? — perguntou Iris, tão baixo que cogitou que Forest a ignorasse.

Ela já sabia parte da resposta: o irmão se alistara porque ouvira Enva tocar harpa certa noite, quando voltava do trabalho. A canção atravessara o peito dele com a verdade da guerra. Por uma estrofe completa, Forest vira as trincheiras como se estivesse lá. A devastação deixada pelas forças de Dacre nas cidades pequenas e rurais. A fumaça, o sangue e as cinzas que caíam como neve.

— Quer saber *pelo que* eu lutei? — retrucou ele.

Iris fez que sim.

Forest ficou quieto, cutucando a cutícula, até finalmente dizer:

— Fui lutar por nós. Pelo seu futuro. Pelo meu. Pelas pessoas ao oeste que precisavam de auxílio. Não foi por Enva. Na verdade, não foi. Ela nunca apareceu na linha de frente. Nunca guiou nossas forças, depois de nos convencer a alistar.

— E eu escrevo pelo mesmo motivo — disse Iris. — Sabendo disso… você ainda me impediria de ir?

Forest suspirou, mas parecia exausto. Levou a mão à cintura, e Iris soube que estava tocando uma cicatriz.

Ela se perguntou se aquelas feridas antigas doíam. Três tiros tinham atravessado seu corpo, dois deles em órgãos vitais. *Ele deveria ter morrido*, pensou Iris, com um calafrio congelante. *Ele deveria ter morrido, e não sei se devo agradecer a Dacre por salvá-lo, ou me enfurecer por meu irmão hoje viver com cicatrizes tão doloridas.*

— Seus machucados, Forest — disse ela, começando a se levantar da mesa.

Ela queria aliviar a angústia dele, mas não fazia a menor ideia de como ajudá-lo. Honestamente, Forest não gostava nem que ela reconhecesse aquelas lesões.

— Estou bem — disse ele, pegando o sanduíche e dando uma mordida, apesar do rosto pálido. — Sente-se e coma, Iris.

— Já pensou em ir ao médico? — perguntou ela. — Acho que seria bom.

— Não preciso de médico.

Ela voltou a se sentar. Naquelas duas semanas, tinha respeitado o desejo de privacidade de Forest e segurado a maioria das perguntas. Porém, ela estava prestes a partir, quer Forest lhe desse sua benção ou não. Estava prestes a se aproximar de Dacre de novo — de *Roman* — e precisava saber mais.

— As cicatrizes doem o tempo todo? — perguntou.

— Não. Não se preocupe comigo.

Ela não acreditava. Sabia que, na maior parte do tempo, ele se sentia mal, e pensar naquilo a machucava.

— E se eu for com você ao médico, Forest?

— E o que vamos dizer? Como quer que eu explique que sobrevivi a lesões tão fatais? Que fui curado, sendo que deveria ter morrido?

Iris desviou o rosto para esconder os olhos marejados.

Forest se calou, enrubescendo como se culpado pela impaciência. Com a voz suave, ele sussurrou:

— Olhe para mim, Florzinha.

Ela olhou, mordendo a bochecha.

— Sei que você está pensando em Roman — disse ele, mudando de assunto tão abruptamente que Iris se sobressaltou. — Sei que está preocupada com ele. Mas é provável que Dacre esteja mantendo ele bem próximo. Que cure as feridas dele e arranque todas as conexões que ele tinha. Como a família de Roman, a vida dele em Oath, os sonhos que já teve. *Você*, até. Qualquer coisa que interferiria com o serviço dele e o incentivaria a fugir, como eu fugi.

Iris piscou. Uma lágrima escorreu pelo seu rosto, e ela secou com pressa, olhando para o pescoço de Forest. Ele ainda usava o colar com o pingente dourado da mãe. O objeto tangível que lhe dera a força para escapar das garras de Dacre.

— Quer dizer que Kitt não vai se lembrar de mim?

— Quero.

Iris sentiu o estômago dar um nó. Doía até respirar, e ela coçou a clavícula.

— Não acho que ele esqueceria.

— Me escute — disse Forest, se debruçando na mesa. — Eu sei mais do que você sobre isso. Sei...

— E você gosta de me lembrar! — exclamou ela, sem conseguir se conter. — Vive me dizendo que *sabe mais*, mas raramente me conta qualquer coisa. Me dá um ou outro detalhe, sendo que, se fosse direto comigo, se me contasse a história toda, talvez eu pudesse entender!

O irmão dela se calou, mas sustentou seu olhar. A raiva de Iris era fogo de palha, curta e ardente por um segundo apenas. Odiava aquilo, odiava brigar com ele. Ela voltou a se recostar na cadeira, como se perdesse o fôlego.

— Não quero que você volte à linha de frente — disse Forest, finalmente. — É perigoso demais. E você não pode fazer nada por Roman além de se manter em segurança, como ele gostaria. Ele não vai se lembrar de você, ou vai demorar muito tempo.

Forest amarrotou o jornal ao redor dos restos do sanduíche. A conversa tinha acabado, e ele se levantou para jogar o jantar na lixeira.

Iris o viu seguir para o quarto antigo da mãe, que ele assumira depois de voltar para casa. Ele não bateu a porta, mas o som dela se fechando ainda assim a assustou.

Ela embrulhou o resto do próprio sanduíche e guardou na geladeira antes de voltar para o quarto. Olhou para a máquina de escrever no chão, onde ela a deixara, com papel pesando no rolo. Uma carta datilografada pela metade, dirigida a Roman, presa ali.

Iris não sabia por que escrevia para ele. Aquela máquina era comum; a conexão mágica que tinha com Roman se rompera. Ainda assim, ela puxou o papel, dobrou-o e passou-o por baixo da porta do guarda-roupa. Esperou alguns instantes.

Quando abriu o armário, viu o que esperava: a carta ainda estava lá, caída no chão coberto de sombras.

No meio da madrugada, Iris despertou com o som da música.

Ela se sentou na cama com um calafrio, escutando. A melodia era suave, mas incandescente, notas em crescendo tocadas em um violino solitário. Luz piscava sob a porta do quarto dela, devorando a escuridão, acompanhada pelo cheiro fraco de fumaça. Era estranhamente familiar, como se Iris já tivesse vivido aquele momento, e ela se levantou da cama, atraída para fora do quarto pela música e pelo toque de conforto.

Para seu choque, encontrou a mãe na sala.

Aster estava sentada no sofá, envolta no casaco roxo preferido, de pés descalços apoiados na mesinha de centro. Um cigarro queimava entre seus dedos, e ela estava de cabeça inclinada para trás e olhos fechados. Os cílios escuros contrastavam com a pele pálida, e ela escutava em paz.

Iris engoliu em seco. Quando falou, foi com a voz arranhada:

— Mãe?

Aster abriu os olhos trêmulos. Através da nuvem de fumaça, encontrou o olhar de Iris e sorriu.

— Oi, meu bem. Quer se sentar comigo?

Iris fez que sim e sentou-se ao lado da mãe no sofá, com a cabeça tomada por névoa e confusão. Ela precisava se lembrar de algo, mas não conseguia discernir. Provavelmente estava franzindo a testa, porque Aster pegou sua mão.

— Não pense demais, Iris. Só escute o instrumento.

A tensão nos ombros de Iris se aliviou. Ela deixou a música percorrê-la. Não tinha percebido a sede que sentia pelas notas, a vida cotidiana que se tornara pura seca, sem o som de cordas para refrescar as horas.

— Isso não vai contra a lei do chanceler? — perguntou para a mãe. — Escutar música assim?

Aster tragou demoradamente o cigarro, e seus olhos brilhavam como brasa na luz fraca.

— Acha que algo lindo assim pode mesmo ser ilegal, Iris?

— Não, mãe. Mas achei...

— *Escute* — sussurrou Aster outra vez. — Escute as notas, meu bem.

Iris olhou para o outro lado da sala e notou o rádio da avó no aparador. A música se derramava do pequeno aparelho de som, límpida como se o violinista estivesse ali presente, e Iris ficou tão feliz de ver o rádio que se levantou e andou até lá.

— Achei que tivesse perdido — falou, esticando a mão para o botão.

Os dedos dela atravessaram o rádio. Estupefata, ela viu o aparelho derreter em uma poça de prata, marrom e ouro. A música de repente tornou-se dissonante, um guincho do arco nas cordas apertadas demais, e Iris se virou, arregalando os olhos ao ver Aster começar a desbotar.

— Espera, mãe! — exclamou Iris, correndo para o outro lado da sala. — *Mãe!*

Aster era apenas um borrão de tinta violeta, entrelaçada na fumaça e manchada de cinzas, e Iris gritou de novo, tentando abraçá-la.

— Não vá embora! Não me deixe assim!

Um soluço partiu sua voz. Ela sentia que continha o oceano inteiro no peito, os pulmões afogados de água salgada, e arfou quando um toque quente no ombro virou uma âncora repentina, puxando-a de volta à superfície.

— Acorde, Iris — disse uma voz grave. — Foi só um sonho.

Iris acordou de sobressalto. Ela piscou para ver Forest sentado na beira da cama sob a luz cinzenta.

— Foi só um pesadelo — insistiu ele, apesar de parecer tão assustado quanto ela. — Está tudo bem.

Iris soltou um ruído engasgado. Apesar do coração acelerado, ela fez que sim com a cabeça, voltando ao corpo gradualmente. A visão de Aster não a largava, porém, como se queimada nas pálpebras. Ela percebeu que era a primeira vez que sonhava em semanas.

— Forest? Que horas são?

— Oito e meia.

— *Merda!* — exclamou Iris, se levantando bruscamente. — Estou atrasada para o trabalho.

— Vá com calma — disse Forest, abaixando a mão do ombro dela. — E desde quando você fala palavrão?

Desde que você foi embora, Iris pensou, mas não disse, porque, apesar de ser parcialmente verdade, não era inteiramente. Ela não podia culpar o irmão pelas palavras que saíam de sua boca naqueles tempos.

— Se agasalhe — disse Forest, se levantando da cama com um olhar carregado. — Há uma tempestade lá fora.

Iris olhou pela janela. Viu a chuva escorrer pelo vidro e percebeu que a luz fraca da tempestade a fizera dormir até mais tarde. Com pressa, pôs um vestido de linho com botões na frente e amarrou as botas da guerra. Não tinha tempo de se pentear, então ajeitou o cabelo com os dedos enquanto saía correndo do quarto, pegando a bolsinha, o sobretudo e a máquina de escrever, bem trancada na maleta preta.

Forest estava parado perto da porta, com uma xícara de chá e um biscoito de melado na mão.

— Quer que eu ande com você? — perguntou ele.

— Não precisa. Vou de bonde hoje — disse Iris, surpresa quando ele estendeu tanto o chá quanto o biscoito para ela.

— Então pelo menos toma café.

Era o jeito dele de se desculpar pela véspera.

Ela sorriu. Era quase como antigamente, e ela aceitou o chá morno, que bebeu em um gole só. Devolveu a xícara para o irmão e pegou o biscoito enquanto ele abria a porta para ela.

— Devo voltar umas cinco e meia — disse Iris, saindo para o ar úmido da manhã.

Forest acenou com a cabeça, mas ficou na porta, com a expressão preocupada. Iris sentia ele observá-la enquanto descia a escada escorregadia.

Ela comeu o biscoito antes da chuva estragá-lo e correu até o ponto. O bonde estava lotado e foi sacolejando pelo trajeto todo, pois a maioria das pessoas também procuravam se proteger da chuva no caminho do trabalho. Iris ficou de pé, no fundo do vagão, e aos poucos percebeu o silêncio. Ninguém conversava, nem ria, como normalmente faria no bonde. O clima estava estranho, desequilibrado. Ela achou que fosse o tempo, mas a sensação a acompanhou até chegar ao prédio da *Tribuna Inkridden*.

Ela parou na calçada ao ver as palavras pintadas na porta do saguão. Brilhantes como sangue fresco, escorrendo pelos tijolos.

Cadê você, Enva?

Iris estremeceu ao entrar no prédio, mas sentiu o peso da frase quando passou sob o batente. Alguém devia ter pintado horas antes, durante a noite, porque não estava lá no dia anterior. Ela se perguntou quem teria pintado, e se era alguém que queria mesmo devolver Enva ao túmulo, morta ou adormecida. Seria alguém que tinha perdido uma pessoa querida na guerra? Alguém exausto de lutar pelos deuses?

Iris não o culpava; todo dia sentia dúvida quando pensava no que tinha acontecido com o irmão, apenas porque Dacre despertara e Enva dedilhara a verdade da guerra. Ela ficava com raiva, triste, orgulhosa. *Devastada.*

Apesar disso, também se perguntava onde estaria a deusa Celeste. Por que Enva se escondia? Estava mesmo intimidada pelos mortais ávidos para expulsá-la?

Cadê você, Enva?

Apesar do desconforto com aquela provocação em vermelho-sangue, Iris ainda esperava que a *Tribuna* zumbisse como uma colmeia. Esperava ver redatores datilografando, telefones tocando e assistentes correndo entre as mesas com recados. Esperava ver Attie, já na terceira xícara de chá, datilografando o próximo artigo.

Iris foi recebida por um escritório quieto e solene.

Ninguém se mexia, como se tivessem sido enfeitiçados e transformados em estátuas. Apenas fumaça cortava as sombras, subindo de cigarros e cinzeiros. Iris adentrou o silêncio, perdendo o fôlego de alarme. Via Helena de pé no meio da sala, lendo um jornal. Attie, ao lado dela, cobria a boca com a mão.

— O que houve? — perguntou Iris. — Aconteceu alguma coisa?

Ela sentiu inúmeros olhos se voltarem para ela, cintilando à luz das lâmpadas. Alguns com pena, compaixão. Outros, com desconfiança. Porém, ela não deixou de olhar para Helena, que abaixou o jornal para encará-la.

— Sinto muito, moça — disse Helena.

Sente muito por quê?, Iris quis perguntar, mas as palavras ficaram presas na garganta quando Helena estendeu o jornal.

Iris soltou a máquina de escrever. Pegou o jornal. Helena estivera lendo uma matéria na primeira página.

Era a *Gazeta de Oath*. O emprego antigo de Iris. Que estranho mexer naquele jornal ali, no subsolo da *Tribuna Inkridden*. Parecia até que Iris ainda estava sonhando, até finalmente ver o que hipnotizara Helena.

Uma manchete atravessava a página em tinta preta e grossa. Uma manchete que Iris nunca esperava ver.

DACRE SALVA CENTENAS DE FERIDOS EM AVALON BLUFF, por ROMAN C. KITT

Iris olhou o nome dele, impresso no papel. O nome dele, que ela não esperava voltar a ver atrelado a manchete nenhuma.

Kitt está vivo.

O alívio se esvaiu, deixando-a gelada e trêmula quando começou a ler as palavras de Roman. Iris sentia a pele pinicar, o rosto esquentar. Precisava ler as mesmas frases várias vezes, para tentar entender o sentido.

```
Toda história tem dois lados. Vocês talvez conhe-
çam uma versão, contada pelo viés da deusa que
```

atraiu muitos de seus filhos inocentes para uma guerra sangrenta. Mas talvez queiram escutar a outra versão. Uma que prefere que seus filhos sejam curados, e não feridos. Uma que deseja que esta terra se repare. Uma história que não está confinada a museus ou a livros históricos que muitos de nós nunca tocarão, mas no processo de ser escrita. Que se escreve agora, enquanto vocês seguram este jornal, lendo minhas palavras.

Pois estou aqui na frente de batalha, em segurança, entre as forças de Dacre. E posso contar o que desejam saber sobre o outro lado.

— Não — sussurrou Iris.

Ela sentiu a bile subir, queimando o peito como fogo.

— Sinto muito, Iris — repetiu Helena, a luz se apagando em seu olhar. — Roman se voltou contra nós.

4

Teia de aranha e gelo

Roman olhou para a máquina de escrever e a folha de papel em branco. Estava sentado à escrivaninha, diante de uma janela com vista para um campo dourado, e a tarde caía. Logo seria noite; estrelas perfurariam o céu como pregos, e ele acenderia as velas e escreveria perto do fogo, porque as palavras saíam mais facilmente no escuro.

Aquela sempre era a parte mais difícil. Começar os artigos. Escrever doía, assim como *não* escrever.

A frustração era familiar. Roman devia ter passado horas do passado encarando uma folha em branco, decidindo que palavras gravar ali. Porém, apesar dos dias corridos desde que despertara, ele ainda não conseguia se lembrar dos detalhes daqueles momentos antigos. Flexionou a mão ao pensar no que Dacre dissera.

Confie apenas no que vê.

O deus não tinha que se preocupar com a memória de Roman. Era difícil para Roman lembrar o que tinha acontecido antes de ele acordar lá embaixo, como se montanhas tivessem se erguido na névoa da mente, escondendo anos de sua vida.

— Vai demorar — dissera Dacre —, mas você se lembrará do importante. E encontrará seu lugar aqui.

Quando despertou lá embaixo, Roman arfou como se respirasse pela primeira vez. Abriu os olhos em meio à luz bruxuleante do fogo, viu as paredes de mármore branco, sentiu a rocha rígida sob o corpo, e soube que estava em *outro* lugar. Um lugar mágico que nunca vira.

Estava também nu.

Com um gemido, ele se sentou, observando o cômodo estranho.

Era um ambiente de tamanho estranho, inteiramente esculpido em pedra. Tinha nove paredes, todas brancas com veios azuis, reluzindo como as faces de um diamante. O teto cintilava com flocos de ouro e, se Roman estreitasse os olhos, lembrava o céu noturno. Quatro tochas ardiam em suportes de ferro, seu fogo a única fonte de luz.

Com um calafrio, Roman se levantou da mesa dura onde estava descansando. A pedra sob os pés descalços era lisa, e ele começou a caminhar perto das paredes, procurando a porta. Não encontrou nada e engoliu em pânico, dando mais uma volta e passando os dedos pelas faces da pedra.

— Olá? — chamou, com a voz ainda rouca de sono. — Tem alguém aí?

Não houve resposta. Apenas o som da própria respiração, subindo e descendo.

Ele não se lembrava de ter sido levado até ali. Não sabia quanto tempo tinha passado confinado, e estremeceu antes de parar bruscamente.

Olhou para baixo, para o corpo pálido à luz do fogo, como se encontrasse respostas na pele.

Estranhamente, encontrou.

Roman franziu a testa e se curvou, analisando a rede de cicatrizes na perna direita. Eram muitas, algumas compridas e irregulares, outras curtas e lisas, e Roman passou o dedo por elas como se traçasse uma rota no mapa. Finalmente, apertou com força as marcas suaves, na esperança de que a dor o ajudasse a lembrar.

Não sentiu dor, mas viu um lampejo pelo canto do olho. Virou a cabeça abruptamente, mas logo percebeu que não tinha visto nada no cômodo, apenas uma imagem mental. Luz do sol e fumaça, o estrondo da artilharia. O chão tremia; o vento cheirava a metal quente e sangue. Uma pontada de dor tão aguda que o sufocara e fizera desabar.

Mas ele não estivera sozinho. Tinha alguém com ele, segurando sua mão.

Roman afastou os dedos das cicatrizes. Ele aproximou as mãos do rosto e notou uma reentrância no dedo mindinho da mão esquerda. Devia ter usado um anel em algum momento, e tocou a marca suave que tinha deixado ali.

Não havia o que lembrar. Nenhum outro lampejo brilhante, nenhuma parte do passado a recobrar.

Ele flexionou as mãos até os nós dos dedos empalidecerem.

Estou morto?

Como se respondesse, a dor estourou. A cabeça de Roman começou a latejar tão violentamente que ele se encolheu no chão de pedra. Ele gritou, abraçando os joelhos. Tinha uma lâmina na cabeça dele, cortando de um lado para o outro. Uma lâmina que o esfolava por dentro.

A dor foi tão forte que ele desmaiou.

Algum tempo depois, voltou a acordar, com os olhos sonolentos.

Alguém deixara uma entrega. No chão, havia uma bandeja de comida: uma tigela de ensopado fumegante, um pedaço de pão escuro, um jarro d'água e um pequeno copo de madeira. E, ao lado, uma pilha de roupas e um par de botas de couro.

Roman engatinhou até a oferenda. Ele estava tão faminto, tão *vazio*, que nem pensou duas vezes antes de comer e beber. Porém, quando pegou a roupa e a desenrolou, hesitou.

Era um macacão. Aquela estranha familiaridade o tomou outra vez. A roupa era vermelho-escura, e ele analisou o crachá branco bordado no peito esquerdo: CORRESPONDENTE INFERIOR.

Roman vestiu o macacão devagar, ignorando a onda de desconforto invadindo seu sangue.

Assim que acabou de abotoar a roupa, o frio escapou de seu corpo. Ele sentiu o calor irradiar das costelas como se tivesse engolido o sol, e rapidamente calçou o par de meias e botas que o aguardavam.

Alguns instantes depois, um som interrompeu o silêncio ensurdecedor.

Roman se virou para a fissura que se abrira na parede. A porta que ele tinha procurado antes, sem sucesso.

Um homem jovem, de uniforme marrom-claro, entrou no cômodo. Parecia ter a idade de Roman, talvez uns poucos anos a mais, de pele branca e cabelo loiro e curto. Ele tinha sobrancelhas pesadas, e a boca reta e fina, como se raramente sorrisse.

— Quem é você? — perguntou Roman, rouco.

— Tenente Gregory Shane. E o seu nome?

Roman ficou paralisado. Seu nome? Ele não lembrava, e aquilo o deixou tonto.

O pânico deve ter ficado aparente em seu rosto, porque o tenente disse:

— Não se preocupe. Vai lembrar. Não force.

— Há quanto tempo estou aqui?

— Uns dois dias. Estava se recuperando.

— Do quê?

— Ele vai querer contar. Venha comigo.

Shane começou a andar, e Roman, sem opção, foi atrás dele antes da porta voltar a se encaixar no batente invisível.

Os corredores eram largos o suficiente para duas pessoas passarem lado a lado, e altos o suficiente para alguém do tamanho de Roman andar tranquilamente. As paredes eram todas como as daquele primeiro cômodo: lisas, frias, brancas com veios azuis cintilantes. Tochas iluminavam o caminho de dez em dez passos, e havia um silêncio estranho até passarem por um túnel perpendicular, onde Roman escutou baques distantes.

Ele desacelerou e forçou a vista nas sombras do corredor direito. Parecia uma forja. Um martelo atingindo a bigorna, misturado a gritos e estalidos de maquinário. De repente, veio um sopro de ar quente e metálico.

— Circulando — disse o tenente, brusco.

Roman voltou a andar. Porém, estava curioso para saber onde estava, e por que tinha sido levado para o subterrâneo. Notou que passaram por outros dois corredores: um fedia como se contivesse algo morto e podre, e o outro estava repleto de escombros e teias de aranha, como se o teto tivesse desabado décadas antes.

Shane devia ter notado as observações de Roman, que alargava os passos sempre que passavam por aqueles caminhos cruzados. O tenente parou e tirou do bolso uma venda, que amarrou ao redor dos olhos de Roman.

— Só por precaução — falou, pegando o cotovelo dele. — Me acompanhe.

Roman mordeu o lábio, mas a preocupação pesava no peito, dificultando a respiração. Ele sentiu que estavam virando mais duas vezes. Quando Shane disse para ele esticar o braço e se apoiar na parede, Roman estava com as mãos suadas.

— Estamos na base de uma escada — disse ele. — São vinte e cinco degraus no total, e são íngremes. Cuidado.

Roman o acompanhou devagar. Suas pernas ardiam quando percebeu a mudança de temperatura. Ouviu uma porta se abrir.

Ele foi recebido por uma inundação de luz do sol atravessando a venda. Um sopro de ar fresco, carregado de calor da primavera. Devia ter acabado de chover, porque Roman sentia o gosto de umidade quando adentrou plenamente o mundo superior. O piso de madeira rangia sob as botas, como se fosse uma casa velha. Ele quase tropeçou na beirada de um tapete, e precisou sacudir os braços para se equilibrar.

— Espere aqui — disse Shane, fechando a porta. — Não se mexa.

Roman assentiu com a cabeça, sentindo a boca seca. Escutou os passos pesados de Shane se afastarem, e pressentiu que o cômodo em que se encontrava estava mobiliado. Não ouvia ecos solitários, apenas o tique-taque regular de um relógio à esquerda.

Escutou alguém falar, o som abafado pelas paredes. Era a cadência monótona de Shane, e Roman arriscou avançar alguns passos para tentar discernir as palavras.

— Ele acordou, senhor. Eu o trouxe, e ele está aguardando na sala ao lado, caso o senhor deseje vê-lo.

Silêncio. A voz que soou a seguir era nova para Roman, um barítono grave. Lânguida e farta, lhe causou calafrios.

— Achei que tinha dito para não trazê-lo para cá, tenente.

— É a memória dele, senhor. Ele nem lembra o nome. Achei que ajudaria…

— Se ele visse o lugar?

— Sim, senhor. Sei que o tempo é curto, e ele pode ajudar…

— Tudo bem. Traga ele para mim.

Roman recuou um passo, com o coração martelando até os ouvidos. Era tentador arrancar a venda do rosto e *correr*, fugir para longe dali, mas a hesitação pagou seu preço. Ele ouviu Shane voltar à sala, e se retraiu quando o tenente tirou a venda dos seus olhos.

Roman olhou para o ambiente. Tinha ficado em uma sala pequena, mas convidativa; uma pintura a óleo na parede acima da lareira de pedra, e móveis de cerejeira com almofadas de veludo verde sobre o tapete felpudo. As janelas altas, entreabertas para deixar entrar o ar fresco, eram emolduradas por cortinas floridas. Devia ser uma sala de estar, pensou, olhando para a porta pela qual tinham entrado.

Era uma porta muito simples. De madeira, com a tinta branca lascada e a fechadura enferrujada na maçaneta de latão. Roman imaginava que fosse um guarda-roupa, só que eles tinham saído do subterrâneo.

— O Senhor Comandante Dacre vai recebê-lo — disse Shane. — Venha.

— Dacre? — sussurrou Roman.

O nome subiu à garganta dele como fogo, queimando a língua. Ele se viu de suspensórios de couro, calça perfeitamente passada e camisa engomada, parado em uma esquina, lendo um jornal com aquele nome impresso na manchete.

— Venha — repetiu Shane.

Roman saiu para um saguão e imediatamente viu dois soldados armados de sentinela na porta da rua. Tinham o olhar frio e aguçado, o rosto rígido de estátuas. Roman desviou os olhos e seguiu pelo corredor, acompanhado de perto por Shane.

O piso tinha áreas afundadas, e rachaduras profundas percorriam o papel de parede, lembrando veias, como se a casa tivesse suportado uma tempestade horrenda. Porém, foi só ao entrar na cozinha ampla e ver a mesa, a porta dupla com o vidro quebrado e as vigas do teto de onde pendiam ervas e panelas que Roman sentiu a dor brotar no peito.

Ele já havia estado ali. Tinha certeza.

Só conseguia olhar as duas máquinas de escrever, lado a lado na mesa. Eram quase idênticas, e as teclas cintilavam à luz do sol.

— Imagino que uma dessas máquinas lhe seja familiar?

Roman olhou para a esquerda. Um homem alto de ombros largos estava de pé à cabeceira da mesa, com o cabelo loiro e comprido batendo no colarinho do uniforme marrom-claro impecável. Era estranho: Roman não tinha reparado nele até ele falar, mas, depois, não conseguia parar de olhá-lo.

O desconhecido parecia mais velho, mas era difícil distinguir a idade. Havia algo de atemporal nele: a presença dominava o ambiente, mas não havia fios grisalhos no cabelo, nem rugas no canto dos olhos. O rosto dele era anguloso, afiado, e os olhos, de um azul vívido.

Roman nunca tinha visto aquele homem, mas não negava uma impressão de familiaridade. Como a casa e as máquinas de escrever, como se Roman tivesse estado ali em sonho. Talvez, porém, fosse apenas porque o desconhecido olhava para Roman como se o conhecesse, e o reconhecimento era desconfortável, como passar os dedos por um cachecol de lã antes de apertar um interruptor. Estática e metal, um choque nos ossos.

Ele nunca imaginou que se veria de frente para um deus. Os divinos tinham sido derrotados. Eram poderes enterrados, adormecidos. Nunca deveriam despertar e voltar a caminhar entre os mortais, e Roman se encolheu por dentro, enquanto os fios da memória começavam a retornar. Um suspiro, um sussurro.

Um calafrio.

Dacre sorriu, como se lesse os pensamentos de Roman.

O deus estendeu a mão elegante, voltando a indicar as máquinas de escrever.

Roman piscou, lembrando-se da pergunta.

— Sim, senhor. Me são familiares.

— Qual é a sua, então?

Roman se aproximou da mesa. Analisou as máquinas de escrever, mas apenas olhar não bastava para ter certeza. As duas pareciam importantes para ele, o que o deixou perplexo.

— Pode encostar — disse Dacre, gentil. — Acho que ajuda a lembrar após a recuperação.

Roman esticou a mão, com os dedos trêmulos. O rosto ardeu de rubor. Ele estava envergonhado de se mostrar tão fraco e frágil diante do deus. Nem se lembrava do próprio nome, mas, ao tocar a barra de espaço da máquina de escrever à esquerda, o frenesi do coração se acalmou.

É esta, pensou. *Esta era minha.*

Um lampejo de luz piscou no canto do olho. Dessa vez, ele soube que era apenas mental, uma lembrança voltando ao lugar. Lembrou-se de se sentar à escrivaninha do quarto para escrever naquela máquina. Trabalhava à luz da lâmpada, tarde da noite, cercado de livros e xícaras de café velho. Às vezes, o pai batia na porta e dizia para *dormir logo, Roman! As palavras ainda vão estar aí quando acordar.*

Roman deslizou os dedos para fora da barra de espaço, com o nome ecoando por seu corpo. Olhou para a máquina à direita, curioso. Tocou as teclas, esperando que outra memória se agitasse.

Não veio luz, nenhuma imagem. De início, não veio nada além de um silêncio frio e profundo. Ondulações se espalhando pela superfície de um lago escuro. Até que Roman sentiu um *tranco*. Vinha do fundo dele, uma corda invisível escondida entre as costelas, que ele não via, mas *sentia*.

As emoções agitaram o sangue.

Ele sentiu o perfume suave de lavanda. Pele quente roçando na dele. Prazer, preocupação, um desejo de doer, medo, tudo em um emaranhado.

Precisou ranger os dentes para conter aquilo com dificuldade. Quando afastou a mão, seu coração batia forte, faminto.

— Qual é a sua, correspondente? — Dacre perguntou outra vez, mas sua voz mudara.

Não soava mais amigável, como antes; Roman ouviu a tensão sutil entre as palavras. Devia ser um teste. Havia uma resposta certa e uma resposta errada, e Roman hesitou, dividido entre a máquina que o lembrava de seu nome, e aquela que o lembrava que estava vivo.

— É esta daqui — falou, apontando a máquina da esquerda, mergulhada em seu passado. — Acredito que seja minha.

Dacre fez sinal para alguém atrás de Roman. Shane avançou, se aproximando da mesa. Roman já tinha se esquecido da presença do tenente.

— Leve a máquina adequada ao quarto do nosso correspondente — disse Dacre. — Destrua a outra.

— Sim, senhor — respondeu Shane, com uma curta reverência.

Roman se sobressaltou. Um protesto subiu pela garganta — ele não queria que destruíssem a outra —, mas ele não encontrou a coragem, ou as palavras corretas, para convencer Dacre. Sua mente ainda parecia uma camada de gelo, capaz de se fragmentar em cem estilhaços, o que o deus devia saber.

— Venha, correspondente — disse Dacre. — Há algo que desejo mostrar.

Roman seguiu Dacre, saindo pelas portas dos fundos, que davam em um jardim cheio de erva-daninha. A terra estava molhada, e poças de chuva reluziam entre as fileiras de brotos da horta. Porém, o céu estava azul e ensolarado, e as nuvens, sopradas pelo vento do oeste, eram finas e espalhadas.

Eles passaram por um portão de ferro e atravessaram uma estrada de paralelepípedos quebrados, chegando a um campo.

Dacre atravessava a grama alta com facilidade, sua sombra ondulando pelos caules dourados. A cada passo que dava, soava o ruído distante de um sino. Ou de pedaços de metal tilintando com o choque.

Roman foi logo atrás, com o coração acelerado. Havia algo de estranho naquele lugar. Fazia ele sentir calafrios à plena luz do sol. Suor reluzia na pele.

— Aqui — disse Dacre. — Foi aqui que o encontrei.

Roman parou, relutante. Olhou para o chão e notou que a grama estava amassada e manchada. Parecia sangue velho e seco, lembrando vinho tinto.

— Você tinha meros momentos antes de morrer. Seus pulmões estavam cheios de sangue. Estava se arrastando pela grama, como se procurasse por alguém.

Dacre parou. Quando encontrou o olhar de Roman, a brisa bagunçou seu cabelo claro.

— Você lembra?

— Não.

A cabeça de Roman estava latejando de novo, e ele franziu a testa ao olhar o sangue espalhado, a grama quebrada. Tentou se imaginar morrendo em um lugar daqueles, e sentiu apenas gratidão por um deus desejar salvá-lo.

— Os corpos mortais são deveras frágeis para serem consertados, assim como as suas mentes — disse Dacre, com um ar de humor. — Como teias de aranha, gelo na primavera. Para minha magia curar suas feridas físicas, precisei construir muros na sua mente, para protegê-lo quando despertasse. Por isso, é melhor que a memória volte devagar.

Roman ficou em silêncio por um momento. Ainda olhando para a terra suja de sangue, falou:

— Por que o senhor me salvou?

— Você vai ser parte vital desta guerra — disse Dacre. — E quero que escreva meu lado da história.

* * *

Naquele anoitecer, Roman parou no meio do quarto que lhe fora atribuído. Um quarto no segundo andar da casa de que ele quase se lembrava.

As cortinas eram verde-folha. Havia um estrado improvisado com cobertores dobrados encostado na parede. As janelas estavam rachadas, e o vidro ardia, iridescente, no pôr do sol. Era difícil fechar a porta, como se os alicerces da construção tivessem mudado, e, apesar da privacidade do quarto particular, Roman sabia que era ilusão. Não havia tranca, e Shane estava de guarda no corredor.

A atenção de Roman, contudo, estava inteiramente dirigida à escrivaninha alinhada com uma das janelas. À máquina de escrever assentada à luz fraca, à sua espera.

A exaustão pesava nos ossos, mas o dever era um espaço bem conhecido em sua existência, e ele se aproximou da mesa. Sentou-se na cadeira e olhou para a máquina. Ainda não sabia o que escrever; nem sabia se havia palavras dentro dele.

Havia uma pilha de papel limpo na mesa. Um bloco e alguns lápis. Um punhado de velas, além de uma luminária com lâmpada de luz amarela, para escrever noite adentro. Parecia que Dacre tinha pensado em tudo, e Roman encaixou o papel na máquina com cuidado. Ele suspirou e passou a mão pelo cabelo escuro. Precisava tomar banho. Queria dormir, e passar um tempinho sem pensar em nada. Porém, quando finalmente apoiou os dedos nas teclas, teve uma surpresa.

Não era a máquina que ele dissera a Dacre ser sua. Não era a máquina em que ele datilografara ao crescer, que lhe mostrara um vislumbre fugaz do passado.

Roman fechou os olhos, perdeu o fôlego.

Sentiu de novo aquele tranco, a mistura de emoções. Tentou imaginar quem tinha tocado aquelas teclas, de novo e de novo. Tentou enxergar quem tinha escrito naquela máquina.

Quem é você?

Não veio resposta. Ele não tinha o que ver, mas voltou a sentir. Uma provocação pequena, mas inconfundível. Aquela corda invisível amarrada nas costelas.

Ele resistiu ao puxão do desconhecido.

5

A Primeira Alouette

— **Não acho que ele** se voltou *contra* nós — disse Iris. — Roman está tentando sobreviver.

Helena arqueou a sobrancelha.

— Pode até ser. Mas isso também significa que ele não é confiável e que foi comprometido. Não posso mais acreditar nele, que agora vai entrar em conflito com a gente porque está escrevendo para a concorrência.

Iris voltou a olhar a *Gazeta de Oath* que ainda segurava. Mesmo tonta, se concentrou no artigo de Roman. Quase o escutava lendo o texto para ela, com a cadência dura, fria. Quase desconhecida. Até o olhar se fixar em uma palavra esquecível na sexta frase: *Uma história que não está apenas confinada a museus ou a livros históricos que muitos de nós nunca tocarão, mas que está no processo de ser escrita.*

— Museu — Iris sussurrou.

— O que foi? — perguntou Helena.

Iris pestanejou. O coração dela acelerou de repente.

— Nada. Só uma ideia.

Helena suspirou, de mãos na cintura.

— Isso vai interferir em sua capacidade de repórter, moça?

— Não. Muito pelo contrário — disse Iris, se dirigindo ao telefone a passos largos. — Vou descobrir o que aconteceu.

Ela levantou a *Gazeta de Oath* e sacudiu bem o jornal, só para apaziguar Helena e os redatores que ainda a observavam. Em seguida, pegou o telefone e discou para os telefonistas.

Uma voz masculina soou na linha.

— Aonde posso direcionar sua chamada?

— *Gazeta de Oath*, por favor — disse Iris.

— Aguarde na linha, por favor.

Ela esperou, batendo o pé. Escutava o ruído estático na linha, o som dos interruptores e o toque constante. Sabia que a *Gazeta de Oath* tinha vários telefones. Não dava para saber a qual deles a ligação seria direcionada, e ela contou mentalmente, esperando, desejando, rezando...

— Alô, quem fala é Prindle, da *Gazeta de Oath*.

Iris abriu um sorriso. Era exatamente o que ela esperava, e precisou de um segundo para recobrar as palavras.

— Alô? — repetiu Sarah Prindle, um pouco impaciente.

— Prindle — disse Iris, em voz baixa. — Tenho notícias importantes. Preciso falar pessoalmente. Me encontre no Café Gould daqui a vinte minutos.

— Encontrar... — Sarah soava indignada, mas logo se interrompeu. Ela soltou uma exclamação e suavizou a voz. — Espere aí... Winnow, é você? Reconheci a voz.

— Sou eu, sim.

— Mas Autry... Só tenho intervalo na hora do almoço.

— Eu sei, mas preciso falar com você assim que der. Consegue dar uma escapulida?

Fez-se silêncio por um minuto. Iris quase enxergava Sarah olhando furtivamente para o alvoroço na *Gazeta de Oath*. Zeb Autry provavelmente estava na sala dele, se servindo de uísque com gelo, diante de uma pilha de papel.

— Acho que consigo, sim — disse ela, finalmente, com a voz mais animada. — Vinte minutos, né? No Gould?

— Isso — respondeu Iris. — Vou estar esperando.

— Então até logo.

Iris desligou e se virou. A *Tribuna* ainda a observava, de olhos arregalados de interesse.

Ela guardou a *Gazeta* dentro do sobretudo, para proteger o jornal da chuva. Com as palavras traidoras de Roman junto ao peito, Iris saiu da *Tribuna* e caminhou pela névoa acinzentada até o Café Gould.

Sarah Prindle se atrasou um pouco, mas isso não incomodou Iris. Ela tinha escolhido uma mesinha redonda no canto do café, entre uma estante e um vaso de limoeiro. Era o lugar perfeito para uma conversa discreta, e Iris tinha acabado de pendurar o sobretudo e pedir um bule de chá quando ouviu o tilintar do sino da porta.

Sarah estava exatamente como na memória de Iris. Era verdade que fazia meros meses desde que elas tinham trabalhado juntas na *Gazeta*, mas, desde então, suas semanas eram repletas de dias estranhos e sombrios, então Iris perdeu o fôlego ao perceber que parecia mesmo fazer anos.

— Winnow! — exclamou Sarah de emoção, entre um sussurro e um grito, e correu até o canto.

Iris se levantou, sorrindo.

— Que bom ver você, Prindle.

Elas se abraçaram com tanta força que Iris sentiu a coluna estalar, e quase engasgou com o cabelo loiro e fino de Sarah.

— Sente-se, por favor — disse Iris, voltando a se sentar também. — Acabei de pedir um bule de chá.

— Que nunca vai esfriar. É uma boa vantagem do prédio encantado.

Sarah encostou o guarda-chuva na parede e se sentou.

Um garçom trouxe o bule fumegante de chá — era verdade; no Gould, nunca esfriava —, acompanhado de leite, mel, e um prato de bolinhos amanteigados. As amigas se serviram em silêncio. Finalmente, Sarah pareceu perceber a preocupação que acompanhara Iris ao café, e ergueu o olhar para ela.

— Imagino que tenha visto o artigo de Kitt de hoje.

— Vi.

Iris pegou o jornal que tinha deixado no chão, e o pôs em cima da mesa. A manchete de Roman continuava a atrai-la, como um redemoinho no mar.

— E tenho algumas perguntas.

— Eu também tenho — disse Sarah, tirando os óculos para limpar a umidade da névoa e as gotas de chuva. — Tenho perguntas desde que você saiu da *Gazeta*. Por exemplo: por que Kitt se demitiu poucas semanas depois de você? Parece uma coincidência, se eu não desse atenção.

Ela colocou os óculos de volta e arregalou os olhos.

— E ai, meus deuses, acabei de notar esse seu anel! — continuou. — É… Vocês…?

— Shh — disse Iris, notando que tinham atraído alguns olhares. — Sim. Eu e Kitt nos casamos.

— *Quando* isso aconteceu?

— Na frente de batalha.

— Ah, você tem que explicar *tanta* coisa, Winnow. Ou prefere que eu a chame de Kitt, agora?

— Winnow está bom — disse Iris, e tomou um gole de chá. — Mas é uma longa história, e infelizmente vou precisar contar em outra hora. Agora, preciso é saber como o texto de Kitt chegou na *Gazeta*. Foi por carta? Foi endereçada a Autry? Foi escrito à mão, ou já estava datilografado?

Sarah franziu a testa.

— Sabe, foi esquisito *mesmo*. Dois dias atrás, eu estava na sala de Autry, anotando o pedido de almoço dele, quando um homem bateu à porta.

— Que homem era? — questionou Iris. — Que cara ele tinha? Qual era o nome dele?

— Eu... eu não sei quem era — respondeu Sarah. — Honestamente, nem vi o rosto. Lembro que era alto. Estava usando uma capa, com o capuz levantado. Tinha a voz áspera, com uma cadência estranha, quase lânguida. Não era desagradável, mas me deu até um calafrio quando ouvi.

Iris se recostou na cadeira, estalando a mão. Devia ser um dos parceiros de Dacre. Um dos fiéis mais próximos de Dacre estivera em *Oath*, bem perto de onde Iris e Sarah estavam sentadas, tomando chá. Como esse homem transitara tão tranquilamente, sem ser notado? Tinha ido a Oath de trem? Tinha andado da frente de batalha até a cidade? Vindo de carro?

Iris sentiu um arrepio nos braços. A guerra estava muito mais próxima da cidade do que ela imaginava.

— Então esse homem entregou *em mãos* para Autry o artigo de Kitt — supôs Iris.

— Foi. E falou que Autry certamente quereria aquele artigo, por um preço.

68 Rebecca Ross

— Qual foi o preço?

Sarah mexeu na alça delicada da xícara.

— Que Autry poderia publicar aquele artigo, mas só se aceitasse publicar *todos* os artigos que entregassem para ele. Dali em diante, ele não ia mais poder escolher.

— Então vão chegar outros?

Sarah confirmou.

— Autry ficou muito satisfeito. Ele me expulsou da sala para abrir o envelope sozinho. Dois minutos depois, me chamou de volta e me mandou levar para Benton revisar. Então levei e, quando dei uma olhada, fiquei chocada de ver a escrita de Kitt.

— A letra dele? — perguntou Iris.

— Não. Estava datilografado — respondeu Sarah. — Só fiquei surpresa de ver as *palavras* dele de novo, e de ele voltar a publicar na *Gazeta*, especialmente depois de ter se demitido e causado aquele escarcéu com Autry.

O artigo de Roman fora datilografado, o que significava que ele tinha acesso a uma máquina de escrever. *Uma das Alouettes, espero*, pensou Iris.

— Kitt… ele está correndo perigo, Winnow? — perguntou Sarah.

— Acredito que sim — disse Iris. — E estou prestes a pedir para você fazer uma coisa muito ilegal, e muito perigosa.

— *Ilegal?*

— É. E eu não colocaria você nessa posição se não precisasse desesperadamente que desse certo.

Sarah abriu um sorrisinho de lado. Ela abaixou a xícara, entrelaçou os dedos e se inclinou para a frente com um ar de conspiração.

— Estou ouvindo.

— Você ainda conhece o museu muito bem, não conhece?

— Conheço, sim. Vou com meu pai todo final de semana.

Iris mordeu o lábio, sabendo que era um ponto sem volta. Mas não havia alternativa. Ela estava sendo consumida pela ideia de voltar a escrever para Roman. De recuperar aquela conexão mágica, deixar que atravessasse portas e quilômetros devastados pela guerra.

— Preciso que você me ajude a invadir o museu, Prindle.

Sarah, para seu crédito, apenas pestanejou.

— Certo. E por que faríamos isso?

— Porque preciso roubar uma máquina de escrever.

6

Preferimos nosso segundo nome

Pensando bem, eu deveria estar morto. Não deveria estar sentado à mesa, escrevendo estas palavras que você lê. Não deveria respirar — inspira, expira, inspira — nem olhar para as estrelas, sentir como o mundo é ~~imenso lindo~~ frio agora que escapei da morte, como um hóspede que se recusa a ir embora. Não sei o que mais me dá energia para acordar de manhã e seguir em frente, além disto: há ~~uma canção~~ uma história escondida nas minhas cicatrizes. Ela sussurra em mim, mesmo que eu ainda não tenha conseguido discernir inteiramente as palavras.

"Você deveria estar enterrado", diz o mundo, tão alto que abafa os outros sons.

Mas aperto as cicatrizes na pele — macias, tenras, quentes como o sangue por dentro — e escuto: "~~Um divino...~~ Alguém o manteve aqui, respirando, vivo, em movimento."

Roman deixou as mãos deslizarem das teclas da máquina de escrever. O que ele *deveria* fazer era escrever o próximo artigo para Dacre, mas, quando se sentou para trabalhar, outras palavras brotaram.

Tinha acabado de anoitecer, e fazia silêncio na casa. Porém, se Roman se concentrasse, escutava o estrondo suave da voz de Dacre, falando no andar de baixo. Ouvia o assoalho ranger sob os passos de botas, a porta chacoalhando ao abrir e fechar.

Todo dia era assim, cheio de reuniões e idas e vindas misteriosas. Roman ficava escondido no segundo andar, fazia as refeições no quarto e transcrevia para Dacre quando o deus o visitava com ideias para artigos. Roman se sentiria um prisioneiro se não tivesse vivido o terror de estar trancado em um cômodo subterrâneo.

Ele pensou na porta da sala de estar, que dava em outro reino.

Dacre queria o próximo artigo pronto para o dia seguinte, e Roman suspirou, olhando as palavras tristes. Estava com dor de cabeça, como se tivesse forçado demais naquele dia, na tentativa de se lembrar dos anos que ainda estavam perdidos. Ele coçou os olhos e aceitou que as palavras simplesmente não estavam prontas para a colheita naquela noite.

Ele se levantou, com os ombros tensos depois de horas sentado. Apagou as velas até ficar no escuro, respirando sombras e sopros de fumaça. Devagar, tateou o caminho até o estrado e se deitou nas mantas frias, ainda de macacão e botas.

Devia estar muito mais exausto do que imaginava.

Roman adormeceu em instantes.

* * *

Tinha uma menina. Uma criança pequena e delicada com duas tranças da cor das penas de um corvo. O mesmo tom de cabelo dele. O rosto dela estava rosado pelo calor do verão, e ela sorria e puxava a mão dele.

— Por aqui, Carver! — gritou.

Roman apenas riu, deixando ela puxá-lo pela grama. Estavam descalços, usando coroas de margaridas, o que só podiam fazer quando o pai não estava presente. O jardim se desenrolava diante deles, com caramanchões cobertos de hera e sebes perfeitamente podadas. As rosas estavam em flor; abelhas e donzelinhas zumbiam pela luz abafada da tarde.

— Aonde está me levando, Del? — perguntou para a irmã, que continuava a puxá-lo.

— Para um lugar secreto — disse Del, rindo.

Eles andaram até o fundo do jardim, atravessaram uma área de mata cerrada e perderam o casarão de vista. Amoras silvestres cresciam entre os espinhos, e Roman e Del as comeram aos punhados, acabando com dedos manchados de roxo quando ouviram a mãe chamar.

— Roman? Georgiana? É hora do jantar.

Lembrei, pensou Roman de sobressalto. *Preferimos nosso segundo nome.*

Mais memórias lampejaram, se misturando. Dias que Roman vivera e que antes lhe pareciam chatos e insignificantes — a mesma rotina, repetida —, mas se tornavam reconfortantes, fascinantes ao serem redescobertos. Ele não estava sozinho naquela casa vasta e ampla. Tinha sua irmã, Del, pura luz, coragem e graça.

Ele viu o dia em que ela nasceu. A primeira vez que a pegou no colo com cuidado, a chuva em cântaros do outro lado da janela. E viu o dia em que ela morreu. O lago refletindo as nuvens de tempestade no céu, o corpo flutuando de barriga para baixo — *fechei os olhos por um instante* —, as ondulações na água quando ele se jogou na direção dela.

— Respira, Del! — gritou, fazendo pressão no peito dela. A boca de Del estava azul, os olhos, abertos e vidrados. — Acorda! *Acorda!*

Roman acordou assustado.

Encarou a escuridão, de olhos arregalados, enquanto o sonho assentava como lodo. Os ouvidos latejavam com o sangue quente que corria sob a pele.

Foi só um sonho.

Mas Roman ainda sentia o gosto da água do lago, a sentia pingar do cabelo. Sentia o cheiro de terra molhada na margem, como se fosse ontem que a água roubara Del.

Ele não lembrava que tinha uma irmã. Mas o sonho era tão vívido, que não podia deixar de cogitar que sua mente tentasse lembrá-lo de detalhes perdidos do passado.

Se não foi só um sonho, é minha culpa minha irmã ter morrido.

Ele cobriu o rosto com as mãos, tentando engolir as lágrimas. Os soluços o sacudiram como a maré da tempestade. Roman acabou se encolhendo em posição fetal, deixando o choro tremer até os ossos. Ficou deitado até o pranto se aliviar. A garganta ardia, a barriga doía.

Se ele ficasse ali mais um momento, o estrado pareceria um túmulo.

Ele se forçou a se levantar.

Corado e de olhos marejados, foi até a porta. Ela se abriu, balançando, torta, nas dobradiças desiguais. Para surpresa de Roman, Shane não estava de guarda no corredor. Na verdade, o lugar estava vazio e quieto, tomado pelas sombras mais profundas da noite.

Roman saiu para o corredor. Deixou os pés o conduzirem para a escada e descerem devagar, parando apenas quando os dois guardas da entrada o fitaram com as sobrancelhas erguidas de desconfiança.

— Vou para a cozinha — sussurrou Roman, rouco. — Pegar um copo de leite.

Um dos soldados acenou de leve com a cabeça. Roman continuou o caminho, atraído pelo calor e pela luz bruxuleante da cozinha.

Ele esperava que o cômodo estivesse vazio e se espantou outra vez ao ver que Dacre estava sentado à mesa, encarando mapas abertos. Segurava nas mãos grandes uma taça de cerveja vermelha escura, e a imagem era tão doméstica que poderia enganar Roman, convencê-lo que os deuses eram feitos do mesmo molde que os mortais. Que não eram tão apavorantes e onipotentes quanto a humanidade fora criada para acreditar.

— Roman — cumprimentou Dacre, a voz grave se erguendo de surpresa. — Por que está acordado a uma hora dessas?

— Perguntaria o mesmo do senhor — respondeu Roman, olhando para os mapas. — Divinos não precisam dormir?

Dacre se levantou, sorrindo. Ele abaixou a cerveja e começou a recolher os mapas.

— Talvez precisemos, vez ou outra. Mas você é companhia bem-vinda, e me lembra de que eu devia descansar.

Companhia bem-vinda, ecoou a mente de Roman enquanto Dacre deixava de lado a pilha de ilustrações com bordas cor de caramelo. *E ele não quer que eu veja os mapas.*

— Sente-se — disse Dacre, puxando uma cadeira. — Quer beber alguma coisa?

— Não queria incomodá-lo — respondeu Roman. — Na verdade, vim tomar um pouco de leite. Era o que bebia quando não conseguia dormir.

Uma ruga passou pela testa de Dacre. De repente, à luz das velas, ele pareceu mais velho, quase abatido. Estreitou os olhos que reluziam como joias.

— A máquina de escrever está ajudando a lembrar?

Roman fez que sim com a cabeça, mas enroscou a língua atrás dos dentes. Ainda não sabia por que Dacre pedira para ele identificar a máquina antiga, e secretamente lhe dera a outra.

Só se ele não quiser que eu lembre.

A ideia quase desequilibrou Roman, e ele afundou na cadeira. Viu Dacre abrir a geladeira e tirar uma garrafa de leite.

— É sorte a nossa o povo desta cidade ter deixado o gado para trás — disse Dacre, enchendo um copo alto. — Foi um presente generoso, sem o qual minhas forças passariam fome. E você também, correspondente.

— Sim — sussurrou Roman, preocupado com o relato que Dacre fizera de Avalon Bluff, alguns dias antes.

Eles tinham caminhado juntos pelas ruas, observando a destruição. Algumas casas eram escombros incendiados. Outras tinham escapado das bombas, mas ainda continham provas do terror: janelas quebradas, portas tortas, pedaços de estilhaço cintilando no quintal. Roman anotara tudo no bloco, mas também transcrevera o que Dacre dizia. De muitas formas, a narrativa não parecia em nada vir das palavras de Roman.

— O que aconteceu com aquele primeiro artigo que escrevi? — ele perguntou. — O que detalha como o senhor salvou Avalon Bluff?

Dacre deixou o copo diante de Roman e voltou para a cadeira na cabeceira. Outra vez, o suave som metálico quando ele se mexia.

— Quer ver?

Roman franziu a testa.

— Como assim, senhor?

Sem dizer uma palavra, Dacre tirou um jornal dobrado da pilha de papéis ao seu lado. Ele o largou na mesa com um baque, e Roman se esticou para ler a manchete em tinta preta.

DACRE SALVA CENTENAS DE FERIDOS EM AVALON BLUFF, por ROMAN C. KITT

O coração de Roman bateu mais devagar, em ritmo pesado. Como se respondesse ao canto de uma sereia, esticou o braço e pegou o jornal, pelo menos para ler suas palavras outra vez em impressão tão fina. Para sentir a tinta manchar os dedos.

— A *Gazeta de Oath* — leu em voz alta, admirando o cabeçalho caligráfico do jornal. No fundo do peito, uma faísca. — Qual a distância daqui para Oath?

— Seiscentos quilômetros para o leste.

— É para lá que o senhor vai? Para a cidade?

— Sim. Para me reunir com *Enva*.

O nome da deusa fez Roman congelar. Era familiar; Roman sabia que já o tinha pronunciado.

— Minha esposa — explicou Dacre, com um sorriso afiado. — Ela vivia comigo no reino inferior e, apesar de eu amá-la e ter feito juras a ela... ela foi sorrateira, e usou o tempo para planejar sua traição.

— Sinto muito — disse Roman, sem saber como responder. — Esta é a razão desta guerra? Por causa da quebra das juras entre o senhor e ela?

— É mais do que isso, mas não espero que você entenda, visto que é mortal e solteiro. Você nunca pronunciou um voto, não o sentiu assentar nos ossos como magia. Nunca se prometeu a outrem.

Roman queria protestar. Seu rosto esquentou, mas ele não entendeu o motivo. Ele se forçou a ficar quieto, escutando Dacre falar.

— Eu esperava que ela viesse me encontrar quando despertei na cova, que viesse até mim. Mas ela escolheu a covardia, e ficou em Oath. Agora sou eu quem devo salvar este reino de sua falsidade.

Mais questões floresceram na cabeça de Roman, mas murcharam quando escutou a palavra *salvar*. Ele voltou a ver Del: o olhar vazio, a boca cheia d'água, o coração inerte sob a pressão frenética das mãos dele. Roman não conseguira salvá-la no sonho e ainda sentia a dor daquele erro horrível. Um erro que nunca deveria ter acontecido. Se é que acontecera.

— Você está pensando em alguém — disse Dacre. — Ou talvez lembrando?

Roman se sacudiu por dentro. Mais uma tolice, deixar-se divagar quando estava a sós com um deus.

— Sim. Foi um sonho.

— *Sonhou* com alguém que amava? — perguntou Dacre, com o tom duro. — Alguém do passado?

Roman hesitou.

— Sonhei que eu tinha uma irmã mais nova. Delaney.

Ele não sabia o quanto deveria contar para Dacre, mas, quando começou a falar, a história fluiu. Era estranho: o gosto do sonho em sua voz apenas o tornava mais sólido.

Isso aconteceu mesmo. O coração dele transmitia a certeza pelo corpo. *Eu tive uma irmã, e eu a perdi.*

Dacre ficou em silêncio por alguns momentos, como se avaliasse o sonho. Quando falou, foram palavras que Roman não esperava:

— Sabia que eu também tenho uma irmã? É uma dos Inferiores restantes neste reino, adormecida em uma cova ao sul daqui.

— Alva? — disse Roman, por reflexo.

Ele lembrava vagamente de uma sala de aula, um mapa de Cambria pendurado na parede, uma professora falando monotonamente das cinco covas divinas no reino. *Os deuses que enfrentamos e enterramos: Enva Celeste, Dacre Inferior, Alva Inferior, Mir Inferior e Luz Celeste. Os deuses que serão cativos do sono eterno.*

— Alva, sim — respondeu Dacre, com a voz mais suave ao dizer seu nome. — Temos a mesma mãe e por isso nós dois fomos fadados à encrenca eterna, mesmo que nossos poderes, comparados com outros da família, fossem bastante inofensivos.

— Seus poderes?

— Não ensinaram a gama completa da divindade naquela sua escola? — perguntou Dacre, sem dar a Roman a oportunidade de responder. — Claro que não. Mortais temem aquilo que não entendem.

— Sei que o senhor tem o poder da cura — disse Roman, passando o dedo pelas cicatrizes do joelho. — Mas qual era o poder da sua irmã?

— Qual *é* o poder dela. Ela está apenas adormecida, como eu estive. Não morreu.

— S... sim, é claro. Perdão, quis dizer...

— Alva é a deusa dos sonhos — interrompeu Dacre. — Dos pesadelos.

Roman ficou tenso. Ainda sentia o próprio pesadelo atrás dele como uma sombra, e tomou um gole de leite, tentando limpar o gosto de água do lago e angústia.

— Quando éramos jovens, nossos poderes pareciam bem inofensivos entre a nossa gente e nunca tememos que nos fossem roubados — continuou Dacre. — Pois deuses raramente dormem, e nosso corpo se recupera sozinho. Do que adiantam a cura e os sonhos entre divindades? Porém, com os mortais, era muito diferente. Vocês sangram e quebram. Precisam de sono, mesmo que fiquem vulneráveis. Sonham para entender o mundo em que se encontram.

— Foi só isso, então? — perguntou Roman. — Meu sonho com Del?

Dacre suspirou e se aproximou.

— Vou dizer o que Alva me contou há muito tempo. Pois ela caminhou nos sonhos de muitos mortais. Às vezes, a sua gente sonha com coisas que deseja que tenham acontecido. As imagens são misturadas às emoções do presente ou aos dilemas que enfrenta agora. Sua imagem de uma irmã mais nova é mera expressão do seu desejo de família, de compreensão. Mas foi só isso: um sonho.

Roman engoliu em seco. As palavras do deus, mesmo ditas com gentileza, o atingiram como flechas.

— Você discorda? — perguntou Dacre.

— O sonho — disse Roman, com a voz fraca — *parecia* verdadeiro. Vi a casa onde cresci. Vi meu pai, minha mãe.

Ouvi a voz deles. Andei pelo meu quarto. Os detalhes todos... Não sei como os inventaria.

— Você *quer* que seja verdade? — retrucou Dacre. — Você se sentiria melhor se soubesse que tinha uma irmã, e que ela se afogou por sua causa?

Roman não conseguia falar. O nó voltou à garganta, com o gosto azedo da culpa, sufocando-o.

— Roman?

— Não sei — sussurrou ele, fechando os olhos com força.

— Talvez eu deva perguntar outra coisa. Mesmo que o sonho seja verdade, e eu acredito que *não* seja, vivemos pelo passado ou pelo que ainda vem? Escolhemos desperdiçar tempo olhando para trás, para o que já aconteceu e não pode mudar, ou nos voltamos para a frente, para o que enxergamos?

Roman abriu os olhos. Ele focou a visão na luz das velas, no copo de leite. Na sombra do deus jogada sobre a mesa.

— Para a frente, senhor.

— Bom garoto.

Dacre pegou um pedaço de papel na pilha a seu lado. Parecia uma carta datilografada, amarrotada e manchada de sangue. Roman levou um segundo para perceber que estava sendo dispensado.

— Se tiver outros sonhos, eu gostaria de ouvi-los, Roman.

— Sim, senhor. É claro.

Roman se levantou, acabou de beber o leite e deixou o copo na pia. Parou então perto da mesa outra vez e pegou o jornal.

— Posso ficar com isso? — pediu.

— Se quiser, é seu. Mas espero que seu próximo artigo fique pronto pela manhã, sim?

Roman botou a *Gazeta de Oath* debaixo do braço.

— Temo precisar de mais um tempo.

Dacre ficou quieto. A luz do fogo lampejou em seu rosto, dando ao cabelo um tom escuro de dourado.

— Amanhã, então. Quero que esteja pronto para revisão ao anoitecer.

— Obrigado, senhor.

Roman começou a ir embora, mas parou na porta da cozinha e olhou para trás. Um deus sentado à mesa, bebendo cerveja, lendo uma página ensanguentada. Honestamente, se parecia mais com um sonho do que o pesadelo com Del.

Dacre sentiu o olhar de Roman e se virou.

— Precisa de mais alguma coisa?

— Não — disse Roman, e abriu um quase-sorriso. — Obrigado pelo leite, senhor.

Roman só percebeu alguns minutos depois, quando voltou à segurança do quarto. Acendeu a vela e sentou-se à escrivaninha outra vez, analisando a manchete na *Gazeta de Oath*.

Roman C. Kitt.

Ele se lembrara do primeiro nome e do sobrenome dias antes, mas aquela inicial do meio? Ele não a tinha incluído no artigo datilografado. Na época, não sabia seu segundo nome. Alguém tinha acrescentado aquele *C.*, fosse Dacre ou um funcionário do jornal. Outra pessoa. Roman sentiu a tensão apertar a barriga até ouvir a voz doce de Del ecoar por seu corpo.

Por aqui, Carver.

Devagar, posicionou as mãos nas teclas da máquina.

Mais uma vez, tentou escrever para Dacre. O artigo que ele queria que Roman compusesse, sobre sua misericórdia e seus poderes de cura. E, mais uma vez, outras palavras saíram.

Eu me chamo Roman Carver Kitt, e esta é a história de um morto.

7

Todas as cartas perdidas

Iris se agachou entre os galhos de um carvalho, esperando por Attie. Era uma da manhã, e uma bruma fresca rodopiava noite adentro, transformando a luz dos postes em anéis de âmbar difuso. A cidade estava estranhamente quieta, mas, se prendesse a respiração, Iris escutaria a conversa distante de um pub a poucas ruas dali e o estrépito ocasional de cascos dos cavalos da polícia em rondas sonolentas.

Ela se ajeitou devagar para não deixar o pé dormente, tomando cuidado com a mochila de couro que carregava nas costas. O casco da árvore estava escorregadio por causa da neblina, e Iris tinha acabado de descobrir que não gostava muito de altura, nem de trepar em árvores no escuro. Porém, era o único acesso ao museu que não ativaria o alarme. Pelo menos era o que Sarah Prindle dissera, e ela levara dois dias inteiros para pensar em um plano infalível.

Iris franziu a testa e sentiu a máscara grudar no rosto. Ela resistiu à tentação de coçar o nariz por cima do tecido úmido e suspirou.

Parecia fazer uma hora que ela estava ali, esperando no carvalho, olhando para o muro dos fundos do museu e a janela do terceiro andar. Sarah e Attie tinham esperado lá dentro por muito mais tempo: entraram no museu como visitas discretas e se esconderam no banheiro antes das portas serem trancadas por magia no anoitecer. Ficariam escondidas ali até a meia-noite, quando as duas pegariam de surpresa o guarda noturno em sua ronda. Só então Attie poderia abrir a janela para Iris entrar.

— O edifício do museu é encantado — dissera Sarah no café da manhã, quando as três tinham se encontrado para armar o plano. — Quando fecham e trancam as portas, ao anoitecer, não tem mais jeito de abrir sem ativar um alarme horrendo.

— Então o que fazemos? — Iris abaixara a torrada, enjoada. — É possível?

— É possível, graças a uma janela que foi acrescentada ao terceiro andar há poucas décadas — havia explicado Sarah. — Um dos maiores segredos do museu é que essa janela não é encantada, diferente das originais. Se não ativarmos o alarme, será nossa saída.

— Como você descobriu isso, Prindle? — perguntou Attie.

— Meu pai conhece um dos guardas — respondeu Sarah, e deu de ombros. — Eles são melhores amigos desde pequenos. E homens gostam de falar quando bebem.

— Esse guarda vai estar no serviço hoje? — perguntou Iris.

— Não. — Sarah sorriu, pegando a xícara com as duas mãos. — Grantford é quem está de guarda hoje, e ele é conhecido por ser preguiçoso. Vai ser perfeito.

Não havia dúvida de que o roubo aconteceria naquela noite, com ou sem Grantford. Iris e Attie deveriam viajar ao oeste, até River Down, na manhã seguinte.

Iris olhou para a janela até ela se misturar às sombras. Discernia apenas o brilho do vidro enquanto esperava, e ficou aliviada ao finalmente ouvir um rangido.

A janela estava aberta.

A primeira etapa do roubo tinha dado certo.

Iris soltou um suspiro profundo, sentindo o gosto de sal. Ela começou a avançar pelo galho até enxergar Attie na moldura estreita, assobiando o canto da rola-carpideira.

Iris fez o mesmo som em resposta e se preparou, segurando com força no galho acima dela e estendendo a outra mão. Com dificuldade, viu Attie arremessar a corda, grossa como uma cobra dando o bote na noite. A ponta da corda bateu à esquerda de Iris, a poucos metros dela, atravessando as folhas. Enquanto Attie puxava a corda de volta, se preparando para uma segunda tentativa, os nervos de Iris vibravam.

Ela sentia a distância abaixo dela. Se caísse, se espatifaria no chão.

Mais três tentativas, e Iris finalmente agarrou a ponta da corda.

Ela estava tremendo ao voltar para o tronco da árvore. Respirou fundo duas vezes para se acalmar antes de começar a amarrar a corda na árvore com destreza. Iris e Attie tinham treinado aquele nó específico inúmeras vezes naquele dia, porque, se errassem, se jogariam à morte. Mais um número para a lista de roubos fracassados de museus.

Quando a corda estava presa, Iris hesitou, sentindo a força formigante da queda.

Tinha um pátio lá embaixo. Canteiros de flores silvestres e um pequeno espelho d'água. Os galhos retorcidos do carvalho jogavam sombra em metade de uma área de paralelepípedos onde os funcionários e visitantes do museu podiam tomar um chá à tarde.

Mais um assobio.

Iris olhou para cima, medindo a distância dela até Attie. Parecia vasta como o mar, apesar de ter pouco mais de dez metros. A amiga ainda esperava, uma sombra na janela. Pronta para pegar a mão de Iris e puxá-la para dentro.

Ela precisava apenas dar o primeiro passo no ar.

Iris o fez com cuidado, se pendurando na corda. A tensão acima dela ficou firme, mas, quando avançou a distância de cinco braçadas, ela sentiu as mãos começarem a arder, a força inevitavelmente diminuindo. As luvas estavam escorregando; ela rangeu os dentes e se concentrou na tarefa.

Estava na metade do caminho quando ouviu um estrondo lá embaixo.

Ela parou e olhou para o pátio.

Muito abaixo de seus pés pendurados, o mundo pareceu girar na névoa até ela enxergar quatro silhuetas caminhando pelo pátio de paralelepípedos. Estavam usando roupas escuras, os rostos cobertos por máscaras.

Iris mordeu o lábio, o coração tremendo de preocupação. Seria outro roubo? Não era possível. Porém, ela não ousou se mexer enquanto as figuras caminhavam diretamente embaixo dela. Se alguém por acaso olhasse para cima e a visse, tudo iria por água abaixo.

Os ombros dela arderam de ficar parados, os tendões do pescoço, tensos. Os segundos pareciam anos, mas, para alívio de Iris, as silhuetas seguiram caminho, atravessaram a rua e sumiram pela noite.

Ela continuou a avançar pela corda, rangendo os dentes ao chegar ao muro de tijolos.

— Pegue minha mão — sussurrou Attie, com urgência.

Iris soltou a mão direita da corda. Ela mal sentia os dedos quando a mão firme de Attie a segurou e a puxou para cima, para dentro da janela.

— Você viu eles? — perguntou Iris, respirando com dificuldade.

Ela se apoiou em uma cadeira velha, e percebeu que estava em um almoxarifado. O cômodo estava lotado de engradados e molduras quebradas, e a bagunça deixou Iris ainda mais ansiosa.

— Vi — respondeu Attie. — Contei quatro. Todos de máscaras. Achei que fosse outro roubo prestes a acontecer.

— Eu também. Quem será que eram?

— Sabem-se os deuses. Ladrões com outro destino, quem sabe?

Iris tirou uma luva para secar o suor dos olhos.

— Não acha que me viram, né?

— Não. — Attie voltou a olhar para a janela, como se não acreditasse plenamente. — Mas, se eu estiver enganada... melhor não perdermos tempo.

Iris seguiu Attie escada abaixo até o térreo. À noite, o museu parecia outro lugar, repleto de brilhos perigosos e sombras em movimento. Ou talvez fosse apenas o efeito das lâmpadas baixas e da escuridão entre elas? Iris não sabia, mas estremeceu quando achou ver um dos bustos de mármore se mexer no pedestal.

— Cadê a Prindle? — sussurrou.

— Na sala da diretoria, de olho em Grantford — respondeu Attie, em voz baixa. — Ele não deu muito trabalho. Está vendado e amordaçado.

Iris acenou com a cabeça e virou para um dos corredores largos. O ar estava frio e pesado quando finalmente chegou na sala de coisas estranhas e descombinadas. Um par de sapatos de couro pontudos usados por um dos deuses mortos, um relógio de bolso que supostamente provocava tempestades sempre que marcava a meia-noite, uma espada chamada Draven que estivera na batalha contra os divinos séculos antes, um pequeno tinteiro repleto de um líquido cintilante, e uma máquina de escrever mágica. Tudo em vitrines e exposição.

Iris tirou a mochila dos ombros ao se aproximar da Primeira Alouette. Com os dedos lentos e entorpecidos, abriu a bolsa e tirou dali o taco de beisebol.

Isso está errado, pensou, com uma pontada de culpa. Mas fitou a vitrine que continha a Primeira Alouette e uma coleção de cartas antigas, e acrescentou: *Não vim até aqui para voltar de mãos abanando.*

Ela imaginou Roman ao oeste, preso nas garras grudentas de Dacre.

Iris atacou.

A colisão do taco estilhaçou o vidro. Os cacos se espalharam pelo chão, cintilando como cristal entre as teclas da máquina de escrever. Uma das cartas esvoaçou no ar até parar entre os escombros cintilantes, como uma bandeira branca de rendição.

Iris deixou o taco de lado e pisou no vidro quebrado, sentindo os cacos estalarem sob as solas das botas. Pegou a máquina e se virou para conferir a parte de baixo. Mais alguns cacos de vidro caíram quando as teclas se mexeram, mas Iris encontrou o que queria. A placa de prata estava aparafusada na estrutura, gravada com A PRIMEIRA ALOUETTE / FABRICADA ESPECIALMENTE PARA A.V.S.

Era do que ela precisava. Era o que ela *queria.*

Ela estava segurando magia, e guardou com cuidado a máquina na maleta preta que levara, fechando a tampa com a fivela. Attie ajudou a guardar a maleta na mochila, junto do taco. O roubo tinha acabado em segundos, mas Iris não conseguia se livrar da sensação estranha de que alguém as observava.

— Vou buscar Prindle — disse Attie. — Nos encontramos no pé da escada?

Iris concordou, pendurando a mochila no ombro. Ela se agachou para pegar a carta que tinha caído no chão, uma carta que Alouette Stone escrevera décadas antes, e a deixou delicadamente no pedestal coberto de vidro. Uma frase datilografada chamou sua atenção.

```
A magia ainda cresce, e o passado reluz; vejo bele-
za no que foi, mas apenas porque provei miséria e
prazer em igual medida.
```

Iris se virou de volta para a escada, mas piscou para conter as lágrimas e pensou: *Eu também, Alouette.*

Caía uma chuva fraca, e a noite já era antiga quando Iris chegou ao apartamento. Ela tinha se despedido de Sarah e Attie no museu, quando as três desceram em segurança da árvore à terra firme. Estavam ofegantes, alegres, um pouco paranoicas por terem acabado de concluir um roubo com sucesso.

Admirariam o segredo depois, em um bom restaurante. Quando acabasse a guerra. Iris compraria um jantar requintado para as amigas. E depois devolveria a Primeira Alouette para o museu. Anonimamente, claro.

Apesar dessas promessas e da dor nas mãos, nada daquilo parecia verdade. Iris poderia se convencer de que era um sonho até voltar à segurança do quarto e tirar dos ombros o peso da mochila. Tirou a máscara e as roupas escuras, as luvas e as botas. Vestiu uma camisola e prendeu o cabelo úmido. Com cuidado, pegou a máquina e sentou-se no mesmo lugar onde antes tinha datilografado uma carta atrás da outra, primeiro para o irmão e depois para Roman.

Apoiou a Primeira Alouette na frente das pernas cruzadas e encaixou uma folha.

Os minutos começaram a passar; a noite se esgueirava para suas horas mais frias. A chuva começou a cair mais forte do outro lado da janela, e Iris encarou a folha em branco, sem saber o que dizer para Roman. Não sabia onde ele estava. Não sabia se ele estava em segurança, se estava preso. Se estava com a máquina de escrever.

Havia incógnitas demais, e comunicar-se com ele poderia colocá-lo em perigo.

O silêncio se partiu quando papel começou a sussurrar no encontro com o chão. Iris, estupefata, viu folhas e mais folhas dobradas surgirem das sombras da porta do guarda-roupa. Eram tantas que formavam uma pilha. Ela correu até elas, com o coração frenético, e desdobrou uma carta, rápida.

Você já sentiu que usa uma armadura no dia a dia? Que, quando as pessoas a olham, veem apenas o brilho do aço no qual se protegeu com tanta cautela?

Iris abaixou a folha, atordoada.

Era uma carta antiga. Uma carta que Roman tinha escrito para ela quando ainda o conhecia apenas como C.

Ela pegou outra carta e se chocou ao descobrir que era sua. Iris passou por todas as cartas, até perceber que as conhecia inteiramente. Ou ela as escrevera, ou as lera tantas vezes que as palavras estavam gravadas na memória.

Iris suspirou, trêmula, e voltou a se sentar no tapete. Ela imaginava que sua correspondência com Roman tinha se perdido na pousada de Marisol. Porém, a Primeira Alouette não esquecera a magia, mesmo confinada no museu. A máquina tinha guardado as cartas, esperando o momento de entregá-las pela porta do guarda-roupa.

Iris releu as cartas preferidas até sentir que o peito tinha se aberto. As palavras de Roman ecoavam pelos seus ossos, despertando nela uma dor feroz.

Ela soltou as cartas, decidida. Seria astuta e cautelosa, apesar de parte dela acreditar que as cartas não chegariam a ele.

Ele não vai se lembrar de você.

As palavras de Forest a assombravam.

Iris sentiu a dor da memória. Roeu uma unha, se perguntando se Forest falava a verdade ou se estava apenas tentando magoá-la. Para que ficasse em casa, segura. Para que não voltasse a adentrar as sombras.

Tome cuidado, ela decidiu, posicionando os dedos nas teclas. *Confirme que é ele antes de se revelar ou dizer qualquer coisa importante.*

Iris datilografou uma mensagem curta. Com as mãos tremendo, puxou o papel e o dobrou. Parecia que não tinha passado tempo nenhum quando ela empurrou a carta por baixo da porta do guarda-roupa. Não tinha passado tempo algum, mas, ao mesmo tempo, estações floresciam e derretiam em um único sopro irregular. Que estranho a magia poder ser duas coisas simultâneas. Jovem e velha. Nova e conhecida. Preocupação e conforto.

Ela não sabia o que esperava, se era o guarda-roupa devolver a carta fechada ou Roman responder em meros segundos. Para seu choque, nenhuma das duas coisas ocorreu.

Iris andou em círculo, exausta e de olhos ardendo, e percebeu... *que nada tinha acontecido.*

A carta tinha sumido, magicamente entregue, mas Roman não tinha respondido.

Derrotada, ela se largou na cama. Adormeceu ao som da chuva, mas seus sonhos foram apenas um cinza vasto e vazio.

8

O nome do caracol de estimação

Roman acordou com a luz do sol dançando pelo rosto.

Por um momento, não soube onde estava. A respiração o percorria em tremores, e a cabeça estava enevoada, perdida em um sonho já esquecido. Aos poucos, juntou as peças dos arredores.

Estava olhando para a máquina de escrever. Uma vela tinha queimado inteira, até formar uma poça de cera derretida na madeira. O rosto estava encostado na superfície rígida da escrivaninha, e, quando levantou a cabeça, veio uma folha de papel grudada também.

Estou no quarto que me deram. Estou em segurança.

Ele devia ter pegado no sono à mesa durante a noite. Antes de se levantar, resmungando, massageou o torcicolo.

Foi então que notou.

Um papel caído no chão, logo na frente do guarda-roupa.

Roman franziu a testa. Ele não se lembrava de deixar papel ali, e andou até o armário para pegar a folha. Chocado, leu:

1. Qual era o nome do meu caracol de estimação?
2. Qual é meu segundo nome?
3. Qual é minha estação preferida, e por quê?

Ele encarou as palavras até a tinta parecer se misturar.

— O que é isso? — sussurrou, pegando o puxador da porta.

Ele abriu o guarda-roupa, preparado para encontrar qualquer coisa ali. Ao mesmo tempo decepcionado e aliviado, descobriu que o armário estava vazio, exceto por três casacos pendurados e uma colcha dobrada e bolorenta na prateleira.

Não tinha nada de mágico.

Roman fechou a porta e releu o bilhete. Sentiu um leve tranco no peito. Uma mistura de desconfiança e voracidade.

Eu deveria saber as respostas?, pensou, olhando as palavras.

Como era possível viver o luto de algo que tinha esquecido? Roman se perguntou se haveria uma palavra para descrever tal sentimento, que caía em seus ombros como a neve. Frio, suave e infinito, derretendo assim que ele o tocava.

Ele ainda estava se debatendo com as emoções e os três enigmas quando ouviu passos pesados do outro lado da parede. Alguém se aproximava do quarto. Roman enfiou o papel no bolso, sentindo a ponta da folha espetar a mão bem quando a porta foi escancarada.

— Faça as malas — disse o tenente Shane. — Finalmente vamos deixar esse fim de mundo para trás. Você tem cinco minutos para me encontrar lá embaixo.

Abrupto como chegara, o tenente se foi, deixando a porta entreaberta.

Roman suspirou, mas se sentia rígido de tensão. Escutava Dacre conversar com alguém no andar de baixo. Botas baterem no assoalho. Lá fora, um coro de roncos de motor, os caminhões ligados.

Eles iam deixar para trás aquela cidadezinha triste, e Roman temia aonde iriam a seguir.

Ele arrumou as malas. Não tinha muita coisa, mas, ao guardar a máquina de escrever, pegou o estranho bilhete e o analisou de novo. Seria um código? Quem teria um caracol de estimação?

Ele jogou a carta na lixeira e andou até a porta. Porém, algo dentro dele se tensionou, como pele prestes a rachar. Roman voltou e pegou o bilhete do cesto. Guardou o papel no bolso enquanto descia a escada, pensando que Dacre poderia se interessar pela mensagem.

A porta da casa estava aberta, e o hall, iluminado pelo sol, cheirando a escapamento de caminhão, fumaça de cigarro e bacon queimado na cozinha. Shane esperava na porta, de mãos cruzadas nas costas, e dava ordens a um cabo na varanda. Roman aproveitou o momento para observar a sala de estar adjacente.

A porta pela qual tinha passado, aquela que conectava o mundo de cima ao reino de baixo, estava escancarada.

Ele ainda estava olhando para a passagem sombria, todo arrepiado, quando Dacre surgiu dali. O deus fechou a porta e pegou uma chave pendurada no pescoço por uma corrente comprida. Roman nunca notara aquele acessório, mas Dacre devia sempre usar o colar, escondido sob o uniforme.

Ele trancou a porta, deixou a chave cair sob as roupas outra vez e se virou ao pressentir a atenção de Roman.

Eles encontraram e sustentaram o olhar, presa e predador.

Dacre começou a diminuir a distância entre os dois. Roman teve o impulso repentino de recuar, mas se forçou a ficar imóvel, empertigado.

— Gostaria que você viesse no meu veículo — disse Dacre, quando chegou ao hall.

— Sim, senhor — respondeu Roman. — Posso perguntar aonde vamos?

Dacre sorriu. O sol reluziu em seus dentes quando ele respondeu:

— Vamos para o leste.

Iris saiu do quarto, surpresa por encontrar Forest sentado à mesa com uma xícara de chá. O irmão estava desarrumado e soturno, de olhos vermelhos, o cabelo castanho desgrenhado e caindo na testa. Será que ele a tinha ouvido sair e entrar de fininho à noite? Datilografar, andar em círculos?

Se tivesse, diria alguma coisa, pensou Iris. Ela imaginou Forest recebendo a notícia de que a Primeira Alouette fora roubada do museu. Levaria meras horas até a história se espalhar, mas Attie e Iris já estariam longe. Forest não sabia da magia das Alouettes, então talvez não conectasse o crime a ela. Porém, a ideia de envergonhá-lo com seu roubo, ou de perceber que ele estava decepcionado com ela, fazia ela se sentir pequena, perder o fôlego.

Por um momento tenso, eles se entreolharam. Nenhum dos dois disse nada, mas Iris viu Forest notar o macacão e o bordado de IMPRENSA: TRIBUNA INKRIDDEN no peito. Ela também usava as botas com cadarços novos, grossos, e carregava a máquina de escrever e a mala de couro, uma em cada mão.

— Você está indo — disse ele, seco.

— Eu falei que ia.

Outra pontada de silêncio. Forest suspirou, desviou o olhar dela.

— Não aprovo.

A voz dele soou áspera, mas leve, como se doesse falar.

— Eu também não queria que você fosse embora — disse Iris. — Quando foi lutar por Enva meses atrás. Mas entendi seus motivos. Sabia que não podia interferir.

Forest fez silêncio, e Iris achou que era o fim. Ele não diria mais palavra alguma, e ela mordeu a bochecha a caminho da porta.

— Espere, Iris.

Ela parou, de ombros rígidos. Esperou, e escutou Forest se levantar da cadeira. Sentiu ele se aproximar. Ele cheirava um pouco a gasolina e óleo de motor, por causa do novo emprego na oficina mecânica da vizinhança. Por mais que lavasse as mãos à noite, as unhas estavam sempre manchadas de graxa. Às vezes ele esfregava tanto os dedos que rachava a pele.

— Vai escrever para mim? — perguntou Forest, segurando-a pelo cotovelo. — Vai me dar notícias?

— Prometo.

— Se não escrever, vou fazer um escarcéu na *Tribuna*.

Isso a fez sorrir um pouco.

— Essa eu vou gostar de ver.

Forest bufou.

— Não vai gostar nada.

Parecia que ele queria dizer mais, mas não conseguiu. Em vez disso, pegou o pingente dourado pendurado no pescoço. O pingente que era da mãe deles.

— Use isso o tempo todo — sussurrou ele, pendurando o colar no pescoço de Iris. — Prometa.

— Forest, não posso levar…

— *Prometa*.

Iris se encolheu ao ouvir o tom áspero. Porém, quando encontrou o olhar dele, viu apenas medo, queimando como brasa em seus olhos.

Ela fechou a mão ao redor do pingente e o segurou como uma âncora. Lembrou o que Forest contara: ao encontrar o pingente nas trincheiras, a força e a determinação dele tinham voltado. Ele tinha se rebelado e escapado das garras de Dacre, por lembrar quem era e de onde vinha. Foi apenas ao segurar algo tangível de sua casa — uma lembrança pendurada na corrente comprida — que conseguiu se livrar do poder do deus.

— Não vou tirar — sussurrou ela. — Só quando voltar para casa, para te devolver.

Forest assentiu com a cabeça, a testa vincada de preocupação. As últimas palavras que disse para Iris lhe causaram um calafrio.

— Você vai precisar, Florzinha.

Roman olhou pela janela do caminhão, vislumbrando Avalon Bluff pela última vez.

Era uma paisagem de escombros e fantasmas. Uma cidade tecida por pequenos testemunhos às pessoas que um dia viveram naquela colina. Tinham deixado para trás jardins pisoteados, muretas de pedra desmoronadas, portas sombrias e paredes que continham pertences abandonados. Destroços, palha queimada, cacos de vidro cintilante. Roman se perguntou quem tinha morado nas casas que passavam. Onde estavam agora. Se estavam em segurança.

Era *aquilo* que ele queria escrever. E ele abaixou os olhos ao perceber que tinha perdido a oportunidade.

Dacre estava no banco ao lado dele, com o jornal entre as mãos pálidas e elegantes. Ver o jornal atiçou a curiosidade de Roman.

— Senhor? — ousou perguntar. — Como soube minha inicial do meio?

Dacre o olhou, curioso.

— Como assim?

— Meu nome na *Gazeta*. O senhor assinou como "Roman C. Kitt".

— Eu entreguei apenas o que você me deu.

— Então quem...

— Na sua vida antes de ser curado, você trabalhou na *Gazeta de Oath*. Seus artigos eram publicados várias vezes ao mês. Você estava a caminho de virar colunista.

A cabeça de Roman girou, desesperada para se agarrar na memória.

— Não lembro.

— Claro que não lembra. *Ainda* não. Foi seu antigo patrão que ressuscitou o nome com que assinava.

— Entendi.

Dacre inclinou a cabeça para o lado.

— Entendeu, Roman?

— O senhor me conhecia antes de me encontrar morrendo no campo.

— Eu conhecia *seu nome* — corrigiu Dacre, antes de voltar a atenção para o jornal, que Roman via não ser a *Gazeta*, e sim um periódico chamado *Tribuna Inkridden*. — Você tem um sobrenome de prestígio. Uma família que ofereceu muito apoio a mim e a minhas empreitadas. E eu não esqueço quem me serviu com lealdade.

Roman ficou paralisado, quieto. Seu coração doía, desesperado por um lar. Por uma *família*.

Ele não negava que queria sentir que pertencia a algum lugar. Queria confiar no que via. Queria lutar por algo.

— Senhor? — disse. — Gostaria de mostrar uma coisa.

Dacre ficou quieto, mas seus olhos brilharam de interesse.

Roman foi tirar o papel do bolso, aquele estranho bilhete. Porém, algo puxou seu peito, afiado como um anzol no mar.

Espere.

Ele flexionou a mão, hesitante.

Quem escreveu isso? Que tipo de magia me entregou a carta? Saberei a resposta se entregar a ele?

— Quer me mostrar alguma coisa? — insistiu Dacre.

— Sim. — Roman abriu a maleta da máquina de escrever e puxou o rascunho do artigo. — O texto que eu estava escrevendo.

— Me entregue à noite, quando chegarmos no acampamento — disse Dacre, voltando a atenção para a *Tribuna Inkridden*.

De início, o desinteresse de Dacre ofendeu Roman. No entanto, ele logo percebeu que a *Tribuna* devia estar determinando o que Dacre escrevia para a *Gazeta*. Era um jogo de xadrez. Roman guardou o artigo na maleta.

Ele se recostou e viu Avalon Bluff desaparecer ao longe como se nunca tivesse existido, enquanto a carta estranha pesava no bolso como ferro.

9

Correio conversível

Iris estava chegando na *Tribuna Inkridden* quando pressentiu que alguém a seguia outra vez. Sentia o olhar penetrante.

Ela parou e olhou para trás, com os braços cansados de carregar a máquina de escrever e a mala.

Eram sete e meia da manhã, e as sombras entre os prédios ainda estavam compridas e azuladas. Entretanto, ela enxergava o homem que a perseguia, de sobretudo escuro acinturado e chapéu inclinado na cabeça, escondendo o rosto.

— Sr. Kitt? — Iris chamou, tentando engolir o medo. Mesmo levantando o queixo em desafio, a voz continha uma nota de susto. — Por que está me seguindo?

O homem não disse nada, mas continuou a avançar. Os passos de sapato social estalavam no chão de paralelepípedos, e ele mantinha as mãos enfiadas no bolso do casaco. Conforme a distância entre eles diminuía, Iris engoliu em seco. O homem não era alto e esguio como o sr. Kitt. Era mais largo, mais baixo. O sobretudo não escondia os músculos. Quando finalmente encontrou o olhar dela, ela viu que ele tinha o nariz torto. Uma das orelhas parecia permanentemente inchada, e ele tinha uma cicatriz visível no queixo.

Era um boxeador ou um lutador. Alguém que brigava por dinheiro.

A primeira ideia afiada de Iris foi: *Ele sabe. Ele sabe que roubei a máquina e veio pegar de volta.*

Ela deu meia-volta, o sangue ardendo nas veias enquanto se preparava para fugir.

— Srta. Winnow — chamou o homem. — Tenho uma mensagem importante. Do sr. Kitt.

Isso a fez parar, como se os tornozelos afundassem em areia movediça.

Devagar, Iris se virou para o homem. Ele estava a dois metros dela, a observando com um brilho de humor nos olhos. A expressão dele parecia dizer: *Você pode até correr, mas não vai chegar longe.*

— Qual é a mensagem? — perguntou. — E por que não falou logo, em vez de me perseguir?

— Eu a assustei? Peço perdão, senhorita — disse ele, levando a mão grossa ao peito.

Iris não sabia se era sincero ou se ele estava zombando dela, e franziu a testa, resistindo à tentação de recuar. A *Tribuna* ficava a uma quadra dali. A cinco minutos de onde ela estava. Se jogasse a mala na cara do homem, ela talvez conseguisse fugir correndo…

Ele tirou algo do bolso. Um envelope com o nome dela rabiscado. Em silêncio, estendeu o envelope para ela.

— O que é isso? — perguntou ela.

— Pegue e veja.

Ela hesitou, olhando o pacote.

— Pegue, senhorita — disse ele. — É algo que você deseja.

Duvido sinceramente, pensou Iris, mas imaginou o que seria. Era possível que o sr. Kitt tivesse começado a investigar o paradeiro de Roman, desde que descobrira que o filho não estava em Oath. Sendo um dos homens mais ricos da cidade, talvez tivesse informações valiosas.

Iris abaixou a mala e a máquina e pegou o envelope, surpresa ao notar que era grosso e pesado. Ao abrir o selo, percebeu que estava estufado de dinheiro. Notas e mais notas. Ela nunca tinha visto tanto dinheiro, e estremeceu, boquiaberta.

— O sr. Kitt pediu que a senhorita assine este acordo aqui, para anular o casamento com o filho dele — disse o homem, tirando do sobretudo um documento e uma caneta tinteiro. — O acordo também declara que a senhorita abre mão de qualquer direito ou responsabilidade que tenha relativo ao sr. Roman Kitt, e que não interferirá com seu trabalho atual na *Gazeta*. O dinheiro deve oferecer uma vida confortável pelos próximos anos e…

Iris jogou o dinheiro no chão. As notas caíram do envelope, se espalhando como um leque verde na calçada.

— Meu sogro pode ficar com o dinheiro — disse ela. — E eu não vou assinar documento nenhum. Diga para ele se poupar, porque minha resposta nunca mudará.

Ela pegou a bagagem e foi embora, aliviada pelo homem não segui-la, mesmo que ainda o sentisse olhar.

Com as mãos congeladas, Iris virou a esquina.

Ela via o edifício antigo da sede da *Tribuna Inkridden* logo adiante, e as janelas mais altas que refletiam o sol nascente. Porém, o que chamou sua atenção foi um carro elegante estacionado no meio-fio. Attie estava ao lado do veículo, assim como Helena e um rapaz que Iris não conhecia.

Ela apertou o passo, com o coração na boca. Voltar à frente de batalha era quase um sonho. Ainda não parecia verdade, e Iris se perguntou quando pareceria. Ela mal acreditava que estava fazendo aquilo outra vez.

— Helena? — chamou Iris, finalmente chegando ao grupo. — Desculpe o atraso.

Helena se virou, de sobrancelha levantada. Ela tinha penteado o cabelo acobreado para trás e segurava um cigarro apagado. Era evidente que estava tentando parar de fumar.

— Você não se atrasou, simplesmente nos adiantamos uma vez na vida.

Antes que Iris respondesse, o rapaz se aproximou. Ele usava calça cinza, botas de cano alto, suspensórios de couro e uma camisa branca de colarinho desabotoado. A pele dele era de um tom quente de marrom, e o rosto estava bem barbeado. Ele tinha olhos escuros e bem-humorados, emoldurados por pestanas compridas. Usava um chapéu-coco com uma pena presa na fita, e um par de óculos de proteção pendurados no pescoço.

— Pode me dar a bagagem, moça — ofereceu ele.

— Ah, obrigada — disse Iris, surpresa, e ele pegou as coisas dela e guardou na mala do que ela supunha ser seu carro. — Não vamos de trem?

— Não — respondeu Helena, finalmente acendendo o cigarro com um suspiro de derrota. Ela tragou algumas vezes, soprando a fumaça em espirais. — O trem não é mais confiável, nem garantido. E também é lento demais para nossa necessidade atual.

Iris ouviu as palavras que ela não disse. Os Kitt tinham dominado as ferrovias. A família Kitt tinha poder imenso sobre a maior parte do transporte em Oath e, agora que Iris se recusava a fazer o que o sr. Kitt queria, ela supunha que a situação só fosse piorar quando cruzasse o caminho do sogro.

— Vamos de *conversível* — disse Attie, em voz baixa e empolgada.

Ela também estava de macacão, apertado pelo cinto de couro. Tinha pendurado no pescoço o binóculo preferido, assim como um par de óculos de proteção iguais aos do motorista.

Iris voltou a olhar o carro. Era de metal preto e reluzente, com detalhes dourados nos faróis e estribo de madeira. Os pneus cintilavam com aros brancos, e o veículo tinha duas portas: uma para o motorista, e outra para o banco traseiro, forrado de couro vermelho. Tinha para-brisas, mas não capota.

— Nunca andei de conversível — disse Iris.

— Bem, tudo tem sua primeira vez. Usem sempre isso quando estiverem na velocidade máxima na estrada — disse Helena, entregando a ela um par de óculos de proteção. — Este é Tobias Bexley. É um dos carteiros mais prestigiosos de Cambria e vai transportar vocês de cidade em cidade. Quando escreverem seus artigos, ele vai trazê-los para mim, enquanto vocês esperam sua volta. Em seguida, ele vai levá-las à próxima parada. Falei para ele levá-las no máximo até Winthrop, no Distrito Central. Não fico confortável com deixar vocês chegarem mais perto da linha de frente, mas, ainda assim, tudo pode mudar de repente, então fiquem alertas.

Iris assentiu, pendurando os óculos de proteção no pescoço. Eles bateram no pingente e ela não conseguiu deixar de imaginar Forest: mãos sujas de graxa, dedos machucados, sentado no apartamento à noite enquanto as sombras se arrastavam pelo assoalho. Uma pontada de preocupação apertou seu estômago. Ela queria que o irmão não estivesse sozinho. Queria que tivesse alguém para mandar fazer companhia para ele enquanto ela não estava.

— Está me ouvindo, Iris? — perguntou Helena, seca.

— Sim, senhora — disse Iris, ajeitando o cabelo atrás da orelha. — Qual é nossa primeira parada?

— River Down, com Marisol. De lá, vão para meu outro contato, Lonnie Fielding, em Bitteryne. Depois, vão precisar encontrar acomodação por conta própria, com o dinheiro que arranjei, mas, principalmente, se Bexley disser que é preciso recuar, vocês vão pular no carro dele sem questionar e deixar ele trazê-las de volta a Oath. Entendido?

— Entendido — ecoou Attie. — Quer que a gente escreva sobre algo em particular?

— O que encontrarem — respondeu Helena, jogando no asfalto o cigarro pela metade, que esmagou com o calcanhar. — Os planos de Dacre, os movimentos dele, o que ele está fazendo com o terreno, com os civis. Atualizações, histórias de testemunhas, o que observarem.

— O chanceler... — começou Iris.

Helena a olhou com sagacidade.

— Ele não vai gostar, mas estou decidida a publicar a verdade, e as consequências que se danem. Agora, podem ir. Espero o primeiro artigo amanhã à noite.

Iris deu um passo, mas parou e se virou para Helena outra vez.

— Eu estava pensando.

— No quê?

— No nome com que assino. Acho que quero mudar.

— *Acha?*

— Quero mudar. Quero assinar Iris E. Winnow.

Uma expressão pensativa tomou o rosto sardento de Helena. Por fim, ela aquiesceu.

— Muito bem. O E é de quê?

— Elizabeth — respondeu Iris. — Também era o segundo nome da minha avó.

— Então é em homenagem a ela?

Sim, Iris pensou, mas Roman também a assombrava no momento. Ela se lembrou da irritação que sentia por não saber o significado do C em sua assinatura.

Tobias abriu a porta do carro. Attie entrou primeiro, e Iris logo atrás. O banco de couro era frio, e ela se obrigou a se recostar. Tentou relaxar, *respirar* e se concentrar no que vinha pela frente, porque olhar para trás só faria atrasá-la.

Entretanto, não resistiu a olhar para a calçada quando Tobias começou a dirigir rua afora.

Helena estava no meio-fio, girando um cigarro novo. Porém, não era só ela que os via partir. Iris notou um homem encostado no muro poucos metros para trás, de mãos enfiadas nos bolsos, um sorriso cortando o rosto nas sombras.

O capanga do sr. Kitt.

Oath derreteu como geada ao sol quando eles pegaram a estrada.

Iris viu a cidade desaparecer enquanto o carro devorava os quilômetros, desafiando as próprias ordens de olhar só para a frente. Ela observou até os campanários da catedral, os arranha-céus brilhantes e as antigas torres do castelo virarem mera névoa ao longe, e pensou em como era estranho ver algo que parecia tão forte e vasto se tornar tão pequeno e quieto. Uma mera mancha de tinta no horizonte.

— Qual exatamente é o seu trabalho como carteiro? — perguntou Attie, mais alto que o ronco do motor.

Iris voltou a atenção para Tobias Bexley, que não dissera uma palavra desde que ligara o carro.

— É exatamente o que parece — respondeu ele. — Transporto correspondência e encomendas de e para Oath, de carro.

Attie se esticou para apoiar os braços no banco do motorista.

— E como você começou nessa área?

— Imagino que seja parecido com como você entrou no jornalismo.

— Para ganhar uma discussão com um professor tacanha?

Tobias ficou quieto por um instante.

— Então não foi parecido. Virei carteiro porque gostava de correr de carro e precisava de dinheiro para pagar esse hobby. Melhor trabalhar com o que amo fazer.

— Você *corre* de carro? — perguntou Iris.

— Corro — disse ele. — Minha mãe fica sempre aliviada quando eu paro de correr para trabalhar de carteiro, apesar de ela e meu pai não perderem uma corrida minha sequer. E, hoje em dia, até o correio é perigoso e imprevisível.

— Quantas corridas você já ganhou? — perguntou Attie, se preparando para uma história comprida e agradável.

Tobias retrucou:

— E você acha que já ganhei?

— Bom… acho — ela disse, e abanou a mão para indicar o pasto na beira da estrada, a paisagem que continuava a passar com velocidade extraordinária. — Você dirige bem rápido, não sei se já reparou.

Ele riu.

Promessas Cruéis **109**

— Sua patroa me paga para isso. Tenho que transportar vocês, e os seus artigos, de um ponto a outro, o mais rápido e com a maior segurança possível.

— Eu nem sabia que conversíveis chegavam a tamanha velocidade — disse Iris, apertando os olhos para se proteger do vento.

Ela ainda não tinha posto os óculos, porque esperava instruções de Tobias. E ela amava o ar fresco ardendo no rosto, a brisa bagunçando o cabelo como se tivesse dedos.

— Normalmente eles não acomodam um motor desses — disse Tobias.

— Então está dizendo que este não é um carro *comum* — deduziu Attie, ágil.

— Talvez esteja dizendo isso, sim.

— Por que as respostas tão vagas, Bexley? — perguntou Attie, e cutucou o ombro dele. — Está com medo de eu escrever um artigo sobre você e seu conversível mágico?

— Eu só tenho medo de uma coisa — respondeu ele.

Iris e Attie esperaram, tensas de suspense. Como o silêncio continuou, preenchido apenas pelas lufadas de vento e pelo ronronar agradável do motor, Attie se aproximou ainda mais dele.

— Imagino que tenha medo de furar o pneu, ou de acabar a gasolina, ou de se perder.

— Eu tenho medo de *chuva* — disse ele, mas finalmente virou o rosto, encontrando o olhar de Attie por menos de um segundo. — A chuva deixa as estradas lamacentas e traiçoeiras.

Iris olhou para as nuvens. Estavam brancas e leves, mas algumas, no horizonte ao oeste, começavam a se acumular em ameaças de tempestade.

— Sabe o que dizem da primavera em Cambria — disse Attie, com a voz arrastada, também reparando nas nuvens.

— Sei melhor do que ninguém. — Tobias pisou na embreagem e passou a marcha. Foi uma transição tão suave que Iris mal sentiu a mudança no carro. — Então temos poucas horas para chegar a River Down antes da tempestade cair. Os óculos cairão bem daqui em diante. Segurem tudo que não quiserem que saia voando. — Ele tirou o chapéu e o guardou no porta-luvas. — E tem cordas amarradas no assento da frente, caso precisarem se segurar.

Iris e Attie obedeceram e puseram os óculos de proteção. Quando o conversível acelerou ainda mais, qualquer esperança de conversa morreu no uivo do vento e da velocidade. Iris *sentiu* a emoção vibrar desde a sola das botas. Sentiu tremer nos ossos, e se deleitou com o borrão da terra enquanto voavam para o oeste.

As nuvens estavam baixas e escuras quando Tobias entrou com elas em River Down.

Era uma cidade pequena e quieta, aninhada nas colinas verdejantes do interior. Um rio raso e murmurante cortava o centro da cidade, e uma ponte de pedra conectava os dois lados: a zona leste era uma colagem de mercados, uma biblioteca, um jardim comunitário, uma escola, uma igrejinha com janelas de vitral; e a zona oeste transbordavam de casinhas de telhado de palha, entrelaçadas por ruas sinuosas de paralelepípedo.

Iris tirou os óculos para admirar a vista. Algumas pessoas caminhavam na rua, carregando cestas, e olhavam com curiosidade viva para o carro que Tobias manejava por uma rua atrás da outra com cuidado.

Ⓟromessas Ⓒruéis **111**

— Estamos chegando? — perguntou Iris, sem fôlego.

— Estamos, é aquela casa ali, à esquerda, de porta amarela — respondeu Attie.

Iris localizou a casa de dois andares com chaminé de pedra e janelas azuis, quase devorada pela hera, e, quando Tobias mudou a marcha para o carro ir devagar, ela notou que alguém as aguardava no quintal. Alguém de cabelo comprido e preto e um sorriso que chegava a enrugar os olhos, de vestido vermelho em contraste com a pele marrom-clara.

— *Marisol!* — Iris gritou, se levantando do assento para acenar.

Marisol acenou de volta e abriu a porta do quintal, parando, sorridente, na rua. Assim que Tobias desligou o carro, Iris saltou e correu pela distância curta até o abraço acolhedor de Marisol. Era quase como se tudo — o céu, o chão, a rotina — fosse desmoronar outra vez e Iris precisasse se segurar em algo firme.

Da última vez que nos vimos, o mundo estava pegando fogo, Iris pensou, fechando os olhos com força quando uma onda de emoção inesperada atingiu seu peito. Ela não tinha chorado muito naquelas últimas semanas. Na verdade, achava que tinha se recuperado da maior parte do trauma que vivera e que deixara esvaziá-la. Mas talvez só o tivesse enterrado. Talvez ela o tivesse enfiado em lugares escuros e esquecidos, onde a dor criara raízes enquanto ela dormia.

De início, assustou Iris, sentir aquilo borbulhar outra vez.

Ela começou a se soltar, mas Marisol a apertou ainda mais. Attie se juntou a elas, e as três se abraçaram ao mesmo tempo. Iris fungou e levantou o rosto, tentando esconder a emoção, até ver que Marisol também estava com os olhos brilhando de lágrimas.

— Minhas meninas, como é bom ver vocês! E sabem o que a ocasião pede? Chocolate quente e biscoito.

— Sonho com isso desde que voltei para Oath — disse Attie. — Nenhum café chega aos pés do seu chocolate quente, Marisol. Nem dos seus biscoitos.

— É mesmo? — perguntou Marisol, chocada, levando as meninas para o quintal. Ela parou depois de dois passos para exclamar: — E é bom ver você de novo, Tobias! Adoraria que viesse tomar um chocolate com a gente.

Tobias estava ocupado descarregando a mala. Porém, ele levantou o rosto e assentiu, curvando o canto da boca em um meio-sorriso.

— Seria um prazer, sra. Torres. Assim que eu cuidar do carro. A tempestade logo vai cair.

— É claro — disse Marisol. O ar cheirava a chuva distante, e o vento começava a assobiar pelas ruas estreitas, afastando do rosto dela as mechas de cabelo escuro. — A porta vai ficar aberta, e deixaremos um lugar posto à mesa para você.

— Ah! — A voz de Iris finalmente se libertou. — Minha bagagem.

— Não se preocupe, srta. Winnow — disse Tobias, concentrado na tarefa e tirando uma lona da mala. — Já carrego sua bagagem. E a da srta. Attwood.

— Obrigada — disse Attie. — Mas, caso não tenha notado... eu uso o nome *Attie*.

Tobias trancou a mala do carro e ergueu o olhar rapidamente.

— Está certo, *Attie*.

Enquanto ele cobria o carro com a lona, Marisol conduziu Attie e Iris pelo caminho de ladrilhos.

— Venham — disse Marisol, com o olhar brilhando de empolgação. — Venham conhecer minha irmã, Lucy.

10

Lavanderia para velhas almas

Iris entrou na lavanderia da casa de Lucy com a máquina de escrever. Era uma salinha pequena, com uma só janela, e continha uma tina grande de madeira e uma torneira. Uma corda estava pendurada de um lado ao outro da parede, e dela pendiam roupas. Em uma prateleira ficavam os frascos de sabão em pó. E, principalmente, ali estava um guarda-roupa. Alto e de carvalho, bem discreto.

Era o único guarda-roupa da casa, então era ali que Iris escreveria.

Ela se sentou no piso de tijolos em padrão de espinha de peixe e abriu a maleta. Seguindo o ritual antigo, apoiou a máquina entre as pernas e a porta do guarda-roupa, e esperou.

Mais uma vez, nada aconteceu.

Não chegou carta nenhuma. Nem nova, nem devolvida.

Talvez seja tudo à toa. Talvez a magia entre nós tenha acabado.

Iris sentiu um calafrio ao pegar o papel guardado na maleta. Ela encaixou a folha na máquina e tocou as teclas.

```
Querido Kitt
```

Ela viu as palavras conhecerem a página, mas logo parou. *Ele não vai se lembrar de você.* As palavras de Forest ecoaram dentro dela. Em desafio, ela escreveu:

```
Você está seguro? Está bem? Não consigo parar de
pensar em você. Não consigo parar de me preocupar
com você.
    Por favor, me escreva assim que puder.
```

Iris olhou as palavras por um bom momento antes de arrancar a folha da máquina.

Não posso mandar isso, pensou, mordendo o lábio até doer. *Não posso botar ele em risco.*

Ela massageou a dor no peito antes de amarrotar o papel e jogá-lo no lixo.

Roman entrou no quarto do andar de cima da casa na fazenda, e olhou pela janela, para a noite que se espalhava como tinta no céu. Era ali que passariam a noite, uma casa de muros de pedra, telhado de palha e pisos tortos, com um celeiro e galpões espalhados pelo terreno lamacento. Estava na metade do caminho até o destino final, e o lugar tinha sido abandonado pelos moradores não fazia tanto tempo.

Um dos pelotões havia encontrado conservas e carne seca no celeiro. Os soldados tinham feito fila na cozinha, jubilantes e famintos, para comer rabanete e cebola em conserva e linguiça de porco, e depois tinham acampado no terreno com barracas improvisadas e fogueiras. Até Roman tinha devorado a comida servida a ele; fazia tempo que ele não acalmava completamente a dor incômoda no estômago.

Ele deu as costas para a janela, analisando o quarto que Dacre dera para ele passar a noite. Devia ter sido o quarto da filha do fazendeiro. As paredes eram revestidas de papel de parede florido, e havia uma coleção vasta de livros de poesia na prateleira acima da lareira. O guarda-roupa transbordava de vestidos e blusas em tons pastel, e Roman admirou as roupas, sem saber descrever a pontada de tristeza que sentia.

O que tinha acontecido com aquela gente? Aonde elas tinham ido?

Ele pensou na carta, escondida no bolso como um segredo.

Roman releu as três perguntas estranhas antes de deixar a folha na mesa do quarto. A máquina de escrever esperava na bancada, as teclas cintilando à luz de velas. Quando as primeiras estrelas queimaram o anoitecer, ele começou a datilografar.

Era bom escrever para alguém, mesmo alguém sem nome. E ele queria respostas. Seria mais sensato recolher informações úteis para Dacre antes de compartilhar com ele a carta misteriosa, e Roman ficou feliz por confiar na intuição de esperar.

Ao terminar, ele soltou a folha e sentiu um choque formigar pelo braço. Parecia uma memória. Um gesto que ele tinha feito inúmeras vezes. Foi reconfortante, e ele se permitiu seguir os movimentos antigos.

Antes que pudesse pensar melhor, Roman dobrou o papel e passou a carta por baixo da porta do guarda-roupa.

O jantar na casa de Lucy foi singular. As velas da cozinha estavam acesas, e a luz dourada dançava pelas louças descombinadas e pelos copos de vidro verde. Música fraca soava de um rádio na bancada, as notas ocasionalmente distorcidas pelo ruído estático. Marisol cortou rosas do jardim, as primeiras flores da estação, e as dispôs em latas velhas de metal ao longo da mesa. Tigelas de comida iam sendo passadas de mão em mão, e Iris encheu o prato de peixe frito, vagem que tinha sido preservada em conserva no verão, pêssego e figo em conserva, batata assada com bastante manteiga e pão.

Lucy, que Iris notava ser o completo oposto de Marisol, serviu leite nos copos de todos antes de se instalar à cabeceira da mesa. Ela era alta, de cabelo loiro, sardas e olhos cinzentos e astutos. Parecia estar sempre carrancuda, mas Marisol já avisara a Iris que a irmã era reservada e demorava para confiar em desconhecidos. Receber uma xícara de chá dela era sinal de que tinha merecido sua amizade e seu respeito.

— Eu amo essa música — disse Attie, apontando o rádio com a cabeça.

Era uma melodia melancólica, ainda mais porque partes dela faltavam. Iris só percebeu porque já tinha escutado a música. Os trechos de corda tinham sido cortados, devido à proibição recente na cidade. A lei era o jeito do chanceler de limitar a magia que Enva fazia com a harpa, mas Iris considerava a restrição como nascida do medo. Medo de perder controle e poder. Medo de ver a verdade da guerra e do que viria por aí se espalhar por Oath.

— G. W. Winters — disse Lucy, sacudindo o guardanapo para desamassá-lo. — Uma das maiores compositoras dos nossos tempos.

— Você conhece o trabalho dela? — perguntou Attie.

— Conheço. Cheguei a ir a alguns concertos quando morava em Oath. Marisol foi comigo uma vez.

— E *que* noite memorável — disse Marisol. — Deu tudo errado.

— Exceto pela música — retrucou Lucy.

— É sorte nossa termos sobrevivido.

— Está exagerando um pouco, não está, irmãzinha?

Marisol fez cara feia, mas não conseguiu manter a pose por tanto tempo. O sorriso a traiu, e ela caiu na gargalhada.

— Acho que essa história merece ser contada — disse Iris, olhando para as irmãs.

— Só se eu puder contar — disse Lucy, levantando o copo de leite.

— Tá — suspirou Marisol, mas parecia achar graça. — Mas eu tenho direito a duas intervenções.

— Combinado.

A conversa foi interrompida por um trio de apitos repentinos no rádio.

Iris se virou para o som, e um silêncio gelado se instalou na mesa.

"Interrompemos a transmissão de hoje para compartilhar uma mensagem importante do chanceler Verlice", disse uma voz monótona pelo alto-falante. "Todos os visitantes em Oath devem registrar sua presença na cidade, assim como a de seus parentes, no Ministério do Exterior. Por favor, traga um documento de identificação, assim como todos os parentes relevantes, para fotografarmos e registrarmos. Obrigado por sua atenção e cooperação. Agora, daremos prosseguimento à transmissão."

A música voltou a tocar — sopro e metais e percussão —, mas ninguém se mexeu. Iris expirou, trêmula, perdendo o apetite. Olhou ao redor da mesa e notou a ruga profunda na testa de Lucy, a postura tensa dos ombros de Marisol. Attie parecia assustada, e Tobias tinha fechado a cara.

— Visitantes são os refugiados — disse Marisol. — As pessoas que estão fugindo da guerra.

— Tem muitos refugiados em River Down? — perguntou Iris.

— Algumas famílias chegaram na semana passada — respondeu Lucy. — Mas imagino que a quantidade vá aumentar quando Dacre voltar a marchar. Estamos preparados para ajudar a abrigar e alimentar o máximo de gente possível.

— Que eu soubesse, Dacre ainda estava parado em Avalon Bluff — disse Attie. — Que nem uma galinha no poleiro. Esperando por motivos que só temos a temer.

— Keegan me mandou uma carta faz pouco tempo — disse Marisol. — Ela disse que os exércitos de Enva recuaram para Hawk Shire, mas que ela espera que voltem a marchar para o leste em breve. Olheiros alertaram que Dacre já recuperou soldados o suficiente para uma nova incursão. Ela disse para eu me preparar para a situação mudar rápido, até aqui, no extremo-leste. Não acho que vocês devam mencionar isso nos artigos, Iris e Attie, e não quero assustá-las, mas Keegan disse que acha que o exército não deve conseguir conter Dacre outra vez se ele investir contra Oath. O contingente dele cresceu consideravelmente, e ele está conseguindo tomar essas cidades menores dos distritos com uma facilidade horrível.

Iris ficou quieta e encontrou o olhar de Attie.

— Até onde Helena mandou vocês viajarem? — perguntou Lucy.

As garotas hesitaram, então Tobias respondeu:

— Ela pediu que eu não as levasse para mais longe do que Winthrop.

— *Winthrop!* — exclamou Marisol. — É perto demais da linha de frente, especialmente se algo ocorrer de repente. Winthrop fica a um pulo de Hawk Shire.

— Mari — disse Lucy.

— Não, Luce! Eu tenho umas *belas* palavras para dizer a Helena, e dessa vez não vou engolir. Como fiz toda vez até agora!

Marisol se levantou e saiu da cozinha, furiosa, o que chocou Iris profundamente. Quando ouviu Marisol chorando no corredor, ela sentiu uma pedra pesada na barriga.

— Eu devo... A gente...? — Iris mal encontrava as palavras em meio à dor no peito.

Lucy abanou a cabeça em negativa.

— Minha irmã ama vocês duas. Ela acha difícil reconhecer que vocês vão chegar perto da ação.

— E ela está preocupada com Keegan — disse Attie.

— Ela está *muito* preocupada com a esposa — disse Lucy, e saiu da cozinha para reconfortar Marisol.

Iris remexeu no guardanapo, mas voltou a erguer o rosto quando Attie se levantou e desligou o rádio.

— Querem que eu leve vocês para casa? — perguntou Tobias. — Se quiserem, é só pedir.

Iris se virou para ele, mas seus olhos de mogno estavam concentrados em Attie.

— É uma oferta gentil, Bexley — disse Attie, se recostando na bancada —, mas eu quero seguir viagem, como falei que faria.

— Eu também — disse Iris.

Tobias assentiu, apesar da expressão severa.

— Então precisamos discutir nossos planos.

— Planos? — perguntou Attie, franzindo a testa. — Como assim?

— Se algo acontecer comigo enquanto eu estiver entregando seus artigos, vocês ficarão sozinhas na cidade. E precisam ficar no lugar a não ser que ocorra uma evacuação de emergência. Nesse caso, peguem a primeira carona possível para Oath.

— O que pode acontecer com você na estrada? — perguntou Attie.

— Qualquer coisa, honestamente. Um pneu furado. O motor pifado. Estradas bloqueadas.

— Achei que você não temesse esse tipo de coisa.

— E não temo — disse ele. — Mas vou temer por *vocês*. O que quero dizer é o seguinte… não entrem em pânico se eu não voltar a tempo. É extremamente improvável, porque não há muitos obstáculos que impeçam meu trabalho. Mas não quero que vocês me esperem se alguma situação exija que evacuem imediatamente. Até agora, a viagem foi tranquila, mas, depois de River Down, não sei o que esperar. Vocês concordam?

— Sim — disse Iris, mesmo com o coração a mil ao pensar em evacuar sem Tobias.

A testa de Tobias relaxou, até ele perceber que Attie não tinha respondido.

— Srta. Attwood? — insistiu ele.

Attie estava olhando pela janela, vendo a chuva escorrer pelo vidro.

— É claro que concordo — respondeu, encontrando o olhar dele. — Mas esperemos que não chegue a esse ponto.

II

R.

Iris deixou Attie e Tobias na cozinha com um bule de café recém-passado, e voltou para a lavanderia. Ela estava preparada para passar a maior parte da noite trabalhando, e ficou surpresa ao descobrir que uma almofada tinha sido deixada no chão ao lado da máquina de escrever, junto de uma manta macia. Também havia três velas e uma caixa de fósforos, para ela trabalhar à luz do fogo, em vez da lâmpada exposta no teto.

Devia ser ideia de Marisol, e Iris sorriu ao se sentar na almofada. Ela riscou um fósforo e acendeu as velas. Foi então que finalmente viu.

Ali, no chão diante do guarda-roupa, estava uma folha de papel dobrado.

Alguém finalmente respondera.

Iris olhou para a carta até os olhos embaçarem. Ela apagou o fósforo e engatinhou até o armário. Atordoada, pegou o papel e voltou a se sentar na almofada.

Ela olhou a folha dobrada. Certamente continha palavras, apesar de parecerem poucas. Dava para ver, uma corrente escura de pensamentos.

Talvez não mudasse nada, talvez mudasse tudo.

Iris engoliu em seco e abriu a carta.

```
Quem é você? Que magia é essa?
```

Ela fechou os olhos, atingida como um soco pela rispidez. Se fosse Roman, ele não se lembrava dela. A mera ideia a deixou sem fôlego. Antes de fazer qualquer coisa, porém, precisava confirmar que era ele. Precisava ser esperta.

Iris escreveu e mandou:

```
Sua máquina de escrever. Deve ter uma placa de
prata aparafusada na parte de baixo. Pode me dizer
o que está escrito lá?
```

Ela andou em círculos enquanto esperava a resposta, com o cuidado de não bagunçar a roupa no varal. Talvez ele não respondesse, mas, conhecendo Roman... ele gostava de um desafio. E era curioso.

A resposta chegou um minuto depois:

```
A TERCEIRA ALOUETTE / FABRICADA ESPECIALMENTE PARA D.E.W.
     Devo supor que D.E.W. é você? Pois certamente
não sou eu.
     P.S.: Você ainda não respondeu minhas perguntas.
```

Iris passou o dedo no lábio enquanto lia a carta. *Que estranho ele estar com a minha máquina*, pensou, mas um conforto quente se espalhou pelo peito. Ela tinha medo de perder a máquina da avó, e sofria por isso. A Terceira Alouette era parte de sua infância, um fio de seu legado. Ela tinha escrito tantas palavras com aquelas teclas.

Imaginar Roman datilografando na máquina, mantendo algo dela por perto, acendeu sua esperança.

— Você sempre gostou de um P.S., né, Kitt? — sussurrou.

Foi então que ela percebeu.

Era mesmo Roman, e ele não se lembrava dela.

A constatação foi uma facada afundando em seu tronco, e ela se permitiu desabar, encostando o rosto nos tijolos do piso. A carta de Roman ainda estava na mão, amarrotada sob o peso do corpo.

Forest estava certo.

Iris se permitiu sentir a gravidade daquela declaração; se permitiu sentir a dor e a angústia, em vez de enterrá-las para o futuro. Tudo bem sentir tristeza, raiva. Tudo bem chorar, de infelicidade ou de alívio. Quando conseguiu se endireitar, Iris releu a carta de Roman.

Ele ainda não se lembrava dela, mas lembraria. Em breve. A memória voltaria a ele, como a de Forest tinha ressurgido.

Mais importante, Roman tinha voltado a escrever para ela. Iris tinha um jeito de se comunicar com ele.

Dacre acreditava que tinha a vantagem, ao manipular Roman para torná-lo seu correspondente fiel. Mal sabia o deus que ele não era a única fonte de magia.

— Você vai se arrepender de ter tirado ele de mim — sussurrou ela, rangendo os dentes e encaixando uma folha de papel na máquina de escrever.

Com os dedos apoiados nas teclas, achou estar pronta para responder, mas hesitou.

Por mais que quisesse, ela não podia simplesmente declarar quem era na vida dele. Não podia correr o risco de ele entrar em pânico ou ficar confuso a ponto de parar de escrever, ou, pior, de Dacre interferir. Ela também precisava proteger a própria identidade.

A experiência devia ser gradual. Ela precisava ir com calma. Escreveu:

Não sou D.E.W., nem uma deusa que domina o encanto de enviar cartas para alguém que não deseja lê-las. Devo dar o crédito às portas dos armários. Mas sei a história que você toca, e a Terceira Alouette foi forjada por magia, conectada a outras duas máquinas de escrever. Uma era a Primeira, que agora é minha, e outra, a Segunda, que imagino estar perdida.

Enquanto você tiver a proximidade de um armário e a Terceira Alouette em mãos, suas cartas chegarão a mim, mesmo através das maiores distâncias. Mas imagino que você esteja ocupado, provavelmente atarefado com a guerra. E quem tem tempo de escrever cartas para desconhecidos hoje em dia?

P.S.: Que eu lembre, você ainda tem três perguntas minhas a responder!

Iris mandou a carta. Ela esperou, impaciente, os minutos passarem no desenrolar da noite. De repente, sentiu a exaustão, e suspirou, se preparando para escrever o artigo. Foi então que papel roçou o chão.

Roman respondeu com:

Percebo que fui indelicado. Perdão. Hoje em dia, nenhuma cautela é demais antes de confiar em alguém, e sua carta me assustou pela manhã.

Infelizmente, não tenho a resposta para suas três perguntas, então devo ter reprovado em um teste seu. Ou simplesmente feito você perceber que não está escrevendo para a pessoa desejada, porque a Terceira Alouette acabou de chegar a mim, e não sei quem a possuía antes disso. Peço perdão por esse fato, mas, de agora em diante, cuidarei dela com atenção.

Tudo isso para agradecer por compartilhar seu conhecimento sobre as máquinas de escrever. Você pode até não ser deusa alguma, mas nem eu sou um deus. Apesar de nossas vidas comuns, talvez façamos magia própria com as palavras.

E eu nunca disse que não desejava ler suas cartas, disse?

— R.

P.S.: Se formos continuar a correspondência, talvez você possa me dizer como eu devo chamá-la?

Iris se levantou para refletir. Roeu a unha, tentando desemaranhar as emoções, as palavras, os pensamentos. Finalmente, não aguentava mais esperar um segundo sequer, e voltou a sentar na almofada. Um clarão de relâmpago iluminou a lavanderia; o trovão soou, sacudindo as paredes.

Seria demais dizer seu nome? Por mais que ela quisesse?

E se a carta fosse confiscada? Ela estaria se arriscando se datilografasse *Iris*? Eram apenas quatro letras, mas entregá-las parecia perigoso demais.

Tome cuidado. Vá com calma.
Iris respondeu antes de criar dúvidas.

Caro R.,

Fique tranquilo: você não reprovou teste algum.
Também sou cautelosa quando a questão é confiança.
Mas devo me lembrar de que às vezes escrevemos para
nós, e às vezes para os outros. E às vezes esses
limites se misturam quando menos esperamos. Quando
isso aconteceu no meu passado... Lembro que apenas
me fortaleceu.

P.S.: Pode me chamar de Elizabeth.

PARTE DOIS

A atração das chamas

12

Rouxinol engaiolado

Fazia sol e a chuva da véspera reluzia em poças rasas quando Tobias partiu de River Down. Ele levava os artigos de Iris e Attie para Helena, assim como as correspondências da cidade que seriam entregues em Oath.

— Volto daqui a algumas horas — disse ele no portão, com o carro lustrado e pronto para a viagem. — Partimos para Bitteryne amanhã cedinho.

Iris assentiu.

Attie disse apenas:

— A lama na estrada não vai te atrasar? Choveu cântaros ontem, caso tenha esquecido.

— Nunca esqueço nada — respondeu ele, abrindo a porta do carro. — E, não, a lama da estrada não vai me atrasar.

Elas viram ele partir, e o som familiar do motor se foi pela névoa da manhã.

Iris olhou de soslaio para Attie.

— Está com medo de ele atolar?

— Não. Estou com medo *da gente* ficar atolada aqui se ele não voltar.

Attie continuou a olhar para a estrada, apertando o ferro forjado do portão.

— Vou dar uma caminhada — declarou.

Iris ficou no quintal até perder Attie de vista. Só então voltou para a casa, em busca de Marisol. Ela a encontrou no quintal dos fundos, ajoelhada com um livro de bolso aberto no colo.

— Que jardim lindo — disse Iris.

Marisol a olhou, sorrindo. Seus olhos estavam vermelhos, como se ela não tivesse dormido. O cabelo escuro tinha sido preso em uma coroa de tranças, e ela usava um macacão de serviço, todo sujo de terra.

— Lucy é uma jardineira apaixonada. Ela herdou o dedo verde da nossa tia.

Marisol voltou a atenção ao livro, passando os dedos pela ilustração de um livro na página.

— Mas estou tentando identificar esse passarinho cantando nos arbustos. Está ouvindo?

Iris se ajoelhou devagar, tentando ouvir. Em meio ao estrépito de uma carroça na rua vizinha e às crianças se chamando aos gritos, ela escutou o canto de uma ave. Era vivaz e melódico, cheio de trinados e gorjeios.

— Ele está bem ali, naquele matagal — disse Marisol.

Iris o localizou em um momento. Um passarinho de penas marrons e macias estava empoleirado no arbusto no fundo do quintal.

— Nunca ouvi um pássaro cantar assim — disse Iris, fascinada ao vê-lo cantarolar de novo. — O que é?

— Um rouxinol — respondeu Marisol. — Faz muito tempo que não vejo nem escuto um desses, mas, quando eu era mais nova, lembro que eles apareciam toda primavera em Avalon Bluff. Eu frequentemente dormia de janela aberta para ouvir o canto. Dormia ao som da música deles, e às vezes até sonhava com isso.

Ela fechou o livro devagar, como se perdida em devaneio. Então acrescentou:

— Anos atrás, fizeram uma pesquisa sobre rouxinóis, e vários foram capturados e engaiolados.

— Por quê? — perguntou Iris.

— Queriam vender os pássaros e estudar seu canto. A maioria dos rouxinóis morreu, e os que sobreviveram até o outono… acabaram se matando na tentativa de fugir, batendo o corpo e as asas na grade das gaiolas. Eles sentiam a necessidade de migrar, mas não conseguiam.

Iris fitou o rouxinol no arbusto. O pássaro tinha se calado, de cabeça inclinada para o lado, como se também escutasse a história trágica de Marisol. Por fim, ele juntou as asas e voou; o jardim ficou quieto e melancólico sem sua canção.

— Desculpa — disse Marisol, surpreendendo Iris. — Pela minha atitude ontem. Temos um tempo tão breve juntas, e sinto que estraguei.

— *Marisol* — sussurrou Iris, com a garganta apertada.

Ela tocou de leve o braço da amiga.

— Mas hoje eu acordei, ouvi o rouxinol cantar no quintal e me lembrei da história que minha tia contava sobre os pássaros engaiolados — continuou Marisol. — Lembrei que não posso enjaular as pessoas que amo, mesmo que sinta que as estou protegendo.

Ela suspirou, como se um peso tivesse caído de seus ombros. Então, entregou o livro para Iris. Era pequeno, e as páginas estavam amarronzadas pelo tempo, com cor de caramelo. Tinha um pássaro gravado em relevo na capa verde.

— Quero te dar este livro de presente, Iris.

— Não posso aceitar — protestou Iris, mas Marisol pôs o livro nas mãos dela com firmeza.

— Quero que você aceite — insistiu. — Quando voltar a viajar para o oeste, e encontrar novas cidades e histórias, talvez ainda tenha momentos de descanso para observar os pássaros. Quando tiver, pense em mim, e saiba que estarei rezando por você, Attie, Tobias e Roman todo dia e toda noite.

Iris piscou, segurando as lágrimas. Era apenas um livro, mas parecia muito mais do que couro, papel e tinta. Era uma âncora para os dias vindouros, algo para protegê-la e encorajá-la a *seguir em frente*, e ela passou a mão no pássaro da capa antes de encontrar o olhar de Marisol.

— Farei isso. Obrigada.

Marisol sorriu.

— Que bom. Agora que tal me ajudar a preparar umas cestas de boas-vindas para os novos hóspedes de River Down? Gostaria que você os conhecesse.

Iris assentiu e se levantou, limpando a terra úmida dos joelhos. Porém, sentiu uma sombra passar por ela, e parou para ver dois abutres pousarem no telhado vizinho. Eles abriram as asas, as penas escuras reluzindo ao sol.

Com um calafrio, ela apertou o livro junto ao peito e entrou atrás de Marisol.

Querida Elizabeth,

Hoje não consigo dormir, e me pego escrevendo para você outra vez. Você não me vê, mas estou sentado a uma escrivaninha diante de uma janela, olhando para a escuridão e tentando imaginá-la.

Não faço ideia da sua aparência, da sua moradia nem do som da sua voz. Não sei sua idade nem sua história. Não sei que acontecimentos você viveu nem que momentos a moldaram e a tornaram quem você é hoje. Não sei sob que lado da guerra você se encontra.

Percebo que não preciso saber essas coisas. Talvez você não deva me contar. Mas acho que gostaria de saber algo sobre você que mais ninguém sabe.

— R.

Querido R.,

Temo que eu não seja a melhor imagem no momento, mas vou ajudá-lo a visualizar: estou sentada no chão de uma lavanderia, datilografando na companhia de camisas e vestidos no varal. Meu cabelo está comprido, trançado e bem embaraçado, e tem um livro sobre as muitas aves de Cambria ao meu lado.

Hoje aprendi que abutres encontram pares para a vida toda. Você sabia? Sinceramente, nunca dei muita atenção para aves, mas talvez seja porque cresci entre os tijolos e o asfalto da cidade. Também aprendi que um rouxinol sabe cantar mais de mil melodias diferentes, que albatrozes podem dormir enquanto voam e que são os pardais macho os responsáveis por montar o ninho.

Eis algo que mais ninguém sabe de mim, porque só me ocorreu hoje:

Eu gostaria de, um dia, ser capaz de simplesmente ouvir um canto e saber a que pássaro pertence.

Entreabri a janela na esperança de ouvir algo familiar, ou mesmo inesperado. Uma canção que me lembre de que, mesmo quando me sinto perdida, os pássaros ainda cantam, a lua ainda cresce e mingua e as estações ainda mudam.

— Elizabeth

P.S.: Um fato que a maioria das pessoas sabe: tenho dezoito anos, mas sempre tive uma alma antiga.

P.P.S.: Me conte um fato sobre você. Pode ser algo que todos sabem ou que ninguém sabe.

Roman não respondeu a Elizabeth.

O que ele poderia contar? Que não se lembrava do passado?

Irritado, ele escancarou a janela do quarto. Eles ainda estavam acampados na fazenda abandonada, o que o deixava desconfortável. Porém, assim que inspirou o ar fresco da noite, úmido da chuva de primavera, a tensão em seu corpo se aliviou.

Com um suspiro, ele desamarrou as botas e se deitou na cama. Soprou a vela e, quando a noite o envolveu, ele escutou.

Fora da janela aberta, ouvia os grilos estridularem e as folhas farfalharem ao vento. Vozes distantes dos soldados escapando das barracas. E, sob esses sons todos, a canção assombrosa de uma coruja.

Roman pegou no sono.

Ele teve sonhos vívidos, nítidos.

Estava sentado à mesa com uma máquina de escrever. Dicionários e léxicos estavam alinhados à sua frente. Uma lata de lápis, um bloco e uma pilha de obituários estavam ao lado. A sala ampla cheirava a fumaça de cigarro e a chá preto forte, e o ar era metálico devido ao som de teclas, alavancas e apitos de máquinas de escrever enquanto nasciam os parágrafos.

Ele estava na *Gazeta de Oath*. E quase lhe parecia sua casa, mais do que a mansão na colina com a qual ainda sonhava.

— Kitt? Minha sala, já — disse Zeb Autry, passando pela mesa de Roman.

Roman recolheu o bloco e foi atrás do chefe. Ele entrou na sala, fechou a porta e se sentou, ansioso, diante de Zeb.

— Pois não?

— Queria dar um aviso — disse Zeb, pegando o decanter de uísque na mesa, que cintilava à luz inclinada da manhã. — Tem uma nova funcionária chegando. Ela vai dividir os obituários, classificados e anúncios com você.

— *Ela?* — ecoou Roman.

— Não precisa de tanta surpresa. Li um artigo dela e não pude deixá-la escapar. Gostaria de ver o que ela pode fazer aqui.

— Quer dizer que não vou mais entrar na vaga de colunista que o senhor me ofereceu?

Zeb fez silêncio por um momento, torcendo a boca.

— Quero dizer que vocês dois terão chance igual de entrar. Um pouco de concorrência vai fazer bem para você, Kitt.

Roman entendeu a declaração como "tudo sempre te foi dado de bandeja". Ele sentiu o rosto corar, a irritação coçar na garganta. Porém, assentiu, tensionando a mandíbula.

— Não faça essa cara! — disse Zeb, rindo. — Ela nem se formou na Escola Windy Grove. É provável que a promoção ainda seja sua.

Se ela tinha estudado em Windy Grove, vinha de uma parte da cidade na qual Roman raramente andava. Ele não sabia se deveria ficar reconfortado ou mais preocupado. Quem quer que ela fosse, teria um ponto de vista diferente. O texto dela podia ser atroz ou espetacular, mas, acima de tudo, Roman não queria competir por algo de que precisava.

— Quando ela começa? — perguntou.

— Hoje. Já deve estar chegando.

Maravilha, pensou Roman, desanimado. Talvez fosse melhor assim. Acabaria a tortura o mais rápido possível.

Ao longo das horas seguintes, ele dividiu a atenção entre os obituários e as portas de vidro da *Gazeta*, esperando aparecer aquele enigma que poderia estragar tudo. Ao meio-dia em ponto, ela surgiu, como se encantada.

Era pequena e pálida, com o rosto em forma de coração. Sardas salpicavam o nariz, e ela arregalou os olhos ao admirar o ambiente. O cabelo castanho estava alisado para trás, preso em um coque arrumado, mas ela usava um sobretudo puído que parecia engoli-la, com o cinto apertado. Ela estava estalando os dedos quando Sarah Prindle pulou na frente dela para cumprimentá-la animadamente.

— Venha, vou apresentar você ao pessoal! — disse Sarah, dando o braço para ela e caminhando com o pior pesadelo de Roman pela *Gazeta*.

Ele se levantou da mesa e andou até o aparador para se servir de chá e continuar a observar a garota nova, que era apresentada aos redatores, aos assistentes, a Zeb. Só faltava ela apertar a mão dele.

Ele não poderia evitá-la para sempre. Sarah o olhara algumas vezes, cheio de significado, ao instalar a garota na nova mesa — a dois lugares da dele —, e Roman engoliu um resmungo.

Deixou a xícara na mesa e atravessou o corredor para cumprimentá-la.

Ela estava passando a mão nas teclas da máquina, ainda vestida com o casaco velho, apesar dos sapatos de salto darem um ar de autoridade. Ela devia ter sentido a aproximação dele, como uma tempestade assomando no horizonte. Ou talvez sentisse seu olhar gélido. Ela ergueu o rosto para encará-lo, fitando-o com ousadia antes de sorrir.

— Iris, prazer — disse ela, animada, e estendeu a mão. — Iris Winnow.

Que nome é esse?, ele resmungou por dentro, já imaginando a assinatura no jornal. Era um bom nome. Um nome que ele estava tentado a provar na boca, mas se conteve.

— Roman Kitt — respondeu ele, seco. — Bem-vinda à *Gazeta*.

A mão dela ainda estava estendida, esperando pela dele. Seria grosseria ignorar. Na verdade, já era grosseria ele demorar tanto para cumprimentá-la. Ele relutantemente encostou a mão na dela, e ficou imediatamente surpreso pela firmeza de seu aperto. Pelo choque que subiu pelo braço ao tocá-la.

Roman acordou sem fôlego.

13

Você já viu coisa pior

— **Você está estranhamente quieto** — disse Dacre.

Roman desviou a atenção da janela suja do caminhão. As tropas finalmente tinham partido da fazenda melancólica, avançando ao leste por uma estrada sinuosa.

— Perdão, senhor. Estava admirando a mudança da paisagem.

Dacre, sentado no banco ao seu lado, observava-o com o olhar aguçado.

— Suas feridas voltaram a doer?

A pergunta foi tão inesperada que Roman ficou boquiaberto. Dacre não tinha curado suas partes quebradas? Por que voltariam a doer?

— Não — disse Roman, mas passou os dedos pelas cicatrizes no joelho, escondidas pelo macacão. — Me sinto perfeitamente bem, senhor.

— Pode me contar se doerem. Às vezes, as lesões são mais fundas do que percebi de início, e preciso tratá-las novamente — disse Dacre, e parou por um momento, como se

140 Rebecca Ross

perdido em devaneio. — Você sonhou essa noite? Faz um tempo que não me conta seus sonhos.

— Se sonhei, não lembro.

A mentira saiu com facilidade, mas Roman sentiu um aperto na garganta. Ele não parava de ver Iris Winnow, e seu sorriso. Porque a gravidade parecia girar em torno dela, mesmo horas depois do sonho?

Ele passou o polegar na palma da mão — ainda sentia seu toque — e pressentiu que Iris era mais do que um sonho.

— Se pudesse ter qualquer magia divina — perguntou Dacre —, que poder escolheria?

Roman se surpreendeu novamente com a pergunta de Dacre.

— Não sei. Nunca pensei nisso, senhor.

— Quando eu era mais novo, queria o poder do meu primo. De Mir — disse Dacre, a voz grave e quente ao lembrar, com aparente carinho, uma era passada. — Mir era bem mais velho do que eu, e muito mais implacável. Ele nasceu com o poder das ilusões, e podia ir e vir como uma mera sombra, passando de um lugar a outro sem ser notado. Ele colecionava segredos da família como joias em um cofre e também vagava no mundo superior, para descobrir o que podia dos Celestes. Lembro que um dia ele voltou ao subterrâneo, vibrante e robusto, como se tivesse engolido todas as estrelas do céu. Ele me contou que tinha adquirido outro poder. Que permitia que ele lesse a mente de quem tocasse. Dali em diante, eu passei a evitá-lo, com medo do que ele encontraria em meus pensamentos, mesmo que eu apenas o invejasse.

Roman fitou o perfil afiado de Dacre. A luz do sol delineava sua estranha beleza.

— O senhor pode adquirir mais poder? Achei que os deuses tivessem nascido com magia, e fosse isso que os separasse de nós — disse Roman.

— Nascemos com nossa magia devida, sim — respondeu Dacre. — Mas isso nunca nos impediu de desejar e encontrar modos de obter mais.

Roman esfregou as mãos na coxa. Queria perguntar mais, mas as palavras não vinham, e ele acabou pensando em Mir. Outro divino adormecido em uma tumba ao norte.

Passaram-se algumas horas de silêncio truncado, Roman entrando e saindo do sono sem sonhos. Ele ficou aliviado quando chegaram ao destino.

A cidade de Merrow era semelhante à de Avalon Bluff, mas menor, contendo casebres de teto de palha, janelas coloridas e jardins descuidados. A via principal era a única rua com paralelepípedos em vez de terra. Macieiras se espalhavam pela paisagem, e as flores brancas voavam dos galhos quando soprava o vento.

Assim que o caminhão parou, Roman pegou a máquina de escrever e abriu a porta. Ele desceu com cuidado, atento à longa fileira de veículos entrando na cidade atrás dele, e olhou para a casa mais próxima.

As janelas estavam repletas de sombras, cobertas de teia de aranha. Não subia fumaça alguma da chaminé; nenhuma criança corria pela rua. O mercado estava fechado por tábuas de madeira. Até algumas das portas pareciam de difícil alcance, trancadas por barricadas.

— Cadê todo mundo? — perguntou, sem esperar resposta.

Dacre, porém, escutou, assim como o soldado que dirigia o caminhão.

— Foram evacuados ao leste, graças ao exército de Enva — respondeu Dacre, olhando para o capitão em postura de atenção ali perto. — Monte vigia no perímetro. Mande sua companhia escolher o melhor lugar para nos alojar esta noite, e veja o que podemos recuperar de comida nos celeiros.

— Sim, senhor.

O capitão bateu continência e começou a dar ordens.

A cidade zumbia como uma colmeia enquanto os soldados cumpriam as tarefas, e Roman considerava passear sozinho por um momento, atraído pela paz tranquila do pomar, quando tiros rasgaram o ar.

A meros três passos dele, um cabo caiu, gritando.

Roman sentiu o sangue salpicar o rosto e ficou paralisado, com o coração martelando no peito. Outro trio de tiros: de estourar os tímpanos, fazer tremer os ossos. Um segundo soldado caiu, e um terceiro, e, entre os gritos e a algazarra de pânico, Roman percebeu que as balas vinham de uma janela do segundo andar.

— *Ande* — sibilou Dacre, agarrando o braço de Roman.

Uma saraivada de balas os seguiu, zunindo acima deles, batendo atrás de seus calcanhares.

Os tiros eram dirigidos a Dacre, mas ele se esquivava sem esforço.

Roman tropeçou antes de se equilibrar. Ele deixou Dacre empurrá-lo para a segurança de um dintel, escondido do atirador. O sangue ardia em suas veias. Ele tremeu, analisando as janelas mais altas do outro lado da rua. Todas as sombras pareciam uma ameaça, um véu que esconderia alguém.

— Quantos são, comandante? — perguntou o capitão, de novo, acompanhado pelo tenente Shane.

Sangue salpicava o rosto e o uniforme dos dois, mas eles pareciam ilesos ao se agachar ao lado de Dacre e Roman, de armas em punho.

— Acredito que seja um só — respondeu Dacre, soando estranhamente calmo, quase bem-humorado. — Segundo andar dessa construção. Não o mate. Traga ele para mim, ferido.

O capitão se levantou e fez sinal para os soldados abrigados atrás de uma cerca do outro lado da rua. Eles retribuíram o ataque do atirador, mas pareceu servir apenas de distração para que o capitão e Shane se esgueirassem para o térreo da casa.

Roman se encolheu, mas Dacre segurou o braço dele outra vez, o mantendo de pé.

— Venha comigo — falou. — Precisamos encontrar a porta.

Em meio ao caos, parecia uma frase inteiramente razoável. Roman assentiu, o coração batendo na boca, enquanto lutava contra o impulso de fugir e se esconder. Ele seguiu Dacre pelas estradas de terra.

Eles finalmente pararam em uma casa na esquina. Líquen crescia pelo telhado, e o quintal era mais amplo do que a maioria, com lilases florescendo na treliça.

— Deve ser aqui, sim — comentou Dacre, mas olhou para cima, como se medisse o horizonte.

— O que é, senhor? — perguntou Roman, e a voz falhou quando soou outra saraivada de tiros.

Ele olhou de relance para trás, mas não via a casa do atirador. Discernia apenas os soldados de Dacre se escondendo atrás dos muros de pedra, entrando e saindo de casas escuras, de armas em punho.

Uma explosão sacudiu a cidade. Roman viu um clarão, sentiu o chão tremer sob as botas. Fumaça subiu de uma rua próxima, provocando uma torrente de gritos, berros.

O som quase o derrubou. Ele sentia gosto de sangue. Sangue, sal e terra, mas, quando tocou a boca, estava seca como papel. Ele se perguntou se estaria se lembrando de um fragmento do passado, mas a tensão no ar não lhe dava tempo de examinar.

— Senhor? — perguntou. — Devemos voltar para ajudá-los?

Dacre não respondeu. Ele abriu o portão e avançou para a porta da casa, que se abriu, rangendo e expondo um ambiente escuro.

— *Comandante?* — Roman arrancou a palavra do peito. Ele reparou que nunca tinha chamado Dacre por aquele título. — Não é melhor esperar? E se houver outro atirador ou uma armadilha?

Dacre parou na porta e o olhou.

— É preciso de mais do que algumas balas sem mira para me matar.

— Sim, mas o senhor é imortal. Eu não sou.

— Não é? Caso tenha esquecido, estava a um minuto de morrer quando eu o encontrei. Comigo, você está em segurança.

Dacre entrou.

Roman hesitou até o som de tiros diminuir. O silêncio que se seguiu era assustador e afundou em seus ossos como a geada do inverno, deixando-o lento e desajeitado. Roman estremeceu ao correr atrás de Dacre pela casa.

— Procure um cômodo com lareira — soou a voz de Dacre nas sombras.

— Como assim? — arfou Roman, no saguão.

— Minhas portas gostam de fogo e pedra. Elas engolem as cinzas, as brasas e a magia invisível da lareira. Ah, cá está. A sala de estar.

Roman entrou na sala. Tinha um tapete no chão, uma poltrona empoeirada, e estantes construídas ao redor da lareira.

Dacre, contudo, estava diante da porta alta de um armário, esperando por Roman.

— Quero que você abra esta porta — disse Dacre. — Me diga o que encontrar.

Roman simplesmente olhou a porta, a voz como uma farpa na garganta. As mãos dele estavam suadas. Ele sentiu o peso da máquina de escrever como se fosse uma mó.

Dacre sabia que ele estava trocando cartas por meio de armários?

Roman mordeu a bochecha e abriu a porta.

— Há apenas casacos aqui, senhor — disse ele, vendo a silhueta dos sobretudos de inverno. — E embrulhos.

— Que bom. Agora feche.

Roman deixou a porta bater, se preparando para recuar, mas Dacre tinha tirado a chave pendurada no pescoço. Havia duas correntes penduradas sob o uniforme, uma da chave e outra com algo que parecia uma flautinha de prata. Roman percebeu que eram a origem do tilintar que ele às vezes escutava quando Dacre andava.

Ele viu o deus levar a chave à maçaneta de latão do armário, e encaixá-la em uma fechadura que antes não estava ali. Desta vez, quando a porta se abriu, não revelou casacos nem caixas: apenas uma escadaria de pedra que levava ao reino inferior.

— Não entendi — disse Roman, sentindo a lufada de ar frio e úmido.

— Anos atrás, aprendi uma dura lição — começou Dacre —, que me fez jurar que eu tornaria mais difícil me prejudicarem ou à minha família outra vez. Forjei cinco chaves no fogo mais quente do meu reino, e apenas aqueles de minha confiança as carregam. Essas chaves podem abrir os portais entre nossos mundos.

— Por que cinco?

— É um número sagrado. Para vocês, mortais, há cinco dias na semana, cinco distritos, cinco chanceleres, cinco divinos restantes. Para nós, deuses, é uma benção e um alerta. Quando a questão é confiança, atente-se à magia dos cinco. Ter quatro confidentes é pouco, e seis é demais.

Antes que Roman pudesse perguntar outra coisa, as luzes se acenderam no teto. Era o capitão, ensanguentado e soturno, e os soldados que vinham carregando um rapaz de macacão. Uma das pernas dele parecia quebrada, e o abdômen brilhava de sangue vermelho.

— O atirador, comandante — disse o capitão. — Ferido, como o senhor pediu.

Roman fitou o desconhecido. Ele tinha o cabelo castanho-arruivado e escuro, o rosto extremamente pálido, e os olhos castanhos brilhando de agonia, até ver Dacre. Então, sua expressão se eletrizou de ódio. Ele cuspiu nos pés de Dacre.

Dacre sorriu educadamente.

— Vejo que deixaram você para trás.

— Fui eu que escolhi — disse o rapaz, rouco. Sangue escorria pela roupa dele, se acumulando em uma poça no chão. — E não lutarei por você.

— Prefere morrer?

— Sim. Me dê um tiro à queima-roupa e me largue aqui, para morrer onde nasci.

Dacre ficou quieto, analisando o homem.

— Acha que quero ser misericordioso com quem feriu meus soldados?

O atirador fez silêncio. Ele já parecia ter sido beijado pela morte. O canto da boca estava ficando azulado, e a respiração, mais pesada.

— Não lutarei por você — repetiu. — E você não vencerá esta guerra. Não importa quantos de nós transforme... vamos acabar por abandoná-lo. Quando lembrarmos.

Dacre levantou a mão. Ele arrancou o ar dos pulmões do rapaz em um encanto silencioso que fez a temperatura da sala cair e as luzes piscarem. Roman achou que Dacre tinha honrado o pedido do atirador e matado ele de uma vez, até Dacre dizer:

— Levem-no para uma das celas subterrâneas. Mantenham ele estável até eu poder tratar das feridas.

Roman viu os soldados arrastarem o atirador desacordado pela porta encantada até o mundo lá embaixo, deixando para trás um rastro de sangue.

— Dois outros soldados também estão feridos, senhor — disse o capitão. — Estilhaços de granada. Estão a quatro casas daqui, à sua espera.

Roman ficou quieto, mas uma sensação entorpecida o tomou. Ele viu Dacre seguir o capitão e os outros e sair da casa, deixando-o sozinho na sala.

Devo ir atrás deles?, se perguntou, mas os pensamentos passavam pela cabeça como névoa. *É um teste?*

O estômago dele se revirou.

Roman seguiu para a porta, mas não foi atrás de Dacre e do resto. Ele correu para a fronteira da cidade, de olho no pomar. As macieiras o atraíram, assim como a grama macia e a luz do sol que salpicava o chão.

Ele largou a máquina de escrever, caiu de joelhos e vomitou. Não tinha muito para expulsar, mas botou tudo para fora, até se sentir vazio, apertando com as mãos as raízes na terra.

Ele sentiu uma pontada de alívio e inclinou a cabeça para trás, piscando até afastar as lágrimas. Foi então que notou que não estava só. O tenente Shane estava encostado em uma macieira por perto, fumando um cigarro e o observando.

— Eu precisava de um momento — disse Roman.

— Então tire um momento — respondeu Shane, e deu de ombros, desanimado. — Mas você já viu coisa pior, correspondente.

O comentário queimou a pele dele como fogo. Roman se irritava com as falhas na memória. Por tentar tecer todas as suas partes, e perceber que um sem-fim de fragmentos estava perdido.

— Você fala como se estivesse lá — disse Roman. — Como se soubesse o que aconteceu comigo.

Shane fumou em silêncio, olhando distraidamente para o horizonte. Algumas flores da macieira caíram, pousando como neve em seus ombros largos.

— De certo modo, eu estava — respondeu, por fim. — Mas não posso contar o que aconteceu. Você vai precisar lembrar sozinho.

— Quanto vai demorar para eu lembrar?

— Também não posso te ajudar com isso.

— Por quê? — perguntou Roman, impaciente. — Você não se feriu nunca nessa guerra? Nunca foi curado por Dacre?

Shane o encarou.

— Acha que todos aqueles curados com o poder dele se esquecem de quem foram?

Ele jogou o cigarro na grama e o esmagou com a bota antes de dar as costas.

— Não está nem perto da verdade, correspondente — acrescentou.

14

Fome

Querido R.,

Cheguei bem no meu destino seguinte, e só posso imaginar o seu.

Me permita confessar agora, à luz de velas, no abraço de uma nova cidade, que anseio pelas suas cartas. E, por uma noite ao luar, ajamos como se não houvesse fardo pesando em nós. Como se não houvesse responsabilidade nem amanhã. Nem deuses, nem guerra.

Eu quero

Iris parou de datilografar.

Ela estava sentada no chão do novo quarto, um cômodo pequeno no primeiro andar da pousada de Bitteryne. Iris tinha escolhido o quarto porque possuía um guarda-roupa, uma pequena lareira de tijolo e um tapete no chão, que cairia bem para sua escrita. Mas, *porque* estava sentada no chão, ela sentiu algo de estranho.

Ela abaixou as mãos da máquina e as apoiou no tapete puído. Talvez fosse só imaginação, mas, por alguns momentos, quase achara que algo tilintava debaixo dela. Um leve tremor, no fundo da terra.

Ela esperou com as mãos apoiadas no tapete. Logo antes de afastá-las, sentiu outra vez. Havia um ritmo nas vibrações, como uma picareta batendo na rocha. Será que havia uma mina debaixo de Bitteryne? Ela perdeu o fôlego ao se lembrar da lenda que Roman tinha compartilhado com ela. A história de quando Dacre deixara o reino inferior para capturar Enva. Os túneis, o salão subterrâneo, o reino de calcário e rocha com veios azuis.

Tem algo de errado, pensou Iris, esperando para ver se sentiria outra vez. O tinido pareceu ficar mais forte, e mais fraco de novo. *Talvez esteja só imaginando, de cansaço.*

Ela voltou os dedos às teclas e olhou para a carta pela metade.

```
Esqueça. Estou cheia demais de vontades, e fiquei
ousada e precipitada demais.

    Eu não deveria mandar esta carta para você.
Não deveria, mas apenas por temer o que você pode
pensar. E, ao mesmo tempo... temo que nunca chegue
a você.

    E é por isso que a entrego. Para provar que
estou errada, e provar que estou certa.

                                        — E.
```

Roman queria apenas se trancar no quarto novo e tirar o macacão. Esfregar a pele até arder. Desamarrar as botas e se deitar na cama. Reler as cartas de Elizabeth até se perder nas palavras.

Ele queria esquecer — por uma noite apenas — o que tinha acontecido naquele dia.

Não importa quantos de nós transforme... vamos acabar por abandoná-lo. Quando lembrarmos.

As palavras do atirador ainda ecoavam por ele. Roman se perguntou se o homem estaria plenamente curado, no subterrâneo distante. Se lembraria o que tinha ocorrido ao despertar. Que tinha ousado assassinar um deus.

— Roman? — ressoou a voz de Dacre de repente no andar de baixo. — Desça para a sala com sua máquina.

Roman fez uma careta, paralisado. Ele olhou ao redor do quarto que tinha escolhido para passar a noite — um cômodo pequeno, mas aconchegando, com uma porta de armário estreita —, e decidiu que a carta para Elizabeth teria de esperar. Ele ainda não tinha recebido notícias dela, e tentou engolir a preocupação enquanto recolhia a máquina. Desceu a escada e voltou à sala onde o sangue do atirador ainda manchava o chão, e a porta ainda levava ao subterrâneo.

Dacre tinha transformado a sala em um escritório improvisado, empurrando a poltrona e puxando a mesa da cozinha. O fogo queimava na lareira, apesar das fotos de família ainda na prateleira, em molduras de bronze que refletiam a luz.

— Sente-se — disse Dacre. — Preciso que datilografe minha correspondência.

Roman encontrou um espaço na mesa para apoiar a máquina de escrever. Ele notou os papéis espalhados a seu redor — mapas, cartas, documentos —, assim como um prato de jantar pela metade, uma garrafa de vinho e um copo de cerâmica.

— O que quer que eu escreva, senhor? — perguntou Roman, puxando a cadeira.

Dacre ficou quieto, de olho no mapa aberto à sua frente. Era uma ilustração de Cambria e seus cinco distritos. Toda cidade e todo vilarejo. Todo rio e toda floresta. As estradas que os conectavam como veias.

Quando Dacre começou a falar, Roman escutou e datilografou:

Capitão Hoffman,

Daqui a seis dias, suas tropas precisam nos encontrar em Hawk Shire. Se não tiver sucesso na missão ao norte, precisará retomá-la após a batalha. Minha brigada começará o ataque por dentro, utilizando minhas portas, como já discutimos, e suas tropas devem estar preparadas para oferecer assistência na empreitada, caso o saque demore mais do que prevejo. Também estou com poucos mantimentos; prepare-se para trazer o que tiver de ração e cantil.

Dacre Inferior

Senhor Comandante de Cambria

Roman puxou a folha e a entregou para Dacre. Enquanto o deus assinava a carta e pressionava um selo de cera, Roman passava o olhar pelo mapa. Ele localizou Hawk Shire, uma cidade grande, perto de onde estavam acampados, em Merrow. Uma miniatura de uma mulher estava pousada ali. Representava o exército de Enva, Roman sabia. Porém, sua atenção logo mudou para outro mapa, debaixo daquele de Cambria. Ele via apenas as bordas, mas parecia um desenho de raízes retorcidas de árvore. Passagens sinuosas e tortuosas. Algumas estavam marcadas em azul, e outras, em verde.

Era um mapa do submundo.

Ele se forçou a desviar o olhar antes de Dacre notar.

— Agora outra — disse Dacre, e Roman, obediente, pôs outra folha na máquina.

```
Sr. Ronald Kitt
```

Roman parou de datilografar, olhando as palavras que Dacre tinha acabado de pronunciar. As palavras que tinha acabado de marcar no papel.

— Está escrevendo para meu pai? — perguntou.

— Não mencionei que ele é um colaborador fiel? — retrucou Dacre. — Não se preocupe. Sua família está bem. Seu pai sabe que você está em segurança. Na verdade, ele está orgulhoso.

Roman não sabia como interpretar aquela declaração. Parecia apenas resvalar nele, como se estivesse revestido de aço.

— Que mensagem deseja enviar ao meu pai, senhor?

Dacre continuou:

```
    Escrevo para lembrá-lo de nosso acordo. Ainda
aguardo o próximo carregamento que me foi pro-
metido, e, como a ferrovia tem enfrentado certas
dificuldades, me pergunto se podemos conceber uma
alternativa para as entregas. Sei que o senhor es-
tava preocupado com a interceptação das forças de
Enva, mas sua pior preocupação deveria
```

Eles foram interrompidos por um soldado, o mesmo capitão que Roman vira mais cedo. Ele entrou na casa abruptamente. Uma lufada de ar fresco da noite o envolveu ao pausar na porta da sala.

— Perdoe a interrupção, comandante — disse o capitão, com uma reverência.

Quando ele abaixou a cabeça, uma chave de ferro escapou do colarinho dele, pendurada por uma corrente. Roman a olhou, percebendo que era uma das cinco chaves que Dacre mencionara.

— Mas tenho necessidades urgentes que exigem sua atenção imediata — continuou ele.

Dacre suspirou, mas levantou a mão.

— O que foi, capitão Landis?

— A primeira questão são os cães. Eles não comem há semanas e estão famintos. Atacaram dois domadores diferentes hoje à tarde, e os uivos constantes estão incomodando os operários. Como resultado, o progresso está mais lento do que gostaríamos.

Roman abaixou os dedos da máquina. Ele inevitavelmente olhou para a porta do armário da sala de estar, como se os cães pudessem irromper ali a qualquer momento. Porém, qualquer imagem dos bichos de estimação fatais de Dacre se dissolveram quando Roman viu o que repousava no chão ensanguentado.

Um papel dobrado.

— Tenho sua permissão para liberar os cães? — continuou o capitão Landis. — Eles podem correr hoje, se alimentar.

— Não — respondeu Dacre. — Meus mensageiros estão entregando correspondências urgentes, e os cães não podem interferir na rota.

Promessas Cruéis   **155**

— Então o que fazer, senhor?

Roman se forçou a desviar o olhar do papel no chão, mas seu sangue tinha congelado. Ele mal escutava o capitão e Dacre, de tão forte que batia seu peito.

A carta de Elizabeth estava diante da porta do submundo, bem à vista de Dacre. A quatro passos de onde Roman se encontrava, paralisado à mesa.

Se ele encontrar... A cabeça de Roman girava. *Se ler as palavras dela...*

Seria o fim. A estranha correspondência acabaria, e não havia como imaginar a que ponto Dacre chegaria para impedi-la de acontecer.

Roman se levantou, fingindo se espreguiçar. Dacre fixou a atenção nele, com uma ruga irritada na testa, mas tinha preocupações mais importantes. O deus se virou para o capitão e falou:

— Pegue os operários mais fracos e dê para os cães comerem por enquanto. Deve bastar.

Essas palavras deveriam ter congelado Roman, mas seus ossos já pareciam cobertos de gelo. Ele foi andando até a parede, fingindo observar os retratos pendurados.

— Cuidarei disso pessoalmente, comandante. Quanto à outra questão... se refere ao atirador que curou hoje mais cedo.

— Sim, o que tem?

— Ele já despertou. E a mente dele...

Roman sentiu o olhar de Landis. Ele fingiu não ter ouvido o comentário do capitão, e passou os dedos pela moldura dos retratos, limpando o pó. Reparou como seus dedos estavam brancos. Como as unhas estavam azuladas.

— Então ainda não está pronto — disse Dacre, arrastado.

— Não, comandante. Está tentando se ferir.

— Então o contenha!

— Senhor, a maioria das forças está aqui em cima, preparando o ataque. Os outros estão ocupados na supervisão dos operários. Acho que, se o senhor pudesse descer e colocá-lo em um sono profundo…

Um guincho alto da cadeira arrastada pelo chão. O capitão deixou a frase no ar quando Dacre se levantou, e Roman aproveitou o momento para se aproximar do guarda-roupa e cobrir rapidamente a carta de Elizabeth com a bota. Ele puxou o pé para trás, e olhou para baixo, para garantir que tinha escondido completamente. Apenas um canto ainda brilhava, em contraste com o chão sujo. Com cuidado, ele ajeitou a posição.

— Roman?

— Sim, senhor? — respondeu Roman, erguendo o rosto para o olhar pesado de Dacre.

— Minha presença é exigida em outro lugar, mas retomaremos o trabalho quando eu voltar.

— Sim, comandante.

Ele prendeu a respiração enquanto Dacre e o capitão Landis passavam por ele, posicionado sem jeito junto à parede. Ele sentiu o ar frio, com cheiro de musgo e rocha, atingir o rosto assim que a porta do armário se abriu com um rangido.

Ele esperou eles irem embora, fechando a porta.

Sozinho, Roman baixou a guarda. Ele arquejou, um calafrio fazendo as costas tremerem. Era ridículo ele não ter percebido que algo era tão importante para ele até quase perdê-lo. Lembrou que, meros dias antes, estava disposto a entregar a carta dela a Dacre, mas, no momento, estava desesperado para escondê-las.

Ele não sabia explicar. Mas talvez não precisasse de palavras.

Roman levantou a bota e pegou a carta de Elizabeth do chão.

Querida Elizabeth,

(Ou devo chamá-la de E.?)

Sua carta hoje quase foi descoberta por alguém que interferiria em nossa correspondência. Ainda não mencionei, mas você é meu segredo. Eu a guardei para mim; ninguém mais sabe de você. Ninguém sabe de nossa conexão, e eu gostaria que continuasse assim.

Devemos tomar cuidado.

— R.

Querido R.,

Você está certo. Peço mil desculpas por colocá-lo em risco. Talvez devamos estabelecer uma rotina? Seria melhor que você escrevesse para mim quando tivesse a segurança necessária? E devemos começar por uma mensagem de teste?

— E.

P.S.: Sim, talvez seja bom me chamar de "E.". Acho que combina mais comigo.

Querida E.,

O problema é que... Quero saber de você a qualquer hora. Quero ler suas palavras. Anseio por elas. Estou _faminto_ por elas.

Você diz que muda de local todo dia. Não me responda se sentir que não é seguro ou correto fazê-lo. Mas não posso deixar de perguntar... em que direção você viaja?

Seu,

R.

Querido R.,

Que eu seja seu segredo, então. Esconda minhas palavras em seu bolso. Que lhe sirvam de armadura.

Estou viajando para o oeste.

Com amor,

E.

Roman segurou a carta de Elizabeth, encarando a única palavra que lhe causava dor. *Oeste.*

Ela devia estar lutando pelo outro lado. Por Enva.

Estava viajando em direção ao perigo.

Em direção a *ele*.

15

Teclas E e R

— **Você acha que devo mandar** para Helena? — perguntou Iris na manhã seguinte.

Ela e Attie estavam sentadas à mesa da cozinha de Lonnie Fielding, esperando pelo café da manhã. Tobias estava lá fora, esquentando o motor do conversível. Ele estava prestes a partir para Oath, e Iris tinha passado a maior parte da noite preparando artigos para a *Tribuna Inkridden*.

Attie abaixou as folhas de papel. Ela torceu a boca, levantou a sobrancelha esquerda. Iris sabia que a expressão indicava que ela estava refletindo profundamente.

— Acho que sim, Iris — disse Attie, enfim, se servindo de mais uma xícara de chá. Vapor subiu pelo ar, perfumado com bergamota e lavanda. — No mínimo, Helena vai querer ler, mesmo que não publique no jornal.

Iris aquiesceu, olhando para as páginas. Não era igual à lenda original que Roman encontrara e mandara para ela uma vez, mas chegava perto. A trágica história de amor de Dacre e Enva. Como ele usara seus cães e seus eithrais para aterrorizar os mortais até Enva aceitar morar com ele no submundo.

— Só estou na dúvida... — começou Iris, com uma careta. — Incluo mesmo a segunda parte, quando Enva cantou até ele chorar, rir e dormir?

— Por que não? — perguntou Attie.

— Não sei. Mas tenho um *pressentimento*.

— Que pressentimento?

— Acho que é um alerta. De que esse conhecimento não deveria ser divulgado pelo jornal.

— Que a música de Enva o controlou quando ela tocou no subterrâneo? — perguntou Attie, pegando a leiteira. — Mas e se *fosse* conhecido de todos? Talvez a opinião das pessoas sobre a música não fosse tão severa.

— Ou talvez só fizesse piorar — disse Iris. — Talvez as pessoas como o chanceler já saibam deste mito, e seja por isso que proibiram instrumentos de corda. Foi por *isso* que esta história foi arrancada de todos os livros sobre as divindades, e não nos foi ensinada na escola. Porque é perigosa.

Attie não teve chance de responder. A porta dos fundos se abriu e Tobias entrou na cozinha, com o sobretudo úmido de bruma.

— Os artigos estão prontos? — perguntou.

— Bom dia para você também — retrucou Attie, irônica. — Não é melhor tomar café antes de sair?

— Não. Tem uma tempestade soprando do oeste. Preciso fugir dela.

— O sr. Fielding pode pelo menos embrulhar um almoço para você levar? — sugeriu Iris. — Ele está cozinhando.

Tobias sorriu para ela, e uma covinha apareceu na bochecha.

— Agradeço a oferta, mas ficarei bem.

Attie já tinha organizado os artigos em uma pasta, pronta para o transporte. Ela empurrou o pacote pela mesa; Tobias pegou no mesmo instante.

— Quando você volta? — ela perguntou.

— Amanhã à noite — respondeu ele. — Preciso fazer manutenção do carro em Oath, o que vai me atrasar. Vocês duas se lembram do nosso acordo?

Iris ficou quieta, mas se lembrava do pedido de Tobias na outra noite. Era difícil pensar que algo aconteceria com ele na estrada enquanto o ambiente lhe parecia tão normal e familiar, como se os três já tivessem estado ali. Lonnie Fielding assobiava ao cozinhar no cômodo adjacente. Bacon fritava na panela, uma chaleira apitava. A sala de jantar era um espaço amontoado, com vigas no teto e livros empilhados pelos cantos. Iris se sentia *segura* ali, mas sabia que Tobias estava certo. As coisas podiam piorar rápido, como tinha acontecido em Avalon Bluff. O grupo precisava se preparar para o pior.

Ela estremeceu, cobrindo as mãos com as mangas do macacão e cruzando os braços.

— Não se preocupe, Bexley — disse Attie, finalmente quebrando o silêncio. — Não vamos esperar por você se as pessoas evacuarem.

Tobias sustentou o olhar dela por um momento antes de acenar com a cabeça. Então, deu meia-volta e saiu antes que Iris sequer piscasse. Ela reparou que a lenda datilografada ainda estava na mesa e, naquele segundo, decidiu que queria enviar.

Ela saiu atrás de Tobias, correndo pela trilha de pedra que levava do jardim à estrada. Ele estava prestes a partir, com a mão no câmbio, quando Iris chamou sua atenção.

— Espere! Tenho mais um artigo — disse ela, ofegante, e estendeu as folhas.

Tobias não pareceu chocado. Ele apenas riu ao entregar a pasta para Iris.

— Vai tomar cuidado? — perguntou ela, guardando as folhas com pressa.

— Claro — respondeu ele. — Vejo você e Attie amanhã à noite.

Iris assentiu e recuou. A neblina espiralava enquanto Tobias partia de carro, e Iris ficou parada na rua de paralelepípedos absorvendo a manhã.

Ela nunca tinha estado em Bitteryne, mas lembrava Avalon Bluff e River Down. Casinhas, ruas sinuosas, vistas idílicas de pasto. *Quando a guerra acabar*, pensou, *eu gostaria de morar em um lugar assim.*

A paz foi interrompida quando Iris sentiu um tremor sob os pés. Ela olhou para os paralelepípedos, incrédula, antes de olhar para o fim da rua, se perguntando se chegaria uma fileira de caminhões. Porém, não havia nem sinal de vida ali.

O tremor passou, apesar de Iris ainda sentir seus ecos nos ossos.

Ela se lembrou da noite anterior: do tilintar sob o piso. Como picareta na rocha, no fundo da terra. Engolindo em seco, Iris se virou e entrou correndo.

Lonnie estava servindo o café da manhã. Ele olhou para ela, com expectativa, e disse:

—Ah, aí está, srta. Winnow. Bom ver que está descansada. O sr. Bexley vem aí também?

— Vocês sentiram isso? — arfou Iris. — O tremor no chão?

Promessas Cruéis **163**

Lonnie e Attie ficaram paralisados. Os segundos se estenderam, tensos e quietos, mas não havia nada de estranho. O chão não tremeu de novo, nem voltou o ritmo tilintado.

— Desculpa — disse Iris, apertando o nariz. — Devo ter imaginado. Fiquei acordada até tarde escrevendo, e...

— Não — interrompeu Attie, suave. — Senti algo peculiar ontem também. Foi leve, mas o chão tremeu.

Elas olharam para Lonnie. Ele era um fazendeiro mais velho, que tinha vivido a vida toda em Bitteryne. A esposa dele morrera anos antes, e seus dois filhos adultos, assim como as suas três netas, lutavam por Enva na guerra. Iris e Attie estavam hospedadas no quarto das netas, porque Lonnie decidira que o melhor a fazer com uma casa repentinamente vazia era alugar os quartos para ajudar a causa como pudesse.

— Vocês não imaginaram nada — disse ele. — Temos sentido os tremores pela cidade ao longo da última semana.

— O que pode estar causando isso? — perguntou Iris.

Lonnie suspirou.

— Ninguém sabe. Este é um vale pacífico. Nunca sentimos nada como terremotos. Honestamente, em alguns dias é muito perceptível, e em outros, menos. Mas não se preocupem! Sem dúvida não é nada grave. Venham, se sirvam de bacon e de bolinhos. Perdão por não ter ovos hoje. Mandei o que tinha para Hawk Shire, para o exército.

— Obrigada, sr. Fielding — disse Attie. — Isso é mais do que o suficiente para nós.

— Sim, obrigada.

Iris sorriu, mas sentiu o estômago se revirar ao se sentar. Ela encontrou o olhar de Attie do outro lado da mesa. Estava pensando na lenda que acabara de mandar com Tobias. Uma lenda cheia de túneis sinuosos no fundo da terra.

Este é um teste para confirmar se as teclas E & R estão em condição adequada.

ERERERERER EEEEEE RRRRRRRRRRRRR RERERERE-RERE REEEEEEE?

Teste confirmado e facilmente aprovado. (Mas achei que tivéssemos combinado que _eu_ escreveria primeiro, Elizabeth.) De qualquer modo, é sorte sua me encontrar em um momento tranquilo. Esta chuva atrasou o deslocamento para nosso próximo destino.

— R.

Querido R.

Escrevo para pedir sua opinião sobre uma questão estranha. Ontem à noite, senti algo esquisito. Ouvi um tilintar sob o chão, seguido de tremores, como os de um trovão. Meu anfitrião diz que isso tem ocorrido na cidade há uma semana, e ninguém sabe explicar. Mas pressinto que pode ser algo sinistro, e não sei nem por que conto isso para você, exceto por minha esperança fervorosa de que você talvez tenha uma resposta ou um conselho.

Sua,

E.

Querida E.,

Temo não ter resposta alguma em mãos, mas me dê mais um dia. Talvez eu tenha como encontrá-la para você.

Enquanto isso, fique atenta.

Escreverei em breve.

Seu,

R.

A chuva continuou a cair com força no dia seguinte, transformando as ruas de Bitteryne em riachos. Iris e Attie passaram a tarde indo de porta em porta, recolhendo relatos e histórias dos moradores. Mas não havia muita informação nova a descobrir. Diziam os boatos que Dacre finalmente deixara Avalon Bluff, e tinha se postado em uma cidade chamada Merrow. Por que ia tão devagar para o leste? Pelo que aguardava?

Iris não sabia, apesar de imaginar que Roman talvez soubesse. Ela estava ansiosa, esperando por sua resposta, mas, quando a tarde minguou em um anoitecer tempestuoso, ele ainda não tinha escrito.

Ela decidiu se sentar na sala de jantar com Attie e trabalhar depois de comer. Elas espalharam as anotações pela mesa, dividindo uma jarra de sidra gelada enquanto o fogo crepitava na lareira de pedra. Iris estava na metade do artigo quando percebeu que Attie estava imóvel, de olhar fixo na porta dos fundos.

— O que foi? — perguntou Iris. — O chão outra vez?

— Não, é Bexley — respondeu Attie. — Ele já deveria ter voltado.

Iris ficou quieta, escutando a chuva torrencial noite adentro.

— Certamente é só a tempestade que o atrasou — disse ela, apesar de estar ansiosa com a ideia de Tobias dirigir num tempo daqueles. — E acabou de anoitecer. Ele pode ainda chegar hoje.

Attie suspirou e voltou a datilografar, mas as palavras pareciam mais lentas. Ela continuava a olhar para a porta, como se esperasse que se abrisse a qualquer momento.

As horas se arrastaram. A chuva só fez piorar.

A eletricidade piscou e acabou por cair. Iris e Attie trabalharam à luz de velas, dando boa-noite para Lonnie Fielding depois de ele se assegurar de que elas tinham tudo de que precisavam.

Quando soou a meia-noite, elas finalmente guardaram as máquinas de escrever e as anotações e voltaram aos quartos.

Tobias Bexley não tinha voltado.

16

Nove vidas

Iris acordou com uma trovoada.

Ela abriu os olhos no escuro, sem saber onde estava. Com o coração martelando no peito, ela se sentou, o relâmpago iluminando o ambiente em um clarão impaciente.

Você está em Bitteryne, ela se disse. *Está tudo bem. Acordou só por causa da tempestade.*

Ela esperou a próxima trovoada, mas nunca soou. O relâmpago foi brilhante, mas silencioso, e Iris escutou o *clink, clink, clink* sob os alicerces seguido de um estrondo repentino dentro de casa, logo no fim do corredor. Parecia que a porta dos fundos tinha sido escancarada.

Iris afastou as cobertas e se levantou, com pressa e sem fôlego.

Fique atenta, Roman dissera.

Ela tateou no escuro, lembrando que a eletricidade tinha caído. Devagar, abriu a porta e espreitou o corredor. Estava um breu, mas ela ouvia alguém andar pela casa. O assoalho rangia sob os passos.

— Sr. Fielding? — chamou Iris, com a voz fraca.

— *Iris.*

Ela se virou, sentindo a presença de Attie à direita.

— Ouviu o barulho? — sussurrou Attie.

— Ouvi. Acho que tem alguém aqui dentro.

Elas ficaram paradas, uma ao lado da outra, para escutar. Um estrépito, que nem de uma tigela derrubada. Um palavrão em voz grave. Uma cadeira arranhando o piso.

Attie começou a avançar pelo corredor, destemida. Iris correu atrás dela.

— Attie? Attie, *espere.*

Iris só conseguia imaginar que algo saíra da terra. Um buraco se abrira no quintal. Uma das criaturas de Dacre se esgueirara até entrar na casa, sedenta por sangue.

Elas chegaram à sala de jantar. A lareira ainda reluzia com brasas fracas, mas o resto do ambiente estava pintado de sombras. Iris viu uma silhueta alta caminhar na frente das janelas de mainel.

— Quem é você? — perguntou Attie, brusca. — O que você quer?

A sombra parou de andar, mas Iris sentiu alguém olhar para elas. Um arrepio perpassou seus braços e o coração dela acelerou. Ela cerrou os dedos no punho, preparando-se para brigar.

Uma voz grave e bem-humorada quebrou o silêncio.

— Attie? Sou só eu.

Attie arfou.

— Bexley?

— Claro, quem mais seria?

— Quem mais seria? Achamos que era um ladrão!

— Eu *falei* que voltaria hoje à noite.

— Sim, mas, caso tenha perdido a noção do tempo, são *três da manhã*. Quando deu meia-noite, percebemos que você estava bem atrasado.

— Ficou me esperando, foi? — disse Tobias.

— Estávamos *trabalhando* — explicou Attie, avançando pela sala, na direção da voz dele.

Tobias ficou quieto, mas respirava com esforço. Iris começou a caminhar junto à parede no sentido da lareira, onde sabia que ficavam velas e fósforos de Lonnie.

— Você se machucou? — perguntou Attie.

— Não. E não... não me toque. Ainda não.

Iris acendeu uma vela. A chama jogou um anel de luz pelo escuro, e ela finalmente viu Tobias com clareza.

As roupas estavam grudadas nele, ensopadas de chuva, e os braços e o rosto, imundos de lama. Ele parecia exausto, mas seus olhos tinham um brilho febril, como se ele tivesse acabado de vencer uma corrida.

Ele olhou para Iris e leu sua expressão.

— Meu estado é feio *assim*, srta. Winnow?

— Parece que você dirigiu a noite toda, tempestade adentro — respondeu Iris, espantada.

— Falei que não tem muitos obstáculos que impeçam meu trabalho — disse ele, voltando a atenção para Attie. — Nem estradas bloqueadas.

Attie cruzou os braços, tensionando a mandíbula.

— E se tivesse batido o carro?

— É sempre possível — disse ele, abaixando a maleta. — Mas não bati. Pelo menos desta vez. E trouxe cartas para vocês.

Iris se aproximou e viu Tobias tirar com cuidado as luvas encharcadas antes de abrir a maleta, de onde tirou uma carta para cada uma delas. A de Iris era de Forest; ela reconheceu a letra do irmão, que a aqueceu por dentro.

— Desta vez, seu irmão ajudou na manutenção do carro — disse Tobias. — Na minha oficina.

Iris olhou para ele, surpresa.

— Ah, é? Que bom.

— Ele fez um bom trabalho — disse Tobias. — E prometi que daria ingressos para minha próxima corrida. Ele comentou que gostaria de levar você quando acabasse a guerra.

Iris sorriu, mas sentiu uma pontada repentina de saudade. Olhou para a carta que segurava, agradecida pela luz fraca ao conter as lágrimas.

— Precisa de uma xícara de chá? Um sanduíche? — Attie perguntou para Tobias. — Não tem eletricidade, mas posso esquentar a chaleira no fogo.

Tobias suspirou.

— Não, obrigado. Estou acordado faz muito tempo. Ia pegar no sono antes da água ferver.

— Então deixe-me pelo menos buscar uma toalha.

— Seria de grande ajuda.

Iris acendeu uma segunda vela para levar de volta ao quarto. Ela deu boa-noite para os dois, mas parou no corredor e olhou para trás. Attie estava limpando a lama do rosto de Tobias; ele sorria, e ela exibia uma expressão fechada enquanto conversavam aos cochichos. As vozes ainda se espalhavam no silêncio, o suficiente para Iris distinguir as palavras.

— Falei para não se preocupar comigo — disse ele.

— Não me preocupei.

— E são nove, por sinal.

— Nove do quê? Nove vidas?

— Eu venci nove *corridas*. Caso isso ajude a acalmar sua preocupação da próxima vez.

Iris não esperou a resposta de Attie. Ela abriu um sorriso e entrou no quarto.

Roman desceu a escada furtivamente. A casa parecia vazia, tomada apenas por sombras compridas e poeirentas. Não tinha ninguém no saguão, de guarda na porta, nem na sala de estar. Nem mesmo Dacre. O fogo na lareira baixara, mas a luz dourada ainda bruxuleava pelas paredes.

Roman se aproximou da mesa de estratégia.

Ele olhou para o mapa de Cambria, observando os lugares que conhecia — Oath, Avalon Bluff, Merrow, a cadeia de ferrovias que seu pai controlava — e os inúmeros lugares e pontos de referência que ainda lhe eram estranhos. As tumbas dos divinos estavam marcadas em tinta vermelha, e seu olhar foi atraído ao sul pela de Alva, e ao norte pela de Mir, até sua atenção se deter em Hawk Shire.

Ele ousou se abaixar e tocar o mapa. Para seu choque, traços brotaram pelo papel. Alguns eram escuros, outros, brilhantes. Eles se espalhavam como relâmpago, como raízes. Muitos levavam às cidades mais próximas de Roman. Lugares nos distritos central e oeste. Lugares já devorados pela guerra. Logo sua atenção foi capturada pela luz azul clara e cintilante que pulsava em um aglomerado de cidades, como pequenos corações cerúleos. As cidades iluminadas incluíam Merrow e Hawk Shire, mas outras não tinham luz.

O mapa de baixo, lembrou, e afastou a mão devagar.

As rotas sumiram, como se nunca tivessem aparecido. Porém, ao fechar os olhos, Roman ainda as enxergava —

emaranhados de luz e sombra —, e levantou com cautela a borda do mapa de Cambria, para admirar a ilustração do submundo ali embaixo. Quase esquecido, fácil de ignorar por aqueles que viam apenas a superfície das coisas.

Roman estudou o que via ali, hipnotizado pelas passagens sinuosas. As cidades e os centros de vida ao qual levavam. Um mundo que ele tocara, por um momento breve.

— Imagino que outro sonho o tenha despertado? — a voz de Dacre quebrou o silêncio.

Roman soltou o mapa e o deixou cair à mesa suavemente. O coração dele acelerou, mas ele manteve o rosto calmo, contido, ao se endireitar e olhar para o saguão.

Dacre estava à porta, o observando. Ele tinha chegado em silêncio, como se tomando forma nas sombras.

— Pelo contrário, senhor — disse Roman, cruzando as mãos atrás das costas. — Não tenho conseguido dormir. Quero saber o que nos aguarda.

— Se o que teme é a morte, já expliquei uma vez. — Dacre entrou na sala. Ele parecia mais alto, mais largo, mas talvez fossem apenas as sombras confundindo os sentidos de Roman. — Fique ao meu lado, fiel a mim, e nunca morrerá. Nunca sofrerá.

Roman sustentou o olhar firme e azul do deus, mas sentia uma gota de suor começando a escorrer pela coluna.

— E estarei ao seu lado em Hawk Shire?

— Por que está tão preocupado com Hawk Shire, Roman?

— Parece uma batalha importante.

— E você se vê como um dos meus soldados, pronto e disposto a lutar? A recuperar o que era meu?

Roman voltou a fitar o mapa de Cambria.

— Não sou soldado, senhor. Nunca fui treinado para atirar com armas, mexer em granadas nem me mexer como as sombras. Pelo menos, não que eu lembre. O que tenho são minhas palavras. — Ele hesitou, surpreso pelo tremor na voz. Como se entregasse parte de si. — Não quero lutar com meio coração, apenas com o coração pleno.

Dacre ficou em silêncio por um momento demorado e agonizante. Finalmente, pegou o mapa de Cambria e o dobrou, revelando o mundo por baixo.

— Diga, Roman — falou, quando as estradas se iluminaram outra vez. — O que você vê?

— Vejo caminhos. Estradas.

— Só isso?

Roman observou mais atentamente. Ele se sentia atraído pelas luzes fracas que pulsavam. Ele se perguntou se marcavam os portais encantados.

— Vejo cidades. Vilarejos. Portas.

— Sim — disse Dacre. — Meu reino. Minhas linhas de Ley. Um domínio mágico que a maioria da sua espécie nunca verá, conhecerá nem sentirá, apesar de nossos mundos estarem ligados.

— Está reconstruindo, senhor? — perguntou Roman. — As estradas subterrâneas?

Dacre fez silêncio. Roman temeu ter sido direto demais, e engoliu em seco.

— Notei que há partes do mapa ainda escuras, como se aguardassem pelo seu retorno — explicou.

— É uma observação astuta — respondeu o deus. — Sim. Enquanto eu dormia, meu reino entrou em desordem. Se arruinou. A maioria das estradas ficaram cheias de escombros, e minhas portas, esquecidas e cobertas por teias de aranha. Meu povo agora está trabalhando para restaurá-las.

Roman voltou a olhar o mapa, focado em Hawk Shire.

— É assim que meus artigos chegam à *Gazeta de Oath*? Pelas suas estradas subterrâneas?

— Está com medo dos artigos não chegarem ao destino?

— Pensei apenas...

— Sim, Roman — interrompeu Dacre. — Val usa o subterrâneo para entregar seus artigos na cidade.

— Quem é Val?

— Um de meus assessores de confiança. A quem mais entregaria tal tarefa?

Roman se perguntou se Val também possuiria uma das cinco chaves mencionadas por Dacre. Chaves forjadas em chamas encantadas, capazes de abrir um sem-número de portas. Roman olhou para Oath no mapa. Ainda havia trabalho a ser feito para liberar as passagens ao leste, apesar de um fio frágil e fino iluminar o caminho até a vasta cidade.

Uma rota liberada. Uma porta ativa em Oath. A porta de Val.

As indicações da cidade no mapa eram minúsculas demais para que ele localizasse a porta precisamente, e ele não queria atrair suspeitas de Dacre. Roman voltou a olhar para o deus, que o observava atentamente.

— O senhor usará as estradas para recuperar o que lhe pertence? — ousou perguntar. — Para acabar com a guerra?

— Faz sentido, não? Se meu reino me dá vantagem... — Dacre cobriu o mapa outra vez, e as rotas e cidades iluminadas se apagaram até virarem meros borrões quando Roman piscava. — Posso acabar com esta guerra rápido, com misericórdia, quando meu reino estiver recuperado e for lembrado. Quando as cidades inferiores brilharem com fogo e riso, as estradas conectarem um ponto a outro e minhas portas derramarem magia no mundano. Quando ocupar Hawk Shire, estaremos a mais um passo da paz. Da vitória.

— O senhor vai encontrar a tumba de sua irmã? — perguntou Roman. — Para despertá-la, para que ela se junte a sua causa?

Dacre estreitou os olhos.

— Por que diria isso?

— O mapa — respondeu Roman, indicando a mesa. — A tumba de Alva está destacada no Distrito Sul. Não é longe daqui. Lembrei que o senhor falou dela com carinho e supus…

— Do que me adiantariam os poderes de Alva, se todos já vivemos em pesadelo? — A voz de Dacre trazia certa frieza, que derreteu quando ele sorriu. — Mas você está certo em relação a uma coisa, Roman. É hora de provar a firmeza do seu coração. Amanhã, na aurora. Venha me encontrar nesta sala. Traga a máquina de escrever.

Roman aquiesceu, percebendo que estava sendo dispensado.

Ele não sabia se estava preparado para o que viria ao amanhecer. Sentiu o coração bater até a boca enquanto subia a escada. E soube o que precisava fazer.

17

Queime minhas palavras

Querida E.,

Escrevo esta carta no escuro, à luz apenas do fio de luar na mesa. Não como há algum tempo, mas as sombras e a fome me fazem bem. Me tornam mais afiado; me fazem sentir minhas limitações. Não sou imortal, apesar de um dia ter acreditado que sim. Acima de tudo, elas me desesperam, então preciso pedir algo para você:

Depois de ler esta carta, preciso que a queime.

O que estou prestes a transmitir é urgente, e perigoso — para você, para mim e para esta conexão que forjamos — se cair em mãos erradas. Eu me perguntei inúmeras vezes por que entrego esta informação, mesmo que sinta que você luta pela causa de Enva, diferente de mim, e a resposta se resume a duas verdades simples:

1. Há uma perda de vida e liberdade iminente, e não suporto ficar quieto e permitir que isso ocorra.
2. Eu me importo com você. A última coisa que desejo é que você se veja pega pelo que está prestes a ocorrer.

Agora, em resposta a sua pergunta anterior sobre os estranhos estalidos e tremores na terra. Dacre está restaurando as estradas de seu reino, que desmoronaram ao longo dos últimos séculos. Ele pretende chegar a Oath por baixo antes de chegar por cima. Imagino que o som que você ouve seja dos operários que limpam os escombros das linhas de Ley.

Quanto à questão mais urgente: ele está se preparando para ocupar Hawk Shire. Daqui a três dias, invadirá a cidade e a atacará por dentro, utilizando suas portas mágicas, enquanto o que resta das forças cerca as fronteiras. Se estiver em Hawk Shire, imploro que você bata em retirada. Saia enquanto ainda pode; vá para o sul ou para o norte. Para qualquer lugar, desde que não seja Oath, que ele planeja atacar após derrubar Hawk Shire.

Por favor, não responda a esta carta. Não poderei entrar em contato nos próximos dias, e não sei onde estarei após Hawk Shire. Queime minhas palavras. Se proteja. Se o destino assim quiser, voltarei a escrever em breve.

Seu,

R.

Não posso queimar isso.

Iris olhou para a carta de Roman. Era o meio da manhã, e ela tinha perdido a hora de acordar, despertando com um raio delicioso de sol no rosto e as palavras de Roman no chão. Ela não sabia o que esperava, mas não era o que ele tinha escrito. *Restaurando as linhas de Ley.* Ela sentiu um calafrio ao pensar nos operários de Dacre abaixo dela, quebrando escombros. A ideia de Hawk Shire sob ataque fez seu estômago revirar.

Ela ficou parada no silêncio do quarto e releu a carta. Releu e releu, até se sentir ao mesmo tempo congelada e quente, até o ar rasgar os pulmões e ela sair a passos largos, em busca de Attie.

Ela a encontrou na calçada, ajudando Tobias a limpar o carro. Estavam rindo juntos enquanto lavavam o que restava da lama nos pneus, e Iris quase se segurou. Ela não queria estragar aquele momento e desacelerou o passo no caminho de tijolos, escondendo a carta de Roman nas costas.

Queime minhas palavras. Se proteja.

— Srta. Winnow? — chamou Tobias, com um pano nas mãos, e o brilho em seus olhos diminuiu quando ele viu como ela estava pálida. — Está tudo bem?

— Pode me chamar de Iris. E se eu pedisse para você me levar a Hawk Shire… você me levaria, Tobias?

Attie largou a escova que estava segurando e se levantou, franzindo a testa de preocupação.

Tobias ficou em silêncio por um instante. Quando falou, foi firme:

— A sra. Hammond me deu ordens rígidas para não levá-las além de Winthrop.

— Então sabe me dizer qual é a distância de Winthrop para Hawk Shire? — perguntou Iris. — Se não for tão longe, posso ir a pé ou arranjar outra carona. Mas preciso que você me leve a Winthrop ainda hoje. É muito urgente.

— O que aconteceu? — perguntou Attie, se aproximando dela.

Iris mordeu o lábio antes de entregar a carta de Roman. Ela viu Attie ler, arregalando os olhos de choque antes de voltar a fitá-la.

— Marisol disse que Keegan estava em Hawk Shire, não foi? — sussurrou Attie.

Iris só conseguiu concordar com a cabeça. Parecia que tinha uma farpa na garganta. Ela coçou os olhos, que estavam ardendo, e uma pestana solta grudou na ponta do dedo.

— Por que precisa ir para Hawk Shire? — perguntou Tobias, se aproximando também.

Attie olhou para Iris. Quando Iris aquiesceu com a cabeça, a amiga entregou a carta para ele.

Era a isso que Roman se referia, pensou Iris. A carta era apenas para ela, mas, para prevenir a devastação planejada para Hawk Shire, ela teria de mostrá-la para outros. Teria, então, de revelar *como* recebera a carta. Os segredos que guardava como joias na palma da mão seriam expostos, e ela se sentia vulnerável.

Tobias suspirou, devagar e fundo, ao acabar de ler a carta.

— Como você recebeu isso? Quem é R.?

— É uma história longa — disse Iris, corando.

Tobias ficou pensativo, com a expressão quase severa. Ele devolveu a carta para ela.

— Então você terá muito tempo para me contar no caminho. Vá fazer as malas. Vou levá-la a Hawk Shire.

18

Mera névoa e memória

Roman seguiu Dacre, passando pelo portal da sala de estar e descendo a escada esculpida, deixando para trás a luz da manhã em Merrow. Ele levou a máquina de escrever e as cartas de Elizabeth, dobradas e escondidas no bolso interno. Sabia que Dacre o levaria para o reino inferior, mas não tivera coragem de destruir as cartas dela antes de sair da privacidade do quarto.

Ele ficou aliviado quando chegaram a um corredor estreito iluminado por tochas. Dali, caminharam em silêncio por um tempo, acompanhados apenas pelo ritmo das botas e pelo sopro da respiração. Roman sentiu o chão suavemente inclinado, como se descessem cada vez mais na travessia. Sem aviso, o corredor acabou abruptamente, os levando a um cômodo imenso. *Talvez* cômodo *não seja a palavra correta*, pensou Roman ao parar devagar, esticando o pescoço para admirar o ambiente.

Era um lugar vasto e agitado, como o pátio de uma feira, com janelas, portas e varandas esculpidas até o alto das paredes de pedra branca. Era outro *mundo*, realmente, e Roman se surpreendeu ao encontrar tanta gente ali dentro. Principalmente soldados, facilmente identificados pelos uniformes. Alguns estavam agrupados ao redor de uma forja, onde faíscas dançavam no ar e se sentia uma onda de calor, e outros faziam fila para comer, com tigelas na mão. Mais uma companhia parecia estar no meio de um treino, batendo as botas em ritmo perfeito no chão de pedra, e seus fuzis refletiam a luz do fogo.

Parecia tudo estranhamente normal, exceto pela falta de céu e sol, até Roman notar outras coisas.

Havia um riacho borbulhando ali perto, abrindo um caminho serpenteante pela rocha. As pedrinhas em seu leito pareciam moedas de prata, e a corrente emanava fumaça. Passou então uma mulher com uma cesta de uniformes recém-lavados. De início, parecia humana, até Roman piscar e ver um lampejo sobrenatural nela: garras curvas na ponta dos dedos, cabelo prateado com as pontas sujas de sangue, caninos afiados e protuberantes na boca. Ela tecia uma espécie de feitiço para parecer humana, uma camuflagem, e Roman estremeceu ao vê-la sumir em meio à multidão. Por fim, um cachorro passeava ali no meio, em busca de restos de comida. Era um cachorro, mas também não era, pois tinha duas asas caídas no dorso, e três olhos no rosto.

— Seja bem-vindo a Lorindella — disse Dacre. Ele soava bem-humorado, e Roman percebeu que o deus estava observando sua reação. — Está com fome?

Roman assentiu, sentindo o oco dolorido no estômago. Estava faminto. Por comida, calor, acolhimento. Por segurança.

Ele mudou a máquina de escrever de mão e seguiu Dacre para a fila da comida. O cheiro do ar ficou delicioso, repleto de aromas de churrasco. Roman não percebeu que tremia até receber uma vasilha do que parecia frango, pão e uma espécie de molho vermelho e grosso.

— Vá descansar e comer — disse Dacre, indicando o centro da praça, onde soldados comiam sentados. — Vou chamá-lo quando for hora de seguir caminho.

— Sim, senhor — disse Roman, pouco mais alto que um sussurro.

Ele encontrou um lugar para sentar e devorou a comida. Poderia ter comido mais três tigelas, mas se distraiu da fome ao admirar a cidade. *Lorindella*, como Dacre chamara. Roman tentou imaginá-la no mapa que tinha visto. Fechou os olhos e se lembrou das passagens iluminadas, fluindo como rios, se emaranhando como raízes.

Quando abriu os olhos, viu o tenente Shane a poucos metros dali, conversando com Dacre.

Roman olhou para as mãos, mas, meros momentos depois, duas botas engraxadas pararam diante dele.

— Você vai marchar com meu pelotão, correspondente — disse Shane. — Eis seu kit. — Ele largou um saco de dormir amarrado com um cantil de água, uma pequena frigideira de ferro e uma bolsa de couro com comida. — Você será responsável por carregá-lo daqui em diante. Tem mais dez minutos antes de partirmos. Cuide de qualquer outra questão que tenha neste tempo.

Roman olhou para o kit, atordoado de choque, antes de se virar para Shane.

— Por que estou em seu pelotão? Achei que eu não ia lutar.

— Dacre achou melhor você ficar sob minhas instruções, já que viemos do mesmo lugar.

— Como assim?

Ⓟromessas Ⓒruéis **183**

— Não sabia que sou de Oath? — disse Shane, com um sorrisinho.

Antes que Roman arranjasse uma resposta, o tenente deu meia-volta e se foi.

Era quase impossível saber quanto tempo tinha passado, mas Roman estava com bolhas nos pés e a barriga vazia e roncando quando Shane fez o pelotão parar. Eles tinham marchado por uma rota ao leste, que os levara para outro cômodo vasto, apesar de vazio e escuro, repleto de névoa. Não tinha forja nem feira, nem janelas e varandas esculpidas na rocha. Era um ambiente quieto e reverente como uma floresta, apesar de ali não crescer árvore alguma. Apenas plantas desordenadas brotavam das rachaduras na pedra.

Roman se sentia esgotado, como uma rocha rachada ao meio. Abriu o cantil com pressa e tomou alguns goles da água tão gelada que dava dor de dente.

Os cabos ao seu redor estavam começando a armar acampamento para dormir. Roman fez o mesmo, mantendo-se perto da máquina de escrever: a única arma que possuía. O saco de dormir era composto por duas mantas de lã, ásperas mas quentes, e Roman se deitou com um suspiro, de braços cruzados e mãos no peito, logo acima das cartas de Elizabeth. Ele não resistiu a apertar até sentir o papel amassar.

Ele adormeceu com um calafrio.

Ele sonhou com Iris Winnow outra vez.

Mas era claro que sonharia, e sentiu o gosto da ironia como se tivesse posto uma moeda na língua. Ela parecia assombrar seus sonhos nos momentos mais lúgubres. Quando o mundo desperto parecia mais incerto e dolorido.

Desta vez, estavam sentados lado a lado no banco em um parque, comendo sanduíches. Fazia frio e as árvores estavam secas. Iris falava do irmão, Forest, desaparecido na guerra.

Depois, sonhou com sua casa de novo. Estava no quarto; era tarde, e ele datilografava. Estava escrevendo sobre o afogamento de Del e a culpa que ainda o assombrava como uma sombra inescapável. Quando acabou, dobrou o papel e o passou sob a porta do armário. Depois disso, sentou-se na cama e releu as cartas que Iris escrevera.

Ele viu Iris de novo na *Gazeta*. Seu campo de batalha. Ela estava indo embora. Estava *se demitindo*, e Roman não sabia o que fazer, o que dizer para convencê-la a ficar, nem por que aquilo lhe importava tanto. Sabia apenas que se sentia mais vivo quando ao lado dela, e parou diante da porta e a viu se aproximar. Tentou ler cada traço de sua expressão, cada pensamento passando por sua mente, como se ela fosse uma história no papel. Estava desesperado para saber o que ela pensava, o que ele podia dizer para convencê-la a ficar.

Fique, Iris. Fique aqui comigo.

— Roman.

A voz de Dacre o despertou. O timbre grave atravessava a mente de Roman como um terremoto, invadindo o sonho. Iris Winnow derreteu em chuva iridescente sob o som. Roman se surpreendeu ao tentar tocá-la. Mas ela era mera névoa e memória. Escapou entre seus dedos, deixando para trás o gosto de limão azedo no chá preto e açucarado.

— Acorde, Roman — disse Dacre, apertando seu ombro com força. — Chegou a hora.

— Senhor? — disse Roman, por reflexo, com a voz enferrujada.

Ele abriu os olhos e viu a imagem embaçada de um deus o encarando.

Porém, mesmo sob a vigília pesada da imortalidade, Roman só conseguia pensar *nisto*: ele tinha escrito para Iris como estava escrevendo para Elizabeth. Fazia tempo que passava cartas por baixo das portas. Muito antes de se envolver na guerra. Seu sangue acelerou, a pele aquecida como ouro no calor do fogo.

— Levante-se — disse Dacre. — É hora de tomarmos Hawk Shire.

19

Brigadeiro de estrelas

Hawk Shire não era o que Iris esperava. Porém, para ser sincera, ela não sabia *o que* achava que seria.

Ao longo de toda a viagem, durante a noite, ela se recostara e deixara o carro vibrar pelos ossos, de olho no céu. As estrelas cintilavam no alto como guardiãs devotas, as constelações do oeste os conduzindo à frente como uma flecha posicionada no arco. Iris, eletrizada demais para dormir, tentara imaginar o que viria. Preparar sua fala e planejar sua ação, com a carta de Roman guardada no bolso junto do livro de aves de Marisol. Algumas vezes, deixara o dedo roçar a ponta afiada do papel dobrado, as palavras de Roman como uma costura brilhante nas trevas.

Não sei me preparar para isso, mãe, Iris se pegou pensando, estudando as estrelas. Elas continuavam a brilhar, pontos de fogo frio. *Não sei o que estou fazendo.*

O sol se erguia como uma gema sangrenta no horizonte quando Tobias desacelerou o conversível. Hawk Shire surgiu à vista através do véu da bruma, uma cidade tecida em sombras altas ao longe. Havia uma patrulha na estrada, com uma barricada rústica. Tobias parou o carro quando um soldado ergueu a mão.

— Esta cidade está fechada para civis — disse o soldado, seco, fitando os três com desconfiança. — Vocês devem voltar para o lugar de onde vieram.

Iris se endireitou e tirou os óculos. Mal sabia que aparência devia ter, com o cabelo embaraçado pelo vento, o rosto e os ombros salpicados de lama. Um brilho de desespero no olhar.

— Tenho uma mensagem importante para a capitã Keegan Torres — declarou. — É muito urgente. Por favor, nos deixe passar.

O soldado apenas a encarou, mas abaixando o olhar para o brasão branco no macacão, bordado no peito. IMPRENSA: TRIBUNA INKRIDDEN.

— Se vieram como repórteres, sinto dizer que está proibido. É uma zona de guerra ativa, fechada para civis, e vocês...

— Não viemos como repórteres — interrompeu Iris, com a voz mais brusca do que pretendia. Ela se obrigou a respirar fundo, relaxar os ombros. — Como eu disse, trouxe uma mensagem extremamente importante para a capitã...

— Sim, você falou. Qual é a mensagem?

Iris hesitou. Ela sentia que Attie e Tobias a observavam, à espera. O ar de repente ficou tenso. Muitas coisas tinham ocorrido a ela no escuro, mas ela nunca tinha imaginado que seriam barrados de Hawk Shire.

— Precisa ser entregue em mãos à capitã — respondeu, firme. — Por mim.

Um segundo soldado se juntou ao primeiro, interessado pelo carro. Iris viu os dois conversarem aos sussurros, olhando para eles com as sobrancelhas arqueadas. O suor fazia as mãos de Iris coçarem enquanto esperava; ela ficou tentada a tocar a carta de Roman, mas resistiu, e passou o dedo pela aliança. Inspirou lufadas de ar, sentindo o gosto do escapamento do carro, da bruma perfumada, da fumaça de fogueira. O sol continuava a subir; a névoa derretia rápido, como a neve na primavera. Hawk Shire era sombria e lúgubre, uma corrente de construções circulares de pedra que lembravam as pontas de uma coroa.

— Certo — disse o soldado que falara com eles. — Só um de vocês pode entrar. Posso escoltar agora.

O coração de Iris pulou na boca. Ela olhou para Attie, que acenou com a cabeça, solene, para encorajá-la, e para Tobias, que desligou o motor.

— Esperaremos por você — disse ele, e, pelo tom da voz, Iris soube que nada o faria quebrar a promessa.

Isso lhe deu a confiança para sair do carro de cabeça erguido. Apesar das pernas estarem fracas depois de tantas horas sentada, ela seguiu o soldado, dando a volta na barricada e continuando pela estrada. Eles passaram por um mar de barracas de lona. Círculos de soldados sentados ao redor de fogueiras, fritando linguiça e ovo em frigideiras de ferro. Uma fileira de caminhões estacionados e enlameados, a luz do sol destacando as rachaduras no vidro e os furos de bala na carroçaria. O ar era solene, silencioso e quieto, como se as forças de Enva tivessem sido derrotadas, e isso provocou um arrepio em Iris.

Sem dizer nada, ela entrou na cidade atrás do soldado, olhando para as construções de Hawk Shire. Um prédio no centro chamou sua atenção. Era muito alto e largo — tinha quatro andares, e várias chaminés —, construído com tijolos vermelhos e janelas de vidro reluzente. Uma fábrica, Iris percebeu, cercado por casas modestas, como orvalho na teia de aranha.

O soldado a conduziu por um mercado amplo, e Iris parou abruptamente. Macas e camas improvisadas estavam enfileiradas no chão de paralelepípedo, e soldados feridos se encontravam deitados em mantas puídas. Os soldados eram muito mais numerosos do que os médicos e enfermeiros, que pareciam em movimento constante, indo de maca a maca, carregando penicos, ataduras ensanguentadas, e copos d'água. Nem a luz cinzenta do sol escondia a exaustão e a preocupação marcada em seus rostos.

A quantidade chocante de feridos fez Iris perder o fôlego. Ela pensou em Forest; em Roman. Ela se obrigou a continuar atrás do soldado, entrando na fábrica, apesar dos pensamentos todos se encaminharem a uma pergunta horrível: como o exército de Enva evacuaria todos os feridos antes de Dacre chegar?

O soldado a conduziu por uma escada de metal até o último andar, passando por alguns soldados desanimados no caminho. Iris se surpreendeu de novo com o silêncio, como se ninguém tivesse coragem de falar. Como se estivessem simplesmente prendendo a respiração e esperando que Dacre viesse destruí-los pela última vez.

— Aqui — disse o soldado, abrindo uma porta com um rangido. — A brigadeiro logo virá encontrá-la.

Iris entrou na sala, assustada com as palavras dele.

— A *brigadeiro*? Pedi para falar com a capitã Keegan Torres.

O soldado apenas suspirou e abanou a cabeça. Ele fechou a porta, deixando-a sozinha na sala, que Iris se virou para analisar. Era um cômodo comprido e estreito, com um tapete gasto no piso de madeira, uma mesa de nogueira envernizada coberta de papéis e candelabros com cera derretida, e uma parede cheia de janelas. Foi a essas janelas que Iris se dirigiu,

190   Rebecca Ross

percebendo que o vidro lhe permitia uma vista geral de Hawk Shire, assim como do horizonte azul-escuro do oeste.

Ela viu a névoa continuar a recuar. Voltou a notar o mercado, e sentiu o coração doer ao fitar as fileiras de soldados feridos. Uma médica corria de um prédio ao outro, com as roupas sujas de sangue. Enfermeiros carregavam uma maca, com um corpo coberto por um lençol branco.

Iris acabou olhando para uma dupla de abutres empoleirados em um telhado próximo.

Ela encarou os pássaros que pegavam sol nas asas, e se perguntou se eles a tinham seguido desde River Down. Com um tremor ansioso na mão, Iris tirou do bolso o livro de Marisol. Ela folheou as páginas gastas, admirando as ilustrações detalhadas, até chegar à parte dedicada aos rouxinóis. Ali concentrou o olhar, lendo a descrição em letras miúdas:

Uma ave pequena e discreta, de aparência bastante comum, é difícil notar o Rouxinol. Eles se escondem em mata cerrada e, apesar das plumas não impressionarem, têm um repertório de mais de duzentas melodias que sabem cantar.

A porta se abriu com um rangido.

Iris fechou o livro, com a boca repentinamente seca. Todas as palavras pareceram fugir de seu pensamento quando ela deu as costas para as janelas, se preparando para perguntar por Keegan outra vez. Iris parou abruptamente, perdendo o fôlego.

Era Keegan. A esposa de Marisol se erguia, alta e orgulhosa, no uniforme verde, com três estrelas douradas pregadas no peito. O cabelo loiro estava penteado para trás, e a mandíbula tensa, como se ela também trouxesse noções preconcebidas para aquela reunião. Seus olhos escuros estavam aguçados, mas avermelhados, como se fizesse semanas que não dormia direito, e ela mantinha a expressão ilegível. A linha rígida de sua boca parecia entalhada em pedra.

— Capi… Brigadeiro Torres — disse Iris. — Sei que a senhora não deve se lembrar de mim, mas eu sou…

— Iris Winnow — disse Keegan, fechando a porta. — É claro que lembro. Não testemunhei seus votos no jardim? Minha esposa tem muito carinho por você e por Attie, e também pelo seu Kitt. Mas o que, pelo amor dos deuses, você está fazendo aqui?

Iris respirou fundo.

— Tenho uma mensagem que acho que você deve ver.

— Uma mensagem?

— Sim. Eu…

O que dizer? Iris pôs a mão no bolso outra vez e tirou a carta de Roman.

— Por favor, leia isso — pediu.

Ela entregou a carta para Keegan, vendo a brigadeiro ler as palavras de Roman. A expressão de Keegan não mudou; na verdade, Iris estava começando a achar que a brigadeiro fosse duvidar de tudo, e ela não saberia o que fazer nesse caso. Porém, Keegan inspirou fundo e encontrou o olhar de Iris. Seus olhos cintilavam como se despertados bruscamente de um sonho.

— Como você conseguiu isso, Iris?

— Tenho uma conexão mágica com Roman por meio da máquina de escrever — começou Iris.

Ela contou tudo para Keegan, do início, em Oath, quando eram meros rivais no jornal, à sua posição atual, escrevendo para o marido mesmo que ele fosse prisioneiro de Dacre e nem se lembrasse do nome dela.

— Sei que parece impossível, mas Roman não mentiria para mim — concluiu, surpresa pela rouquidão na voz.

Ela engoliu o nó na garganta, que se instalou no peito, e ela soube que era o luto que não se permitira processar. Luto por Roman ser prisioneiro, com a mente emaranhada pela magia de Dacre. Luto porque o que tiveram um dia talvez nunca fosse recuperado.

Iris era muito boa em enterrar aquelas coisas, a angústia, a tristeza, às vezes até a realidade do que enfrentava. Porém, não sabia como soltá-las sem perder partes vitais de si.

Keegan ficou quieta, olhando de novo as palavras datilografadas de Roman.

— Quando você recebeu esta carta?

— Ontem de manhã. Vim assim que li. Dirigimos a noite toda, vindo de Bitteryne.

— Então temos apenas um dia, mais ou menos, antes do ataque de Dacre, se o que Roman disse for verdade. — Keegan pressionou os lábios, e olhou para Iris. — Com quem você veio? Disse que vieram dirigindo?

— Attie e Tobias Bexley.

— Onde eles estão?

— Na barricada, no carro, esperando que eu volte.

— Então vocês três devem estar exaustos e famintos. Vou mandar café da manhã para vocês e encontrar um quarto tranquilo para descansarem.

Keegan andou até a porta e a abriu para murmurar para um soldado que esperava no corredor.

Iris hesitou, olhando para a carta de Roman, ainda na mão de Keegan.

— Vá com o soldado Shepherd. Ele vai levá-los para um cômodo no térreo, para descansarem e comerem — disse Keegan, se virando para ela. Devia ver a luz fosca nos olhos de Iris, pois a brigadeiro suavizou a voz e acrescentou: —

Não se preocupe. Preciso conversar com meus soldados, mas vou encontrá-los daqui a pouco, depois de descansarem.

— É claro — sussurrou Iris, com um meio sorriso. — Obrigada, brigadeiro Torres.

Apesar do alívio por ter entregado o recado a tempo, Iris ainda achava difícil sair da sala, ir atrás de um desconhecido, e deixar a carta de Roman — *queime minhas palavras* — para trás, para um destino misterioso.

Eles não planejavam dormir por mais de uma hora, mas, depois de uma refeição quente de ovos e torrada com manteiga, acompanhada por café de chicória aguado, sem açúcar e com uma gota de leite, Iris, Attie e Tobias pegaram no sono profundo nas camas de armar que Keegan arranjara. Eles tinham sido levados a uma sala interna na fábrica, sem janelas, e a escuridão foi um bálsamo até Iris despertar com o som distante de violino.

Tocava uma melodia linda e comovente, que encheu Iris de nostalgia, e ela se levantou da cama e seguiu a música, saindo do quarto escuro.

Ela caminhou pelo corredor, e a melodia do violino ficou cada vez mais alta, como se ela estivesse prestes a encontrá-la. Ela virou a esquina e quase trombou com a mãe.

Aster estava encostada na parede, envolta no casaco roxo, com um cigarro queimando entre os dedos.

— Aí está você, meu bem — disse ela, alegre. — Veio ouvir a música comigo?

Iris franziu a testa, incomodada.

— Quem está tocando violino?

— Que diferença faz? Escute, Iris. Escute as notas. Me diga se reconhece.

Iris se calou. Ela escutou o violino e, apesar da música envolvê-la como vinhas aquecidas pelo sol, não havia reconhecimento algum. Ela nunca ouvira aquela música.

— Não sei, mãe — confessou ela, vendo uma ruga se formar na testa de Aster. — E o que você está fazendo aqui?

Aster abriu a boca, mas sua voz foi roubada quando as cores começaram a se misturar. Iris sentiu uma pontada de medo, vendo as feições da mãe ficarem borradas, até levantar as mãos e ver que elas também se desfaziam, se espalhando em centenas de estrelas.

— É um sonho — arfou. — Por que você não para de aparecer para mim, mãe?

O chão tremeu e rachou sob suas botas. Iris estava prestes a cair por uma fenda larga quando arquejou e se sentou, piscando no escuro tranquilo. Levou um momento para se localizar, mas então se lembrou de onde estava. Escutava Attie, respirando com esforço nos sonhos, na cama ao lado, enquanto Tobias roncava baixinho do outro lado do quarto. Não dava para identificar que horas eram, e Iris passou os dedos pelo cabelo embaraçado antes de pisar no chão. Então, sentiu de novo. O tremor ritmado.

Iris saiu do quarto e desceu o corredor, em busca de alguém que lhe dissesse o que estava acontecendo, mas logo encontrou a resposta sozinha ao passar por uma janela. Ela parou ali, observando a médica que vira antes ajudar uma fileira de soldados feridos a entrarem em um caminhão. Outro caminhão descia a estrada, repleto de soldados.

Eram as tropas de Keegan, Iris percebeu. Deviam estar batendo em retirada de Hawk Shire.

Acreditaram nas palavras de Roman.

Iris saiu correndo do prédio, passando por quadrados de luz âmbar do sol. Devia ser o meio da tarde, e cada minuto parecia urgente. Ela saiu pela porta e se aproximou de uma das enfermeiras no mercado.

— O que posso fazer? — Iris perguntou.

A enfermeira a olhou, com suor brotando no rosto.

— Se quiser, pode ajudar a levar os feridos para aquele caminhão.

Iris aquiesceu e correu até a cama mais próxima, onde um rapaz de rosto enfaixado se sentava com dificuldade.

— Aqui — disse Iris. — Me dê a mão.

Ela ajudou ele a se levantar e serviu de apoio para caminhar com ele até o caminhão. A caçamba estava quase cheia, os feridos bem apinhados. Quando Iris ajudou o soldado a subir a rampa para entrar, a preocupação inundou seu peito.

Eles não podiam deixar nenhum ferido para trás. Não com a chegada iminente de Dacre. Ele curaria aqueles soldados e os aproveitaria para fins próprios.

— *Iris!*

Ela se virou e viu Attie e Tobias correndo pelo caos. Iris abriu caminho até eles, com o coração martelando os ouvidos.

— Acreditaram no aviso de Roman? — disse Attie, em voz baixa, mas esperançosa.

— Acreditaram. — Iris ajeitou o cabelo embaraçado atrás da orelha. Ela percebeu que tinha sangue nas mãos. — Estão carregando os feridos, mas não sei aonde... — Ela se interrompeu quando viu Keegan se aproximar. — Brigadeiro Torres.

— Estava indo acordar vocês — disse Keegan. — A evacuação começou, e vocês devem partir tão rápido quanto chegaram.

— Vocês vão se deslocar para onde? — perguntou Attie.

— Para Oath — respondeu Keegan. — Somos o que resta das forças de Enva. E travaremos a batalha final na cidade.

Aquelas palavras percorreram Iris em um calafrio. Ela fitou o rosto de Keegan.

— Vocês são o que resta?

— Nossos batalhões na linha de frente do sul foram derrubados. Dacre matou e capturou muitos de nossos soldados. E não deixarei que capture e transforme esta brigada final.

— Então deixe a gente ajudar com os feridos — ofereceu Tobias. — Podemos ficar para carregá-los com segurança.

Keegan abanou a cabeça.

— Vocês precisam partir imediatamente. Eu não suportaria se algo acontecesse com vocês três.

— Mas não podemos deixar você e os feridos para trás — insistiu Iris. — *Por favor*, brigadeiro.

Keegan hesitou, mas sustentou o olhar de Iris. Talvez ela visse ali, nos olhos de Iris: um brilho do passado. O dia fatídico em Avalon Bluff, quando Keegan entregara uma carta para Iris. Palavras que indicavam que Forest não estava *morto*, e, sim, *ferido*. A mensagem que reforçara a determinação de Iris em ficar para trás em vez de evacuar com o resto dos moradores da cidade.

— Se eu deixar vocês ficarem para ajudar — começou Keegan —, vocês vão acabar no fim de uma fila lenta de comboios. Estarão em posição muito vulnerável se Dacre decidir nos perseguir.

— Sei de um atalho — retrucou Tobias. — Do meu trabalho de carteiro. Suas tropas vão seguir para Oath pela estrada central, brigadeiro?

— Sim. Por quê?

— No meu conversível, posso dirigir pela rota Hawthorne, que é mais estreita, mas mais rápida, e logo encontraremos sua brigada em River Down.

Iris prendeu o fôlego, esperando a resposta de Keegan. Por instinto, levou os dedos ao pingente no colar.

— Certo — cedeu Keegan. — Vocês podem ficar para assistir. Mas, quando eu disser que é hora de partir, vão pegar a rota Hawthorne sem olhar para trás. Combinado?

— Combinado — respondeu Iris, em uníssono com Tobias e Attie.

A brigadeiro tirou do bolso uma folha de papel amassada. A carta de Roman, Iris percebeu, e suspirou quando a pegou das mãos de Keegan.

— Obrigada por nos entregar esta mensagem — disse Keegan. — Por dirigir a noite toda para nos alcançar a tempo. Estarei sempre em dívida com vocês três.

A garganta de Iris apertou. Ela apenas acenou com a cabeça e enfiou o papel no bolso. Porém, enquanto começava a conduzir soldados para o caminhão, não conseguiu deixar de pensar em Roman, nas profundezas da terra. Caminhando e se aproximando pelas linhas de Ley emaranhadas, bem abaixo de seus pés.

20

Uma casa que sabe do que você precisa

A tarde se esvaiu sob o céu azul claro. Iris, Attie e Tobias só pararam quando todos os soldados feridos foram evacuados em segurança e Keegan deu sinal de partida.

Era muito mais tarde do que eles planejavam ir embora, o sol afundando no horizonte ao oeste e o frescor da primavera florescendo nas sombras. Porém, uma energia estranha agitava o sangue de Iris, cortava sua exaustão e continha seu medo enquanto ela ia com Attie e Tobias até o carro. Foi com sensação de triunfo que se instalou no banco de couro familiar do conversível.

Os três tinham alertado a brigada de Keegan a tempo. Tinham visto os feridos serem encaminhados em segurança ao leste, tropas que Dacre não capturaria para transformar. Era uma vitória doce, e Iris se recostou, sorrindo, enquanto Tobias esquentava o motor.

— Somos um bom time — disse ele, como se sentisse a mesma emoção.

— Já estou vendo a manchete de manhã — disse Attie, se debruçando no banco de Tobias. — Vai vender mil jornais em Oath.

— *Duas repórteres intrépidas salvam a última brigada de Enva?* — adivinhou Tobias, dirigindo pela rua.

O motor do carro roncava em um *tique-tique-tique* já familiar conforme eles seguiam o rastro do exército.

— Acho que esqueceu alguém, Bexley — disse Attie, com a voz arrastada. — Ele tem nove vidas, lembra?

Tobias riu, mas Iris não escutou a resposta. Ela se distraiu com alguns soldados que ficavam para trás, pregando tábuas nas portas, garagens e janelas das construções nos arredores da cidade. Iris se virou para olhá-los, o cabelo caindo embaraçado no rosto. Um medo frio começou a penetrar seus ossos.

Ela se perguntou se era uma ordem final de Keegan, para atrapalhar as forças de Dacre quando chegassem pelos portais internos. Porém, Iris não negava que parecia que a cidade se preparava para um furacão. Algo que devastaria os prédios todos, deixando apenas escombros.

O conversível passou pela última barricada e chegou à estrada principal. Adiante viam a fila de caminhões, sumindo ao longe, a caminho do leste. O carro foi atrás deles por meio quilômetro antes de chegar a uma bifurcação.

— A rota Hawthorne tem curvas notórias — disse Tobias, ao virar o carro para pegar o atalho. — Talvez vocês precisem se segurar.

— *Talvez?* — disse Attie, sarcástica, ao deslizar no banco e esbarrar em Iris. — Achei que você tinha me prometido uma viagem tranquila.

— Eu tenho uma resposta — disse Tobias, encontrando o olhar de Attie no retrovisor —, mas os deuses sabem que não devo dizê-la.

Attie pegou a corda na sua frente e se aproximou dele.

— Foi um desafio, Bexley?

Iris, que os observava com um sorriso de graça, de repente sentiu que precisava desviar o olhar. Foi o que ela fez, se virando para a estrada serpentina que via pelo para-brisas enlameado. Ela arregalou os olhos ao perceber que a sombra adiante na verdade era outra coisa.

— *Tobias!* — gritou Iris, bem quando acertaram o buraco.

Tobias virou o volante com força. O carro girou com um solavanco de dar enjoo. As duas garotas se seguraram com dificuldade enquanto Tobias retomava o controle.

— Repito: uma viagem tranquila — brincou Attie, tentando aliviar o clima.

A postura de Tobias, porém, estava rígida. Iris sentiu ele diminuir a marcha e o motor gemer.

— Está tudo bem? — perguntou ela.

Tobias não respondeu, e parou o carro bruscamente no meio da estrada.

Ele pulou por cima da porta e, franzindo a testa, analisou o lado esquerdo do veículo. Iris não precisava nem ver; sentiu o conversível pender para o lado, e prendeu a respiração quando Tobias se ajoelhou.

— Pneu furado — anunciou ele, seco. — Eu não devia ter passado naquele buraco.

— Desculpa — suspirou Attie, mordendo o lábio, e saiu do carro para ver o estrago ao lado dele. — Eu não devia ter te distraído.

Tobias se levantou e espanou as mãos na calça.

— Não é grave. Tenho um estepe na mala, mas vai demorar um pouco para resolver.

— Eu ajudo.

Enquanto Tobias e Attie tiravam tudo da mala para encontrar o estepe e o macaco, Iris afastou a bagagem deles, sentindo a tensão soprar no ar. A noite chegava rápido. As primeiras estrelas já tinham surgido no crepúsculo quando Tobias soltou um palavrão.

— Não estou encontrando a chave de roda — disse ele, passando a mão no cabelo preto em corte escovinha. — Iris, acende essa lanterna para mim?

Iris pegou a lamparina de vidro e os fósforos que tinha deixado junto à bagagem, itens que Tobias sempre carregava para o caso de uma emergência noturna. Uma emergência como a que acontecia no momento, fazendo o coração de Iris bater mais forte. Com os dedos entorpecidos, ela riscou o fósforo, acendeu o pavio e levantou a lanterna para Tobias enxergar.

Porém, ele não estava olhando para o carro. Estava voltado para Attie, que torcia as mãos e murmurava outro pedido de desculpas.

— Mil desculpas, é tudo culpa minha, e…

Tobias estendeu a mão e segurou o braço dela de leve.

— Não é culpa sua, Attie.

— É, *sim*. Eu distraí você da estrada!

Brotou um silêncio desajeitado entre eles. Iris sugeriu, apressada:

— Se está faltando a chave de roda, talvez eu possa voltar correndo para a cidade para arranjar? Passamos por uma garagem logo antes da barricada.

Honestamente, ela queria retomar a viagem o mais rápido possível, mas também dar aos dois um momento a sós.

— Voltar correndo para a cidade? — exclamou Attie. — Pelo amor dos deuses, Iris!

— Não estamos longe — insistiu Iris. — Ainda enxergo o segundo andar de algumas casas daqui. Vocês podem levantar o carro com o macaco, e eu já volto com a chave. Aí seguimos viagem como se nada tivesse acontecido.

Tobias, quieto, acabou assentindo.

— Está bem. Mas leve a lanterna. Se tiver qualquer problema, dê um sinal e apague a luz em alguma daquelas janelas do segundo andar.

— Claro. Volto daqui a alguns minutos. Não se preocupe.

Ela deu dois passos, e se virou de volta, fazendo uma careta.

— Só uma pergunta. O que exatamente é uma chave de roda?

Hawk Shire era diferente à noite, com as ruas abandonadas.

Iris estava ofegando quando passou pela barricada na estrada, com os músculos ardendo ao diminuir o passo e caminhar com pressa pelos paralelepípedos. Era aquela hora horripilante em que a noite quase engolira os últimos sinais do pôr do sol, e as sombras ficavam tortas e sinistras. Iris levou alguns sustos enquanto procurava a garagem que tinha visto antes. Ela hesitou, se perguntando se um pelotão de soldados de Enva tinha ficado para trás, mas o que via era apenas uma ilusão do escuro e do vento que assobiava pelas ruas.

Iris olhou para a cidade quieta, com a lamparina em mãos.

Não, ela estava inteiramente só, e o triunfo que sentira antes azedou de repente na boca.

Encontre a chave e vá embora, pensou ao finalmente encontrar a garagem.

Não tinha sido fechada com tábuas, que nem as janelas e portas mais próximas, e ela revirou um armário de ferramentas com poucas opções, que examinava freneticamente à luz do fogo. Nada era exatamente igual à descrição de Tobias. Com um suspiro derrotado, ela voltou pela avenida até uma rua mais afastada chamar sua atenção.

Iris decidiu seguir por ali e procurar outra garagem.

Ela passou por uma casa atrás da outra, todas fechadas por tábuas, até chegar ao lugar onde os soldados tinham abandonado a madeira e os martelos. Dali a mais algumas casas estava outra garagem, aberta como a bocarra de um monstro. Iris estava se aproximando quando ouviu um ruído nas sombras. Um tinido de metal, como se algo caísse de uma prateleira.

— Olá? — chamou, mas a voz soou frágil na lufada repentina de vento.

Ela esticou o braço rígido, deixando a lamparina guiá-la, e foi só na garagem que percebeu uma chave ajustável reluzindo no chão.

Fitou a chave por um momento antes de notar que as outras prateleiras estavam vazias, e não havia mais nenhuma ferramenta ali. Que estranho ter caído naquele momento, como se desesperada por chamar sua atenção. Inquieta, Iris se abaixou e pegou a chave. Era pesada, suja de ferrugem. Por um motivo estranho, pensou na mercearia de Oath: nas prateleiras encantadas que sabiam quantas moedas ela tinha na bolsa, e empurravam os itens pelos quais ela poderia pagar.

Estou em uma linha de Ley.

A constatação a percorreu em um calafrio. Um lugar mágico, mas perigoso. Assim que o pensamento se espalhou pela mente, ela ouviu outro ruído. A porta à direita se abriu com um rangido, como se a convocasse para a casa adjacente.

Iris se encolheu, sentindo o medo tensionar o corpo todo. *Lute ou fuja*, o coração batia, a indecisão queimando o peito. Enquanto encarava a porta, analisando a casa vazia iluminada ao luar, chegou a outra conclusão.

A casa está enraizada na magia, e sabe do que preciso.

Ela decidiu confiar, mesmo com o suor reluzindo na pele. Na magia de uma casa quieta e abandonada. Ela entrou, apertando a chave na mão, e a lamparina na outra.

Os ladrilhos em que pisava eram pintados de azul, e acabavam levando a um assoalho de madeira gasta. Folhas caídas se acumulavam nos cantos da sala de estar. Um lustre pendia do teto, como se tivesse brotado de uma rachadura, e os cristais refletiam a luz da lanterna. O que chamou a atenção de Iris, contudo, foi a escada com um corrimão elegante. Os degraus levavam a um segundo andar escuro, e lhe ocorreu uma ideia.

Ao subir a escada que levava a um corredor estreito, Iris não sabia se fora sugestão da casa ou se a ideia realmente lhe ocorrera sozinha. No fim, não fazia diferença, e ela entrou em um quarto nos fundos da construção. Lembrava o quarto dela, com um colchão encostado na parede, uma mesa coberta de livros, e um guarda-roupa aberto, revelando cabides de metal. Mais importante, a janela estava voltada para o caminho que ela tomara para correr até a cidade. Iris levantou a lamparina junto ao vidro, assim como a chave, esperando para ver se conseguiria algum sinal de Attie e Tobias.

— Essa ferramenta serve? — sussurrou, esperando que Attie usasse o binóculo para enxergar.

Um momento depois, ela notou um pontinho de luz ao longe. Attie tinha riscado um fósforo em resposta. Forçando a vista, Iris enxergava até a vaga silhueta do conversível, uma sombra escura na estrada.

Attie abanou a pequena chama. Iris não entendia a resposta, e estava considerando o que fazer quando sentiu o chão tremer. Achou que estava só imaginando, até as paredes vibrarem, derrubando do prego um porta-retratos.

Com a respiração suspensa e os pés grudados no chão, Iris forçou os ouvidos no rugido do silêncio.

Uma porta se abriu lá embaixo. Botas começaram a bater no chão. Vozes subiam como fumaça.

Fuja ou lute.

A magia na qual pisava de repente lhe pareceu traiçoeira. Uma rede que prendera seu corpo. Com as mãos trêmulas, ela abriu o vidro da lamparina. Ainda olhando fixamente para a chama distante de Attie, Iris apagou o fogo.

21

De cara com um sonho

Roman não conseguia respirar.

Ele tinha sido posto na fileira de soldados. A maleta da máquina de escrever batia no joelho a cada passo que ele dava, e o kit amarrado nas costas o deixava mais lento e desequilibrado. Não havia opção além de avançar, como se ele estivesse em um rio e a correnteza o arrastasse até uma cachoeira. Puxando ele em direção à morte. A batalha era iminente, e ele se veria no meio da luta sem nada além de uma máquina de escrever em mãos.

Tentou respirar fundo para se acalmar, mas faíscas piscavam no canto de seus olhos. A fileira diminuiu o passo quando saiu da câmara cavernosa, voltando a um corredor sinuoso cravejado de cacos de esmeralda. Relâmpagos azuis lampejavam pela rocha acima deles, iluminando o caminho. Roman sentia o gosto dos raios, uma mistura estranha de ozônio e pedra molhada, e momentaneamente se perguntou se seria magia aquilo que estalava em sua língua.

— Olhos para a frente, armas em punho.

O tenente Shane vinha passando por eles, caminhando no contrafluxo do progresso. Ele repetia a frase, de novo e de novo, olhando para cada soldado da fileira. Assim que ele roçou seu ombro, Roman esticou a mão, frenético, e o puxou pela manga do uniforme.

— *Por favor* — Roman arfou. — Acho que eu não deveria estar aqui.

Shane hesitou.

— Você está exatamente onde deveria, correspondente.

— Não tenho arma nem treinamento. Eu… eu nem sei o que deveria estar fazendo!

— Você é da imprensa. Ninguém vai atacá-lo — disse o tenente, indicando o brasão no uniforme de Roman.

O bordado que proclamava que Roman, longe de ser neutro, era um CORRESPONDENTE INFERIOR.

Antes que Roman pudesse formular uma resposta, Shane se desenvencilhou e continuou a andar, repetindo a mesma frase.

Olhos para a frente, armas em punho.

Atordoado, Roman continuou a andar. Até que um sussurro chegou a seu ouvido, um silvo para chamar sua atenção.

— Psiu. Você está com os verdes — disse o soldado atrás dele. — Não se preocupe, vamos entrar na cidade pelos arredores, longe do pior da batalha. Chegaremos por uma porta na fronteira.

Essa revelação não aliviou em nada o medo de Roman, e ele rangeu os dentes. Ele um dia achara que gostaria de estar ali. Testemunhar o destino que se desenrolava. Porém, a segundos do fato, não conseguia deixar de sentir como era despreparado.

O chão estava se inclinando, moldando uma escadaria. Roman começou a subir, degrau por degrau, sentindo os músculos arderem de esforço. O suor frio brotava pela pele. Quando o estômago se revirou, ele engoliu o refluxo ácido.

É isso, pensou, olhando para as veias azuis cintilando na rocha ao seu redor, para a porta que se assomava ao longe, destacada por uma coroa de esmeraldas. *Morrerei longe de casa, com palavras que quis dizer e nunca falei.*

Ele finalmente chegou ao topo da escada, sentindo o ar mudar do submundo para o reino superior. Fresco, frio, com um toque doce. Roman arfou, engolindo lufadas inteiras, como se tivesse se afogado nas profundezas. A pele dele corou. Estava envergonhado por parecer tão fraco, e se afastou para o lado, aos tropeços, tentando se recuperar.

Ele esticou a mão e tocou a parede. Soldados continuavam a surgir da porta atrás dele, mas Roman fitou os arredores: o assoalho gasto, o espelho manchado acima da prateleira, a lareira cheia de cinzas.

Chegara a uma sala de estar.

Os joelhos dele bambearam, e ele estava desabando quando o tenente Shane apareceu, o pegou pelo braço e o levantou à força.

— Respire — disse Shane, seco. — Vai ficar tudo bem, correspondente.

Roman fez que sim com a cabeça, mas o suor tinha ensopado sua roupa. Tentou conter a onda de náusea.

— Escute, tome um instante para se recompor — disse o tenente. — Depois, quero que você vasculhe o segundo andar desta casa. Use esta lanterna. Verifique embaixo de todas as camas, dentro de todos os armários. Quando acabar, venha me informar. — Ele entregou a Roman uma caixa retangular pequena, com uma lente e uma lâmpada. — Ligue neste interruptor.

Ele demonstrou, e a lanterna emitiu um feixe suave de luz, delineado a sala de estar e os soldados que se reuniam ali.

Roman olhou para a caixa incandescente, e a mexeu para apontar a luz para baixo.

— O que faço se encontrar alguém lá em cima?

— Capture a pessoa como prisioneira.

Como?, Roman queria perguntar. As mãos dele estavam ocupadas pela máquina de escrever e pela lanterna, mas Shane já tinha se virado para dar ordens a outro soldado. Ocorreu a Roman que o tenente tinha dado a ele uma tarefa inofensiva. A casa parecia vazia, abandonada. Shane estava simplesmente se livrando de Roman, que se mostrara bastante inútil como soldado.

Roman esticou o pescoço antes de sair da sala. Ele se sentia estranho, rígido, como se os ossos tivessem virado ferro pesado. Ou talvez fosse apenas o medo, que continuava a se espalhar como gelo, deixando-o frio e desajeitado. Ainda assim, ele chegou ao pé da escada e olhou para as sombras, a luz da lanterna cortando a escuridão.

Com um calafrio, Roman subiu o primeiro degrau.

Iris deixou no chão a lamparina apagada e a chave ajustável.

Ela escutou os soldados de Dacre andarem pelo térreo da casa, enquanto seus olhos se ajustavam à escuridão crescente, e a respiração acelerava. A porta da casa se tornara inacessível; ela precisaria fugir pela janela, então começou a levantá-la. O vidro se abriu o suficiente para passar a mão, deixando entrar um sopro de ar fresco da noite, até que ficou emperrado.

Iris rangeu os dentes, fazendo força para empurrar.

— Anda, sua janela *maldita*! — sussurrou, ajustando a postura.

Ela fez força de novo, sentindo os músculos tensos, e a janela voltou a subir, tremendo de resistência. Ainda não era suficiente, e Iris pensou na chave, cogitando se poderia usá-la como alavanca.

Pegou a ferramenta com a mão escorregadia de suor, mas não teve nem a oportunidade de usá-la. Pelo canto do olho, viu um raio de luz. Alguém estava se aproximando pelo corredor com uma lanterna. Ela ouvia os passos chegarem mais perto.

Em instantes, o soldado chegaria à porta. A luz inundaria o quarto e a deixaria exposta.

Se esconda!, gritou a mente de Iris.

As opções eram debaixo da cama ou dentro do armário.

Ela correu até o armário, achando que daria a melhor posição caso precisasse lutar. Ainda com a chave ajustável em mãos, entrou no espaço apertado do guarda-roupa e fechou a porta. O trinco não encaixou, então a porta, teimosa, se entreabriu outra vez. Iris quase tentou puxá-la de novo, mas ficou paralisada quando um feixe de luz entrou no quarto.

Ela parou na mesma posição.

Escutava a respiração do intruso, um ritmo irregular que combinava com o dela. Escutava o chão ranger sob os passos que se dirigiam à cama, para investigar debaixo do estrado.

Chegaria à luta, então. Iris levantou a chave ajustável. Ela bateria com a maior força possível. Miraria na cabeça, nos olhos. Precisava deixar o soldado desacordado ou matá-lo, rápida e quieta.

Nunca matei ninguém, pensou.

Iris esperou, vendo a luz se mexer pelo quarto até tocar o armário. O feixe se refratou ao redor dela, penetrando as rachaduras, mas ela se ateve às sombras. Os passos do soldado se aproximaram e pararam, até restar apenas silêncio e a porta entre eles.

Ataque rápido, Iris decidiu, mesmo que seu braço tremesse. *Não hesite.*

Ela esperou a porta se abrir.

Roman parou diante do armário, e um arrepio percorreu seus braços. A eletricidade dançava em seu sangue; ele mal entendia o motivo até abaixar a máquina de escrever e abrir a porta, a lanterna fazendo as sombras derreterem.

Ele viu primeiro o brilho da chave ajustável, e, depois, o braço fino que a segurava. Mesmo assim, de tanto choque, apenas a olhou. Naquele momento tenso, ela poderia ter espancado ele. Poderia ter arrebentado a cabeça dele até os ossos, e, pela expressão feroz em seu rosto, parecia que era o que ela *queria*. Porém, ela estava tão paralisada quanto ele.

Roman se perguntou se estava sonhando, se estava dormindo, porque era *ela*. Ela estava ali, o fitando com aqueles olhos encantadores da cor do mel, de boca entreaberta, cabelo castanho e comprido embaraçado e caindo nos ombros.

O reconhecimento o atravessou como uma bala, e Roman soube que estava desperto e lúcido, mesmo que estivesse de cara com um sonho.

Ele estava olhando para Iris Winnow.

22

Dissipar em fumaça

Iris abaixou a chave ajustável.

Calafrios se espalharam por sua pele enquanto encarava Roman. Ela não conseguia respirar; conseguia apenas cogitar se o tinha imaginado. Se ele tomaria a forma de um desconhecido quando ela fechasse os olhos. Parecia um encanto cruel que Dacre adoraria: lhe dar uma onda de esperança antes de destrui-la com a realidade.

Suor pingou em seus olhos, embaçando a visão.

Iris piscou, mas Roman continuava ali, tão sólido e tangível quanto em sua memória. Ela se permitiu relaxar, e talvez fosse tolice. Mas ela queria saboreá-lo, traçar cada linha e curva de seu corpo.

Chocada, ela viu que ele parecia mais velho, mais magro. Seu rosto estava mais côncavo do que antes, e havia um ângulo frio em sua expressão.

— *Kitt?* — ousou sussurrar.

Ele não se mexeu, mas Iris o viu engolir em seco. Com os olhos azuis ardentes, Roman a fitou; ela se assustou até perceber que ele também admirava todos os seus detalhes, do pescoço à ponta dos pés. As mechas do cabelo, as sardas no rosto. Quanto mais ele a fitava, mais sua expressão relaxava, e ela se perguntou se ele estava se lembrando dela. Se algo nela o chamava. Um vínculo mortal mais forte do que qualquer magia divina.

— Kitt — repetiu ela. — Kitt, eu...

Roman levou um dedo à boca. Os dois se calaram, escutando um arroubo de vozes furiosas no térreo. Que Iris soubesse, apenas Roman subira a escada. Porém, pelo tremor da casa, os outros não deviam estar muito atrás.

Ele não deixou de olhá-la por um segundo enquanto esperavam a comoção diminuir. Portas foram abertas e fechadas. Uma ordem foi gritada, mas as palavras eram indecifráveis.

Iris mordeu o lábio até doer. Ela se perguntou se estava prestes a ser capturada. Se Roman morreria com ela. A imagem fez um calafrio percorrer seus ossos.

— Você tem aonde ir? — sussurrou ele, por fim. — Um jeito de fugir?

Iris olhou para a chave ajustável nas mãos. Ela guardou a ferramenta no bolso e flexionou os dedos dormentes.

— Tenho. Tem um carro à minha espera. Eu planejava pular a janela.

Roman hesitou, uma mecha de cabelo preto caindo na testa.

— Acho que, no momento, é sua melhor opção.

Ela assentiu, contendo o desejo de se jogar no abraço dele. De respirá-lo. Era tentador se entregar ao passado como se nunca tivessem se separado, deixar que aqueles dias antigos a carregassem como a maré. Porém, sua postura reservada e educada apagou o fogo. Sua expressão contida, suas palavras...

Ele não se lembra de mim.

Iris quase se encolheu de angústia. Ela girou no dedo a aliança, o olhar inescrutável de Roman acompanhando o movimento. Ainda assim, não houve o menor lampejo de reconhecimento nele.

Ela sentiu que uma pedra afundara em seu estômago quando Roman andou até a janela. Ele acabou de abri-la sem dificuldade, e o ar fresco da noite inundou o quarto, convocando Iris.

— Tem um telhadinho bem aqui embaixo — disse ele, examinando a vista, e voltou a olhar para Iris, fazendo um gesto para chamá-la. — Você deve conseguir descer sem dificuldade, se tomar cuidado. É seguro ir agora.

Iris chegou à janela e a brisa agitou seu cabelo. Ela estava tão perto de Roman que sentia o calor de sua pele, mas não o tocou.

— Por que você está me ajudando? — murmurou ela.

Roman ficou imóvel, o olhar fixado na paisagem noturna lá fora. Por um momento excruciante, Iris achou que ele não fosse responder. Mas talvez ela não precisasse de palavras; viu a resposta em seu rosto quando ele encontrou seu olhar. Ele a reconhecia, *sim*, embora ainda parecesse faltar peças.

— Sonhei com você — disse ele. — Acho que fomos amigos antes de eu partir para a guerra.

— *Amigos?*

— Ou inimigos.

— Nunca fomos inimigos, Kitt. Não exatamente.

— Então fomos algo além?

Iris ficou quieta. Ela sentia a dor na garganta, transbordando de palavras que desejava dizer, mas deveria engolir. No fim, as falou, em um sussurrou rouco que ele se aproximou para escutar.

— Sim. Eu sou sua esposa.

Roman recuou como se levasse um tapa. Ele arregalou o olhar sombrio, em contraste com a pele pálida, e Iris não suportou aquele lampejo de incredulidade.

Ela se virou e subiu pela janela, batendo a canela no parapeito. A dor ecoava quando ela se preparou para pular no telhadinho, sentindo o mundo torto, o ar queimando nos pulmões. Estava prestes a cair quando ele agarrou seu braço.

O calor dos dedos dele inundou a manga da roupa dela como a luz do sol. Iris se deleitou com o toque de sua mão, a segurando com firmeza como se ela estivesse entre dois mundos.

Aquela mão um dia a acariciara no escuro, na única noite que tinham passado juntos. Aquela mão um dia usara um anel, um símbolo de seus votos, e datilografara inúmeras cartas para ela, palavras que a tinham alimentado, confortado, fortalecido. Aquela mão lhe era terrivelmente familiar; ela saberia que era ele que a tocava, mesmo se fechasse os olhos.

Iris suspirou, sentindo o gosto de sal e a acidez metálica do sangue.

Devagar, voltou a encontrar o olhar dele.

Os olhos de Roman ainda estavam sombrios ao fitá-la, mas não havia nenhum brilho de dúvida. Nenhuma incredulidade fulminante. Havia apenas o fulgor da fome, como se Iris tivesse acabado de despertá-lo de um sono extenso.

Ele desceu os dedos pelo braço dela, acompanhando a curva do cotovelo até encontrar a mão, e tocou a aliança. Ele arfou suavemente, como se sentisse dor, mas, antes que Iris pudesse responder, ele a puxou. Quando ela abaixou o rosto, ele levantou, até seus olhares se alinharem e restar apenas um sopro entre suas bocas.

— *Iris*. Iris, eu...

Ele foi interrompido por tiros soando ao longe.

Iris se assustou e se abaixou no parapeito. Ela imaginou Tobias e Attie, que a esperavam na estrada. Ela precisava partir, mas sentia que estava prestes a arrancar o coração pela raiz.

— Venha comigo, Kitt — sussurrou, apertando a mão dele. — *Venha comigo*.

Roman desviou o olhar. Ela via o embate dentro dele. A perspiração que reluzia na testa, como se seu corpo sofresse um peso tremendo.

— Não posso — disse ele, rouco. — Preciso ficar.

Iris assentiu, e o protesto se dissolveu na língua. Lágrimas arderam em seus olhos, jogando uma névoa embaçada no mundo. Ela se virou para fugir, mas Roman ainda a segurava com força, até os dedos empalidecerem, como se fosse se dissipar em fumaça assim que a soltasse.

— Olhe para mim. — A voz dele era grave. Confiante e atraente. Como ele soava antes da guerra os separar. — Vou encontrá-la outra vez quando for a hora. Eu juro.

— É melhor mesmo — retrucou ela.

Roman curvou o canto da boca. Um sorriso, mas fugaz.

— E, quando encontrar, você pode me pedir o favor que estou devendo.

Iris franziu a testa. Que favor? Ela não se lembrava de terem falado daquilo. Roman devia entender sua expressão; ele começou a responder, mas foi interrompido por uma voz desconhecida. Um grito brusco vindo da escada.

— Correspondente? Relatório.

— *Corra*, Iris — suplicou Roman, e a soltou.

A mão dela ficou abandonada sem a dele, até Iris flexionar os dedos. Ela viu a aliança refletir a luz da lanterna.

Iris nunca havia tirado a aliança. O anel tinha ficado em seu dedo desde que Roman o pusera ali, cintilando no anoitecer do jardim. Porém, ela não hesitou; removeu o anel e o entregou a ele.

— Guarde — disse ela. — Um presente para se lembrar de mim.

Roman não disse nada em resposta, mas fechou os dedos ao redor do anel, o escondendo na palma da mão como um segredo.

Iris se virou. Ela sentia o olhar dele, observando seus movimentos, quando se soltou para cair na escuridão.

23

Corações incandescentes

Iris caiu no telhado com estrépito. O tornozelo direito doeu da queda, mas ela conseguiu se encolher e rolar, parando antes de chegar à borda. A palha cortou a palma da mão, mas a dor foi como um clarão, guiando seu foco quando ela se agachou no beiral.

Ela estava tentada a olhar para a janela. Ver Roman uma última vez.

Iris resistiu e olhou só para a frente. Havia um campo diretamente diante dela, a grama alta se dobrando no fluxo do vento. Ela via a estrada principal à esquerda, uma sombra ao luar, assim como a rota Hawthorne, que cortava a pradaria como uma serpente sinuosa.

Estava longe, mas tinha confiança de que conseguiria escapar escondida pela grama até chegar a um lugar seguro. Então, poderia correr de volta a Tobias e Attie.

Iris fechou os olhos com força por um segundo e se deixou cair da beirada do telhado.

Ela caiu de pé, o tornozelo latejando de novo com o impacto, mas a altura não era tanta. Tropeçando, procurou onde se apoiar para se equilibrar. Dois barris de água estavam ali por perto na grama, e ela se abaixou para se esconder entre eles, analisando os arredores.

Passou-se um minuto. E mais outro. Iris se obrigou a esperar. Ela temia uma patrulha que ainda não tivesse notado, e, assim que a ideia lhe ocorreu, uma porta se abriu atrás dela. Ela ouviu botas batendo no revestimento de pedra, vindo em sua direção.

Iris ateve-se aos barris, usando-os de escudo para não ser notada. Pelo canto do olho, viu uma sombra alta passar por ela.

Esperou mais um tempo. O soldado voltou, como se tivesse recebido a função de vigiar aquele terreno.

Iris contou os passos na próxima passagem, para ver quanto tempo teria em que ele estivesse de costas. Enfim, engoliu em seco e se forçou a avançar. Ela se esgueirou pela grama o mais rápido que podia, com o olhar firme adiante, onde sabia que estava a estrada. Após meros dez passos, alguém a notou.

— *Alto lá!*

Iris ficou paralisada por instinto, até lembrar-se da voz de Roman. Das últimas palavras que ele dissera, um sussurro suave em sua boca entreaberta.

Corra, Iris.

Ela disparou.

— Eu mandei PARAR!

Era tarde para se esconder. Iris se esforçou para correr mais rápido, mais forte. A grama ia roçando nas pernas; o ar noturno gelava a pele suada. Ela sentia que asas tinham brotado de suas escápulas, como se nada pudesse impedi-la, até que uma saraivada de balas a perseguiu.

Iris tropeçou, o sangue vibrando de medo.

De alguma forma, ela conseguiu ficar de pé, se esquivar dos tiros. Balas salpicavam o chão à sua esquerda, tão perto que ela sentia o cheiro da terra revirada. O pânico a percorreu como um rio arrebentando a represa.

Ela estava quase na rota Hawthorne.

Outra rodada de tiros cravejou a noite, seguida por gritos. Iris nem olhou para trás. Quando as botas pisaram na estrada, ela soube que tinha chegado ao lugar onde Tobias havia estacionado. Ela soube, porque passou pelo buraco na rua, mas o conversível não estava em lugar nenhum.

Eles foram embora.

Iris levou a mão ao peito, aliviada. Devastada. *Aonde vou agora?*, pensou, os pulmões sacudindo enquanto tentava acalmar o coração. Ela precisava forjar um novo plano que a permitisse escapar dos soldados de Dacre, mas seus passos começaram a fraquejar. Seus pensamentos se espalharam como vidro estilhaçado.

Exausta, ela desacelerou a corrida, passando a caminhar com rapidez no acostamento. Os arredores estavam confusos até ela ouvir o ronco conhecido do motor. Um instante depois, dois faróis cortaram a noite.

O conversível de Tobias vinha à toda velocidade, emergindo da grama fina do outro lado da estrada. Iris correu a seu encontro, o brilho forte dos faróis inundando seu rosto. Atrás dela, os soldados de Dacre gritavam *alto, alto!*

Ela não parou. As ordens deles derreteram na escuridão, como as estrelas na aurora. Quando Tobias virou o carro para o lado, aproximando a porta dela, Iris pulou.

Ela bateu com tudo na lateral do carro, os joelhos chegando a amassar a porta de metal. Attie se esticou e a agarrou pelos braços, a puxando para dentro do veículo, e, antes que Iris conseguisse fazer uma careta sequer, Tobias afundou o pé no acelerador. Pneus cantaram na estrada, jogando lama enquanto balas quicavam no para-choque.

As garotas continuaram encolhidas no piso do carro enquanto mais uma saraivada de tiros estourava ao longe. Porém, a ameaça logo ficou mais distante, e o motor, mais rápido.

— Iris? — disse Attie, a ajudando a se sentar. — Você se machucou? Eles...?

— Estou bem — respondeu Iris, com a voz rouca. — Eles vão nos seguir?

— Não sei — disse Tobias, passando a marcha do carro. — Mas melhor reagir como se fossem.

Iris concordou e tirou do bolso a chave ajustável, percebendo apenas então que as mãos estavam tremendo. A adrenalina se esvaía, deixando brasas para trás em seus ossos. Ela deixou cair a ferramenta e esfregou as mãos nas mangas da roupa, ávida para sentir algo além do pavor que a invadia.

— Se segurem — advertiu Tobias, virando uma curva fechada.

Iris ficou feliz por ter uma distração. Ela ansiava pelo vento ardendo no rosto, pela fúria dos quilômetros consumidos pelos pneus. Qualquer coisa que a lembrasse de que estava se afastando do perigo.

— Vi que consertaram o pneu — disse ela.

Tobias riu, mas Attie apenas gemeu um resmungo.

— A chave de roda estava na mala mesmo — disse Attie. — Debaixo de uma manta. Desculpa, Iris. Não devíamos ter mandado você de volta para a cidade. Tentei fazer sinal com o fósforo, mas já era tarde.

— Tudo bem — disse Iris. — Foi bom eu ir.

Ela não explicou o motivo, embora Attie inclinasse a cabeça para o lado de curiosidade. Mais tarde, Iris contaria tudo. Quando o sol nascesse, e Iris se convencesse de que Roman não fora um espectro de sua imaginação. Porque parte dela ainda se sentia amolecida sob suas mãos e palavras, como se o encontro fosse apenas um delírio.

Iris tocou o dedo, o sulco deixado pela aliança, e encostou a cabeça até olhar para as estrelas. Pensou que as constelações nunca tinham lhe parecido tão próximas, nem tão belas.

— Estão vendo? Tem alguma coisa piscando no retrovisor.

As palavras baixas, mas urgentes, de Tobias despertaram Iris.

Ela não sabia por quanto tempo tinha dormido — dois minutos, ou talvez meia hora —, e se endireitou, massageando o torcicolo. Seus amigos não estavam olhando para a frente, e sim para trás, então ela se virou, forçando a vista no escuro.

— Eu vi — disse Attie, quando Iris também discerniu um pontinho de luz avermelhada ao longe. — O que é?

Outro orbe de luz. E um terceiro, até formarem uma fila, crescendo cada vez mais. *Corações*, Iris percebeu. Eram corações incandescentes, batendo através de pele pálida e translúcida.

— São os cães — disse ela, com um nó no estômago. — Dacre mandou os cães atrás de nós.

Attie se virou de novo, se esticando para mais perto de Tobias.

— Hum, Bexley? Não entre em pânico, mas você vai precisar dirigir um pouco mais rápido.

Ⓟromessas Ⓒruéis **223**

— Um *pouco* mais rápido? — gritou Tobias, mais alto que o ronco firme do motor. — Já estou em quinta marcha.

— Então me diga, por favor, que existe a sexta. Ou a sétima.

Tobias olhou de relance para trás, o luar inundando seu rosto de prata.

Iris se perguntou se ele conhecia as lendas antigas e reconhecia as luzes como corações sobrenaturais. Ou talvez viesse as patas compridas e as presas arreganhadas, que entravam em foco nítido. Tobias se virou e passou a marcha do conversível.

O carro deu um solavanco de protesto. Iris fechou os olhos, o cabelo emaranhado no rosto queimado pelo vento. Ela só conseguia pensar: *Por favor, não pife, por favor. Aqui, não, agora, não.*

— Eles estão acelerando, Bexley — disse Attie. — Misericórdia dos deuses, como eles são rápidos assim?

— Eles foram feitos para velocidade, mas não para perseverança — disse Tobias, e passou a marcha outra vez.

O motor roncou em reclamação antes da velocidade do carro começar a diminuir consideravelmente.

— Tobias, você está *desacelerando*? — perguntou Attie, incrédula.

— Estou diminuindo a marcha, sim. — Ele ajustou o retrovisor. O coração dos cães se refletiu em seus olhos, mas ele parecia calmo, confiante. — Já dei estresse demais para o motor, e preciso que ele acelere outra vez.

— Certo. Vamos deixar os cães nos alcançarem, e aí vamos fazer o quê?

— Confie em mim — disse ele, tão baixo que o vento quase roubou as palavras.

Attie abriu a boca, mas apenas suspirou diante de seu pedido.

Iris aproveitou o momento tenso, mas quieto, para olhar para trás. Ela já via os cães com clareza. Feras do tamanho de lobos excepcionalmente grandes, as bocarras reluzindo com fileiras de presas afiadas. Tinham olhos de carvão, e batiam as patas como relâmpagos no chão.

— Tobias — disse Iris. — Acho que...

Ela não conseguiu terminar a frase.

Tobias estava em silêncio, mas mantinha o olhar fixo no reflexo dos cães no retrovisor. Como se contasse seus passos, a distância cada vez menor, a velocidade, a aceleração. A possibilidade de impacto.

O conversível desacelerou de novo. Parecia que estavam se arrastando pela estrada.

— Me escutem — disse Tobias, a voz vibrante na escuridão. Confiante, como se estivesse habituado a apostar corrida com cães em estradas de terra no interior. — Vou escapar deles, mas vocês precisam confiar em mim e ficar abaixadas, em segurança, no banco de trás. Segurem a corda e, aconteça o que acontecer, não soltem.

Elas agarraram a corda e Tobias esperou que Attie fizesse sinal com a cabeça. No instante seguinte, ele pisou no freio. Quando o carro parou bruscamente, cantando pneu, os cães voaram por cima deles.

Iris sentiu o ar frígido que emanava das patas compridas, soprando à distância de um braço de sua cabeça. As garras agitaram o cabelo dela, e dava para sentir o odor úmido e podre da carne deles. Ela quase provou o gosto do mundo inferior — sombras intocadas pela luz, pisos de pedra escorregadia de tanto sangue — quando o tempo avançou com lentidão dolorida. Parecia que um ano inteiro se passava com os cães formando o arco acima deles, como três meteoros, o conversível estremecendo sob ela.

Porém, quando os cães pousaram no chão diante deles, o mundo retomou o foco alarmante. Duas das criaturas de Dacre pareciam confusas, mas uma se virou rapidamente para voltar.

Tobias estava pronto.

Ele passou facilmente a primeira marcha, e depois a segunda, fazendo o carro avançar de um salto. No último minuto, ele virou o carro bruscamente, e eles giraram em um círculo fechado.

A tensão no peito de Iris era quase insuportável, como se a gravidade estivesse suspensa. Ela se ergueu do chão como se pega por um feitiço de levitação, o pingente da mãe pairando diante do rosto. Um lampejo de ouro que a lembrava de *segurar, não soltar*.

A lateral do carro bateu com força na pata traseira do cão que voltava. Um ruído enjoativo de algo esmagado, seguido por um ganido penetrante.

Tobias continuava conduzindo o carro, as rodas revolvendo os sulcos da estrada até dispararem de novo na direção leste. O conversível escorregou entre os outros dois cães, que perderam tempo ao se virar para persegui-los de novo. Os rosnados furiosos faziam o chão tremer que nem trovão.

Iris se ajoelhou, hesitante, segurando a corda com uma das mãos, e Attie com a outra.

Ela ousou olhar para trás.

Apenas dois cães os perseguiam, o terceiro deixado para trás, mancando na estrada. Porém, o par voltava a avançar, como se o espaço amplo e a linha reta do trajeto impulsionassem sua velocidade lendária.

Desta vez, Iris não desviou o olhar. Ela encarou as criaturas enquanto a distância voltava a diminuir. E contou cada mudança de marcha de Tobias, até saber que tinha chegado à mais alta possível. O conversível estava na maior velocidade; o motor não tinha mais força para oferecer. Estavam praticamente voando pela estrada, e os cães continuavam a avançar.

Iris se tensionou quando os cães vieram aos saltos, com bocarras escancaradas e podres. Eles subiam como a maré, baixando outra vez quando Tobias virou uma curva fechada. O ritmo deles finalmente fraquejou, e eles desaceleraram, cuspindo baba junto dos rosnados de derrota.

Ainda assim, ela não acreditou. Seus olhos não eram confiáveis naquela noite.

Iris continuou olhando para a estrada atrás deles, marcada pelos pneus, escavada pelas tempestades. Continuou olhando para os cães cada vez menores, até seus corações se apagarem como a chama de uma vela soprada no escuro.

24

O que realmente aconteceu em Avalon Bluff e além

Roman estava sentado à mesa quando chegou a notícia. Ele estava em uma sala no segundo andar da fábrica, vendo Dacre andar em círculos diante de uma parede de janelas. Alguns dos soldados estavam agrupados à esquerda, estoicos e quietos, e, enquanto esperava o comando de Dacre, Roman não podia negar que, em pensamento, se via muito longe dali.

Encontrava-se em outro cômodo pequeno, um quarto aconchegante na pousada de Marisol, e várias velas ardiam, jogando anéis de luz suave nas paredes. Havia um estrado com cobertas no chão, e uma pilha de cartas amarrotadas que Roman lera tantas vezes que perdera a conta. Ele não estava sozinho e nunca se sentira tão vivo, o sangue cantando quando a via, quando inspirava o perfume de lavanda da pele dela...

A porta se escancarou com um estrondo.

Roman piscou, deixando a memória se estilhaçar. Voltou ao corpo sentado obedientemente à mesa, a quilômetros de casa, aguardando a ordem de um deus.

Dacre, os soldados e Roman olharam para o tenente Shane, que arfava na porta apesar da continência perfeitamente realizada.

— Notícias? — pediu o deus.

Seu tom era impassível, mas Roman não se deixou enganar. Ele notava que Dacre estava furioso com o ataque fracassado a Hawk Shire. Ele era um lago congelado, de aparência plácida até notar as fissuras finas se espalhando pelo gelo. A água escura e frígida escorrendo pelas rachaduras, ávidas por um afogamento.

— Senhor Comandante — começou Shane, rouco. — Os cães voltaram. Um está seriamente ferido. Os outros não mostram sinal de estrago.

— Quer dizer que a olheira de Enva escapou.

— Parece que sim, senhor.

— *Parece.* — Dacre sorriu, uma lua fria e crescente. — Diga, tenente, como um exército inteiro evacuou antes de chegarmos? Como uma moça mortal escapou de várias rodadas de tiros em uma pradaria aberta? Como um carro fugiu de três de meus melhores cães, e ainda feriu um deles?

Pelo breve tempo que Roman conhecia Shane, o tenente nunca deixara de se mostrar firme e galante. Porém, no momento, sua pele estava pálida como a morte, com aparência de cera; ele parecia incrivelmente jovem e vulnerável.

— Eu... eu não sei, senhor — gaguejou ele.

— Então deixe-me explicar — disse Dacre, e se virou para olhar os soldados, perfeitamente enfileirados. — Isso ocorreu porque alguém aqui me traiu.

— Se me permite, senhor — disse o capitão Landis, com uma reverência. A chave em seu pescoço cintilou com o movimento. Roman não duvidou que o capitão a mostrasse para lembrar todos de sua posição. De que ele era um membro do círculo de prediletos de Dacre, com o poder de destrancar os portais. — Todos nesta sala são fiéis ao senhor. Sabe que nós...

Dacre ergueu a mão. O capitão Landis se calou, corado.

— Alguém entre os meus se voltou contra mim — disse Dacre. — Desde que despertei, vocês todos me conhecem como um deus que cura seus males e alivia suas dores. Um deus misericordioso e justo, que constrói um mundo melhor para vocês e seus amores, para vocês e seus filhos, para vocês e seus sonhos. Mas traição eu não perdoo.

Ele se calou, deixando as palavras como fumaça no ar.

— Me deixem... todos. *Já*.

O tenente Shane recuou. A maior parte dos oficiais — os mais sábios — também seguiu para a porta, enquanto os outros se demoravam, preocupados e ruborizados, como se com medo da desconfiança de Dacre.

Roman se levantou, mantendo Dacre em sua visão periférica. Rápido, guardou a máquina de escrever do modo mais discreto e quieto de que foi capaz. Ele queria ser uma sombra. Invisível. Uma mariposinha na parede.

Caminhou até a porta, de costas eretas e rígidas, com a maleta da máquina em mãos. Esperou, teso de tanto pavor, que Dacre dissesse seu nome e o detivesse. Que Dacre o prendesse no chão com aqueles olhos azuis assustadores e arrancasse a verdade de sua garganta. Que sentisse o cheiro de traição em suas roupas.

Porém, Dacre se virara, com o rosto inclinado no sentido das janelas e da noite do outro lado. Olhava para as estrelas, para a lua, para uma cidade repleta de sombras vazias.

Roman escapou com os oficiais.

230 Rebecca Ross

Na metade da escada de metal, Roman percebeu que tinha sido bom conseguir sair naquele momento. Uma pontada de dor atravessou sua perna direita. De início, achou que fosse apenas a reverberação do medo e do esforço dos inúmeros passos, até a dor passar para o peito. Algo o devorava por dentro, pesando seus pulmões.

Ele engoliu a tosse, disfarçou a perna manca.

Roman finalmente chegou à porta. Saiu e caminhou até encontrar uma rua menor e vazia. Só então parou e se encostou em um muro de tijolos.

Ele cobriu a boca com a mão e tossiu. As têmporas latejaram em resposta, e náusea se esgueirou garganta acima. Ele não sabia por que se sentia tão terrível, até se lembrar do gosto do gás, semanas antes, em Avalon Bluff. Como queimara seus pulmões. Como se espalhara por ele, fazendo a cabeça doer, o estômago revirar, as pernas bambearem.

Ele sentiu o pânico crescente conectado à memória. O terror que sentira quando o gás o cercara, quando ele se arrastara pelo campo.

Você sobreviveu àquele dia, pensou Roman. *Acabou, e você sobreviveu. Você está em segurança.*

Ele fechou os olhos, respirando fundo e devagar. A tensão em seus ossos se aliviou, embora a pontada de dor na perna permanecesse, assim como a dor de cabeça e o enjoo.

Roman levou a mão ao bolso, onde escondia a aliança de Iris.

Rogo que meus dias sejam longos ao seu lado.

Tudo tinha começado a voltar no momento em que ele a tocara.

Deixe-me fartar e satisfazer cada desejo de sua alma.

Ele se lembrou de correr até ela no campo dourado.

Que sua mão esteja junto à minha, ao dia e à noite.

Ele se lembrou de trocar juras de amor com ela no jardim.

Que nossa respiração se entrelace e nosso sangue se torne um só, até nossos ossos voltarem ao pó.

Ele se lembrou de como ela sussurrou seu nome na escuridão adocicada.

Mesmo então, que eu encontre sua alma ainda prometida à minha.

Um calafrio o percorreu quando ele olhou para a lua e as estrelas.

Roman se lembrou de tudo.

PARTE TRÊS

Asas na jaula

25

Ofuscar, outra vez

Eles chegaram a River Down com o tanque quase vazio.

Era fim de tarde e fazia um sol de rachar. Não havia uma nuvem sequer no céu, e Iris protegeu os olhos com a mão quando Tobias diminuiu a marcha até o carro roncar baixo. A cidade estava repleta de soldados e caminhões, o que dificultava circular pelas ruas sinuosas. A brigada de Enva tinha chegado horas antes, ao que parecia, e se instalara em qualquer canto que encontrara: esquinas, quintais, a margem musgosa do rio, a praça central. Os moradores da cidade faziam grande contraste, carregando refeições e café quente e lavando roupa que penduravam para secar no varal.

Iris observava tudo com vago interesse. Mentalmente, estava a quilômetros dali, como se tivesse deixado os pensamentos no guarda-roupa. No estranho quarto à luz da lanterna com Roman.

Quando Tobias finalmente estacionou na frente da casa de Lucy, Iris despertou do devaneio. Fazia um tempo que ela não dormia bem nem comia uma refeição completa. Era o caso dos três no carro, que tinham deixado a exaustão e a fome crescer como presas compridas e afiadas. Não havia tempo para descansar, mal havia tempo para comer. Não quando eram perseguidos por cães e um deus furioso. Tobias tinha parado em Bitteryne apenas para abastecer e deixar Iris e Attie pegarem sanduíches e uma garrafa térmica de café com Lonnie Fielding antes de voltarem à estrada.

Attie abriu a porta do carro. Iris saiu atrás dela e fez uma careta quando pisou nos paralelepípedos. Ela não tinha percebido como estava abatida e dolorida até se levantar e se mexer novamente, forçando o sangue a voltar formigando aos pés.

Para a surpresa de Iris, Lucy estava parada no alpendre como uma estátua, os encarando. Estava de cara fechada, e Iris criou coragem quando a irmã de Marisol desceu os degraus e se aproximou. Ela usava uma blusa preta, calça marrom-escura e botas bem apertadas, que guinchavam no chão.

Iris esperou, preparada para uma bronca, mas as rugas na testa de Lucy se suavizaram.

— Vocês estão bem? — perguntou ela, áspera.

— Estamos vivos — disse Attie.

Em silêncio, Lucy os fitou com os olhos azuis, como se procurasse ferimentos. Ela se demorou um pouco demais no rosto de Iris, que resistiu à tentação de tocar o cabelo desgrenhado, as bochechas queimadas de sol, a boca seca e rachada. Sabia que devia estar um horror, e estava prestes a se desculpar pela aparência quando Lucy se pronunciou.

— Entrem — falou, em tom mais suave. — Tem chá e biscoitos à espera de vocês.

* * *

Na verdade, quem estava à espera deles eram Marisol e Keegan, sentadas à mesa da cozinha. Estavam de mãos dadas e cabeças próximas, conversando.

Marisol não devia ter ouvido o carro estacionando, como Lucy, porque ergueu o rosto e exclamou de surpresa ao ver Tobias, Attie e Iris entrarem na cozinha.

— Vocês estão machucados? — perguntou ela, se levantando com pressa. — Keegan me contou que vocês três apareceram em Hawk Shire, mesmo tendo me dito que não passariam de Winthrop!

Porém, mal havia repreensão nas palavras dela, apenas alívio quando ela abraçou os três ao mesmo tempo, os envolvendo como uma galinha com seus pintinhos, no calor de suas asas.

— Estamos bem — disse Iris, e acidentalmente encontrou o olhar aguçado de Keegan atrás do ombro de Marisol.

A brigadeiro se levantou, mas continuou em silêncio.

Marisol se voltou para ela, com fogo nos olhos.

— Você me disse que eles estavam na procissão, Keegan. Disse que eles estavam *seguros*.

Lucy pôs a chaleira no fogo, mas olhava de um lado para o outro, atenta a tudo.

— Fizemos um acordo — disse Keegan, calma. Se Marisol era fogo, ela era água. — O que aconteceu?

— O pneu furou — respondeu Tobias. — Conseguimos trocar a tempo, mas os soldados de Dacre nos viram partir.

Ele olhou de relance para Iris, como se não soubesse o que mais dizer.

Keegan notou.

— Iris? — perguntou a brigadeiro.

Iris estalou as mãos.

— Dacre soltou os cães.

Fez-se um silêncio mortal na cozinha. Nem as aves cantavam melodias no quintal.

Marisol levou a mão ao pescoço, como se para esconder o ritmo errático da pulsação, e finalmente disse:

— Os cães? Os *cães* perseguiram vocês?

— Bexley foi mais rápido do que eles no conversível — declarou Attie. O ombro dela estava junto ao de Tobias; havia uma mera fração de espaço entre os dedos deles, relaxados ao lado do corpo. — Temos a lama e a carroçaria amassada como prova.

— Não deveriam ter *nenhuma* lama nem carroçaria amassada como prova — disse Marisol, ruborizada. — Não deveria ter cão nenhum, nem eithral, nem bomba. Vocês deveriam poder ser crianças, jovens, adultos que podem sonhar e amar e viver sem toda essa… bagunça *horrenda*.

Mais uma vez, fez-se silêncio na cozinha. A brisa soprou as cortinas da janela aberta, um lembrete suave da constância. O sol continuaria a nascer e se pôr, a lua persistiria ao crescer e minguar, as estações floresceriam e murchariam, e a guerra seria travada até um ou dois deuses serem enterrados.

O momento tenso finalmente se rompeu quando a chaleira começou a apitar. Lucy foi buscá-la.

— Mari — sussurrou Keegan, carinhosa.

Marisol suspirou, mas o desespero perpassou sua expressão, como se tivesse sido atingida por uma flecha que não sabia arrancar dos ossos. Iris entendia, porque sentia o mesmo — aquela tristeza pesada e terrível —, mas as palavras estavam espessas, grudadas atrás dos dentes. Ela as engoliu e decidiu que as datilografaria todas depois. Quando fizesse noite. Quando restassem apenas ela, as teclas e a folha em branco, esperando as marcas da tinta.

— Sentem-se conosco — disse Marisol. — Sei que não posso protegê-los do pior desta guerra. Mas, por enquanto, deixem-me alimentá-los. Sei que devem estar com fome.

Depois do chá no ponto perfeito de Lucy e de um sanduíche de presunto com mostarda de Marisol, Iris se recolheu na lavanderia com a máquina de escrever.

Era estranho voltar ali, o pôr do sol pintando os vidros e a roupa pendurada como fantasmas. O guarda-roupa esperando que ela se ajoelhasse.

Iris abaixou a máquina. Ela se ajoelhou, sentindo os hematomas e machucados arderem. Devagar, ela destrancou a Primeira Alouette. As teclas reluziram em resposta, como se a convidando a escrever. Ainda assim, Iris percebeu que não sabia por onde começar. Ela foi tomada por uma onda repentina de sofrimento, e cobriu o rosto com as mãos, sentindo na pele o resquício do gosto de terra, metal e pão.

Entre o ritmo irregular da respiração, ela escutou um som familiar.

Iris secou os olhos e, ao erguer o rosto, viu duas cartas à sua espera na porta do armário. Não havia como saber o que estava prestes a ler. Se algo maravilhoso ou algo que dilaceraria ainda mais seu peito.

Ela se preparou para tudo e desdobrou a folha mais próxima.

1. Seu caracol de estimação se chamava Morgie. (Nunca me cansarei de suas "tristes histórias sobre caracóis", caso tenha dúvida.)

2. Seu segundo nome é Elizabeth, em homenagem a sua avó. (Oi, E.)

3. Sua estação preferida é o outono, porque é quando acredita que dá para sentir o gosto de magia no ar. (Você quase me converteu.)

Ela parou, chocada, diante das palavras datilografadas de Roman. Eram as respostas às três perguntas que ela enviara dias antes.

Uma pontada de dor arranhou suas costelas. Ela estava faminta por mais, e pegou a carta seguinte, que desdobrou. Leu:

Seria descuido de minha parte não retribuir as questões, então deixe-me fazer minhas perguntas, como se semeasse três desejos em um campo de ouro ou conjurasse um feitiço que exige três respostas suas para se completar:

1. Como eu prefiro meu chá?
2. Qual é meu segundo nome?
3. Qual é minha estação predileta?

P.S.: Perdão por roubar duas perguntas suas. Sei que falta originalidade, mas acho que você não vai se incomodar.

Iris sorriu. Ela datilografou a resposta sem dificuldades e a enviou:

Três perguntas, três respostas. Eis a segunda parte do feitiço que pediu:

1. Você prefere café a chá. Embora eu tenha visto você beber bastante chá na <u>Gazeta</u>, onde sempre acrescentava apenas uma colher de mel ou açúcar. Sem leite.
2. Carver. (Ou devo chamá-lo carinhosamente de "C."?)
3. Primavera, porque é quando volta o beisebol. (Confissão: não entendo praticamente <u>nada</u> deste esporte. Você vai precisar me ensinar.)

Iris hesitou. Ela queria dizer mais, mas se conteve, ainda incerta. De quanto ele lembraria? Ela fechou os olhos e o imaginou sentado naquele quarto estranho e distante, datilografando à luz da vela. A aliança dela ao redor de seu dedo mindinho, o conduzindo a recolher todos os momentos que Dacre queria que ele esquecesse.

Ela mandou a carta pelo guarda-roupa e esperou. Era quase noite, e a casa além da lavanderia de repente ganhou vida, com vozes, passos e o tilintar de pratos. O perfume de ensopado de cordeiro e pão de alecrim soprou pelo corredor, e Iris soube que um dos pelotões tinha chegado à casa de Marisol e Lucy para jantar.

Iris continuou no chão, tamborilando os dedos no colo.

Finalmente, Roman respondeu.

Querida Iris,

Devo me surpreender porque eu estava me apaixonando por você uma segunda vez? Devo me surpreender por suas palavras me encontrarem aqui, mesmo nas trevas? Por eu ter carregado suas cartas como E. junto ao peito, como um escudo protetor?

Sei que não somos mais rivais, mas, se estivermos marcando o placar como antigamente, você me ofuscou* de longe com sua esperteza e sua coragem. Isso me lembra de uma coisa simples: como amo perder para você. Como amo ler suas palavras e ouvir os pensamentos que aguçam sua mente. E como eu amaria estar de joelhos diante de você agora, me entregando a você, e a você apenas.

Ao longo das últimas semanas, achei que você fosse um mero sonho. Uma visão conjurada por minha mente perturbada para processar o trauma de que nem lembrava. Porém, no momento em que a toquei, eu me lembrei de tudo. E agora vejo que, este tempo inteiro, toda noite de sonho, eu estava tentando reunir as peças. Estava tentando encontrar meu caminho de volta para você.

Não sei onde você está agora. Não sei quantos quilômetros se estenderam entre nós outra vez, e não sei o que nos aguarda nos dias vindouros, mas lhe darei toda a informação que puder, desde que você me prometa tomar muito cuidado. Sei que é um pedido estranho — vivemos em guerra, e não há lugar seguro; todos devemos arriscar e sacrificar algo que nos é querido —, ainda assim, eu não suportaria que a correspondência comigo fosse o seu fim ou entregasse a você um fardo pesado demais.

Se estiver de acordo, me responda. Se não estiver, me responda mesmo assim. Quero saber de seus pensamentos. Confesso estar faminto por suas palavras.

Com amor,

Kitt

Querido Kitt,

Suas palavras me comoveram profundamente. Também estou faminta por elas, por <u>você</u>, e sinto que devoraria volumes de sua escrita sem nunca me saciar. Estas cartas me ajudarão a aguentar tudo isso até nos reencontrarmos.

Não marcamos mais o placar, mas sua coragem e sua esperteza o mantiveram vivo em um lugar onde inúmeros corações falharam e bateram pela última vez. Você é a pessoa mais destemida que conheço, Kitt.

E estou de acordo· com o que você pede, mas apenas porque você parece ter roubado as palavras da minha boca. Você está em uma posição precária — muito mais do que a minha —, e me apavora pedir que você revele os movimentos e as táticas de Dacre, apesar de parecer inevitável. Parece que esta é a estrada que estamos destinados a percorrer, considerando nossas máquinas de escrever e onde nos encontramos. Mas desejo, acima de tudo, manter você em segurança. Protegê-lo como puder de longe.

Qualquer informação que encontrar e quiser fornecer, pode me enviar, desde que prometa tomar cuidado também. Desde que prometa destruir todas minhas cartas assim que acabar de lê-las, para que não sejam vinculadas a você. Talvez nós possamos ajudar a encurtar esta guerra ou ao menos ousar mudar o fluxo da maré. Ou talvez seja esperança demais. Porém, noto estar pendendo para o lado do impossível ultimamente. Estou pendendo para o limite da magia.

Com amor,

Iris

P.S.: Notei um asterisco ao lado da palavra "ofuscou" em sua última carta. Foi um erro?

Minha querida Iris,

De acordo. Ousemos mudar a maré. Escreva para mim e preencha meus vazios.

Com amor,

Kitt

P.S.: Erro? Não, Winnow. Simplesmente me esqueci de acrescentar uma nota, que deveria dizer:

ofuscar: verbo transitivo direto

a. obstruir a vista de

b. tornar menos perceptível por sua superioridade

Lembra quando você me disse essa palavra na enfermaria, depois das trincheiras? Você acreditava que eu tinha ido a Avalon Bluff para ofuscá-la. E eu gostaria de trazer esta palavra de volta, mas apenas porque adoraria ver sua superioridade arder de esplendor.

Adoraria ver suas palavras pegarem fogo com as minhas.

26

Me fale sobre Iris E. Winnow

A dor e o desconforto das lesões de Roman tinham voltado completamente com a memória.

Ele pensou no significado daquilo quando estava deitado na cama, olhando para a escuridão, com dificuldade de respirar. Quando ficava enjoado à mesa de jantar, comendo com os oficiais, se forçando a engolir. Quando se sentava à escrivaninha, lutando contra o latejar nas têmporas enquanto datilografava propaganda para Dacre. Quando tinha um momento a sós à noite e se sentava diante da máquina para tentar entender o que vivia.

Dacre alega que me curou naquele dia em Avalon Bluff. Alega que eu posso viver para sempre a seu lado, desde que me mantenha fiel. Porém, minha memória sugere outra coisa, e o que sinto no corpo é prova de que não estou inteiramente recuperado.

Ele me curou apenas o suficiente para ser útil, como se enfaixasse minhas feridas para me manter

inteiro. Para me entorpecer, para eu esquecer o
que me trouxe até aqui. Mas, agora que lembro quem
eu era antes... parece que sua magia perdeu um
pouco do poder.

Ele me enganou, como enganou tantos outros, ao
nos fazer acreditar que estamos inteiros e curados,
mas deixou partes quebradas em nós de propósito,
para ficarmos a seu lado. Submissos e obedientes a
seus desejos.

Roman escrevia o que pensava, mas não deixava as palavras sobreviverem no papel. Ele arrancava as folhas da máquina e as via pegar fogo com um fósforo.

Porém, sua nova realidade frequentemente ocupava seus pensamentos.

Ele se perguntava o que aquilo indicava sobre os dias seguintes, os *anos* seguintes. Se ele sobrevivesse à guerra, quanto tempo realmente teria de vida? Quanto dano o gás causara, e seria suportável com tratamento médico adequado?

Roman afastou aquelas incertezas ao subir a escada de metal, com a maleta da máquina em mãos. Estava chegando ao escritório de Dacre, pronto para se apresentar para o serviço do dia, e já sentia de novo a respiração pesada, a dor nas têmporas. Normalmente acontecia quando ele precisava subir a escada, e ele foi devagar, com o cuidado de esconder que mancava e dando-se tempo para respirar fundo.

Finalmente, chegou ao último andar. Secou o suor da testa e entrou na sala.

Dacre estava sozinho, olhando pelas janelas. Contudo, Roman imediatamente percebeu que havia algo de *errado*.

Seus ouvidos estalaram ao sentir a pressão no ar, como uma tempestade que se assomava.

— Vim escrever o próximo artigo, senhor — disse Roman, parando diante da mesa. — Ou prefere que eu volte mais tarde?

Dacre estava em silêncio, como se nem o tivesse ouvido. Algo do outro lado da janela devia mesmo ter capturado sua atenção. Roman estava considerando sair de fininho quando o deus finalmente se pronunciou, com a voz suave e polida, como água correndo na rocha.

— Me fale sobre Iris E. Winnow.

Roman ficou paralisado, de olhos arregalados. Ficou grato por Dacre ainda estar de costas para ele; permitiu três segundos para se recompor antes do deus se virar. Poeira esvoaçava nos feixes fracos de sol entre eles.

— Perdão, senhor?

— Iris E. Winnow — repetiu Dacre, e Roman se encolheu por dentro. — Certamente já se lembrou dela?

Seria uma armadilha? Um teste?

Dacre saberia das cartas? Do breve encontro em Hawk Shire? Da aliança que Roman ainda escondia no bolso?

Seria o começo do fim?

Roman lambeu os lábios. *Calma*, decidiu, mesmo que o sangue vibrasse, quente de pânico, nas veias. *Fique calmo.*

— Vagamente. Ela não era muito memorável, mas acredito que tenhamos trabalhado na *Gazeta de Oath* na mesma época. Por que a pergunta, senhor?

— Veja você mesmo — disse Dacre, indicando a mesa.

Roman se aproximou. Ele não tinha notado o jornal ao entrar na sala, mas, olhando melhor, via a manchete destacada da *Tribuna Inkridden*.

A MÚSICA SUBTERRÂNEA: A TRÁGICA HISTÓRIA DE AMOR DE

ENVA E DACRE, por IRIS E. WINNOW

Roman leu as primeiras linhas, com o coração martelando. Ele reconhecia a lenda. Tinha datilografado e enviado para Iris meses antes, na época achando que era relativamente inofensivo. Pão para alimentar sua imaginação. Porém, ali estava, impresso nitidamente no jornal, expondo a humilhação de Dacre como pele cortada revela o brilho de ossos ensanguentados.

Ali estava a prova de que Dacre tinha uma fraqueza. Era Enva. Era o amor que ele nunca teria. Era a música tocada para ele em seu próprio reino. Ali estava a verdade de que um deus não era tão invencível e poderoso quanto queria que acreditassem.

— Não conheço esta lenda, senhor — mentiu Roman, erguendo o rosto para o olhar frio e firme de Dacre. — Mas é assim importante?

Foi a coisa errada de se dizer. Ou talvez fosse brilhante. Fúria se espalhou pela expressão pálida de Dacre, retorcendo sua boca. Seus dentes eram afiados; seus olhos sombrios cintilavam. Porém, na mesma velocidade com que chegou, a emoção partiu, e o rosto dele tomou uma expressão neutra, quase entediada.

— É importante se as pessoas acreditam que uma mentira é verdade, Roman?

— Sim, senhor.

Mas o pensamento de Roman era um sussurro: *Então aconteceu mesmo. Não é apenas uma lenda, como um dia imaginei.*

— Então me fale sobre ela — disse Dacre, avançando um passo. A sombra dele se estendeu, sinistra, no chão. — Quem é esta jornalista chamada Iris?

— Sinceramente, não me lembro tanto dela, além do fato de ser uma garota de origem pobre — disse Roman, dando de ombros, apesar do ácido queimando a garganta. Ele soava exatamente igual ao pai, e se detestava por isso. — Não creio que deva se sentir ameaçado por ela, senhor.

— Ah, não me sinto ameaçado por *ela* — disse Dacre. — Mas esta mentira exige resposta. Você vai escrever para mim, é claro. A *Gazeta* consertará o erro. Você vai contar meu lado da história, e quero que os habitantes de Oath saibam a verdade.

— É claro, senhor.

— Então sente-se. Vamos começar. Não temos tanto tempo antes de Val vir buscar o artigo.

Roman nunca tinha visto Val, que ainda era um mero fantasma em sua mente, mas se sentou à mesa e abriu a máquina.

Após menos de três frases, a porta se escancarou, revelando o tenente Shane, de rosto corado.

— Encontramos a tumba, senhor — disse ele, ofegante. — O capitão Landis pediu que eu viesse trazer a notícia imediatamente.

— A tumba? — ecoou Roman, chocado. — De quem?

Um instante depois, ele entendeu e perdeu o fôlego.

— De Luz Celeste — respondeu Dacre, olhando de soslaio para Roman, como se avaliasse sua reação. — Deus da colheita e da chuva. Magia de aparência muito inútil, não acha?

Roman não respondeu. Os mortais precisavam da colheita e da chuva para sobreviver.

Dacre pareceu ponderar uma ideia. Finalmente fez sinal para Roman se levantar.

— Venha, você deveria ver isto. Deixe a máquina de escrever aqui. Retomaremos o artigo na volta.

Deixar a Terceira Alouette para trás ia completamente contra o impulso de Roman. Porém, ele se levantou, com o coração pesado de medo. Sem dizer mais uma palavra, seguiu o tenente Shane e Dacre porta afora.

27

Deuses em túmulos

Um caminhão os aguardava no pátio, com o motor esquentado. A fumaça subia em baforadas do escapamento quando Roman se instalou na caçamba com o tenente Shane. Dacre, felizmente, foi na cabine com outro oficial. O trajeto foi sacolejante, e Roman vislumbrava a paisagem de relance pela lona esvoaçante. Quando Hawk Shire sumiu de vista, ele não aguentou mais o silêncio, então se virou para Shane.

— Você me disse algo em Merrow que não esqueci — disse Roman. — Nem todos os soldados que Dacre cura perdem a memória. Suponho que apenas pessoas como você, que se alistaram para lutar por ele desde o princípio, podem reter o passado, enquanto pessoas como eu não podem.

— Uma observação sábia — disse o tenente, arrastando a voz. — E que você deve considerar nos dias seguintes.

— Por quê?

Shane olhou para o retrovisor sujo do caminhão, como se por paranoia de que Dacre o escutasse.

— Ele já pediu para tratar de novo das suas lesões?

Roman franziu a testa.

— Sim. Uma vez.

— Sem dúvida pedirá de novo. É o jeito dele de avaliar a velocidade com que você se lembra. Se é possível que você se volte contra ele.

— Não entendi. Achei que ele tivesse curado minhas lesões. Por que…

— Há sempre dor na cura — interrompeu o tenente. — Evitá-la completamente é impossível.

Roman ficou pensativo, mas a apreensão percorreu sua mente.

Shane devia ter percebido. Ele falou:

— Tive alguns soldados como você no meu pelotão. Quando a memória voltou completamente, voltou também a dor dos ferimentos. E, porque eles não conseguiam esconder o desgosto, o Senhor Comandante os levou ao subterrâneo e ofereceu mais uma rodada de tratamento.

Roman engoliu em seco.

— Quer dizer que ele apagou a memória deles de novo.

O tenente não respondeu, mas estreitou os olhos.

O caminhão passou por um buraco, sacudindo os dois. O tremor fez bem; lembrou Roman de sua posição. Lembrou que, embora Shane falasse com ele como semelhante, eles não estavam em pé de igualdade.

— Foi por isso que não avançamos? — perguntou Roman, mudando de assunto. — Porque ele estava procurando um túmulo?

— Se você precisa perguntar, não merece a resposta.

Isso doeu, e Roman segurou a língua. Tinha decidido que não voltaria a falar com Shane, mas o tenente o surpreendeu.

— Onde você estudou, correspondente?

Roman o olhou de relance.

— Por que quer saber?

— Já falei que vim de Oath. Achei que valia perguntar. Quem sabe já andamos nos mesmos círculos.

Improvável, pensou Roman, suspirando.

— Devan Hall.

— Foi na escola dos ricos, então. Eu devia ter imaginado.

Roman se preparou para mais alfinetadas, mas Shane apenas se aproximou, uma sombra cortando seu rosto quando o sol diminuiu lá fora.

— Ensinaram sobre as divindades em Devan Hall? — murmurou o tenente.

— O básico — respondeu Roman. — Por quê?

— Suponho então que não saiba a diferença entre o que acontece quando um humano mata um deus e quando um deus mata um semelhante?

Roman revirou a memória. Pensou nos livros de mitologia que herdara do avô. Até aqueles volumes antigos tinham páginas faltando, que nem os livros da biblioteca municipal. Conhecimento rasgado e perdido.

— Quando um mortal mata um deus — disse Roman —, o deus simplesmente morre. Sua imortalidade chega ao fim.

— Assim como sua magia — acrescentou Shane. — Ela se esvai no éter. O poder desaparece completamente de nosso mundo com sua morte.

Ninguém tinha ensinado aquilo a Roman. Ele refletiu, mas não teve a oportunidade de retrucar antes de Shane continuar, em sussurros urgentes:

— Por que você acha que o rei de Cambria quis enterrar, em vez de matar, os últimos cinco divinos, tantos séculos atrás? Se tivesse matado todos, a magia teria acabado completamente em nosso reino. E ele não queria isso. Então, encantou os deuses para adormecerem e os enterrou, para que o poder divino continuasse a se espalhar pela terra. Para *nós* aproveitarmos as vantagens, mas ainda livres dos deuses violentos e intrometidos.

Se fosse verdade, era uma decisão sábia, exceto pela terrível inevitabilidade: tudo que dorme um dia desperta, transbordando de vingança.

O caminhão começou a desacelerar. Roman sentia o momento escapar.

— E o que acontece quando um deus mata outro deus? — perguntou, embora a memória escavasse as palavras que Dacre dissera semanas antes.

Nascemos com nossa magia devida, sim... mas isso nunca nos impediu de desejar e encontrar modos de obter mais.

O caminhão parou com um rangido. Shane retomou a indiferença fria, mas, ao se levantar, acrescentou:

— Você é escritor. Certamente consegue imaginar, correspondente.

Do caminhão estacionado, a caminhada até o lugar onde Luz descansava era curta. O túmulo ficava em uma colina gramada, da qual se via apenas encostas, uma torre medieval desmoronada, e a sombra azulada das montanhas ao norte, e Roman estremeceu quando uma lufada de vento soprou sobre o pequeno grupo. Uma tempestade se acumulava no céu; as nuvens eram pesadas e arroxeadas, e Roman sentia gosto de chuva.

Cabelo escuro caiu na frente de seus olhos enquanto ele esperava, afastado, vendo Dacre falar com o capitão Landis. Ele escutava trechos da conversa, e conseguiu discernir que, apesar do mapa ser ligeiramente impreciso, não havia dúvidas de que Luz repousava naquela pequena colina. Enquanto falava, o capitão apertava a chave pendurada no pescoço, e foi só então que Roman entendeu que as tumbas eram também seus próprios portais.

Dacre acenou para o capitão, que pegou a chave e se agachou. O capitão Landis desenhou um círculo amplo na terra com a ponta do ferro. Roman sentiu uma vibração nos ossos, a eletricidade estática arrepiar a pele. Não sabia explicar por que aquilo lhe parecia familiar, aquele desenho aparentemente simples na terra, mas reconheceu a magia estalando no ar.

Ele deu um passo para trás, mas ficou paralisado quando o capitão acabou de desenhar o círculo. A grama estava se abrindo, a terra descascando como pele morta. Revelou-se uma porta formada no chão, semelhante a um alçapão, mas coberta com entalhes ornamentados.

O capitão Landis recuou quando Dacre avançou.

Ninguém se mexeu quando Dacre abriu a porta. Parecia antiga, pesada. Bateu no chão com um baque ressonante, e pó dourado subiu dali.

Uma escada descia para a tumba. Dacre, inteiramente hipnotizado, parecia ter se esquecido dos dois capitães, do tenente e do correspondente que o observavam. Desceu sozinho nas trevas, bem quando a chuva começou a cair.

Roman mudou o peso de um pé para o outro, doendo-se de preocupação. Olhou para o tenente, afastado, mas Shane encarava a entrada da tumba com uma estranha expressão.

Não estamos preparados para o despertar de um terceiro deus, Roman pensou, enfiando no bolso as mãos trêmulas. *Por que Dacre está fazendo isso?*

Foi então que a verdade atingiu Roman como uma flecha. Dacre não estava despertando um terceiro divino. Estava matando Luz enquanto ele dormia.

Assim que a revelação chocou Roman, Dacre emergiu. Tinha se passado menos de um minuto, e ele estava extremamente pálido. Seus olhos brilhavam à luz da tempestade quando ele fechou a porta da tumba, com tanta força que ela emanou seu próprio trovão.

— Senhor Comandante — disse o capitão Landis. — Foi um sucesso?

— Feche o portal — respondeu Dacre, seco.

Roman viu a fúria subir pela postura do deus, as mãos cerradas em punho. A língua raspando a beirada dos dentes.

O capitão Landis se apressou para redesenhar o círculo no sentido oposto. A terra se mexeu; a grama se fechou. A porta sumiu, mas restou o sinal do círculo, suave no chão.

A chuva caía com força quando voltaram ao caminhão, tensos e quietos. A cabeça de Roman, porém, estava a mil. Ele só conseguia pensar em duas coisas: ou Luz já tinha despertado ou fora morto por outrem.

28

Quando o cheiro de casa não é familiar

A volta para Oath não foi a procissão triunfante que Iris imaginara.

Era uma tarde cinzenta e triste, o tipo de dia que implorava por uma xícara constante de chá preto quente e um livro grosso na frente da lareira. Caía uma chuva leve e persistente, e as estradas do leste logo pareciam pântanos, iridescentes de óleo de motor. Alguns dos caminhões atolaram na lama como consequência. Pelotões começaram a seguir a pé, se arrastando pela grama úmida no acostamento. Em certo momento, precisaram parar e deixar passar um rebanho de ovelhas.

Quando finalmente chegaram aos arredores da cidade, o chanceler Verlice os aguardava, de pé no banco de trás de um conversível, segurando na mão branca e magra um guarda-chuva aberto.

— É quem eu acho que é? — rosnou Attie, quando Tobias desligou o carro.

Iris apenas suspirou e viu Keegan descer do caminhão na frente da fila, caminhando para encontrá-lo. Apesar do conversível de Tobias estar pouco atrás, eles não escutavam o que o chanceler dizia. Antes de pensar melhor, Iris desceu do carro.

— Aonde você vai? — perguntou Attie.

— Somos da imprensa — disse Iris, afundando as botas na lama. — Precisamos ouvir o que ele está dizendo, né?

Ela começou a seguir a estrada com pressa, tomando cuidado para não escorregar. Alguns segundos depois, escutou Attie vindo logo atrás.

Elas mantiveram uma distância respeitosa, mas ousaram se aproximar o suficiente para entender o que o chanceler dizia para Keegan e o exército de Enva.

— Esta estrada precisa se manter desobstruída e acessível — dizia Verlice. — E Oath ainda é terreno neutro. Não posso permitir que você e suas forças infiltrem a cidade.

Infiltrem? Iris quase cuspiu fogo ao ouvir aquela palavra. Ela rangeu os dentes e olhou para o chanceler. Ele não deixaria o exército de Enva buscar abrigo e mantimentos na cidade. Não deixaria o exército proteger a população dentro das fronteiras da cidade.

Keegan fez silêncio, como se também estivesse chocada com a proibição do chanceler. Porém, acabou respondendo apenas:

— Se foi essa sua decisão para Oath, que seja. Acamparemos aqui nos arredores. Peço apenas que meus feridos recebam abrigo e tratamento no hospital.

O chanceler estreitou os olhos. Ficou evidente que ele queria que Keegan voltasse para o lugar de onde tinha vindo e levasse com ela os caminhões e as tropas. Porém, apenas inclinou a cabeça e respondeu:

— Certo. Desde que a estrada esteja acessível e suas tropas não causem inconveniência alguma para os cidadãos de Oath, se ficarem além dos limites da cidade, podem acampar aqui.

— E os feridos? — insistiu Keegan. — Eles estão viajando há dias e precisam de cuidado médico.

— Consultarei meu conselho — disse o chanceler. — Enquanto isso, os feridos precisarão ficar acampados aqui até serem admitidos.

Iris rangeu os dentes. Ela mal acreditava no que estava acontecendo, até o chanceler sentir seu olhar e se virar para ela e Attie, que estavam lado a lado, enfiadas na lama até os tornozelos. A irritação puxou a boca dele em uma linha fina, o fez franzir as sobrancelhas pesadas acima dos olhinhos escuros. Iris quase escutava o fluxo de seus pensamentos. Como eram irritantes aquelas jornalistas da *Tribuna*, que escreviam sobre coisas que ele não queria que o povo soubesse.

Um desafio subentendido se estabeleceu entre eles, e o chanceler se sentou no banco do carro. O motorista deu partida no motor e foi embora, e Iris estremeceu, sentindo a roupa molhada incomodar a pele.

A neblina estava mais espessa, se transformando em uma garoa quieta. Vendo o chanceler desaparecer Oath adentro, ela soube exatamente que artigo seu chegaria ao jornal no dia seguinte.

— Tem certeza, Marisol? — perguntou Iris pela terceira vez. — Você e Lucy são muito bem-vindas, podem ficar comigo e com Forest.

Marisol sorriu e abaixou o engradado. O cabelo preto brilhava de chuva, escapando da trança comprida.

— Ficarei bem por aqui. Quero ficar com Keegan, sabe?

Iris assentiu, apesar de um nó de culpa e raiva azedar seu estômago ao pensar em deixar Marisol, Keegan e os soldados todos dormindo em barracas na terra molhada. Eles nem tinham como acender fogueiras, cozinhar uma refeição ou passar café, e Iris se perguntou o que poderia fazer para ajudá-los.

Marisol leu seus pensamentos.

— Você precisa lembrar que eles já passaram por coisa muito pior do que uma chuvinha, Iris — murmurou ela, enquanto barracas erguiam-se do chão como cogumelos. — Um tempo feio assim não vai fazer mal. Talvez amanhã faça sol.

Iris não conseguiu esconder a careta. O clima de Cambria era notoriamente desagradável.

— Você ainda tem aquele livro que te dei? — Marisol perguntou de repente.

— Tenho. Está no bolso do casaco.

— Já leu a parte sobre os albatrozes?

— Li um pouco — respondeu Iris. — Lembro que eles dormem voando.

— E também conseguem voar contra o vento forte da tempestade, em vez de precisar evitar e escapar para a orla, como as outras aves — disse Marisol, sacudindo uma manta que tinha achado no engradado. — Para eles, é mais seguro entrar na tempestade do que fugir dela, por mais que nos pareça contraintuitivo. Mas eles conseguem voar por milhares de quilômetros sem nem tocar no chão e conhecem suas forças. Podem aproveitá-las em épocas de dificuldade.

Iris se calou, refletindo sobre aquelas palavras.

— Está sugerindo que eu seja *contraintuitiva?* — perguntou, enfim.

Marisol sorriu.

— Quero que você lembre que já voou pela tempestade, assim como a maioria de nós. E um pouco de chuva do chanceler não vai nos derrubar agora.

— Espero que você esteja certa, Marisol.

— E quando é que eu já estive errada?

Ela deu um tapinha carinhoso no queixo de Iris antes de se virar para entregar a manta para um soldado.

Contudo, Iris via a rigidez nos ombros de Marisol, como se ela estivesse cansada de se manter de pé. Como se soubesse que aquele voo longo era apenas o começo e que estavam todos voando em direção ao centro fervente da tempestade.

Tobias entrou com elas em Oath de carro. Trocaram o mar de barracas e as estradas lamacentas pelos tijolos e paralelepípedos da cidade. Era estranho voltar, e ainda mais estranho não *sentir* mais que Oath era sua casa.

Chegaram primeiro ao apartamento de Iris. Ela saiu do carro e olhou para a parte amassada na porta, causada pelos seus joelhos. Ela ainda tinha os hematomas de prova, um lembrete de que aquela fuga apavorante de Hawk Shire tinha acontecido.

— Até amanhã, na *Tribuna Inkridden?* — perguntou Attie.

— Até amanhã — concordou Iris, pensando em como seria estranho voltar a trabalhar confinada em um prédio depois de viajar pelo país em um carro veloz, dormir em lugares estranhos e fugir de cães sanguinolentos.

— Posso subir com sua bagagem? — perguntou Tobias, segurando a máquina de escrever e a mala dela.

— Ah, não, eu subo. Obrigada, Tobias — disse Iris, e pegou a bagagem das mãos dele. — Espero voltar a vê-lo em breve, sim?

— Tenho certeza de que vai me ver por aí — disse ele, com um leve sorriso.

Iris olhou para Attie, que fingiu não ter ouvido, e acabou sorrindo nas sombras enquanto subia com pressa a escada que levava à porta do apartamento. Ainda não tinha escurecido completamente, apesar da chuva trazer um crepúsculo adiantado, e ela imaginou que Forest não tivesse voltado para casa.

Ele se surpreenderia ao vê-la. Iris pegou a chave escondida debaixo de uma pedra solta no batente. Ela destrancou a porta e acenou para Tobias e Attie, indicando que estava tudo bem. O conversível partiu, soprando fumaça, em direção à casa de Attie, perto da universidade.

Iris entrou no apartamento escuro.

Ela estava certa: era a primeira a chegar em casa. Sacudiu as botas e o casaco para secar e soltou a mala. Enquanto acendia as luzes, se impressionou com a aparência limpa e arrumada do lugar. Com o *cheiro* diferente. Não era ruim, mas ela ficou um instante de pé no centro da sala para inspirar fundo, se perguntando se a casa sempre tivera aquele cheiro estranho, mas com o qual simplesmente se acostumara.

— Não faz diferença — murmurou, e seguiu com pressa para trocar a roupa molhada por um suéter e uma calça marrom, e para abrir a máquina de escrever na mesa da cozinha.

Então, ela notou um vaso de margaridas iluminando o ambiente e dois frascos de remédio no aparador, com o nome de Forest. Ela sentiu uma onda de alívio ao perceber que o irmão finalmente tinha ido ao médico.

Iris tinha botado água para ferver e estava começando a datilografar um artigo igualmente quente sobre o chanceler, que impedira as forças de Enva de entrarem na cidade, quando ouviu a maçaneta ranger.

Ela hesitou.

Devia ser o irmão, e ela estava ao mesmo tempo empolgada e ansiosa para revê-lo. Iris se levantou e, enquanto a porta se abria, pegou o pingente escondido sob o suéter.

Fez-se um ruído, um palavrão baixo quando alguém tropeçou e derrubou uma baguete embrulhada no saco da padaria.

Iris avançou, arregalando os olhos. Aquela pessoa era baixa e magra demais para ser Forest, e, quando ela afastou o capuz da capa de chuva, com dificuldade de segurar os outros embrulhos, Iris viu seu cabelo claro, bagunçado pela chuva, e o brilho simpático dos óculos no nariz.

Iris ficou paralisada.

Era honestamente a última pessoa que ela esperava ver entrar no apartamento.

— *Prindle?*

29

Sinais do quinto andar

Sarah Prindle ficou paralisada. Abriu a boca em surpresa antes de exclamar:

— Winnow? Que bom que você voltou! A gente não esperava ver você tão cedo!

A gente?, Iris pensou, com um choque que percorreu a coluna, mas foi tranquilamente ajudar Sarah com os embrulhos. Estavam quentes e pesados — um jantar cheiroso —, e Iris deixou a comida na mesa da cozinha, ao lado da máquina de escrever, antes de voltar para pendurar o casaco molhado de chuva de Sarah.

— Sabe quando Forest vai voltar? — perguntou Iris, hesitante, sem jeito, como se fosse uma intrusa na própria casa.

Sarah pegou a baguete caída e tirou os óculos embaçados, que secou com a barra da saia.

— Já deve estar chegando. Em geral, ele chega antes de mim, mas... — Ela se interrompeu com uma careta constrangida. — Desculpa, sei que isso deve parecer estranhíssimo.

264   Rebecca Ross

— Está tudo bem, Prindle. Mesmo. Imagino que você e meu irmão estejam juntos?

Sarah ficou toda vermelha.

— Não! Quer dizer... talvez. *Se* ele pedisse. Mas não. Sinceramente, eu não esperava por nada disso.

A chaleira começou a apitar na cozinha.

— Que tal você se sentar para tomarmos um chá? — sugeriu Iris, indo desligar o fogão. — E você pode me contar o que aconteceu enquanto eu não estava.

Sarah assentiu, mas ficou pálida, como se temesse o que Iris pensaria. Iris, honestamente, também não sabia bem o que pensava. Porém, queria muito ouvir o que Sarah tinha a dizer, e levou a bandeja de chá antes de se sentar diante dela.

— Hum — começou Sarah, torcendo os dedos. — Perdão por pegar você de surpresa assim, Winnow.

— Você não tem que pedir perdão por *nada* — disse Iris, rápido. — Honestamente. Estou apenas... surpresa, mas é principalmente porque meu irmão anda muito fechado e resguardado desde que voltou da guerra.

— Eu sei — suspirou Sarah. — Tudo começou quando eu vim para cá, certa noite, para saber se ele tinha notícias suas. Quando bati à porta, supus que não tivesse ninguém aqui, porque o apartamento estava quieto e vazio. Mas ele abriu a porta e parecia... tão triste. Percebi que estava sentado sozinho no escuro.

Iris sentiu um nó na garganta. *Matava* ela imaginar Forest assim, e a culpa inundou seu peito, como se ela respirasse debaixo d'água. *Eu não deveria ter deixado ele*, pensou, mas percebeu que, se tivesse ficado em casa, Hawk Shire teria sido derrubada. Ela nunca teria recebido a mensagem de

Roman sobre o ataque, e Keegan e o resto do exército de Enva teriam sido pulverizados.

Iris serviu o chá em silêncio. Ela e Sarah misturaram o leite e o mel, e só então Sarah pigarreou e continuou a falar:

— Forest não queria conversar comigo. E ele disse que ainda não tinha notícias suas. Eu decidi que não incomodaria mais seu irmão, mas não conseguia parar de pensar nele sentado sozinho no escuro, sabendo que ele tinha ido e voltado da guerra. Eu... bom, decidi trazer jantar para ele no dia seguinte, para saber de você. Ele achou que você tinha me mandado, porque disse: *Pode dizer para Iris que estou bem.* Mas ele me convidou para entrar, acho que porque ficou culpado de ser tão grosso, e jantamos juntos. E eu pensei: *bom, foi isso.* Mas ele disse que eu podia vir no dia seguinte para saber de você, e que ele serviria o jantar. Para retribuir, é claro.

Sarah ergueu o rosto e encontrou o olhar de Iris, com as bochechas coradas.

— E começou assim. Acho fácil falar com ele. Principalmente porque ele escuta muito bem, mas também porque se lembra de tudo que eu digo, e ninguém nunca fez isso por mim.

Iris não conteve um sorriso. Estava prestes a expressar como estava agradecida por Sarah quando ouviu tiros ao longe.

— O que foi isso? — perguntou, se levantando da mesa.

— Deve ser só um tiro de advertência — disse Sarah, mas tinha se encolhido, com os ombros encostando nas orelhas.

— Um tiro de *advertência*? — repetiu Iris, incrédula. — Disparado por quem?

— Pelo Cemitério.

— Quem é esse?

— Uma guarda municipal — explicou Sarah, quase sussurrando, como se as paredes fossem ouvir.

— Foi ideia do chanceler?

— Dizem que foi, mas, sinceramente, acho que não é, não. Quer saber o que eu acho? Parece que o chanceler está perdendo o controle da cidade. O Cemitério não é fiel a deus algum, e estabeleceu um toque de recolher sem aprovação do chanceler. Só eles podem circular pelas ruas à noite, à caça de Enva.

Iris ficou tonta com a nova informação. Ela não imaginava como algo de tamanha importância tinha ocorrido, e se perguntou o que mais teria mudado enquanto ela não estava. Foi aí que ela entendeu: era claro que o chanceler Verlice manteria o exército de Enva afastado se a cidade estava mesmo sob comando de outro grupo militante. Se ele deixasse Keegan entrar com as tropas, haveria um conflito armado, e sangue seria derramado.

— Quem é essa gente? — perguntou Iris. — E por que estão disparando tiros de advertência?

— Não se sabe quem são, na verdade — disse Sarah. — Eles escondem a identidade. De dia, podem ser qualquer pessoa. Mas, à noite, patrulham a cidade com máscaras e fuzis e disparam tiros de advertência quando encontram alguém desrespeitando o toque de recolher. Eles alegam que é para nos proteger, mas eu acho que é questão de poder.

Máscaras e fuzis.

Iris estremeceu quando as palavras evocaram uma lembrança. Na noite em que elas tinham invadido o museu, quando Iris estava pendurada na corda. Quatro pessoas mascaradas tinham passado por baixo dela; ela achara que era outro roubo em progresso. Então, ela se lembrou das palavras pintadas nos prédios — *o lugar dos deuses é no túmulo* —, e notou que aquele conflito estava se armando fazia tempo.

Ela andou até a janela, de onde a escuridão atravessava as cortinas. Entreabrindo um pouco a cortina, Iris olhou para o anoitecer manchado de chuva. Menos de um minuto depois, a porta do apartamento foi escancarada. Era Forest, encharcado e ofegante, voltado para a luz. Para a mesa, da qual Sarah tinha se levantado.

— Você está aqui — disse ele, fechando a porta. — Ouvi um tiro. Fiquei preocupado...

Iris ficou paralisada na janela. O alívio a deixou sem fôlego ao ver que o irmão tinha chegado bem em casa. Porém, a emoção foi encoberta pela revelação fria de que ela estava de fora. Uma lua que se soltara da órbita.

— Não se preocupe, estou bem — disse Sarah, com as mãos no peito. — E sua irmã também.

Forest hesitou. Mas devia sentir o olhar de Iris, ou talvez ouvir sua respiração irregular. Ele se virou e a viu, ainda postada à janela.

— *Oi* — sussurrou Iris.

Forest a encarou, boquiaberto, em um choque tão tangível quanto a chuva. Por fim, ele atravessou aquele espaço e a abraçou com força, até levantá-la do chão.

Iris não entendia a vontade de chorar até sentir a alegria irradiando do irmão, quente como uma fornalha na noite mais fria. Era quase como antigamente, antes da guerra. Ele estava perto das pessoas que amava, em segurança. Iris daria qualquer coisa para sentir a mesma coisa.

Eles jantaram juntos à mesa, e Iris notou como Forest olhava para Sarah.

Era um olhar suave, frequente, muito atento.

Lembrava Iris de como Roman olhava para ela, e ela sentiu uma mistura de felicidade e tristeza. Uma mescla estranha e agridoce que levou lágrimas aos seus olhos.

Ela piscou para se conter, mas logo seus pensamentos se concentraram rapidamente na guerra e na distância extensa entre ela e Roman. No perigo em que ele se encontrava.

Quando Forest levou os pratos para a cozinha, Iris deteve Sarah e se dirigiu a ela em voz baixa:

— Lembra o que você me falou, da pessoa que entrega os artigos de Roman para a *Gazeta*?

Sarah arregalou os olhos. Ela olhou de relance para Forest, que estava de costas, lavando a louça.

— Lembro. Por que a pergunta?

Iris se aproximou.

— Quando ele deve voltar à redação? E a que horas?

— Ele vai chegar amanhã, às nove em ponto — respondeu Sarah. — Você não está pensando em confrontar ele, está? Não faça isso, por favor! Tem alguma coisa muito sinistra nele.

Iris abanou a cabeça em negativa.

— Não, ele não vai me ver. Mas será que você tem como me dar um sinal?

— Um sinal?

— Sim. — Iris notou o lenço azul amarrado no pescoço de Sarah. — Pode abanar o lenço na janela assim que ele sair da redação amanhã? Para eu ver da rua e saber que ele está prestes a sair do prédio.

— Posso fazer isso, sim — disse Sarah, e puxou um fio solto do casaquinho. — Mas o que você planeja fazer?

Iris mordeu o lábio. Forest devia ter notado os cochichos de conspiração e olhou para elas, arqueando as sobrancelhas.

Iris apenas sorriu para o irmão até ele voltar para a louça. Enfim, sussurrou para Sarah:

— Preciso encontrar uma porta mágica.

Às dez para as nove da manhã seguinte, Iris esperava na sombra do prédio onde tinha trabalhado e aprendido a ser jornalista com obituários, classificados e anúncios. O lugar onde tinha conhecido Roman. A *Gazeta de Oath* ficava no quinto andar, e ela sabia exatamente que janelas olhar.

Manteve a atenção no brilho do vidro, à espera do sinal de Sarah. A rua estava movimentada, com carros, carroças e pedestres indo de um lado para o outro.

Era um lugar onde era possível se sentir ao mesmo tempo só e satisfeita, cercado por pessoas que a reconheceriam ou não. Por pessoas que não sabiam seu nome, nem de onde ela vinha, mas compartilhavam o mesmo ar — o mesmo momento.

O relógio marcou nove horas.

Passaram-se dois minutos, minutos que pareceram anos. Até que Iris viu: Sarah encostou o lenço na janela.

O emissário de Dacre tinha saído da *Gazeta*.

Iris voltou o olhar para as portas de vidro do prédio, altas e emolduradas em bronze, um brilho constante enquanto as pessoas entravam e saíam. Seria fácil deixar alguém escapar no meio daquela atividade, mas Iris sabia como o elevador do edifício era lento, então, intuitivamente, sabia quando ele sairia.

Ela o notou: uma silhueta magra de capa, com o capuz levantado.

O emissário desceu tranquilamente os degraus de mármore e se dirigiu para noroeste.

Iris começou a segui-lo.

Ela manteve a distância, mas algumas vezes temeu perdê-lo na multidão, então se aproximou o máximo que ousou. Parou quando ele parou, o coração acelerando de medo, mas o emissário tinha se detido apenas para comprar dois jornais em um jornaleiro. A *Gazeta* e a *Tribuna*.

Ele seguiu caminho a passos rápidos. Iris foi atrás.

Finalmente, ele adentrou o limite norte da cidade, cruzando o rio para chegar ao lugar conhecido como "Coroa". Era o lado mais rico de Oath, e Iris não conhecia bem as ruas. Ela apertou mais o sobretudo e estremeceu quando começou a garoar.

Por fim, ele chegou a um portão grande de ferro, as barras encimadas por pérolas de bronze reluzentes. O portão se abriu para ele e logo se fechou, o trinco fazendo o metal ecoar.

Iris se afastou, para dar a impressão de estar apenas passando tranquilamente pela rua, mas se demorou o suficiente para enxergar o caminho comprido de paralelepípedos do outorgado do portão. Levava a uma casa grandiosa em uma colina verdejante, com um jardim bem cuidado, sob o véu da névoa.

Iris ficou paralisada, com as mãos enfiadas no bolso do sobretudo.

Voltou a olhar para o portão, para os pilares de tijolo. Um nome estava esculpido em uma pedra lisa, na altura dos olhos, na coluna direita. Um nome que a fez perder o fôlego.

SOLAR KITT.

30

Não se engane com a liberdade

Este é um teste para confirmar se as teclas R & E
estão em condição adequada.

ERERRRRRRR EEEE RRRRR

R

E

E

??

.

Iris!

O que aconteceu? Você está bem?

— Kitt

KITT!

Tem uma PORTA para o SUBMUNDO na sua CASA.
Você sabia?!

— I

P.S.: Perdão, não quis assustá-lo.

P.P.S.: E, sim, sei que fui contra as regras ao escrever para você primeiro. Pode brigar comigo depois. (Pessoalmente... de preferência.)

Pelo amor dos deuses, Iris. Meu coração ainda está a mil, achando que você estava prestes a me dizer que algo horrível tinha ocorrido.

(Por sinal: prometo brigar com você depois. Pessoalmente... como você prefere.)

E, não, eu não sabia que havia uma porta ativa na casa dos meus pais, mas deveria ter pensado nisso. Também posso dizer que gsrmyl — espere, desculpe, preciso ir embora. Estou ouvindo me chamarem. Até eu escrever novamente, fique bem, em segurança.

Com amor,

Kitt

Era o tenente Shane que batia à porta de Roman.

— Você foi convocado — disse ele, seco, do outro lado da madeira.

— Já vou — respondeu Roman, os dedos voando pelas teclas na pressa de escrever para Iris.

Ele mordeu o lábio, arrancou a folha da máquina e passou a carta por baixo do guarda-roupa.

Guardou a máquina e saiu para o corredor, esperando encontrar Shane à sua espera. Porém, a passagem mal-iluminada estava vazia, e Roman caminhou sozinho até a fábrica, sob a chuva, vibrando de curiosidade e perguntas que tinha desde a véspera, no túmulo de Luz. Ele queria conversar a sós com o tenente outra vez, mas não tivera oportunidade, e, enquanto subia a escada para o último andar da fábrica, revirou os pensamentos pela milésima vez: a chave na terra, criando um portal. A expressão de Dacre ao emergir da tumba.

O que ele viu? Luz morreu mesmo?

Para surpresa de Roman, dois soldados guardavam a porta fechada da sala de Dacre.

— O Senhor Comandante não deseja ser incomodado — disse um deles.

— Eu acabei de ser convocado — respondeu Roman, parando, incerto. — Devo voltar mais tarde?

Os soldados se entreolharam. Era aparente que temiam a ira de Dacre de qualquer jeito, fosse ao interrompê-lo ou ao mandar embora seu correspondente de estimação.

— Entre, então — disse o outro guarda, apontando a porta com a cabeça.

Roman assentiu e passou entre eles para adentrar a sala.

A primeira coisa que notou foi como estava escura. Mesmo com as janelas manchadas de chuva, as sombras da tempestade vespertina se acumulavam nas profundezas dos cantos e ao redor da mobília. Apenas algumas velas estavam acesas na mesa, e as chamas bruxuleavam como se capturadas pelo vento.

Roman parou, rígido de incerteza, olhando através da escuridão. Dacre não estava ali, e ele se perguntou se o deus teria voltado sozinho à tumba de Luz. Ele estava se virando para ir embora quando ouviu o som de respiração. Grave e pesada, no ritmo dos sonhos.

Roman engoliu em seco e andou devagar até o meio da sala, de onde viu o brilho dourado do cabelo emoldurando o braço do divã. Ali estava Dacre, dormindo nas almofadas, com as mãos cruzadas no peito, os olhos fechados e a boca aberta.

Dacre um dia lhe dissera que os deuses quase não precisavam dormir, o que fez Roman se perguntar por que ele se punha em posição vulnerável.

Ele avançou, com o coração martelando.

Eu poderia matá-lo, Roman pensou, olhando para o rosto plácido de Dacre. *Eu poderia matá-lo e acabar com tudo aqui e agora.*

A única arma à mão era sua máquina de escrever, guardada na maleta. Rapidamente, notou que não sabia qual era o modo mais eficiente de matar um divino, mesmo se tivesse uma faca, uma pistola ou um fósforo para queimar em cinzas o corpo imortal.

Apesar dessa realidade espantosa, Roman olhou ao redor da sala, se perguntando se havia alguma arma escondida nas sombras. Não viu nenhuma, mas notou a mesa à luz de velas e os mapas espalhados na madeira.

Ele andava ávido para estudar de novo o mapa do submundo, à espera de um momento em que pudesse ficar a sós com a ilustração.

Roman andou até a mesa e apoiou a mão no desenho detalhado de Cambria, vendo o mapa se iluminar por baixo. Ele estudou as rotas ativas, levando até Oath. Dessa vez, sabia o que procurar, e, apesar da maior parte da cidade estar escura e adormecida, devido às rotas ainda em restauro, havia uma veia única e brilhante que passava sob a cidade, atravessando seu coração até a zona norte.

A rota ativa atual.

Ela acabava em um círculo azul e cintilante, que marcava o terreno dos Kitt, como Iris suspeitara. Roman queria ter pensado no possível envolvimento do pai antes daquele momento. Ter lembrado as peculiaridades mágicas da casa em que tinha crescido e sua conexão com as portas do subterrâneo.

Onde estão os outros portais?

Ele se abaixou para estudar melhor os detalhes da cidade. Analisou a rota ativa, notando mais círculos que não estavam iluminados. Seriam outras portas mágicas? E isso nem incluía as demais rotas que sabia que deveriam passar sob Oath e ainda precisavam de reparo. Poderiam ser centenas de portas, e Roman se permitiu mais três segundos para aprender de cor a rota iluminada e seus círculos antes de levantar a mão e recuar.

Ele andou até a sua mesa habitual e pegou uma folha de papel em branco. De olhos fechados, viu de novo o trajeto iluminado. A imagem estava gravada em sua visão, e ele a desenhou como pôde na folha, usando uma caneta tinteiro.

A sala de repente esfriou.

Roman abriu os olhos.

Dacre estava começando a se mexer no divã. Ele respirava mais rápido, como se tivesse um pesadelo, e cerrou os punhos. Roman olhou de relance para a porta, medindo a distância. Ele não teria tempo de escapar antes de Dacre acordar, então precisava de um motivo para estar ali. Notou que a *Tribuna Inkridden* ainda estava na mesa, a manchete de Iris sobre o amor trágico de Dacre e Enva enrugada, como se tivesse sido amarrotada.

Roman marcou as possíveis portas no mapa mal desenhado, identificando edifícios públicos em Oath que poderiam conter entradas mágicas. Em seguida, se forçou a dobrar o papel e guardá-lo no bolso. Ele tinha começado a preparar a máquina, como se fosse uma tarde qualquer de trabalho, quando a voz de Dacre quebrou o silêncio, sombria de fúria:

— *Enva.*

O som fez o sangue de Roman gelar. Ele ficou paralisado, vendo Dacre sentado no divã. O deus estava de costas para ele; Dacre ainda não o vira, e cobriu o rosto com as mãos — um gesto tão humano que Roman sentiu uma pontada no peito.

— Meu senhor — disse Roman, rouco, achando melhor se anunciar. — Vim concluir nosso artigo.

Dacre não se mexeu. Ele poderia ter sido esculpido em pedra; não respirou, não reagiu à presença de Roman.

— O senhor está bem?

— Saia daqui — disse Dacre, com a voz grave e ríspida.

Roman não precisou nem pensar. Com um calafrio, pegou a máquina de escrever e fugiu.

Algumas horas depois, logo antes do anoitecer, Dacre mandou chamá-lo.

O tenente Shane foi buscar Roman outra vez, com os olhos pesados, como se de tédio.

— Desta vez a convocação é de verdade? — perguntou Roman, levemente sarcástico.

Shane sustentou seu olhar, impassível.

— E o que houve? Não escreveu um novo artigo para ele, como toda tarde?

Roman franziu a testa. Ele estava prestes a perguntar se Shane sabia que Dacre estava dormindo, ou se desconfiava e queria confirmação, quando o tenente acrescentou:

— Deixe a máquina de escrever aqui. Você não vai precisar dela.

Roman hesitou, pegando a alça da maleta. Se não precisava da máquina, então o que Dacre queria com ele? Coisa boa não seria, visto o momento íntimo que Roman testemunhara.

Ele seguiu Shane sem dizer mais nada e deixou a Terceira Alouette para trás no quarto. Estava preocupado demais para falar enquanto Shane caminhava a passos ágeis, abrindo caminho pelas ruas molhadas de Hawk Shire. Tudo que Roman levava era o anel de Iris e o mapa que desenhara da linha de Ley de Oath, ambos no fundo do bolso. Estava começando a ficar desconfortável de carregar aqueles objetos.

Ele não sabia o que esperar, mas suor pingava por suas costas e a náusea revirava seu estômago quando chegou ao escritório.

Dacre não estava só. Havia um homem alto e pálido ao lado do deus, usando uma capa preta fechada no pescoço. Ele tinha o rosto anguloso, como as faces de rocha polida, e olhos estreitos e frios, cintilando de julgamento ao fitar Roman.

— Pensei melhor no artigo que planejamos escrever, Roman — disse Dacre.

A voz dele soou lânguida. Não havia sinal do pesadelo ou da fúria em sua expressão, apesar de Roman sentir um eco do nome da deusa, horas depois de ser pronunciado.

Enva.

Dacre sonhara com ela.

O que aquilo indicava para eles, para a guerra? A maré parecia ter mudado, mas tudo que Roman sentia era a areia se mexendo sob seus pés, instável no novo fluxo.

Ele cruzou as mãos atrás das costas para esconder seu tremor.

— Que artigo, senhor?

— Aquele em resposta a Iris E. Winnow. Ao artigo que ela escreveu para a *Tribuna*, defendendo a esperteza, enganação e vitória de Enva sobre mim.

Dacre se aproximou em alguns passos, o espaço entre eles diminuindo até sua sombra encostar nos pés de Roman.

— E o que decidiu, senhor?

— Vou mandá-lo para Oath — anunciou Dacre. — Gostaria que você encontrasse essa tal de Iris E. Winnow. Você disse que trabalhou com ela e que vocês se conhecem. Ela estaria disposta a falar com você?

— Eu... *sim*, senhor, acredito que sim. Mas por que...

— Ela não só é uma escritora talentosa, como tem prestígio na *Tribuna*, que ganha mais popularidade a cada dia — interrompeu Dacre. — Ela também escreve para Enva. Vejo o toque da deusa nela, tomando suas palavras, as contorcendo contra mim. Por este motivo exclusivo, eu gostaria de roubá-la de minha esposa. Gostaria que Iris E. Winnow escrevesse para mim. Se aceitar fazer esta viagem em meu nome, deve levar isto aqui e reunir-se com ela em público.

Dacre estendeu um envelope. Era azul-claro, como a cor de um ovo de pintarroxo, e refletia a luz do entardecer. *Iris E. Winnow* tinha sido escrito em caligrafia elegante — o mero nome acelerou o coração de Roman, e ele esticou a mão para pegar o envelope.

Ele estava prestes a ir para casa.

Estava prestes a ver Iris outra vez.

— Quando devo partir, senhor? — perguntou, encontrando o olhar firme de Dacre.

— Agora mesmo.

— *Agora?*

— Val está aqui e pode levá-lo à cidade — disse Dacre, indicando o homem estranho e encapuzado na sala, que continuava a observar Roman como um falcão olharia um camundongo. — Se partirem esta noite, chegarão em Oath ao nascer do sol.

Oath ainda estava bastante longe, mas ali estava a oportunidade de ver como Val ia e vinha. Ali estava a chance de confirmar se a porta era na casa da família dele, e de ver a rota ativa com seus próprios olhos.

Ele queria apenas ter a máquina de escrever. Iris não saberia que estava a caminho. Ele a pegaria de surpresa e, como Dacre dissera, teria de encontrá-la em público. Provavelmente porque Val estaria de olho para garantir que não ocorresse nada de suspeito.

Era arriscado, vê-la sem aviso. Era libertador, como se Roman fosse solto de uma gaiola dourada.

Não se engane com a liberdade. A advertência o percorreu em um calafrio. Imediatamente, Roman se recompôs.

— Estou pronto, senhor — disse ele. — Mas minha roupa... devo ir assim à cidade?

Ele olhou para o macacão vermelho-escuro que proclamava orgulhosamente que ele era um CORRESPONDENTE INFERIOR.

— Você terá a possibilidade de trocar de roupa quando chegar — disse Dacre, e olhou de relance para Val, que respondeu apenas arqueando a sobrancelha. — E quero que entregue outra mensagem para mim em Oath.

— É claro, senhor. Do que se trata?

Dacre estendeu outro envelope, da mesma cor do primeiro. O destinatário era diferente, mas igualmente significativo, e Roman apenas olhou por um instante.

Sr. Ronald M. Kitt.

— É uma carta para meu pai? — perguntou Roman, com a voz fraca.

— É, sim — respondeu Dacre, bem-humorado. — Você vai encontrá-lo.

Sem dizer mais nada, Roman pegou o envelope. Ele se sentiu rígido, como se coberto de gelo, ao imaginar ver o pai. As últimas palavras que tinham trocado não foram gentis nem tranquilas. Roman não gostava de se lembrar delas, de recordar o dia em que deixara o pai furioso e a mãe aos prantos. O dia em que partira para o oeste, para seguir Iris. Ele tinha pedido demissão na *Gazeta*. Tinha rompido o noivado com Elinor Little, com quem seu pai arranjara um casamento para manter os Kitt entre os prediletos de Dacre conforme progredia a guerra.

Roman deixara tudo sem nem olhar para trás.

Era estranho que Dacre confiasse tranquilamente nele assim; o divino o mandava para casa, sabendo que suas últimas memórias se encaixariam. Algo lhe parecia estranho, e Roman se perguntou se seria um teste. Dacre sabia que alguém o traíra. Talvez fosse seu modo de provar a inocência de Roman ou, no pior dos casos, ver se Roman era o elo infiel.

Sendo assim, Roman não podia permitir que a verdade subisse à superfície.

Contudo, ele ousou olhar nos olhos de Dacre e fazer um pedido final.

— Posso passar a noite com minha família? Faz muito tempo que não vejo meus pais, e gostaria de passar mais um tempo com eles antes de voltar para o senhor.

Dacre ficou quieto. O silêncio parecia tênue — como o ar elétrico antes de um raio cair. Roman se preparou internamente para o choque.

— Sim — disse Dacre, por fim, e sorriu. — Não vejo por que não. Passe a noite com sua família. Lembre-se do que é verdade, do que é falso e de tudo que fiz por você. Val o aguardará no amanhecer seguinte para trazê-lo de volta para mim.

Era mesmo um teste, então. Se ele não conseguisse convencer Dacre de sua dedicação e lealdade após o restauro da memória, Roman poderia acabar acordando em outra sala fria e subterrânea, sem lembrar o próprio nome. Sem se lembrar de Iris.

A ideia era insuportável. Uma ferroada entre as costelas.

— Obrigado, senhor — Roman conseguiu dizer.

Ele estava pronto para ir embora, mesmo sem a máquina de escrever, mas Dacre se aproximou para murmurar:

— É sempre melhor dizer pouco, deixar os outros se perguntarem onde você esteve, o que viu e o que pensa. Deixe que imaginem o que *pode* ser. Há grande poder no mistério. Não estrague o seu.

Uma resposta ácida encheu os pulmões de Roman, mas ele apenas pigarreou. *Seja submisso. Convença ele de sua lealdade.* Com o peito doendo, respondeu:

— Sim, senhor. Lembrarei disso.

Dispensado, ele foi atrás de Val e passou pelo tenente Shane, que estava quieto como uma estátua, observando tudo com seus olhos aguçados. Roman saiu da sala e desceu a escada comprida e circular.

Vou para casa, pensou, e o ânimo o fez suportar a dor nos passos, o fôlego curto. *Iris, vou voltar para você.*

Mas, logo antes de entrar com Val por uma porta subterrânea, a advertência voltou em um sussurro.

Não se engane com a liberdade.

31

A gravidade em outro mundo

Roman seguiu Val pelas passagens subterrâneas.

Eles caminharam por rotas que conduziam para baixo, como se levassem a mais outro mundo inferior. Um mundo mais sombrio, mais frio. Quando chegaram a uma porta esculpida com runas, Val pegou uma chave pendurada no pescoço. Outra das cinco chaves mágicas, pensou Roman, vendo a porta abrir.

Eles avançaram. O ar era pesado e espesso, quase reverente, e logo começou a rescender a enxofre e carne podre.

Roman se apoiou na parede e sentiu espinhos crescendo pela rocha. Ele engoliu em seco e se perguntou se a permissão de Dacre fora mera armadilha, se Val o estava levando para sua morte nos andares inferiores.

Seria mais doce matar alguém depois de lhe dar esperança?

Roman estremeceu quando o corredor espinhento finalmente se abriu em uma paisagem vasta e ampla. Piscinas amarelas e borbulhantes no chão de pedra emitiam luz e soltavam fios de vapor, e o teto era tão alto que não se via. Parecia até que Roman estava sob o céu noturno sem estrelas, e olhou para as sombras no alto, sentindo-se pequeno e saudoso.

— Cuidado com onde pisa — disse Val, começando a abrir caminho entre as poças amarelas, agitando o vapor com os passos largos e o farfalhar da capa.

Roman se apressou no caminho. O fedor pútrido do ar finalmente o fez tossir na manga da roupa. Ele começou a respirar pela boca, o estômago se revirando de medo e náusea.

Ele queria ar limpo. Uma xícara de café fervendo. Algo para aliviar o desconforto no peito e na garganta.

— Não faça movimentos bruscos — disse Val, desacelerando o passo.

— Tudo bem.

Roman segurou outra tosse.

Meio minuto depois, entendeu o motivo. Entre as espirais de vapor sulfúrico, a sombra imensa de um dragão espreitava do chão, como se aguardasse por eles. Um eithral, Roman percebeu, perdendo o fôlego. As asas pontudas estavam abertas, absorvendo o calor das piscinas, e o corpo de escamas brancas reluzia, iridescente. Ele estava de bocarra fechada, mas presas compridas e afiadas como agulhas ainda apareciam, brilhando como gelo, e seus olhos vermelhos e perturbadores tinham o tamanho da mão de Roman. Um olho voltava-se para ele e para sua interrupção abrupta.

— Continue a andar — disse Val em voz baixa. — Devagar e sempre. Venha atrás de mim para se aproximar do lado esquerdo.

Aproximar? Roman queria protestar, mas obedeceu a Val. Começou a caminhar lentamente, seguindo a sombra de Val, e foi então que viu a sela amarrada no eithral, aninhada no dorso cristado de pontas, entre as asas.

— Está de brincadeira? — disse Roman, os dentes tilintando pela força do calafrio. — Como vai controlá-lo? Não tem rédea.

Val subiu na sela com a facilidade da prática.

— Quer ir a pé para Oath ou prefere voar?

Uma reclamação derreteu na língua de Roman. Ele não sabia se tinha a força para tomar impulso e se sentar no lombo da criatura que tinha causado, em parte, seus ferimentos. Porém, suas pernas tremiam — *não consigo andar até Oath* —, e o coração batia no peito como um martelo. Ele estava ao mesmo tempo exausto e elétrico, e finalmente pensou na justiça poética. Que um eithral o carregaria com seu mapa até a cidade, onde Dacre estava fadado a perder.

Um eithral o levaria até Iris.

Roman seguiu nos passos de Val e deu impulso para subir na sela. Ele se instalou no que lhe parecia pura impossibilidade.

— Não solte — disse Val, ríspido. — A decolagem é sempre turbulenta.

Roman apertou a borda da sela com as mãos pálidas, forçando os joelhos para dentro até sentir dor. Ele não se sentia nada seguro para *decolar* montado em uma das criaturas não-tão-míticas de Dacre. Uma criatura que causava devastação, dor e morte inimagináveis.

Ele fechou os olhos com força. Estava difícil manter a última refeição na barriga. Suor frio irrompia pela pele, até que ele finalmente se decidiu: *Abra os olhos.*

Roman abriu e voltou a admirar os arredores. Meses antes, ele nunca imaginaria que estaria ali, naquele momento. Nem mesmo *semanas* antes. E queria absorver tudo. Nunca imaginaria que estaria no domínio inferior, sob inúmeras camadas de terra, em um mundo de noite sem estrelas e fumaça lânguida, prestes a voar em cima de um eithral.

No momento antes do voo, quando o ar foi tomado por um sopro de assombro e expectativa, Roman ouviu a voz de Iris na memória.

Noto estar pendendo para o lado do impossível ultimamente. Estou pendendo para o limite da magia.

As palavras dela lhe deram força. Ele imaginou Iris datilografando à luz de velas, como se ela fosse sua gravidade.

Val tirou de dentro da camisa uma flautinha pendurada na corrente. Ele tocou três notas longas e prateadas, que cintilaram no ar como o sol refletido na chuva, e o eithral levantou a cabeça abruptamente e começou a bater as asas.

É claro. Roman quase riu. *Eles são controlados por um instrumento. Por música.*

O eithral estava sob comando das três notas da flauta, mesmo depois de elas se dissiparem nas sombras. As asas agitaram o vapor e os lampejos de calor e de luz dourada até Roman se sentir perdido em um vendaval, o enxofre ardendo nos olhos e fazendo ele tossir de novo. Até que o eithral avançou com um sacolejo. Um passo pesado atrás do outro, desviando com agilidade as piscinas fumegantes.

Eles decolaram como se já o tivessem feito mil vezes.

A decolagem foi turbulenta, mas, quando o eithral se estabilizou no ar, o trajeto foi calmo.

De início, Roman ficou surpreso por eles não saírem do mundo inferior. Ele não sabia que aquele domínio tão profundo era aberto e vasto assim — uma paisagem inóspita sem fim, pontuada por piscinas de enxofre borbulhante e encoberta pelo véu do vapor. Algumas vezes, quando ousou olhar para baixo, Roman viu algo cintilar através da névoa. Ele arregalou os olhos ao perceber que eram correntes enferrujadas e esqueletos, ossos espalhados pelas trilhas de rocha. Pareciam ossos de animais, até que Roman notou o que sem dúvida era um crânio humano.

Ele desviou o olhar com a garganta queimando. Estava com a boca seca, sentindo um gosto estranho, mas ficou aliviado pelo ar quente e úmido acalmar a tosse. Quando o pânico passou, pelo menos podia respirar fundo sem sentir aquela pontada horrível nos pulmões.

Finalmente, depois do que poderia ser meia hora ou três horas de voo — era impossível medir o tempo sem o céu, o sol e as estrelas —, Roman notou que, em alguns lugares, o vapor das piscinas de enxofre subia mais do que em outros, como se uma corrente de ar o soprasse. Depois da sétima vez em que reparou, começou a supor que eram os lugares de onde os eithrais podiam surgir da terra. Mais portas, de tamanho suficiente para as criaturas atravessarem de um reino a outro.

Roman queria perguntar para Val, mas manteve as dúvidas enclausuradas. Val não parecia um indivíduo tão paciente, e, se Roman quisesse se arriscar, achou melhor esperar até pousarem. Porém, o silêncio ensurdecedor não acalmava sua imaginação nem suas teorias.

Val obviamente era próximo dos eithrais. Talvez os treinasse ou cuidasse deles? Ele também carregava a flauta, como Dacre, e sabia todas as melodias para controlar as criaturas. Que outros comandos os eithrais saberiam, e será que obedeciam ordens musicais quando voavam no mundo superior?

Roman se lembrou de quando estava na linha de frente, e o tenente Lark, do Pelotão Sicômoro, dissera que raramente se viam eithrais nas trincheiras, porque os bichos não sabiam diferenciar amigos de inimigos. Que, se Dacre os soltasse com bombas nas garras, eles as largariam tanto nos soldados de Enva quanto nos de Dacre, e, portanto, as criaturas eram usadas para bombardear cidades de civis, distantes da linha de frente.

As táticas de Dacre envolviam usar os eithrais não apenas para apavorar a população, mas para *bombardear*, atacar com *gás* e por fim *recuperar* os soldados feridos, para poder curá-los de modo aparentemente completo e embaralhar sua memória para que se sentissem subservientes e em dívida com ele. Era um modo terrível e implacável de construir um exército e um séquito, e Roman sentiu o calor subir à pele.

Uma ideia, porém, manteve-se destacada: os eithrais certamente ainda poderiam ser comandados quando voavam no mundo superior. Dacre certamente não abria mão completamente do controle das criaturas. Deveria ter um jeito de utilizá-los, como revelara em Avalon Bluff. Os eithrais tinham dado duas voltas na cidade, cada vez carregando materiais diferentes.

Val se ajeitou na sela. A flauta refletiu a luz suave quando ele a levou à boca.

Roman abafou a raiva e as reflexões ao perceber que estavam se preparando para aterrissar.

Val tocou a flauta de novo, desta vez duas notas longas, seguidas por três curtas. A música encheu o ar, soltando anéis iridescentes que cresceram a ponto de sumir de vista, e o eithral guinchou em resposta. A criatura sacudiu a cabeça, como se resistisse à ordem, mas começou a se inclinar para a baixo, batendo as asas em um ritmo curto, mas forte.

Roman se agarrou na sela, duro de medo. O pouso, contudo, não foi tão horrível quanto ele imaginava, e, antes que ele sequer pudesse respirar, o eithral tinha parado — mais uma vez de asas abertas sobre as piscinas borbulhantes — e Val desmontava.

— Vamos — disse Val.

Roman desceu, meio deslizando, meio caindo, e o tornozelo direito bateu na pedra com um baque dolorido. Felizmente, Val nem reparou, pois já avançava pela trilha sinuosa entre os turbilhões sulfúricos.

Roman hesitou, olhando para o eithral. A criatura tinha voltado a observá-lo, com o olho que brilhava como rubi. Com uma pontada no estômago, Roman percebeu que o bicho estava tão aprisionado quanto ele.

Ele correu atrás de Val, pulando pedaços de ossos e uma corrente de ferro que caía para dentro de uma das piscinas ferventes. Pouco depois, rastros de espinhos começaram a se cruzar pelo chão, e Roman notou que as plantas os conduziam à porta, cujo batente era inteiramente coberto por vinhas grossas, ametistas aglomeradas e espinhos ensanguentados.

— Por aqui — disse Val, a impaciência vibrando como uma das notas musicais.

Ele passou pela porta, adentrando as sombras, e Roman fez o mesmo, os olhos se adaptando com dificuldade à escuridão.

Sentia o chão subir sob seus pés. A inclinação fazia ele respirar fogo, as têmporas latejarem. Passaram por outra porta, voltando à altura principal do reino de Dacre, mas, desta vez, fazia um silêncio mortal. Não havia mercado para recebê-los, e o ar tinha gosto de pó e mofo. Um eco solitário reverberou pelo escuro.

Val riscou um fósforo. A luz fraca ajudou mais do que Roman imaginava ser possível, e eles logo começaram a percorrer uma passagem muito estreita que se abria para vários novos trajetos. Teias de aranha grossas cobriam o teto; ossos pequenos estavam acumulados nos cantos. Ametistas cresciam em grupos das paredes, brilhando como mil olhos à luz do fogo, e Roman precisou se abaixar e se encolher para passar, fascinado pela beleza assombrosa do lugar.

— Estamos debaixo de Oath? — finalmente perguntou, tentando decorar o caminho exato que tinham tomado.

— Sim. Estamos chegando à porta.

— Como sabia quando mandar o eithral pousar? Não havia indicações, nenhum jeito de saber onde estávamos.

— Sempre há um jeito de saber — respondeu Val —, é só prestar atenção.

Roman refletiu por um momento antes de se lembrar da ventilação do vapor. Talvez Val contasse as aberturas na passagem e soubesse qual correspondia a Oath. Parecia a única explicação plausível, mas Roman não teve tempo de ponderar antes de Val falar de novo:

— Você reconhecerá onde está assim que passar pela porta. Estará amanhecendo, e recomendo que você troque de roupa e então faça o que precisa ser feito com Iris Winnow *antes* de falar com seus pais. Sabe onde fica o Café Gould?

— Sei — disse Roman.

— É lá que deve encontrar a srta. Winnow. Mantenha as explicações breves e vagas. Não fale das portas, nem dos eithrais. A maioria das pessoas que nunca esteve aqui em baixo tem dificuldade de entender nossos hábitos.

Roman esperou por mais, mas, como Val ficou quieto, ele respondeu:

— Vou me lembrar disso. Obrigado, senhor.

Val parou abruptamente, esmagando um esqueleto minúsculo com as botas. Roman quase trombou com ele, então notou que as ametistas cresciam em um arco cintilante acima de uma das rotas bifurcadas.

— Tome este caminho. Vai chegar à porta — disse Val.

— Estarei esperando aqui amanhã na aurora. Não se atrase.

Roman assentiu. Ele olhou para o arco de cristais, sem conseguir conter a admiração. Facetas escuras e brilhantes que o levariam para casa.

Ele começou a andar, de início hesitante. Ficou surpreso por sentir tanta falta da luz de Val ao deixá-la para trás, e pelo arrepio de andar por aquelas passagens escuras sozinho. Porém, logo o ar mudou, um mundo dando lugar ao outro.

Roman sentiu uma lufada.

Tinha cheiro de limpa-piso de limão no assoalho de madeira. De buquês de flores plantadas em estufa, de biscoitos de melado ainda quentes do forno. De fumaça de charuto e do perfume de rosas da mãe.

Tinha cheiro de *casa*, e Roman se aproximou correndo, com a respiração ruidosa e irregular nas sombras.

A escada era íngreme e rude, discernível com dificuldade, como se delineada pelo luar. Roman subiu de dois em dois degraus até as pernas bambearem, quando desacelerou. Ele se obrigou a engolir em seco, *respirar*, andar com cuidado. Foi subindo cada vez mais, até sentir o poder do reino de Dacre em um calafrio, descendo pelas costas como se fosse um casaco.

Roman se aproximou da porta. Viu a maçaneta reluzir em boas-vindas, como se sentisse seu calor.

Ele se perguntou quantas vezes tinha passado por aquela porta, sem a menor ideia do que poderia se tornar ao girar uma chave. Ele se perguntou quantas outras coisas comuns escondiam magia, ou talvez fosse melhor pensar em quanta magia gostava de se misturar ao comum. Ao simples, ao confortável, aos detalhes ignorados.

Roman pegou a maçaneta e a girou. A porta se abriu; ele foi recebido por um feixe fino de luz, pintado com o azul da aurora.

Com o coração na boca, Roman atravessou a porta.

32

Estática na linha

Era a sala de estar.

Roman parou e admirou a familiar decoração azul e dourada: o tapete ornamentado que abafava os passos, o mármore sobre a lareira na parede, as janelas que iam do chão ao teto, cobertas por cortinas de brocado, o piano quieto no canto, os lambris dourados e as telas a óleo emolduradas herdadas pela família havia gerações.

Roupas, pensou, bem quando o relógio do saguão bateu as sete horas. O pai já estaria acordado, fumando no escritório, com uma dose carregada de conhaque no café. A avó estaria recolhida na ala oeste, com os cães e os livros, mas a mãe gostava de acordar depois do sol, então logo começaria a andar pela casa. E ela sempre estivera mais atenta aos fantasmas do que o pai dele. Se alguém pressentisse a presença dele, seria a mãe.

Roman passou a mão pelo cabelo escuro e saiu da sala.

Subiu a escadaria grandiosa e seguiu pelo corredor, mal fazendo ruído com as botas no carpete felpudo. Ele entrou no antigo quarto e trancou devagar a porta. Tudo estava exatamente como ele tinha deixado. Tudo, menos o vaso de flores na mesa.

Roman franziu a testa e andou até lá para tocar as pétalas pequenas, mas vistosas. Miosótis. Elas cresciam em abundância na primavera, colorindo o jardim e o bosque no terreno.

A mãe dele estivera ali, então. Com que frequência ela entrava naquele quarto?

Ele sentiu uma onda de vergonha por ter deixado os pais daquele modo, semanas antes. Não tanto pelo pai, mas pela mãe. Roman odiava pensar em causar mais angústia e dor na vida dela.

Haverá tempo para isso depois, pensou, se afastando das flores. *Não se distraia.*

Ele tirou do bolso o mapa, a aliança de Iris, as duas cartas de Dacre. Era tudo que ele tinha carregado de baixo para cima, e rapidamente trocou de roupa: vestiu uma camisa branca engomada e calça preta, antes de prender os suspensórios de couro. Então o sobretudo, porque tinha cara de que ia chover, e um par de meias limpas que o fez remexer os dedos de alívio. Por fim, o par de sapatos sociais preferidos.

Guardou os quatro itens no bolso interno, apesar de se demorar com o anel de Iris na mão, vendo-o brilhar à luz da manhã.

Val instruíra-o a encontrá-la no Café Gould. Roman não duvidava que Val fosse subir a escada atrás dele e observá-lo sempre que estivesse exposto, indo de um lugar a outro. Acima de tudo, Dacre iria querer alguém de olho em Roman.

O mais importante era manter Iris segura, dentro do possível. Portanto, Val não podia saber que eram casados, nem que havia qualquer afeto entre eles. Precisavam retomar o ritmo antigo na reunião do café, apenas por cautela.

Roman se sentou à mesa. Ele escreveu um recado rápido e o dobrou em três partes, para escondê-lo atrás do envelope de Dacre. Sem a máquina de escrever, ele não tinha como alertá-la. Ela levaria um susto, e Roman só podia esperar que soubesse seguir sua deixa.

Roman se levantou e olhou para o quarto uma última vez. Escondeu o macacão Inferior e as botas gastas no guarda-roupa e percebeu que precisava de mais uma coisa antes de seguir para o centro.

Um telefone.

Fazia mais de um dia que Iris não tinha notícias de Roman.

Não era *tão* raro, mas, desde o momento em Hawk Shire em que a memória dele voltara de uma vez, ele a escrevia toda noite, quando estava na segurança do quarto. Ela não queria que a preocupação a dominasse, mas também não conseguia conter a impressão de que o destino mudara, como uma estrela caindo de uma constelação.

Algo devia ter acontecido.

Ela andou em círculos pelo quarto, olhando de soslaio para o guarda-roupa. Era sempre melhor deixar Roman escrever primeiro, pois ele andava com a máquina e passava horas na presença de Dacre. Porém, ela ainda tinha um jeito de iniciar contato. Aproveitara o método várias vezes, e não via por que não usá-lo.

Parte dela tentou se convencer a ter *paciência*. O outro lado, porém, o lado que ardia como brasa, mandou ela fazer *alguma coisa. Não fique só parada, esperando.*

Iris se sentou no chão e datilografou:

```
Este é um teste para confirmar se as teclas E & R
estão em condição adequada.
    EREEERRRRR
    E
```

Desta vez, ela foi breve, e passou o papel por baixo da porta do armário. Esperou e, quando os minutos se estenderam em uma hora sombria, ela se sentou na beirada da cama, com as mãos geladas.

Iris dormiu muito pouco naquela noite. Quando acordou, não se sentia melhor. O coração doeu quando ela viu que não tinha nenhuma carta a ler no chão.

Não tinha notícias de Roman, e era hora de ir trabalhar.

Iris lavou o rosto e desembaraçou o cabelo. Encontrou um suéter limpo, de uma cor rosada e clara que fazia ela se sentir corajosa, e uma saia marrom quadriculada. Calçou as meias altas e as botas, e partiu para a *Tribuna Inkridden*.

Forest já tinha ido trabalhar, mas deixara um bilhete rabiscado na mesa da cozinha: *Sarah vem jantar hoje. Me ajuda a decidir o que fazer? Ela não gosta de azeitona nem de cogumelo. E por favor volte antes de escurecer.*

Foi o único ponto alto da manhã, aliviando sua preocupação no trajeto de bonde. Imaginar o irmão preparando jantar para a mulher de quem gostava era engraçado. Porém, quando Iris entrou na redação da *Tribuna*, os medos já tinham voltado redobrados. Sentia um peso de tijolo no estômago quando se perguntava onde estaria Roman, e por que teria se aquietado.

Attie já estava à mesa, analisando anotações. Ela ergueu o olhar quando Iris se largou na cadeira.

296 Rebecca Ross

— Você chegou cedo — comentou Attie.

— Você também — disse Iris, mas, antes que pudesse continuar, sua atenção se desviou para Helena, que saiu da sala dela para servir uma xícara de chá no aparador.

A chefe parecia abatida, como se não andasse dormindo. Estava de ombros curvados e cabelo murcho e sem vida. Com manchas arroxeadas marcando as olheiras, Helena tomou um gole de chá fervendo, sem nem uma careta. Ela voltou à sala, sem dizer nada a ninguém, e Iris olhou para Attie, preocupada.

— Duas coisas — sussurrou Attie, se aproximando. — Primeira? Soube que Helena finalmente parou de fumar. Segunda? O Cemitério não quer que ela publique nada sobre a guerra dos deuses sem aprovação deles.

— Então eles podem entrar na fila — disse Iris, mas estremeceu ao pensar no tiro da outra noite. Sarah precisara dormir na casa deles depois do jantar, porque era muito arriscado andar à noite. — Do que adianta a imprensa se não pudermos escrever sobre o que vemos? Se não podemos compartilhar as notícias locais?

Attie suspirou, pegando a xícara.

— Não gostaram da nossa reportagem sobre os soldados e feridos de Enva serem proibidos de entrar na cidade.

O artigo tinha sido publicado na manhã anterior. Iris mordeu o lábio.

— Como você sabe?

— Aqui — disse Attie, jogando um envelope para o outro lado da mesa. — Estava na mesa de Helena quando chegamos.

Iris tirou uma carta do envelope e se surpreendeu quando caíram flores. Duas anêmonas, uma vermelha e uma branca, prensadas.

— Flores?

— Acho que é a assinatura do líder deles — respondeu Attie. — Um jeito de expressar a importância da ordem, talvez? Mas tenho uma teoria.

— Qual?

— Acho que as flores representam Dacre e Enva, e a esperança do Cemitério de enterrar os dois eternamente.

Iris fitou as anêmonas antes de desdobrar a carta.

Para a sra. Hammond da Tribuna Inkridden

De hoje em diante, pedimos que passe todos os artigos relativos a deuses e soldados pela nossa aprovação. A recusa em cumprir o pedido resultará em consequências indesejáveis para o jornal. Lembremos que temos em mente o bem do povo, acima de tudo, e, portanto, devemos garantir que todas as vias estejam unidas para o mesmo ideal. Pode enviar qualquer artigo futuro para o chanceler, para aprovação.

Atenciosamente,

O Cemitério

— Que *absurdo* — disse Iris, enfiando a carta e as flores no envelope. — Não vejo como eles podem dar ordens em Helena.

— Oath está mudando, Iris — disse Attie. — Minha mãe disse que na universidade está igual. O reitor deu uma longa lista do que ela deve evitar dizer, por medo de chegar ao Cemitério.

— Esse maldito *Cemitério* — murmurou Iris. — Passamos menos de *duas* semanas fora dessa cidade, e eles ocuparam tudo. Não entendo por que...

— Licença, Winnow?

Iris se calou e olhou para a esquerda. Uma das assistentes tinha se aproximado da mesa que ela dividia com Attie, trazendo um bule de chá e um bloco de anotações.

— O que houve, Treanne? — perguntou Iris, e mordeu a língua.

Ela precisava tomar cuidado. Não devia estar expondo a irritação com o Cemitério no escritório, nem em qualquer lugar público. Não dava para saber quem fazia parte do grupo, como Sarah explicara.

— Telefone para você. Estão esperando na linha.

— Ah.

Iris se levantou, franzindo a testa. Ela não estava esperando um telefonema, e resistiu à vontade de olhar para Attie antes de seguir para onde ficava o único telefone, preso na parede.

Iris pigarreou e pegou o aparelho, levando o fone à orelha.

— Aqui é a Iris Winnow.

Um estalido de eletricidade estática. Iris achou que a pessoa devia ter desligado, até que ouviu respiração. Um suspiro lento e fundo.

— Alô? — disse ela. — Quem é?

Outro instante de silêncio incômodo, antes de uma voz conhecida dizer:

— Iris E. Winnow?

Iris sentiu a respiração congelar no peito. Ela arregalou os olhos diante dos recortes de jornal no quadro de avisos, apertando o telefone até sentir que o sangue todo fugira da mão.

Kitt.

Ela se obrigou a engolir o nome dele, até virar uma pedra na garganta. Havia algo de errado. Ela tinha pressentido à noite, e ouvia na voz dele.

— Sim — disse ela, sem conseguir esconder a doçura na voz. — Sou eu.

— Tenho uma mensagem para você — disse Roman. — Precisa ser entregue em mãos. Conhece o Café Gould?

Iris estava quieta, com a cabeça a mil. Tentava decifrar cada palavra dele, na esperança de entender o que estava acontecendo. Tentava discernir as palavras que ele não diria; que não *podia* dizer.

— Winnow? — insistiu Roman.

Fazia muito tempo que ele não a chamava assim. O nome fez ela voltar no tempo, como se folheasse as páginas de um livro, retomando os capítulos da *Gazeta*.

— Conheço o Gould, sim — disse ela, cautelosa.

— Quando podemos nos encontrar lá?

— Estou livre agora.

— Que bom — disse Roman, quase em um suspiro. Iris não sabia se era de alívio ou saudade. — Nos vemos em vinte minutos.

Ele desligou.

Foi tão abrupto que Iris ficou mais um minuto ali parada, olhando para o vazio.

O coração dela vibrava como trovão no peito enquanto mantinha o aparelho junto à orelha. Enquanto escutava as ondas de estática.

A constatação a atingiu e a deixou sem fôlego. Roman estava em Oath. Ela estava prestes a tomar um chá com ele.

Iris largou o fone no gancho com estrépito.

Ela correu para a porta e deixou a *Tribuna Inkridden* sem nem olhar para trás.

33

Leite e mel

Roman esperava a uma mesa pequena, no canto do café, com o casaco pendurado nas costas da cadeira. Ele tinha ligado para Iris de um dos orelhões na frente da estação de trem, pois não queria arriscar usar o telefone na casa dos pais. Já tinha precisado de toda a esperteza para sair do terreno sem ser notado. Não podia sair pelo portão, então tinha ido até o fundo do jardim, onde sabia que a cerca estava quebrada, escondido das janelas dos fundos.

Ele tamborilou os dedos na perna, olhando para a porta do café, vendo as pessoas irem e virem. Ninguém era Iris, mas ele queria chegar antes dela, e, pelo relógio na parede… ela ainda tinha oito minutos para chegar sem atraso.

O garçom trouxe uma bandeja de chá, mas Roman nem a tocou. O vapor perfumado saía dançando do bule, lembrando as piscinas de enxofre do mundo inferior.

O sino tilintou na porta. Uma moça de sobretudo e chapéu entrou no café. Roman prendeu o fôlego, mas não era Iris.

Ele tinha bastante certeza de que Val o tinha seguido. Roman não o vira na caminhada rápida pelo centro, mas sentira um frio se esgueirar pelo pescoço. Um formigamento de alerta de que alguém o observava, registrando aonde ele ia e o que dizia.

Não abaixe a guarda, pensou, pela décima vez naquela manhã. *Nem mesmo quando a encontrar.*

Passaram-se mais dois minutos antes de ele finalmente ver Iris pela janela do café.

Roman ficou paralisado, como se enfeitiçado. Não conseguia respirar ao vê-la atravessar a rua. O sobretudo dela estava desabotoado, farfalhando ao vento, e revelava um vislumbre do suéter justo e da saia xadrez. Ele viu de relance os joelhos pálidos enquanto ela apertava o passo sobre os paralelepípedos, com o cabelo embaraçado no rosto ao olhar para o lado, esperando passar um carro.

Aja como nos dias da Gazeta, Roman pensou quando Iris chegou à porta e a abriu, torcendo o nariz de um jeito fofo. Ela entrou no salão, uma lufada de ar a envolvendo como se o próprio vento a levasse até lá, de rosto corado e olhos brilhantes. Ela hesitou no balcão e mordeu o lábio, observando os clientes. Procurando por *ele*.

Roman sentiu o coração bater até os ouvidos. Em dois segundos, domou o desejo e se resguardou. Manteve a expressão fria, distante. Sabia interpretar bem aquele papel. Era familiar, como uma camisa velha e puída de uso. Porém, quando encontrou o olhar dela em meio ao alvoroço, o mundo inteiro se apagou.

Restavam apenas ele e ela.

Restavam apenas os dez passos entre eles, uma distância ao mesmo tempo inebriante e devastadora. Longe demais, e perigoso de tão perto. Roman se levantou, esbarrando na mesa. As xícaras tremeram nos pires; um bolinho caiu do prato.

Iris sorriu e começou a abrir caminho até ele.

Não. Roman quase entrou em pânico, sentindo o sangue quente e rápido. *Não sorria assim para mim.*

Ele queria colidir com ela, a boca no pescoço dela, na curva da costela. Sentir o gosto de seus lábios. Queria arrancar dela aquelas palavras todas que amava, mas, acima de tudo, o jeito dela de dizer seu nome.

Quando ela chegou à mesa, percebeu. A pose fria dele, o gelo no olhar. A nuvem de reserva e cortesia, pesada como uma tempestade.

O sorriso de Iris murchou, mas ela não pareceu derrotada. Não, tudo que viu nos olhos dela foi determinação, e Roman ficou aliviado. Os ombros dele relaxaram minimamente.

— Olá, Kitt — disse Iris, com a voz cautelosa.

— Winnow — respondeu ele, e pigarreou. — Obrigado por me encontrar. Sente-se, por favor.

Ela tirou o sobretudo e se sentou. Roman voltou à cadeira e pegou o bule. A mão dele tremia um pouco, como se tivesse bebido café demais com a barriga vazia.

— Qual foi a última vez que nos vimos? — perguntou Iris, enquanto ele servia o chá.

Isso, perfeito. Estabeleça uma linha do tempo. Ele ousou erguer o rosto e encontrar o olhar dela ao entregar sua xícara.

— Acredito que tenha sido no seu último dia na *Gazeta* — respondeu ele. — Quando ganhei a vaga de colunista.

—Ah, foi isso mesmo.

Ela soava como a Iris de antigamente. A que o deixava louco com seus artigos perfeitos.

Porém, notou que ela massageava a palma da mão. Que fitava a bandeja, com uma ruga na testa, como se de repente não soubesse o que olhar. A cor se esvaía do rosto dela, como se conversasse com um fantasma.

— Devo dizer que você está com uma cara boa — disse ele.

E então, porque ele era inteiramente caído por ela, esbarrou o pé no dela por baixo da mesa.

Isso trouxe o olhar de Iris de volta. Afiado e cheio de luz, quente como brasa.

— Quer dizer que eu estava com uma cara ruim antes?

Roman quase sorriu, e ficou feliz de ver a cor voltar a seu rosto. Podia ser um rubor de indignação ou de desejo. Eles tinham jogado bem aquele jogo na *Gazeta*, mas, se Roman pudesse voltar atrás...

Não. Ele interrompeu o pensamento. Ele não mudaria nada. Porque, se pudesse mudar, os dois ainda estariam ali, unidos por juras, obstáculos e pelo amor que tinham-no coberto como a hera na rocha?

— Está exatamente como me lembro — disse ele.

Iris devia entender o sentido implícito. A expressão dela se suavizou minimamente.

Ele não estava agindo assim — como se tivessem voltado no tempo — porque a memória falhara outra vez. As peças ainda estavam todas ali, alinhadas e remendadas. Ele se portava assim por outro motivo, que esperava explicar depois, quando fosse seguro.

— Você disse que tinha um recado para mim?

Iris pegou a leiteira, bem quando ele pegou o pote de mel. Seus dedos roçaram.

Roman quase ficou paralisado de novo, o coração batendo como asas entre as costelas.

— Ah, esqueci — continuou Iris, sem hesitar, e abanou a mão. — Você bebe chá apenas com mel, como faziam todos os poetas. Sempre faltava mel no escritório por sua causa.

Roman ficou agradecido pela distração leve.

— E você gosta de leite com um pouquinho de chá.

— Ah, não brinque comigo — disse Iris enquanto realmente servia leite demais na xícara. — Deixa mais substancial.

Isso deixou Roman mais sério. Ele se lembrou da época da redação, quando nunca via Iris comer nem sair para almoçar de verdade. Ele não tinha percebido que ela se saciava como podia com o chá até ir embora. Só de pensar, ainda sentia os pulmões cheios d'água.

— Aqui — disse ele, com a voz rouca, para esconder a vontade de tremer com aquela lembrança. — Pedi comida. Fique à vontade.

— Eu vou, na verdade, aceitar um desses *sanduíches*. — Iris pegou um sanduíche de pepino, cortado em triângulo, mas logo cobriu a boca. — Ah, meus deuses!

— O que houve?

Roman, tenso, se debruçou, pronto para fugir. Ela tinha visto Val? Estava tudo prestes a desmoronar?

Iris suspirou.

— Esqueci minha carteira na *Tribuna*! Saí com tanta pressa depois do seu telefonema que...

— Não se preocupe, é por minha conta — interrompeu Roman, gentil. — Tirei você do trabalho. O mínimo que posso fazer é oferecer comida.

Iris sorriu com o canto da boca. Roman se obrigou a olhar para o chá, sentindo uma dor no estômago. No peito. Nos ossos.

Ele esperou Iris comer dois sanduíches e um bolinho para falar:

— Fui enviado aqui para encontrá-la por um pedido específico.

Iris franziu a testa.

— De quem?

Roman sentia o nome de Dacre na língua como um caco de vidro. Não achou que seria sábio pronunciá-lo, especialmente para Iris, que ele sabia que não conseguiria esconder o que pensava do deus. Especialmente depois de tudo que Dacre fizera. Com o irmão dela. Com as terras dali. Com Avalon Bluff. Com o exército e os civis inocentes. Com eles dois e o futuro que desejavam.

Roman hesitou. Era aquela a parte que mais lhe causava ansiedade, mas ele pôs a mão no bolso com calma confiante, buscando a carta de Dacre e a que ele escrevera de manhã. Pegou as duas, mantendo por cima o envelope azul elegante, o próprio bilhete escondido por baixo.

— Leia em particular — disse ele, estendendo as cartas para Iris.

Ela franziu ainda mais a testa ao ver o próprio nome, escrito numa caligrafia que não reconhecia. Porém, pegou o envelope e sentiu o papel dobrado por baixo. Manteve as duas cartas juntas, olhando a azul antes de guardá-las no bolso do casaco.

Se Val estivesse de olho, nunca saberia que duas mensagens tinham sido passadas para ela.

— Muito bem. — Iris bebeu um último gole de chá e deixou a xícara de lado. — Gostaria de dizer mais alguma coisa?

Roman a encarou. Gostaria de dizer *centenas* de coisas, mas não podia pronunciar uma sequer. Não ali, em público.

Não como desejava fazer, como se fossem só os dois em um encontro comum, como se depois dali fossem passear de mãos dadas no parque.

Um dia, talvez.

— Não — disse ele. — E já a incomodei mais do que deveria.

Ele se levantou, vestiu o casaco e pôs a conta em nome do pai.

Iris também se levantou, e o brilho de preocupação voltou aos seus olhos. Ela apertou bem a boca ao vestir o sobretudo, que, desta vez, fechou com força.

— Imagino que seja só isso, então? — perguntou ela.

Roman estava morrendo por resistir ao contato visual. Por agir como se ela fosse apenas uma antiga colega. Ele respirou fundo, sentindo o cheiro suave de lavanda. Sabia que era da pele dela, do sabonete que usava.

— Só isso — disse, seco. — Tenha um bom dia, Winnow.

Ele se virou e foi embora, empurrando a porta do café com tanta força que quase arrancou o sino.

Roman caminhou, com as mãos cerradas nos bolsos, até a cidade engoli-lo.

Iris encarou as costas de Roman quando ele foi embora.

Parecia que o coração dela estava empalado em uma costela. Que, se tocasse o tronco, sob o casaco e o suéter, acabaria com sangue nos dedos.

O feitiço sombrio foi interrompido pelo garçom, que começou a recolher a louça suja.

— Licença, senhorita — disse ele.

— Ah, perdão.

Iris abriu um sorriso fraco e saiu do caminho, mas sua cabeça era um enxame, zumbindo de pensamentos. Ela botou a mão no bolso e sentiu a ponta do envelope outra vez. Deu meia-volta e seguiu pelo corredor torto que levava ao banheiro.

Estava vazio, então Iris entrou e trancou a porta.

Ela fez uma careta ao abaixar a tampa do vaso e se sentar, pegando as cartas sob a luz fraca. Olhou para as duas, como se presa entre seu contraste. A carta azul com seu nome em tinta elegante — *Iris E. Winnow* — ou a carta simples, com o garrancho fofo de Roman — *Minha Iris*.

Ela sempre preferira começar pela má notícia, então rasgou o envelope azul.

Cara Iris E. Winnow,

Confesso que eu nunca ouvira falar de você, nem me interessara especialmente por seu jornalismo, até seu artigo mais recente na <u>Tribuna Inkridden</u>, que me comoveu profundamente. Peço perdão por não valorizá-la no passado. Ao longo de meus anos todos, descobri que as coisas mais preciosas frequentemente são negligenciadas e que tendemos a deixar o tempo avançar em tamanho ritmo que não captamos cada detalhe que compõe o todo. Perdemos uma infinitude de oportunidades e acabamos nos perguntando, décadas depois, o que poderia ter sido diferente.

Não desejo isso para você — é uma chama constante que vejo entre os mortais — e espero que aprenda com minha sabedoria. Pois eu lhe ofereceria o mundo renovado se você tivesse a coragem de estender a mão e aceitá-lo. Uma escritora como você, com palavras de ferro e sal, pode mudar o tempo em si com o apoio devido.

Venha escrever para mim. Venha escrever sobre as coisas mais importantes. As coisas que são frequentemente ignoradas, e o que se esconde sob a superfície do que vemos. Junte-se a mim e a minhas forças enquanto construímos um domínio superior mais forte, de cura e restauração. De justiça pelas antigas dores. Eu gostaria de ouvir suas opiniões, cara a cara. Gostaria de ver que outras palavras se escondem em sua mente, e como podemos usá-las para esculpir o mundo ao nosso redor e inaugurar uma nova era divina.

Pense nesta oferta. Saberá quando me responder.

Dacre Inferior
Senhor Comandante

Iris suspirou, trêmula, e deixou a carta no colo.

Ela ficou um momento sentada, atordoada, encarando uma pintura torta pendurada na parede. As palavras de Dacre inundavam seus pensamentos, permeando tudo até ela sentir-se prestes a se afogar em um lamaçal.

— *Depois* — sussurrou, guardando a carta de Dacre no envelope. — Resolverei isso depois.

Era má ideia adiar algo que, ao crescer, se tornaria um monstro ainda mais forte. Como se alimentado por indecisão e terror.

Porém, Iris ainda tinha que ler a carta de Roman. Ela a levantou, admirando a letra dele antes de desdobrá-la. Suas mãos suavam, o coração batia tão forte que ela achou que abriria caminho à força pelos ossos, músculos e veias.

Ela sempre preferia começar pela má notícia, e a carta de Dacre era uma das coisas mais sinistras que já lera. Porém, depois do estranho encontro com Roman, aquela outra carta também podia ser terrível. Talvez ela não estivesse preparada para lê-la, assim como não estivera para ouvir sua voz na linha. Iris fechou os olhos, com medo daquelas palavras.

Você está exatamente como me lembro, ele dissera menos de meia hora antes.

Ela respirou fundo até os pulmões arderem. Só então abriu os olhos e leu:

Querida Iris,
Sei que está transbordando de perguntas. Está se perguntando por que acabei de encontrá-la para um chá, por que estou em Oath e por que não escrevi antes disso para avisar que estava indo visitar. E tenho respostas, mas só posso dá-las pessoalmente, quando não estivermos sendo observados. Quando estivermos em um lugar seguro e particular.

Passarei uma única noite aqui antes de precisar voltar ao meu posto. Uma única noite, que gostaria de passar com você.

Terei que fazer você entrar escondida na minha casa, é claro. Prepare-se para uma escalada. E sei que há riscos em pedir que você venha na calada da noite. Mas, se puder... há um trecho quebrado na cerca do terreno do meu pai, ao lado nordeste do jardim. Chegue pela rua Derby — há uma trilha entre as casas 1345 e 1347 — e verá a parte fraca da cerca, logo abaixo de um carvalho. Está praticamente escondida por arbustos, mas, se olhar bem, verá o caminho. Estarei esperando ali às dez e meia, quando a lua subir.

Com amor, Kitt

P.S.: Um último comentário escrito pelo meu eu do futuro, porque sei que estarei sentindo isso ao me despedir de você: pelo amor dos deuses, como você estava linda no chá. Gostaria de levá-la a todos os seus lugares preferidos na cidade, e além. Pense neles. Faça uma lista. Iremos aonde você quiser. Iremos juntos, quando a guerra acabar.

Iris chegou ao fim da carta. Mal conseguia discernir as palavras, de tantas lágrimas queimando os olhos.

Alguém bateu com força na porta. O som a trouxe de volta ao presente: ela estava sentada na tampa do vaso, e os sons do café eram abafados pelas paredes. Ela deu descarga para alertar a pessoa do outro lado de que estava acabando, porque a voz tinha ficado enferrujada na garganta.

Iris se levantou, guardou as cartas no bolso e lavou as mãos na pia, olhando o reflexo no espelho manchado.

Ela não viveria com medo. Não cumpriria o agouro de Dacre e sua língua de prata.

Não fazia diferença os anos que viessem e o que a esperava. O que a guerra traria ou não.

Iris nunca se perderia no que *poderia ter sido diferente.*

34

Onze e doze

Roman não sabia que havia uma nova guarda em Oath e toque de recolher ao anoitecer. Só soube quando os pais contaram durante um jantar muito constrangedor. Ele esperava por Iris no escuro, debaixo da copa do carvalho, um pouco antes de dez e meia, e sua preocupação se espalhava como o luar na terra, formando sombras monstruosas a partir de arbustos inofensivos.

Fora um dia estranho, de modo geral, e Roman quase sentia ter visto Iris no café *semanas* antes, e não meras horas. Uma lembrança que já se tornara sépia. Ao deixá-la no Gould, ele caminhara pela cidade até suas emoções irem de brasa a carvão e ele voltar a pensar com clareza.

Tinha se lembrado do mapa apressado da linha de Ley e dos edifícios que talvez contivessem portas mágicas. Lugares que o exército de Dacre talvez usasse para invadir a cidade. O mapa estava no bolso — ele planejava entregá-lo para Iris à noite — e, embora quisesse pegá-lo para compará-lo com a rua, não o fez, pressentindo que Val ainda o perseguia. Assim,

312   Rebecca Ross

Roman fingira caminhar casualmente, apesar de, na verdade, estar estudando as ruas e os prédios até voltar à casa do pai.

Ele queria passar um tempo com a avó e a mãe, e entrou pelo portão para bater à porta vermelha, como se não tivesse estado lá antes. A mãe ficou emocionada, o apertou com força com os braços magros, alisou seu cabelo, o levou para o solário, seu lugar preferido da casa porque tinha vista para os jardins e para o pequeno túmulo de Del. Acima de tudo, Roman se chocou pelo pai parecer aliviado de vê-lo.

— Quanto tempo vai passar aqui? — perguntou o sr. Kitt, fumando o charuto.

A fumaça deu coceira no nariz de Roman. Ele tentou não respirar tão fundo, e sentiu os pulmões murcharem em resposta.

— Vou embora amanhã cedinho. Mas vou passar a noite aqui, no meu antigo quarto, se for possível.

— Claro que é, Roman! — exclamou a sra. Kitt, juntando as mãos. — Vamos jantar em família. Que nem antigamente, meu bem.

Não foi como antigamente. Não havia como voltar para aquela época, por mais que desejassem ou se iludissem de que o tempo podia ser manipulado como a corda de um relógio. Porém, Roman apenas sorriu, e, quando a mãe pediu chá e seus biscoitos preferidos, ele bebeu e comeu de novo, como se estivesse vazio.

No jantar, estava preparado para as perguntas que não podia responder completamente. *Por onde você anda, por que não entrou em contato, conte mais do que tem feito.* Como fora instruído, Roman respondeu vagamente, mas duas coisas estranhas aconteceram quando eles estavam sentados à mesa.

A primeira fora o lebréu da avó. O fato do cachorro estar na sala de jantar indicava a Roman que o pai tinha começado a ceder, porque, antigamente, a avó não tinha permissão de levar nenhum bicho de estimação para aquela ala da casa. Porém, o lebréu ficou sentado, quieto e obediente, atrás da cadeira da avó, até uma corrente de ar repentina ser sentida no ambiente.

Os cristais do lustre do teto tilintaram ao tremer. O assoalho rangeu sob o tapete. Roman viu o vinho na taça ondular como se tivesse caído ali uma pedrinha invisível.

O lebréu da avó latiu.

— Cale logo a boca desse cachorro, Henrietta — o sr. Kitt ralhou, com o rosto vermelho.

A avó revirou os olhos — apenas ela era capaz de tal ousadia na frente do pai de Roman — e largou o guardanapo.

— Quieto, Theodore.

Theodore parou de latir, mas Roman notou que apontava o focinho para a parede leste. A parede compartilhada da sala de jantar e da sala de estar.

Roman voltou a atenção para o prato. Alguém tinha acabado de usar a porta. Ele se perguntou se era Val, satisfeito com o comportamento de Roman.

— Anda ventando muito nessa casa ultimamente — resmungou a avó, jogando para o cão uma fatia de presunto.

— Humm — foi a resposta do sr. Kitt, mas ele encontrou o olhar de Roman acima das velas.

Eles se entreolharam com compreensão. Roman só conseguia se perguntar se o pai tinha ousado caminhar lá embaixo ou se era apenas um anfitrião generoso para Dacre e permitia que Val fosse e voltasse à vontade.

Menos de dez minutos depois, quando os copeiros trouxeram o terceiro prato, aconteceu a segunda coisa estranha.

Um homem que Roman nunca vira entrou na sala de jantar, se aproximou do sr. Kitt e se abaixou para cochichar algo ao pé do ouvido dele. O homem era baixo e parrudo, e usava um casaco escuro com o colarinho levantado, protegendo o pescoço. A orelha esquerda tinha uma aparência de inchaço permanente, revelando o passado de boxeador, e ele possuía uma cicatriz no queixo.

Roman não disse nada ao ver a conversa breve, surpreso pelo pai não se irritar com a interrupção. O que o homem cochichou satisfez o sr. Kitt, pois ele relaxou a carranca e assentiu.

O homem foi embora tão rápido quanto chegou. Saiu do solar pela porta da frente, anoitecer afora, e Roman olhou para o pai até o sr. Kitt não ter opção além de olhá-lo de volta.

— Quem foi esse? — perguntou Roman, seco.

O pai demorou a responder, tomando um gole de vinho.

— Um assessor meu.

— Um assessor?

— Sim. É aceitável para você, Roman?

Roman mordeu a língua. Aquele homem era mais do que um mero assessor, e lhe dava calafrios.

— Ele ajuda seu pai com os negócios, Roman — disse a mãe, com a voz aérea. — Ele se chama Bruce. Às vezes vem tomar chá da tarde conosco.

— Uma segurança e tanto — murmurou a avó.

— Segurança? — repetiu Roman.

Um calafrio o percorreu quando ele se perguntou se o pai estava metido com Dacre a ponto de sentir que precisava de guarda. Em seguida, pensou em Iris, que entraria pelo quintal para encontrá-lo.

— Ele vigia o terreno? — perguntou.

O sr. Kitt riu.

— Não, mas não sei por que você se interessa, meu filho. Você nunca deu muita atenção para os negócios da família, nem para esta casa que vai acabar herdando.

Uma alfinetada. Roman corou, e decidiu deixar para lá, até a mãe mencionar o Cemitério e como estava agradecida por aqueles cidadãos anônimos se esforçarem para proteger Oath. O Cemitério, que decretara um toque de recolher rigoroso. E Iris estava prestes a se aventurar pelas ruas à noite para encontrá-lo.

Roman sentia-se enjoado ao entregar para o pai a carta, no final da refeição, antes de pedir licença para voltar ao quarto.

Ele já estava no meio da escada quando o sr. Kitt o chamou do saguão.

— Sabe quando vai visitar de novo, meu filho?

Roman hesitou na escada.

— Não, senhor.

O sr. Kitt fez que sim com a cabeça, mas forçou a vista.

— Ele deve estar bem satisfeito com você, se deixou você voltar um pouco para casa.

Roman rangeu os dentes. Sim, ele tinha feito muito por Dacre. Todas as palavras datilografadas para ele. Toda aquela propaganda.

Aquilo provocava-lhe engulhos.

— Continue assim — disse o sr. Kitt, em voz baixa. — Pelo menos por mais um tempo.

Aquela declaração seguiu Roman escada acima. A família dele estava envolvida nos trâmites de um deus, e ele não sabia se conseguiriam se livrar quando acabasse a guerra. Se Dacre vencesse… estariam eternamente em dívida com ele. E, se Enva vencesse… os Kitt seriam marcados como traidores.

Roman entrou no quarto e trancou a porta. Ele se recostou na madeira e olhou a hora.

Eram apenas nove e meia.

Ele tinha mais uma hora até Iris chegar. Tirou a roupa e entrou no banheiro anexo, onde ligou o chuveiro.

Deixou a água quente bater no peito até a pele parecer queimada. Ele se esfregou com um sabonete de pinho e lavou o cabelo, e seus dedos já estavam enrugados quando desligou a água e se secou. Depois de limpar o espelho embaçado, penteou o cabelo escuro e fez a barba, e analisou seu reflexo.

Ele parecia esvaziado, muito mais velho do que deveria.

Desviou o rosto, com o coração acelerado quando viu a hora. Eram quase dez.

Roman saiu devagar do banheiro e abriu o armário. Vestiu suas melhores roupas, arregaçando a manga da camisa até os cotovelos e deixando o colarinho aberto. Outra calça, presa por suspensórios de couro. Sapatos gastos, que o ajudariam a andar em silêncio.

Ele se sentou na cama e quicou nos calcanhares, esperando.

Quando finalmente deu dez e vinte, ele se levantou e abriu a janela. Tinha feito aquilo algumas vezes quando era mais novo, e a emoção de desafiar as regras rígidas do pai era doce como uma bala. Porém, depois da morte de Del, Roman tinha parado de fazer aquelas coisas. Tinha parado de viver, de muitas formas, a culpa como um fantasma sufocante.

Pulou para o telhado, os músculos se lembrando do antigo movimento. Seguiu até a beirada, onde a treliça ficava presa à lateral da casa, perfumada de vinhas em flor. Roman desceu, aliviado quando encostou os pés na grama.

Avançou de sombra em sombra, abaixado e quieto, parando vez ou outra para analisar os arredores. Procurou qualquer sinal de Val. Qualquer sinal de Bruce, o assessor do pai. Porém, havia apenas uma brisa suave e as flores recém-brotadas. Os salgueiros, crategos e as cerejeiras. Os arbustos perfeitamente podados e a dança das poucas ervas daninhas espertas.

Roman seguiu caminho até chegar ao lugar marcado. Esperou, andando por cima das raízes. Ele se distraiu relembrando os acontecimentos do dia, repetidas vezes. Porém, ia conferindo o relógio de pulso ao luar, um nó de preocupação apertando o peito.

Eram dez e quarenta e sete, e não havia sinal de Iris.

Finalmente, de tamanha ansiedade, precisou se sentar. Ele tossiu até a dor ficar mais aguda e os olhos marejarem, então ele os fechou, se concentrando na respiração. Devagar, profundamente, com intento.

Ele olhou o relógio de novo, incapaz de resistir. Dez e cinquenta e oito.

Quando devo desistir?

O problema era que Roman não gostava de desistir, e esperaria Iris a noite inteira. Até a lua descer e o sol subir no horizonte, derretendo as estrelas. Até não ter opção além de voltar à porta da sala de estar.

Eram onze e doze quando ele finalmente ouviu um galho estalar.

Roman se levantou. Ele forçou a vista nas sombras, e a preocupação se dissolveu quando reconheceu a silhueta de Iris atravessando o arbusto.

— Caramba, Kitt! — sussurrou ela. — Esses espinheiros não são brincadeira.

Roman sorriu no escuro. Ele pegou a mão dela, a puxando de entre os galhos até ela estar diante dele, tão próxima que ele sentia sua respiração. O luar brilhava em seu rosto, reluzindo nos olhos como estrelas.

— Também é bom ver você, Winnow — disse ele, vendo um sorrisinho se abrir nos lábios dela. A expressão evocava uma pontada agradável nele, que o fazia pensar em antigamente, quando ele ia até a mesa dela para provocá-la. — E eu daria qualquer coisa para saber o que você está pensando neste momento e o que fiz para merecer esse seu olhar.

— Vim cobrar o favor que você me deve — disse Iris. — Um favor que me prometeu em uma janela muito distante.

Roman estava esperando aquele momento. Quantas noites tinha passado deitado no escuro, sozinho e insone, assombrado pelo desejo?

Ele emaranhou os dedos no cabelo de Iris e encostou a boca na dela.

35

Não me esqueça

O gosto dela era exatamente como ele lembrava. Era açúcar em chá preto e forte. Lavanda. Os primeiros raios da manhã. A neblina recém-evaporada do prado.

Roman segurou o rosto de Iris, acariciando o rubor da face e abrindo a boca junto à dela. Ele gemeu quando sua língua deslizou contra a dele. Ela era tudo de familiar, tudo de amado, mas havia um toque novo e inesperado quando mordiscou seu lábio inferior. Uma provocação, um desafio. Um lado dela que ele estava desesperado para explorar e relembrar.

Uma dor se espalhou por ele quando sentiu as mãos de Iris apertarem sua camisa e o puxarem para mais perto. Ele os conduziu até a árvore, encostando ela no tronco, os pés perdidos no emaranhado de raízes.

Respire, ordenou a si mesmo, e se forçou a afastar a boca de Iris. Não havia espaço entre o corpo deles, e ele se curvou, roçando com os lábios o pescoço dela, a concavidade da clavícula.

— *Roman* — sussurrou Iris.

A voz dela estava rouca. Tensa. Roman percebeu que Iris não conseguia respirar profundamente, não com ele a empurrando contra a árvore como se os dois estivessem prestes a serem imortalizados, entrelaçados nos galhos como uma lenda.

— Estou te machucando? — ele perguntou, com a garganta apertada, começando a se afastar.

Iris pressionou as unhas nas costas dele, o mantendo ali.

— Não. Está vendo aquela luz? Ali, atrás do espinheiro?

Roman olhou para trás, rígido de pavor. Ele tinha se permitido esquecer, por um breve momento, onde estavam. O mundo em que viviam. E, como Iris dissera, ali estava a luz de uma lanterna, vasculhando o terreno vizinho. Ele se perguntou se era Bruce, mas não queria descobrir.

Roman voltou a atenção para Iris. Metade do rosto dela estava coberto pelas sombras, mas seus olhos brilhavam, suaves e cheios de expectativa, ao fitá-lo.

Não estamos seguros aqui, pensou, pegando a mão dela. O fogo que crepitava pelo seu corpo tinha baixado, mas ele ainda sentia o calor nos ossos. Brasas prontas para serem atiçadas.

— Venha comigo — disse ele, e a levou embora dali.

Em outra época, em outro mundo, onde os deuses nunca despertaram, Roman teria caminhado com Iris pelo jardim, mostrado seus lugares prediletos, revivido lembranças carinhosas. Porém, aquele mundo só existia em sonho, e Roman segurou a mão dela, tão quente em sua palma fria, e a puxou de sombra em sombra, de volta à luz constante do solar.

Eles subiram pela treliça e pelo telhado, até entrar no quarto dele. Roman estava sem fôlego, e não queria que Iris notasse. Aproveitou um momento para se recuperar quando fechou a janela e as cortinas. Só então, quando os dois pareciam estar recolhidos em um refúgio onde nenhum deus os encontraria, ele viu Iris analisar seu quarto.

Não se surpreendeu ao ver que ela ia primeiro observar a estante, boquiaberta. Iris tocou as lombadas douradas com afeto; ele sentiu vontade de dar todos os livros para ela.

— Uma biblioteca e tanto — disse ela, com um olhar sarcástico. — Quantos dicionários de sinônimos estão nessa estante?

— Só seis.

— *Só?*

— Metade eu herdei.

—Ah, agora lembrei. Alguns livros eram do seu avô.

Roman assentiu, a acompanhando com o olhar quando ela seguiu para o guarda-roupa.

— Então foi *aqui* que minhas cartas chegaram — disse Iris, abrindo a porta entalhada.

— Hum. O papel bagunçava tanto o chão que não tive opção, precisei ler o que você escrevia.

— Todas aquelas minhas palavras afiadas. Todos os pensamentos mais difíceis de dizer. — Ela hesitou, observando as roupas penduradas ali dentro, engomadas e organizadas por cor. — Me surpreende você não ter fugido correndo de mim.

Talvez fosse o tom dela ou as palavras que não dizia, mas que ele ouvia mesmo assim, escondidas na cadência da respiração. Ou a vulnerabilidade oscilante, como se ela abaixasse uma espada.

— Pelo contrário — disse ele. — Suas palavras apenas me atraíram.

Iris fez silêncio por um instante antes de dizer:

— Vou precisar pegar emprestado.

— O quê?

— Uma camisa sua, para dormir. Embora sua cama seja bem estreita. Parece só caber uma pessoa.

Roman deu um passo para mais perto. E mais outro, até conseguir contar as sardas no nariz dela.

— Achei que você já soubesse disso na nossa época na *Gazeta*, Winnow.

— Soube muitas coisas relativas a você naquela redação — disse Iris, arqueando a sobrancelha. — Vai precisar ser mais específico.

Roman se abaixou um pouco, aproximando a boca da dela. Ele a viu inspirar fundo, entreabrir os lábios. Porém, ele apenas murmurou:

— Eu amo um bom desafio.

— Desafie, então.

— Nós dois cabemos na minha cama.

— Como queira, Kitt.

Antes que Roman pudesse tocá-la, ela escapuliu. Ele sentiu a manga do sobretudo roçar seu braço, deixando um rastro de arrepios. Ele se virou e a viu andar até a cama, onde se sentou na beirada do colchão, avaliando a maciez.

— Sempre quis dormir em uma nuvem — disse Iris, e logo se deitou, deixando o cabelo se espalhar no travesseiro.

— Está aprovada? — brincou ele.

— Está. E você ainda não sabe disso, mas eu roubo cobertor.

Roman sorriu e andou até ela.

— Na verdade, sei, sim, por experiência própria.

Na noite em que me tornei seu.

Ele relembrou o momento. A noite antes do mundo desmoronar. Eles tinham estado juntos, mas apenas em pleno breu. Era apenas a pele nua e as mãos, as bocas e os nomes. Descobrindo um ao outro devagar, em um estrado afofado com cobertores.

Roman olhou para Iris, totalmente vestida, de suéter, saia e sobretudo acinturado. Meias até os joelhos. Botas empoeiradas. No momento, não lhe pareceu real, e ele se perguntou se a imaginava, como tinha imaginado inúmeras vezes. Pensando em como ela ficaria em sua cama.

— Venha cá — sussurrou Iris.

Roman se deitou devagar no colchão, sentindo ele ceder sob o peso. Iris se virou de lado para olhá-lo direito, e passou uma perna entre as de Roman, cruzando o pé no tornozelo dele. De repente, ele perdeu as palavras, como se o calor do corpo dela as tivesse derretido todas, mas o silêncio era confortável. Ele o saboreou, observando Iris atentamente.

Ela começou a desenhar o rosto dele com a ponta dos dedos. O arco das sobrancelhas, a borda do maxilar, o canto da boca.

— Eu estou igual ao que você lembra? — ele perguntou.

Era uma pergunta boba; eles tinham passado apenas semanas separados, não anos. Porém, ele queria saber se ela notava as mudanças transcorridas sob sua pele. As fissuras e feridas. Queria saber se Iris acolheria aquelas partes quebradas ou se as temeria.

— Está — disse Iris, tocando a curva de seu pescoço, o fazendo estremecer. — E eu?

Ele retribuiu a carícia, seguindo a linha do nariz, o desenho do lábio. As ondas do cabelo. A curva escura das pestanas. E soube que ela também tinha mudado. Não eram mais os mesmos que tinham sido ao fazer suas primeiras juras. Ele a desejou ainda mais, e desceu os dedos pelo corpo dela, se lembrando da curvatura das costelas.

— *Está* — disse.

Ele desceu ainda mais com as mãos, até o quadril, e parou apenas quando encontrou algo escondido no sobretudo.

Roman parou.

— É um *livro* no seu bolso?

— Pegue para ver — respondeu Iris.

Ele tirou do bolso dela um pequeno livro verde. Havia um pássaro gravado na capa, mas a atenção de Roman estava no envelope azul dobrando entre as folhas. Ele fez uma careta ao reconhecê-lo. Relutante, tirou dali a carta de Dacre, e deixou o livro entre eles na cama.

— O que ele disse? — perguntou Roman, com a voz pesada.

Iris se sentou. O momento tinha se partido, como se Dacre invadisse o quarto, os seguindo como uma sombra até o lugar que antes parecia seguro.

— Pode ler — disse ela, baixinho.

Roman não resistiu, tomado por raiva e preocupação.

Enquanto ele lia as palavras de Dacre, Iris se levantou da cama. Quando Roman acabou, com o sangue fervendo nas veias, ela tinha tirado as botas e o casaco.

— Ele acha que você é um passarinho que pode capturar e colocar na gaiola — disse ele, se levantando, amassando o papel no punho. — Um pássaro para cantar apenas para ele. Odeio que ele esteja tentando atraí-la.

— Confesso que ele leva jeito com as palavras — respondeu Iris, encontrando o olhar de Roman com uma expressão ilegível. — E, se eu não soubesse de sua verdadeira índole, talvez ele me enganasse. Mas tenho uma resposta. Pensei nisso o dia todo.

— E qual é sua resposta?

Ela atravessou o quarto até parar diante dele, de pés encostados e olhos alinhados, e tirou da mão dele a carta de Dacre, levantando o queixo em desafio.

— Ele *nunca* me terá — declarou.

Roman, hipnotizado, viu Iris rasgar a carta de Dacre em pedacinhos.

Ela não perdeu tempo e seguiu direto para o banheiro. Um segundo depois, Roman escutou a descarga. Imaginou a tinta de Dacre apagada pela água. Se desintegrando no caminho do esgoto.

— Então, Kitt — disse Iris, voltando, e cruzou os braços, encostada no batente. — Precisamos conversar.

— Sobre o quê? — perguntou ele, surpreso por soar tão rouco.

— O tamanho desse banheiro! — exclamou ela. — Nunca vi um chuveiro assim.

— Quer testar também?

— Na verdade, quero, sim.

Roman sorriu e entrou no banheiro atrás dela. Os azulejos pretos e brancos reluziam quando ele abriu a porta de vidro e puxou a alavanca. Água caiu do teto, os envolvendo em uma névoa abafada.

— Tem sabonete e xampu naquela prateleira — disse ele, ajustando a temperatura. — Vou pegar uma toalha.

A mão de Iris em seu braço o fez se virar. Roman a olhou, com névoa brilhando no cabelo. Devagar, ela tocou os suspensórios de couro dele e os puxou até tirá-los dos ombros. Ele não respirou; o coração parecia preso a um fio, puxando com força no peito. Como se estivesse amarrado aos movimentos dela, às palavras dela.

326 Rebecca Ross

Iris começou a desabotoar a camisa dele, mas parou no meio do caminho, mordendo o lábio.

Roman ficou tenso, se perguntando se sua pele pálida a fazia hesitar. Se ela continuasse, acabaria vendo todos seus ângulos. A curva côncava da barriga. As costelas protuberantes. As cicatrizes deformando a perna. Nunca havia comida suficiente para o exército de Dacre, e a fome se tornara a maior companheira de Roman. E as cicatrizes? Um mapa que ele traçava, sem parar, na solidão.

A vergonha subiu à garganta. Outra emoção, que não sabia descrever, espalhou um rubor pela pele. Ele estava prestes a pegar a mão dela quando Iris falou:

— Acabei de perceber uma coisa. Você já tomou banho hoje, não tomou?

Roman suspirou. O alívio relaxou seus ossos, o fez se aproximar mais.

— Tomei, mas posso tomar outro com você, se quiser.

Ela sorriu. Seus olhos brilhavam quando ela continuou a mexer os dedos, descendo pelos botões até a cintura.

— Eu quero, sim, Kitt.

Cinco minutos depois, as mãos de Roman transbordavam de xampu. O ar estava quente, o chuveiro quase escaldante, a água descendo em rios pelos corpos dos dois. Iris não parava de girar o registro para a esquerda, como se quisesse transformar a água em fogo.

Roman, com a pele vermelha como se queimada de sol, deixaria ela fazer o que quisesse.

— Feche os olhos — disse ele.

Iris fechou, torcendo o nariz quando a água escorreu pelo rosto. Ela arfou quando Roman começou a lavar seu cabelo, massageando o xampu até fazer espuma. Ele foi passando os dedos pelas mechas, admirando como ficavam compridas e escuras quando molhadas. Um tom escuro de castanho, com um toque de âmbar, como mel silvestre.

— É por isso que você chegava tão cheiroso na redação — suspirou Iris.

Roman começou a enxaguar o xampu, feliz quando ela gemeu.

— Ah, é?

— Podia ser solstício de inverno e ter caído a eletricidade, e eu ainda saberia assim que você entrasse na *Gazeta*. Eu te odiava por isso também.

Roman sorriu, desenhando círculos nas costas dela com o sabonete. O perfume de sempre-viva e grama silvestre se espalhou pela borda dos ombros. Pela curva da coluna.

— E veja onde foi parar com esse desdém.

— Eu teria rido se você me contasse meu destino naquela época.

— Eu sei — disse Roman.

Iris se calou. A água continuou a cair, enchendo o ambiente com um murmúrio hipnotizante, e ela se virou para ele. Roman abaixou o olhar, seguindo a linha do corpo até as pernas, onde deteve sua atenção.

Roman tinha notado quando ela abaixara as meias: os hematomas e machucados nos joelhos. E ele não tinha contado, mas a vira correr pelo campo em Hawk Shire, parado na janela do segundo andar. Ele vira, com os próprios olhos incrédulos, ela desviar dos tiros. O farol de um carro atravessar as sombras e levá-la embora.

Corra, Iris.

Ele tinha sentido aqueles quilômetros como uma doença que se espalhava. Do sangue aos ossos e aos órgãos. A distância crescente como a lua. As dúvidas e as preocupações, sem saber aonde ela ia e se ele voltaria a vê-la.

Roman soltou o sabonete.

Ele se ajoelhou diante de Iris e tocou as marcas sensíveis na pele dela. As marcas diziam que ela era forte e corajosa, mas também que era *dele*. As almas deles não eram espelhos, mas complementos, constelações que ardiam lado a lado.

E quero que você me veja, escrevera para ela um dia. *Quero que você me conheça.*

Roman encostou o rosto nas pernas dela. Sentiu os machucados como se fossem seus, e roçou a boca neles, bebendo a água em sua pele. O sangue dele fluía quente e rápido, uma chuva de verão dentro das veias, mas, assim que Iris tocou seu cabelo, a cabeça de Roman se aquietou.

Ele ergueu o olhar para o rosto dela, rosado e de olhos escuros.

— Eu estava tão preocupada — sussurrou Iris.

— E o que a preocupou?

— Que eu e você nunca mais tivéssemos um momento desses.

Roman engoliu em seco. Ele poderia ter dito mil coisas, mas percebeu que ela estava trêmula. Percebeu que ele também.

— Você está tremendo — disse ele. — A água está fria? Quer que eu pare?

— Não, pelo amor dos deuses. Só estava pensando em como é estranho. Pensar em quanta gente cruza nosso caminho na vida. Como alguém como eu encontrou alguém como você. Se eu nunca tivesse escrito aquele texto e mandado para a *Gazeta* por impulso... ainda estaríamos aqui?

— Está virando filósofa, Iris?

— Parece que não consigo me conter. Você traz à tona o melhor e o pior de mim.

— O melhor, trago, certamente. Mas e o pior?

Ela apenas sustentou o olhar dele, água pingando do queixo como lágrimas. Então, acariciou seu cabelo outra vez, um toque suave que ele sentiu até os pés. Não foi poder, medo ou magia que abriu seu coração, mas a mão dela, suave de adoração.

— E a resposta é sim, por sinal — disse Roman, beijando a curva do joelho dela. — Eu ainda a teria encontrado, mesmo se você nunca escrevesse aquele texto.

A água quente acabou três minutos depois.

Roman fez força com a alavanca para fechar o registro enquanto a água congelante caía sobre eles. Iris arfou, mas ele não sabia se era pelo choque do frio ou por ele se levantar, pegá-la no colo e carregá-la para fora do chuveiro.

Não era aquilo que ele imaginava para a noite, mas, quando Iris envolveu a cintura dele com as pernas e o beijou, Roman decidiu, pela primeira vez na vida, preferir viver no momento.

Ele a levou até a cama e a deitou. Ele respirava com dificuldade, e água escorria como chuva pelas costas. Porém, olhar para ela acabou com o frio.

O jeito de Iris fitá-lo, seus olhos escuros como a lua nova, o puxando como a maré. O jeito de abraçá-lo, de sussurrar seu nome contra seu pescoço. De se mexer com ele na luz e no escuro. O toque da pele dela na dele; a sensação de estar exposto, mas inteiro. Seguro e completo.

Ela o viu e ele a viu. Com olhos abertos ou fechados.

Enquanto as estrelas constantes ardiam além da janela, Roman sentiu sua maior certeza.

Ele poderia caminhar pela região mais profunda do domínio de Dacre, o mais distante da lua e do sol, onde a divindade o acorrentasse. Poderia despertar sem saber o próprio nome, escrever toda palavra que já escrevera. Mas nunca se esqueceria do perfume da pele de Iris, do som da voz dela. Do jeito como ela o olhava. Da confiança em suas mãos.

E ele pensou: *Não há magia alguma, acima ou abaixo, que me roubaria isso outra vez.*

36

Hóspedes, indeterminadamente

Iris sonhou com a Lanchonete Revel. Ela estava sentada no balcão, com um livro e um copo de limonada, vendo a mãe servir as mesas. Era como um dia qualquer, uma página arrancada do passado, pois, antes da guerra, ela visitava a lanchonete com frequência. Antes de Aster começar a beber tanto. Era assim que Iris sabia que estava sonhando. A mãe estava inteira e vibrante, sorrindo e gargalhando tranquilamente, com olhos brilhantes enquanto percorria o café.

— Mais uma limonada, Iris? — perguntou Aster, voltando para trás do balcão.

Antes que Iris respondesse, uma música começou a tocar no rádio, com um estalido, e preencheu o ambiente com o tom melancólico de um violino. Ela sentiu um arrepio imediato. Ali estava, outra vez. A melodia que assombrava seus sonhos quando ela via a mãe.

— Mãe? — sussurrou Iris, se debruçando no balcão. — Por que eu escuto essa música sempre que a gente se encontra em sonho?

Aster apoiou no balcão uma cafeteira fumegante.

— Sabe quem foi Alzane?

Iris se surpreendeu com a mudança de assunto repentina, mas respondeu:

— Foi um dos últimos reis de Cambria, antes da queda da monarquia e da posse dos chanceleres.

— Foi, mas há muito mais em sua história. Ele foi o monarca responsável pelas sepulturas dos divinos. Enterrou Dacre, Mir, Alva, Luz e Enva séculos atrás. Em uma lenda que há muito tempo foi apagada de nossa história, ele inspirou esta canção de ninar para os deuses adormecerem. Desde então, a canção teve muitas versões, mas o poder das notas continua, mesmo esquecidas por tantos.

Iris refletiu. O mundo do outro lado das janelas do café começava a escurecer. Ameaçava tempestade. Chuva escorreu pelo vidro, e luzes oscilantes se acenderam em edifícios distantes.

— Acho que Enva nunca foi enterrada — Iris arriscou dizer, e Aster abriu um sorriso com o canto da boca pintada de vermelho. — Acho que ela fez um acordo com o rei, e cantou para os outros quatro adormecerem, enquanto ela ficava escondida em Oath.

— É uma teoria ousada, meu bem. Mas pode ter alguma verdade aí.

Iris escutou a música, mas perdeu o fôlego quando a estática do rádio ficou mais intensa, e o sonho começou a se desfazer. Desesperada, tentou segurar Aster, mas a mãe já sumira nas sombras. O café girou, o vidro das janelas rachado pelo peso da tempestade, até a pressão se tornar insuportável.

Iris acordou de sobressalto.

Um instante depois, ela percebeu que tinha sido desperta-da por uma tosse; o colchão tremeu quando Roman rolou para o lado e se levantou. De olhos abertos no escuro, ela o escutou conter a tosse, um acesso atrás do outro. O ruído era úmido e dolorido, e ela rapidamente se sentou e se virou para ele.

Uma nesga de luar escapando das cortinas delineou o corpo de Roman. Ele estava de ombros curvados, e ela con-seguia contar as protuberâncias da coluna quando ele pegou a camisa caída no chão e tossiu no tecido, abafando o som.

— Kitt — sussurrou ela, indo até a beira da cama. O chão congelou seus pés descalços; o cabelo dela ainda estava úmido do banho. — Está tudo bem?

Ele se empertigou, mas segurou a camisa junto à boca por mais um momento. Pigarreou e respondeu:

— Estou bem, Iris. Desculpe, não quis acordá-la.

Ela se levantou e andou até ele.

— Posso trazer alguma coisa para você?

— Está planejando ir de fininho até a cozinha e preparar um chá para mim?

Era brincadeira, mas Iris percebeu como aquilo era im-possível. Como *eles* eram impossíveis. O sr. Kitt ficaria ul-trajado se a encontrasse na casa dele, na cama do filho dele. Provavelmente a expulsaria se a pegasse nos corredores ou mandaria o assessor carregá-la e largá-la em algum canto para ser castigada pelo Cemitério.

— Se quiser chá — disse Iris, rouca e determinada —, irei de fininho até a cozinha e prepararei para você. É só me dizer o que quer. E onde fica a cozinha, é claro.

Roman se virou, alguns fios de cabelo preto caindo no olho direito. Às vezes, a beleza dele ainda a espantava, a dei-xava de pernas bambas. Ela percebeu que amava vê-lo à noite

334 Rebecca Ross

tanto quanto amava vê-lo de dia. Que o escuro o deixava mais nítido de alguns modos e mais suave de outros, como um retrato em progresso iluminado pelas estrelas.

— Sei que você faz um chá delicioso, mas estou bem — disse ele. — Mesmo.

Ela não acreditava. Estava prestes a protestar quando ele continuou:

— Às vezes tenho dificuldade de respirar à noite. Minha garganta aperta. Ando tossindo desde que minha memória voltou, mas dá para aguentar.

— Por causa do gás — sussurrou Iris.

Roman confirmou.

— Quando isso tudo acabar, vou atrás de tratamento. Vou ver se algum médico em Oath pode me ajudar.

— Dacre não sabe?

— Não. E não quero que saiba. Se soubesse, perceberia que perdeu a influência sobre mim. Que não estou mais preso a ele. Que sei que ele me curou apenas para me deixar maleável e confuso.

Roman se calou, pensativo, olhando a camisa entre as mãos. Iris temia ver sangue no tecido e sentiu o pânico subir pelos ossos. Porém, o linho continuava branco e impecável, exceto por algumas rugas de quando ela jogara a roupa no chão.

— Você está com frio — disse Roman, a olhando à luz da lua.

— Um pouco — confessou. — Mas não me incomoda.

— Me dê um instante e já me deitarei com você de novo. Já que a cama tem, no fim, espaço para nós dois.

Iris sorriu e voltou ao colchão recheado de plumas, ainda aquecido pelo corpo deles. O coração dela, contudo, estava pesado. Escutou Roman ir ao banheiro, abrir a torneira e beber um copo d'água. Estava pensando em médicos, e se seria possível dar um jeito de arranjar remédio para ele, quando Roman voltou para debaixo da coberta.

— Preciso contar uma coisa, Iris.

— Então conte, Kitt.

Ele suspirou, deitando-se de frente para ela.

Iris sentiu-se tensionar de incômodo.

— É terrível *assim*?

— É. Dacre me levou para a sepultura de Luz.

A declaração fez Iris congelar. Ela escutou Roman falar da tarde tempestuosa na colina, perto de Hawk Shire.

—Acha que Dacre planejava matar Luz, então? — deduziu Iris. — Mas não conseguiu porque...

— Alguém o matou primeiro — concluiu Roman. — O que me leva a suspeitar que Alva e Mir também estejam mortos. Senão, não teriam despertado agora, junto com Dacre?

— Quem os mataria?

Roman ficou quieto, mas passou a mão no rosto de Iris ao luar.

—Acho que foi Enva.

Eles não pegaram no sono depois disso.

Continuaram a conversar, contando os acontecimentos que os levaram até ali. Roman falou das chaves, das portas, das piscinas de enxofre, da flauta, do voo no dorso do eithral. Iris escutou cada palavra, compartilhando partes da própria história. Todas as partes que Roman queria saber. Finalmente, mudaram de assuntos pesados para alguns temas mais leves, de pernas e braços entrelaçados, fazendo cafuné como se tivessem todo o tempo do mundo para despertar devagar.

Roman escutaria Iris por horas. Quando notou que a escuridão diminuía, a abraçou ainda mais, como se pudesse parar o tempo por pura força de vontade. O nascer do sol, entretanto, era iminente, e eles precisariam se soltar quando a luz inundasse o quarto.

Não foi o amanhecer que os fez levantar, mas o ruído dos criados no térreo, mexendo nos móveis.

— Alguém na sua família acorda cedo? — perguntou Iris, escutando o som da madrugada.

— Meu pai, mas ele fica no escritório — disse Roman, franzindo a testa. — Melhor irmos logo. Preciso te levar pelo jardim antes de alguém notar. Mas, primeiro... tenho algo para te dar.

Ele se forçou a se levantar e se ajoelhou ao lado da mesa. Soltou a tábua do assoalho, onde antigamente escondia tesouros de infância e as muitas cartas de Iris, e tirou dali a aliança dela e o mapa que desenhara.

— Foi boa companhia — disse Roman, pondo o anel no dedo de Iris —, mas fica muito melhor em você.

Iris olhou a aliança, a prata cintilando à luz da aurora.

— Tem certeza de que não precisa?

— Tenho. E este é um mapa *muito* mal desenhado.

Ele entregou o papel e ela franziu a testa, tentando entender.

— Um mapa de...?

— Uma linha de Ley em Oath.

Iris arregalou os olhos. Ela escutou Roman explicar o que vira, as portas encantadas ao girar da chave.

— Kitt — suspirou ela, passando o dedo no desenho. — Que genial.

— Esperava que você dissesse isso.

— Seria demais pedir por outras linhas de Ley, se você as encontrar?

Roman abanou a cabeça.

— Tenho acesso à mesa onde fazem estratagemas. Tentarei alguma coisa.

Iris o fitou, com os olhos brilhando. Por um momento, ele quase foi até ela, quase a deitou de novo nos lençóis quentes e emaranhados, mas um baque do térreo o trouxe de volta.

Haverá outra oportunidade, pensou, enquanto eles se vestiam com pressa. *Este não é o fim.*

Contudo, de um modo estranho, *parecia* o fim quando Roman abriu a janela. Pegou a mão de Iris, ajudando-a a pular o parapeito.

Ele foi atrás dela pelo telhado inclinado e descendo a treliça, e a levou pelo caminho de volta. A luz ia ficando a cada segundo mais forte, fazendo o orvalho cintilar na grama, as flores levantarem a cabeça, e as árvores se destacarem contra as sombras derretidas.

Quando chegaram ao carvalho e ao arbusto espinhento, Roman hesitou, apertando a mão de Iris.

— Nos veremos logo — ela sussurrou.

Ele aquiesceu, mas a abraçou e lhe deu um beijo faminto, de boca aberta, deslizando a língua junto à dela, até se forçar a soltá-la. Roman recuou, mas não parou de olhá-la.

— Se cuide, Iris. Escreverei para você quando voltar ao posto.

— Tentarei ser paciente — respondeu ela.

Isso o fez sorrir.

— Nem briguei com você por isso, por sinal. Como pediu que eu fizesse pessoalmente.

Iris abriu um sorriso malicioso.

— Então fica para a próxima... Ah, e você estava certo, Kitt.

— Quanto ao quê, Winnow?

Ela só respondeu quando quase sumira entre os espinheiros, a voz atravessando o arbusto:

— Nós dois cabemos perfeitamente na sua cama.

Ele precisou voltar correndo, tossindo na manga da camisa. Desconfortável, Roman escalou a treliça e só conseguiu respirar fundo outra vez quando chegou ao quarto e fechou a janela.

Restavam meros minutos, então ele arrumou o quarto. Fez a cama, alisando qualquer sinal dele e de Iris do lençol, mas a mão ficou paralisada quando ele viu o livrinho verde no tapete.

O livro de aves de Iris.

Roman o pegou e folheou as páginas velhas. Quase o guardou na estante com os outros livros, mas se interrompeu no último minuto. Era um exemplar tão pequeno. Era fácil de carregar. Uma lembrança tangível dela.

Ele guardou o livro no bolso.

Estava abrindo o guarda-roupa para pegar o macacão quando sentiu a casa tremer. Foi suficientemente distinto para fazê-lo hesitar, tomado por um calafrio.

Roman saiu do quarto, escutando os sons que ecoavam pelos corredores. Havia vozes masculinas distantes, mais móveis arrastados, o ruído de botas no assoalho.

Ele se apressou pelo corredor, rígido de receio.

Seus tornozelos estalaram ao descer a escada, trocando as sombras sonolentas do segundo andar pelo térreo iluminado. Ficou paralisado a cinco degraus do chão, de frente para a sala de estar.

A porta do armário estava escancarada, esfriando o ar, mas o fogo ardia na lareira de mármore. Havia soldados e oficiais andando pelo ambiente, empurrando móveis para trazer uma mesa. A mesa dos mapas de guerra, Roman percebeu.

Ele cerrou os punhos até sentir as unhas na carne, mas a imagem à sua frente não oscilou nem se apagou. Entrou em foco ainda mais quando ele viu os criados trazerem bandejas de café e bolinhos, que deixaram diante dos soldados para que se servissem. Quando viu o pai, de pé no canto, tomando seu café com conhaque e aprovando a atividade. Quando viu o tenente Shane emergir do mundo inferior, trazendo a máquina de escrever.

Roman fixou o olhar na maleta preta e familiar, a angústia crescendo ao ver o tenente carregá-la. Ele estava planejando um modo de recuperar a máquina de escrever quando alguém interceptou seu caminho. Alguém pálido e loiro, de ombros largos, cabelo loiro e olhos azuis como o céu.

Dacre estava no saguão, encarando Roman na escada.

Eles se entreolharam. Roman de repente se sentiu pequeno e desamparado. Porém, sua cabeça estava a mil, inundada de pensamentos cada vez mais fortes conforme o silêncio se estendia entre eles.

Ele veio apagar minha memória outra vez? Duvida de mim? Pressente a presença de Iris em minha pele?

— Olá, Roman — cumprimentou Dacre. — Vejo que seu pai recebeu minha carta.

37

Essas cordas ocultas

Iris pegou o bonde, mas decidiu descer no ponto da universidade. Andou pela rua, debaixo de uma fileira de sicômoros cujas raízes retorcidas brotavam entre os paralelepípedos. O sol ainda subia, estrelando a calçada, enquanto Iris passava pelos estudantes correndo para a aula.

Ela virou a esquina e chegou à casa de Attie.

Era uma construção de três andares, feita de tijolo vermelho, com janelas azul-marinho e uma porta de carvalho decorada por entalhes das fases da lua. Hera crescia pela lateral e jardineiras coloriam os peitoris. Iris se aproximou pela trilha de pedra e subiu os degraus do alpendre para tocar a campainha, notando algumas bicicletas caídas no pequeno gramado, além de uma pipa com a rabiola amarrada.

— Eu atendo! — gritou alguém lá dentro, e Iris ouviu pés apressados e o trinco virar.

Ela sorriu ao ver uma das irmãs mais novas de Attie na porta. Usava um vestido azul quadriculado e fitas no cabelo preto.

— Oi — disse a menina. — Você é amiga da Thea, né?

— Sou — respondeu Iris. — Ela está em casa?

— Thea! *Thea!* Sua amiga do jornal está aqui!

Ouviu-se o ruído distante de pratos, mais alguns murmúrios animados.

— Mande ela entrar, Ainsley! — gritou Attie de volta.

Ainsley abriu mais a porta.

— Pode entrar.

— Obrigada.

Iris entrou, mas esperou Ainsley fechar a porta para segui-la pelo corredor.

A família de Attie estava reunida à mesa, acabando de tomar café. A sala de jantar era pintada de azul-escuro, com constelações desenhadas em prata até o teto. Mapas e fotos emoldurados decoravam as paredes, assim como alguns desenhos coloridos. Havia livros empilhados no fundo de uma cristaleira, que continha xícaras, além de vários pares de binóculos.

Era uma sala acolhedora, e Iris a admirou. Ela percebeu, um segundo depois, que os cinco irmãos e os pais de Attie a estavam olhando com expectativa. Apenas Attie continuava a comer, virando a xícara de chá e raspando o fim da manteiga do prato com a torrada.

— Quer comer conosco, Iris? — convidou a mãe de Attie.

Ela já estava arrumada, de vestido quadriculado e cabelo cacheado caindo nos ombros.

— Perdão, eu não quis interromper — disse Iris. — Estava passando pelo bairro e pensei em perguntar se Attie gostaria de andar para o trabalho comigo.

Um dos irmãozinhos de Attie, sentado ao lado de um gêmeo idêntico, gargalhou, até Attie o olhar em advertência. Parecia que ele talvez tivesse também levado um chute por baixo da mesa. Iris não fazia ideia do que aquilo significava, e não teve tempo de questionar, porque o pai de Attie falou então:

— Não está interrompendo nada, Iris! — O sr. Attwood ajeitou os óculos. Ele tinha uma voz grave e vivaz, e um sorriso gentil. Pegou o bule de chá e acrescentou: — Temos comida de sobra, se estiver com fome.

— Obrigada, sr. Attwood. Mas estou bem, obrigada.

Attie se levantou com o prato vazio na mão.

— Que bom que você veio. Quero mostrar uma coisa antes de sair para o trabalho. Venha.

Iris acenou para a família e foi atrás de Attie para a cozinha. Attie deixou o prato na pia.

— Você está bem? — sussurrou.

Iris piscou.

— Estou. Por que a pergunta?

— Está usando as roupas de ontem.

Iris abriu a boca, mas, antes de dizer uma palavra sequer, Ainsley entrou correndo na cozinha, trazendo a própria louça. Ela se demorou na pia, olhando discretamente para elas, como se quisesse ouvir tudo que diziam. Iris ficou agradecida pela interrupção, e Attie apenas levantou uma sobrancelha para a irmãzinha.

— Queria me mostrar uma coisa? — lembrou Iris.

— Uhum.

Attie a levou ao porão. Ali fazia mais frio, mas era tão aconchegante quanto o térreo, com móveis confortáveis, uma gata ronronando — que Iris, com carinho, reconheceu ser Lilás, que Attie salvara de Avalon Bluff — em uma almofada e vários quadros na parede. Havia estrelas de papel penduradas do teto, e Iris as admirou enquanto Attie tirava da parede uma das molduras.

— Lembra a história que contei semanas atrás, no telhado da Marisol? — disse Attie, abaixando com cuidado a pintura a óleo de um mar.

Iris se lembrava de cada palavra.

— Lembro. Você me falou do seu violino.

— Quer ver ele?

Sem dizer nada, Iris se aproximou de Attie, e a viu abrir a porta de um cofre de metal encaixado na parede. Era difícil acreditar que o que faziam era ilegal em Oath: a mera presença de um instrumento de corda. Iris sentiu um calafrio quando viu Attie estender o violino entre elas, a madeira cor de avelã refletindo a luz.

— É lindo — sussurrou Iris, passando o dedo pelas cordas frias. — Eu adoraria ouvir você tocar um dia.

Uma expressão nostálgica passou pelo rosto de Attie, e ela acariciou de leve o violino antes de guardá-lo no estojo e fechar o cofre. Quando o quadro voltou à parede, Iris jamais saberia que um violino estava ali, escondido atrás das ondas de um mar de tinta.

— Só seus pais sabem do esconderijo? — perguntou Iris.

Attie confirmou com a cabeça.

— Eu tocava aqui embaixo quando meus irmãos estavam na escola. Quando não tinha ninguém além do meu pai para escutar. Ou minha mãe, às vezes. Honestamente, não toco desde que voltei da linha de frente. — Outro lampejo de tristeza tomou seu rosto até ela encontrar o olhar de Iris, quando a força do aço brilhou nela. — E eu sonhei com a "Canção de Alzane" essa noite.

O coração de Iris acelerou.

— Eu também. Como isso pode acontecer? Por que estamos sonhando com a mesma música?

Attie abriu um sorrisinho.

— É magia, óbvio.

— Você acha que um divino está tentando mandar uma mensagem em sonho?

— Acho. Aí pensei na lenda que você publicou no jornal, sobre Dacre ser controlado por música em seu reino. — Attie pegou Lilás, ronronando, no colo e coçou as orelhas dela. — Se a harpa de Enva o botou para dormir com a "Canção de Alzane"... por que não aconteceria com um violino? Ou um violoncelo? Qualquer instrumento de corda? Talvez seja *esse* o motivo para o chanceler ter proibido os instrumentos. Não por medo de Enva nos recrutar para a guerra, mas porque nós mesmos poderíamos domar um deus com nossa música, se soubéssemos chegar ao mundo inferior.

Iris ficou quieta, mas com a cabeça a mil. Ela sabia onde estava a porta ativa: na sala dos Kitt. A melhor amiga dela tinha um violino. Elas conheciam o poder da "Canção de Alzane". Só faltava o conhecimento da localização precisa de Dacre e um modo de obrigá-lo a descer para o subterrâneo. Roman talvez pudesse ajudar com a informação, contudo, e Iris de repente sentiu-se fraca de apreensão.

— Se botarmos Dacre para dormir... — começou Iris.

— Podemos matá-lo — concluiu Attie.

Lilás miou, como se concordasse. Iris acariciou o pelo da gata.

— Essa canção de ninar com que sonhamos... você consegue tocar no violino?

— Consigo, mas precisaria da composição inteira. — Attie deixou a gata no sofá. — Tive uma boa professora de música na universidade, uns anos atrás. Vou marcar uma reunião com ela, espero que amanhã ainda, e ver se ela me ajuda a obter a partitura. Aparentemente a música teve muitas variações ao longo das décadas, e preciso garantir que vou tocar a versão correta. A que ouvimos em sonho.

— Thea? — chamou o pai dela de repente, para o porão. — Sua carona chegou.

— Já vou, papai! — respondeu Attie, e levou Iris escada acima. — Talvez a gente possa sair para jantar e conversar melhor sobre isso? Até porque você ainda está devendo uma refeição chique para mim e para Prindle.

Iris riu quando chegaram ao térreo.

— Verdade. Pela invasão.

— Invasão do quê? — perguntou Ainsley.

Ela parecia ter brotado do nada, trazendo a lancheira e a lousa.

— De nada — respondeu Attie, rápido. — Está pronta para a escola, Ains?

A menina assentiu, fazendo balançar as fitas azuis no cabelo.

— Que bom. Ele está esperando na rua. — Attie levou Iris à porta, atrás de Ainsley, e pegou a bolsa e o casaco do cabideiro. — Agora me escute. Não coloque coisas na cabeça.

Iris a olhou, confusa.

— Do que está falando?

Attie indicou a porta aberta. Quando Iris olhou, viu ninguém menos do que Tobias Bexley e seu conversível, estacionado bem na frente da casa. Os irmãos de Attie estavam amontoados no banco de trás, e Tobias, de pé perto da porta amassada do carro, rindo de algo que um irmão dela dizia.

— Ele os leva para a escola, mesmo que fique a cinco minutos daqui, e depois me leva ao trabalho — disse Attie.

— Desde quando? — perguntou Iris, sorrindo.

— Desde ontem. — Attie começou a andar até a calçada, chamando a atenção de Tobias. — Mas vamos ver quanto tempo ele aguenta meus irmãos.

— Tem certeza de que não querem comida? — perguntou Marisol, pela terceira vez.

Ela tinha prendido o cabelo preto em um coque baixo, e estava mexendo uma panela enorme de mingau por cima da fogueira. Lucy estava ao lado dela, estoica como sempre, vestida de macacão, servindo café para os soldados que se apresentavam com copos de metal.

— Eu acabei de comer, obrigada — disse Attie.

Iris e Tobias também recusaram, embora Iris sentisse a barriga roncar. Depois de Tobias dar a volta na quadra para deixar os irmãos de Attie na escola, Iris perguntou se ele poderia levá-la ao lugar que ganhara o apelido de Campo de Treino — e que, na cabeça de Iris, era apenas o-campo-onde-o-chanceler--barrou-o-exército-de-Enva —, nos arredores de Oath.

— Como andam as coisas por aqui? — perguntou Iris.

— Boas — respondeu Marisol, alegre. — A chuva finalmente aliviou e a terra secou, como dá para ver. Ainda tem um pouco de lama, mas já melhorou bastante. E o artigo de vocês foi de grande ajuda. Tem muita gente vindo da cidade para entregar comida e outros recursos para a gente. O apoio é emocionante. Obrigada por escrevê-lo.

Era o artigo que tinha incomodado o Cemitério. Os feridos ainda estavam proibidos de entrar em Oath, mas o apoio tinha vindo de dentro das muralhas da cidade. Cidadãos tinham entregado comida, água limpa, cobertores, mantimentos médicos, roupa limpa e até coisas simples, como meias.

Médicos e enfermeiros do hospital tinham trazido remédio, macas e ajuda para os médicos de combate.

— De nada — disse Attie, e tirou do bolso de trás um bloquinho de papel. — Tem mais notícias ou necessidades que eu possa relatar hoje?

Enquanto Marisol e Lucy listavam pedidos dos soldados, Keegan finalmente surgiu, andando por um caminho aberto entre barracas.

— Bom dia, brigadeiro — cumprimentou Iris. — Tem um instante para falar comigo?

— Iris — cumprimentou Keegan, com um aceno de cabeça. — Claro, entre.

Ela entrou em uma das barracas maiores, e Iris foi atrás.

Lá dentro era surpreendentemente aconchegante, com tapetes no chão, luminárias penduradas no alto e alguns móveis. Tinha uma mesa com um mapa da cidade aberto, as bordas presas por pedrinhas. Iris parou diante dele, passando os olhos pelo desenho elaborado de todas as ruas, até encontrar o terreno dos Kitt na parte norte da cidade.

— Como posso ajudá-la, Iris? — perguntou Keegan.

— Trouxe algo. De Roman.

Ela pegou o desenho e o deixou na mesa.

Keegan se aproximou, franzindo a testa, e não entendeu antes de Iris explicar para ela e apontar a rua correspondente no mapa maior.

— Essa informação é muito útil — disse Keegan, distribuindo moedas sobre os edifícios que talvez tivessem portas mágicas. — Mas não posso fazer nada, Iris. Minhas forças foram impedidas de entrar na cidade. Se ocorrer um ataque, só posso oferecer apoio externo enquanto valer a lei do chanceler. Lucy também nos informou da existência do Cemitério, que parece dedicado a não permitir que ninguém lute por deus algum. Nem imagino o que aconteceria se entrássemos em Oath sob o estandarte de Enva, mesmo que para proteger a população.

Iris mordeu o lábio. Ela queria dizer muitas coisas, mas as conteve e dobrou o desenho de Roman.

— Entendo, brigadeiro.

Keegan devia ter notado sua decepção. Ela se apoiou na mesa e abaixou a voz:

— Lembra quando Dacre bombardeou Avalon Bluff? Quando algumas casas foram derrubadas, mas outras ficaram de pé?

Iris ficou quieta, mas se lembrava de tudo daquele dia. De parar na colina, atordoada e sufocada pelo sofrimento e pela destruição. De olhar para a cidade, onde parecia que fora jogada uma teia: linhas de proteção entre a demolição absoluta.

— Sim — sussurrou Iris. — Lembro que notei isso.

A pousada de Marisol estivera em uma daquelas linhas, e as paredes se recusaram a desmoronar mesmo quando as janelas se estilhaçaram e as portas tombaram em ângulos tortos.

Keegan apontou a rua de Oath que Roman desenhara. A rua que sabiam corresponder a um caminho subterrâneo. A uma linha de Ley.

— Acho que as casas construídas sobre essas passagens conseguem resistir às bombas de Dacre. A magia dele, funcionando contra ele. Serão os lugares mais seguros para se abrigar, no caso de outro ataque.

Um arrepio percorreu os braços de Iris.

— São mais protegidos das bombas, mas e quanto às portas que levam ao subterrâneo?

Keegan fez uma careta.

Promessas Cruéis **349**

— É um dilema. O lugar mais protegido de uma coisa pode ter perigo de outra. Mas como as portas se transformam?

— Roman falou de chaves que mudam as passagens.

— Então descubra mais sobre essas chaves — disse Keegan. — Como funcionam? Quantas existem? E se seu Kitt puder oferecer mais informação sobre as linhas de Ley... poderíamos montar nosso próprio mapa. De abrigos na cidade para o pior dos casos.

Iris assentiu, com o coração batendo forte.

Foi só ao voltar para o conversível estacionado, com Attie e Tobias, que ela percebeu.

— Parece que vamos nos atrasar para o trabalho — dizia Attie.

— Ainda consigo levar vocês a tempo — respondeu Tobias.

Iris parou abruptamente no meio da grama. Sentiu um leve tremor na terra, que reverberava pelas solas das botas.

— Espere... — disse Attie, parando também ao sentir. — É o que estou imaginando?

Iris não conseguia falar. De repente, o tempo parecia avançar rápido demais, como se um relógio tivesse perdido uma engrenagem, perdendo minutos a cada hora.

Era exatamente o que Attie imaginava.

O exército de Dacre já havia quase chegado a Oath por baixo.

Tinha sido um dia comprido e surreal. Um dia em que Roman passara essencialmente em prisão domiciliar com Dacre, seus oficiais selecionados e seus melhores soldados andando pela casa, invadindo todos os espaços que um dia pareceram seguros a Roman.

A máquina de escrever continuava na mesa da sala de estar transformada, como se Dacre tivesse decidido que era dele. Tudo naquela casa, na verdade, parecia ser *dele*, e o pai de Roman o deixara tomar posse sem nem piscar. Dacre confiscara até os livros na estante de Roman para folhear.

A manhã toda, Roman vira Dacre arrancar páginas e jogá-las para queimar na lareira. Páginas de lendas que nunca seriam recuperadas. Páginas de que Dacre não gostava, porque sua tinta destacava sua verdadeira natureza.

Dava dor de cabeça em Roman. Tantas páginas, transformadas em cinzas. Os livros do avô, destruídos.

Dacre só foi interrompido quando um carro fechado, com os vidros cobertos por cortinas pretas, chegou à casa dos Kitt. Era o chanceler, vindo discretamente para uma reunião, pois a presença de Dacre em Oath ainda era um segredo muito protegido. Roman foi expulso da sala naquela ocasião, mandado que aguardasse com a mãe e a avó na ala oeste; o mais distante do deus e da guerra que o pai conseguira deixar as mulheres.

Ao pôr do sol, porém, Roman ainda não tinha pensado em um jeito esperto de recuperar a posse da máquina de escrever.

Exausto, ele voltou ao quarto.

Estava escuro, exceto pelo luar invadindo as janelas. Roman olhou para a janela que ele e Iris tinham pulado — tinha mesmo sido ainda naquela manhã? — antes de suspirar e avançar mais para dentro do quarto.

Pelo canto do olho, viu uma mancha branca no chão, logo na frente do armário.

Chamou sua atenção; ele sibilou em um suspiro ao perceber o que era. Uma carta, de Iris. Ele correu até lá, caindo de joelhos no assoalho ao recolher o papel.

— Acenda a luz — sussurrou, rouco, e a casa obedeceu.

A luminária da mesa se acendeu e inundou o quarto em luz dourada.

Roman estava tremendo ao desdobrar o papel. Estava amassado, gasto. Tinha manchas de terra, mas, de tanto alívio, ele nem conseguia pensar. Não se perguntou como acontecera aquela impossibilidade, visto que a máquina estava na sala de estar, e não no quarto. Não se perguntou por que a carta parecia tão velha, e a leu como se sedento de palavras:

Provavelmente voltarei quando a guerra acabar.

Quero ver você. Quero ouvir sua voz.

P.S.: Não tenho asas mesmo.

Roman ficou paralisado.

Ele conhecia aquelas palavras intimamente. Ele as tinha lido inúmeras vezes. Ele as tinha levado no bolso; as tinha carregado às trincheiras. Iris jogara aquelas palavras nele na enfermaria e dera vida a elas na noite de núpcias, oferecendo à tinta sua voz.

Era uma carta antiga. Uma carta que ela escrevera para ele semanas antes, e que ele acreditava estar perdida.

— Como? — perguntou, maravilhado, ao se agachar.

Os joelhos rangeram em protesto, mas a dor virou eletricidade estática quando ele ouviu passos. Quando viu a silhueta emergir do banheiro.

Roman se virou para o tenente Shane. De olhos arregalados. Sem respirar. Apertando a carta de Iris junto ao peito como um escudo.

Shane mostrou um monte de papel. Gasto, amarrotado, repleto de palavras datilografadas. Ele jogou as cartas no chão, e elas se espalharam pelo tapete. Brancas como flores de macieira, como ossos, como a primeira nevasca.

A voz de Shane soou baixa, mas a acusação queimou o ar:

— Sei que o traidor é você, correspondente.

38

Só para convidados

— **Como assim?** — perguntou Roman.

Ele sabia que soava tonto, mas estava com dificuldade de respirar. De pensar no que fazer naquele encontro imprevisto, que poderia acabar com ele sendo torturado e enforcado no portão do pai ou atravessando a noite com o aliado mais inesperado.

Shane se aproximou, amassando as cartas no tapete com as botas. Roman fez uma careta, mas não parou de olhá-lo. Não se mexeu, nem se encolheu quando o tenente pôs a mão no bolso, mas foi apenas para tirar outra folha de papel.

Ele estendeu a folha para Roman, o desafiando a pegá-la.

Engolindo em seco, Roman aceitou.

Esta folha era nova, limpa. Mas ele via as palavras à tinta na parte interna, e a desdobrou para ler:

```
Este é um teste para confirmar se as teclas E & R
estão em condição adequada.
```

EREEERRRRR

E

— O que vê de incriminador aí? — perguntou, mesmo sentindo gelo engasgado na boca do estômago. — Datilografo mensagens assim às vezes antes de começar a trabalhar, porque as teclas E e R frequentemente travam, e não quero...

— Não minta para mim, correspondente — disse Shane, seco. — E não me faça de bobo. Sei que você anda trocando cartas por meio de máquinas de escrever encantadas e portas de guarda-roupa. Com alguém que chama de E., e que parece, na verdade, ser Iris *Elizabeth* Winnow. Uma jornalista que defende a causa de Enva.

O som do nome de Iris atravessou o medo de Roman como um machado em um lago congelado. Raiva agitou seu sangue, deixando a pele vermelha e quente. Se Shane tinha todas as cartas, assim como as novas, possuía muito conhecimento que Roman preferiria que ele não tivesse. Principalmente, havia identificado Iris, então Roman precisava mudar de jogo.

Ele parou de se fingir de bobo.

— O que você quer? — Roman perguntou.

— Quero sua confissão por escrito.

— Que confissão? De que me apaixonei por alguém antes de Dacre me encontrar?

— Quero saber tudo que escreveu para Elizabeth... não, perdão. Para *Iris E. Winnow*. Sobre o ataque de Hawk Shire.

— Você não tem provas de que fui eu que dei o sinal.

— Tem certeza?

Roman ficou quieto, se perguntando por que Shane soava tão confiante. Ele tinha apenas metade do quebra-cabeça. Tinha apenas as cartas de Iris, enquanto a que Roman datilografara para ela, com informações sobre Hawk Shire, ele pedira para ela queimar.

Shane tirou outra carta do bolso.

Roman se preparou para ouvir o tenente ler:

— "E estou de acordo com o que você pede, mas apenas porque você parece ter roubado as palavras da minha boca. Você está em uma posição precária, muito mais do que a minha, e me apavora pedir que você revele os movimentos e as táticas de Dacre, apesar de parecer inevitável." — Shane parou e abriu um sorriso cruel para Roman. — Agora lembrou?

Suor frio começou a encharcar a camisa de Roman.

Era culpa dele Shane ter encontrado uma carta tão incriminadora. Roman deveria tê-la destruído depois de ler, sem deixar rastros da correspondência com Iris. Ele tinha tentado, e *como* tinha tentado. Tinha acendido um fósforo e levado à borda de uma das cartas, mas não conseguira vê-la pegar fogo. Então, as tinha escondido sob uma tábua solta do assoalho.

— Você, correspondente — começou Shane, abanando a cabeça —, é de uma ousadia admirável, mas de uma tolice notável. Deveria ter destruído as cartas, como ela mandou.

— *Se* eu escrever esta confissão — disse Roman, rouco. — E depois? Você vai me entregar para Dacre?

Shane ficou quieto, como se considerasse as opções. Naquele momento de silêncio, a noite pareceu retomar o sentido do equilíbrio, por motivos que Roman não entendia. Ele esperou, com as cartas de Iris ainda na mão.

— Não — respondeu Shane. — A não ser que você faça algo para merecer.

— Por exemplo?

— Me trair primeiro.

— E por que eu o trairia, tenente?

Shane pôs a mão no bolso pela terceira vez. Tirou de lá outra carta, mas esta não era conhecida por Roman. Era um envelope selado com cera. Não tinha destinatário e, quando Roman o aceitou, relutante, viu que era leve como uma pluma.

— Amanhã de manhã, o chanceler vai anunciar uma coletiva de imprensa espontânea — disse Shane, em voz baixa. — Vai ocorrer na Quadra Verde, uma pequena praça no Promontório. Será apenas para convidados, e é lá que o chanceler pretende dar o palco para Dacre, para que ele faça um pedido às pessoas mais influentes de Oath. Para ver se é possível evitar uma chacina em seu plano para ocupar a cidade. Dacre pedirá que você o acompanhe como correspondente. *Antes* de ele subir ao palco, preciso que você entregue este bilhete a alguém muito importante.

— O que o bilhete diz? — perguntou Roman.

— Não é da sua conta — retrucou Shane. — Mas você vai precisar ser rápido, sem que Dacre ou os oficiais notem. Haverá um homem com uma anêmona vermelha na lapela entre a multidão. Este envelope precisa ser entregue a ele. Depois disso... vá embora da praça imediatamente.

— Por quê?

— Confie em mim. Você não vai querer ficar por perto.

Roman se calou. Ele não confiava em Shane, mas a advertência encheu o ar como fumaça.

— Você concorda? — perguntou o tenente, impaciente. — Ou é melhor eu entregar as cartas de Iris para Dacre de uma vez?

Roman olhou para o envelope em suas mãos. Não sabia o que pensar daquela situação; poderia estar transmitindo uma mensagem muito pior do que aquelas que datilografava fielmente para Dacre. Porém, depois de tantas semanas em medo e ignorância, a verdade vinha à luz. Shane não era mais devoto a Dacre do que Roman. E Roman não era o traidor; na verdade, era Shane, se tinha subido na hierarquia militar com a intenção única de ir contra o deus que alegava servir.

O que ele quer?, perguntou-se Roman, até perceber que Shane talvez estivesse envolvido com o Cemitério.

— Farei o que você pede — disse Roman. — Mas quero as cartas de Iris de volta.

— Pode ficar com as cartas no chão.

As cartas antigas. As que ela tinha escrito antes de Roman ser arrancado dela. As que Shane não podia usar para ameaçá-lo.

— Onde você as encontrou? — perguntou ele, sem resistir.

— Na pousada, logo depois de ocuparmos Avalon Bluff. Estava arrumando o espaço para a chegada de Dacre e as encontrei em um quarto no segundo andar. Li as cartas e achei... comoventes, digamos. Então decidi guardá-las para um momento futuro.

Roman não sabia se era sinceridade ou se Shane estava zombando dele.

No fim, não fazia diferença. Os dois tinham material para ameaça, e Roman precisava se adaptar. Ele precisava aprender os passos daquela nova valsa.

— Minha máquina — disse, se levantando devagar e sentindo os pés formigarem. — Preciso dela para datilografar a confissão.

— Pode escrever à mão — disse Shane. — E eu evitaria pedir a máquina. Dacre está ficando cada vez mais desconfiado. Não dê motivos para ele duvidar de você. Não dê razão para você voltar ao início.

Roman não teve resposta. Ele foi se sentar à mesa, um movimento que já fizera mil vezes, mas que parecia diferente.

Foi com as mãos cansadas que encontrou uma folha de papel e uma caneta tinteiro na gaveta.

O coração dele batia forte. Preocupação e nojo percorriam suas veias, secavam sua boca.

Em breve, ele prometera a Iris. Aquilo acabaria em breve, e ele a levaria a todos os lugares que ela desejava ir, como se a vida nunca tivesse sido interrompida.

Em breve.

A promessa estava começando a parecer frágil, inatingível. Um navio que deslizava cada vez mais ao fundo do mar.

Mas Roman escreveu a confissão.

Quieto e soturno, ele a entregou a Shane.

Iris encarou a máquina de escrever através da fumaça de cigarro. Eram nove e meia da manhã, e ela estava na *Tribuna Inkridden*, tentando escrever o próximo artigo.

Mas as palavras não vinham.

Pensava no fato de ainda não ter notícias de Roman quando Helena chegou à mesa.

— Attie não veio trabalhar? — perguntou Helena, notando a cadeira vazia.

— Ela teve uma reunião com uma antiga professora — respondeu Iris. — Mas vai chegar antes do almoço. Por quê? Precisa de alguma coisa?

— Não — disse Helena. Estava com um cigarro apagado na boca, mas seus olhos brilhavam mais, como se finalmente tivesse começado a descansar. — Chegou uma carta para você hoje.

Iris aceitou a correspondência, surpresa pelo toque aveludado do envelope. O nome dela estava escrito em letras grossas, e o verso tinha sido fechado com cera roxa e o selo da cidade.

— O que é? — perguntou, hesitante.

— Não sei — disse Helena. — Mas gostaria de ver, já que foi entregue no escritório.

Iris abriu a carta, e fez uma careta quando o papel do envelope cortou seu dedo. Ela tirou uma folha de borda chanfrada e leu:

Srta. Iris Winnow,

Você foi cordialmente convidada pelo chanceler em pessoa para uma coletiva de imprensa que ocorrerá hoje, às cinco e meia da tarde, na Quadra Verde, localizada no prestigioso edifício Promontório. Este convite exclusivo serve também como ingresso ao espaço. Por favor, vista seus melhores trajes, pois será um evento comemorativo. Como sempre, agradeço sua dedicação ao bem desta cidade e por ser uma das maiores pensadoras e inovadoras de Oath.

Atenciosamente,
Edward L. Verlice
Quinquagésimo Terceiro Chanceler
do Distrito Leste e Protetor de Oath

Iris entregou o convite para Helena, que leu de cara fechada.

— Quer ir, moça? — perguntou Helena.

— Não devo? — Iris apertou o dedo para aliviar a ardência do corte de papel. — Parece importante, embora eu não saiba por que logo *eu* fui convidada.

— Porque você anda escrevendo sobre a guerra. E isso — disse Helena, cutucando o convite — provavelmente tem a ver com a chegada iminente de Dacre.

Iris mordeu o lábio e releu a carta do chanceler. Pensou, então, em outras palavras escritas para ela. Palavras que ela ainda relembrava quando tinha um momento quieto no escuro.

Pense nesta oferta. Saberá quando me responder.

Era aquilo, então? O momento para responder a Dacre?

— Iris — disse Helena.

— Eu vou. Mas não tenho nada de *elegante* para vestir.

— Então tire o dia de folga para se preparar. — Helena começou a se afastar, mas logo se virou, tirando o cigarro do bolso. — Mas cuidado, Iris. A coletiva é às cinco e meia. Estará quase escuro, e é um momento vulnerável, hoje em dia. Não se esqueça do toque de recolher, e ligue para mim aqui na *Tribuna* se precisar de alguma coisa.

Iris assentiu, vendo Helena voltar à sala da editora.

Ela apagou a luminária da mesa e pegou o convite, ignorando os olhares curiosos dos outros redatores e assistentes.

É a hora, pensou com um calafrio.

Ela estava pronta para responder a Dacre.

39

Prata e verde

Roman foi ao Promontório com Dacre e dois oficiais, em um veículo cujo vidro traseiro era coberto por cortinas de veludo escuro, escondendo a luz e a vista da cidade. Por mais que estivesse tentado a abrir a cortina e ver Oath passar, Roman não ousava se mexer. A carta que Shane lhe dera estava guardada no bolso interno do paletó, e, sempre que Dacre o olhava, Roman sentia o coração parar.

Em determinado momento, ele tinha acreditado que Dacre lia pensamentos. Desde então, descobrira que não era verdade, mas isso não desmentia o fato de Dacre ter talentos impressionantes de interpretar as pessoas.

Felizmente, o trajeto pelo centro foi quieto. Porém, havia um frio perceptível no ar, como se toques do mundo subterrâneo emanassem da vestimenta elegante de Dacre, em tons de ouro, vermelho e preto.

Algo aconteceria naquela noite. Algo que partiria o mundo ao meio.

Roman suspirou. Ele quase enxergava a própria respiração. Chegaram ao Promontório, um edifício antigo que, em outra era, fora um castelo. Na última década, tinha passado por uma reforma atualizada, que o transformara em uma estrutura presa entre a nostalgia e a modernidade. Um lugar que não parecia saber bem qual era sua posição.

Roman desceu do carro em silêncio, caminhando à sombra de Dacre até entrar pela porta privativa nos fundos da construção. Ninguém deveria saber da presença de Dacre na cidade, nem que ele falaria com o alto escalão e os habitantes mais influentes de Oath após o discurso do chanceler. Os oficiais, dentre eles o capitão Landis, andavam junto a ele, seguidos por quatro dos soldados de elite de Dacre, dois fardados e dois de terno preto, camisa branca engomada, e abotoaduras de pedras preciosas. Shane, claro, não se encontrava entre eles; ele tinha ficado na casa dos Kitt. Enquanto Dacre era levado a uma sala onde poderia descansar antes do evento, Roman fez um rápido inventário.

A sala era espaçosa, mas tinha apenas uma porta, sem janelas. A lareira crepitava, e uma tapeçaria imensa decorava a parede. Havia uma mesa de refrescos, apesar de ninguém mexer no vinho gelado, nas frutas e nos queijos. Apenas aqueles de maior confiança de Dacre estavam no cômodo, mas ninguém relaxou, exceto o próprio deus, sentado diante do fogo.

Roman ficou de pé, desajeitado, no canto, tentando ser o mais discreto possível. Porém, suas mãos tremiam de tamanho nervosismo. Ele precisava sair dali. Precisava ir para a praça e entregar o bilhete, mas, quando se dirigiu à porta, Dacre o viu.

— Venha, Roman — convidou ele. — Sente-se.

A última coisa que Roman queria era se sentar. Porém, ele fez o que Dacre pediu e se instalou em uma cadeira de espaldar alto a seu lado.

— O que acha desta noite? — perguntou Dacre, fitando seu rosto.

— Acho que será uma noite importante, senhor. Um ponto de virada para nós.

— Acha que conseguirei convencer eles a se juntarem a mim?

Roman hesitou. *Eles* eram as pessoas que o chanceler considerava terem poder na sociedade. O problema dessa noção era que havia muito mais gente em Oath do que os residentes nobres, ricos e influentes. Havia a classe média e a classe trabalhadora. Os artistas, escritores, professores e sonhadores. Os pedreiros, encanadores, alfaiates, padeiros e construtores. Pessoas feitas de ímpeto, energia e coragem, que mantinham a cidade acesa e em movimento. Algumas delas poderiam apoiar Dacre, mas Roman sabia que a maioria das pessoas que se voluntariara para lutar por Enva vinha das classes da sociedade que enxergavam o mundo de verdade. Que viam a injustiça e estavam dispostas a se posicionar.

O desejo de rendição de Dacre — uma ocupação "pacífica" — não seria possível sem o apoio delas. Oath se rasgaria ao meio antes de isso acontecer.

— Espero que sim, senhor — respondeu Roman.

— Você nunca me falou da sua reunião com Iris E. Winnow — disse Dacre, mudando tão rápido de assunto que Roman ficou rígido. — Como foi?

— Foi boa, senhor.

— Acha que ela estará aberta à ideia?

— Talvez. Às vezes é difícil saber o que ela pensa.

— Por quê?

— Ela é bastante teimosa, senhor.

Dacre apenas riu, como se gostasse da ideia. Roman sentia que o sangue estava cheio de gelo e desejou não ter dito aquilo.

Porém, ele não conseguiu se conter e perguntou:

— Quando espera a resposta dela?

Dacre fez silêncio, olhando para o fogo.

— Em breve.

A porta se abriu de repente, e o chanceler Verlice adentrou a sala.

Roman se levantou quando Dacre ficou de pé, e saiu do caminho quando o chanceler cumprimentou o deus. Os líderes logo se ocuparam, conversando em voz baixa. O ar pesava de antecipação, o relógio se aproximando das cinco e meia. O evento estava prestes a começar.

Quando Roman notou os dois soldados de terno saindo pela porta, foi logo atrás.

A Quadra Verde era um pátio interno no centro do Promontório, que, muito tempo antes, fora um ponto de encontro na vida medieval. Porém, o único resquício do passado era a forja, ao lado direito, que fora convertida em café aberto. Ela também mudara tão drasticamente que Roman nunca notaria que um dia fora um lugar de fabricar armas se não fosse a bigorna de ferreiro que continuava ali.

Da borda da praça, ele viu garçons carregarem taças de champanhe e bandejas cheias de petiscos, abrindo caminho pela multidão crescente. Lustres pendentes ardiam contra o anoitecer. Logo escureceria, as estrelas e a lua inchada brilhando no ar. E o toque de recolher, pensou Roman, buscando a pessoa com a anêmona vermelha. Os convidados todos ficariam presos ali ou teriam de arriscar voltar para casa por ruas instáveis.

O envelope pesava no bolso como uma pedra. Ele se forçou a se misturar à turba, sentindo a alternância de grama e pedra sob seus pés. As palavras de Shane continuavam a ecoar dentro dele: *Haverá um homem com uma anêmona vermelha na lapela entre a multidão. Este envelope precisa ser entregue a ele. Depois disso... vá embora da praça imediatamente.*

Roman esbarrou em alguém e se desculpou logo. Suor começou a escorrer por seu rosto conforme crescia o desespero. Ele escutava um chiado no fim de cada inspiração, a tosse brotando. Aceitou uma taça de champanhe e virou um gole borbulhante, que sentiu descer como fogo.

Ele reconhecia alguns dos convidados ali. A maioria era mais velha, gente de famílias ricas e nobres. Gente de quem o pai dele desejava desesperadamente aprovação, o que fez Roman sentir a pele pinicar como se coberta de aranhas enquanto continuava a avançar entre o bando. Ele se lembrou de tomar cuidado com os dois soldados de Dacre que também fingiam ser meros convidados, circulando por aí de roupa de gala. Se vissem Roman entregar uma mensagem, saberiam que ele era traidor.

Roman suspirou e parou outra vez nos limites da praça. Procurou os dois soldados disfarçados e encontrou o mais alto e bonito conversando com uma mulher de vestido prateado.

O soldado se mexeu, permitindo que Roman visse o rosto da mulher.

Era Iris.

Roman ficou grudado ao chão ao encará-la, admirando todos os detalhes. A boca vermelha, o vestido que cintilava a cada respiração, a pele dela à luz de velas. Ela tinha cortado o cabelo; estava ondulado, com as pontas roçando os ombros nus.

Uma pontada o atravessou quando ela abriu um sorrisinho para o soldado. Ela o escutava com educação, mas recuou quando ele se aproximou demais.

Roman deu dois passos, mas parou. Ele não podia abordá-los. Não podia ir até ela e abraçá-la pela cintura, como queria. Não podia entrelaçar os dedos nos dela e cochichar ao pé do ouvido até ela sorrir e corar. Não podia assumi-la como esposa. Não ali, e talvez nunca, caso os planos de Dacre se firmassem naquela noite.

Mesmo assim, Roman sentia as entranhas se retorcerem enquanto olhava para ela.

Olhe para mim, Iris.

Olhe para mim.

O soldado ainda estava falando, mas a atenção de Iris acabou passando para o palco montado na frente do pátio. Toda a multidão se virou para lá quando o chanceler começou a falar, a voz dele comandando o ar noturno. Todos, menos Roman, que não conseguia parar de olhar para Iris.

Uma respiração.

Duas.

Três.

Ele sentiu a compostura se desfazer.

Não escutou o que o chanceler dizia — as palavras se misturavam todas —, mas finalmente desviou o olhar de Iris quando a atmosfera ficou quieta e fria. Quando alguns aplausos perdidos disfarçaram as exclamações de susto e Roman viu que Dacre subira ao palco.

Ele perdera a hora da entrega da carta.

Roman tinha fracassado na ordem de Shane, e levou mais um minuto para a verdade do dilema atual arranhar suas costelas.

Vá embora da praça imediatamente.

Roman precisava saber o porquê. Precisava saber o que era iminente, porque Iris estava ali, pálida e boquiaberta ao escutar as palavras doces de Dacre.

O ar percorreu Roman em um tremor quando ele tirou o envelope do bolso. Ninguém a seu redor notou. Estavam todos hipnotizados ou horrorizados por ver Dacre naquela praça. Um deus ali em Oath, à vista de todos.

Roman rasgou o selo e tirou um pedaço pequeno e quadrado de papel.

Não vai bastar uma explosão. É preciso cortar a cabeça.

As palavras balançaram à sua frente quando ele as leu pela segunda vez. E pela terceira. Guardou o papel no envelope e, com calma, o pôs de volta no bolso. Porém, seu olhar atravessou a multidão. Encontrou Iris outra vez, como se ela fosse a única pessoa ali. Um brilho de luz nas sombras crescentes.

Ele começou a andar até ela, acotovelando as pessoas no caminho. Nem se importava de causar um escândalo. Nem se importava de Dacre vê-lo indo até ela. Até Iris *E.* Winnow, uma mulher que Roman deveria conhecer apenas cordialmente.

Algo terrível estava prestes a ocorrer, e nem Roman nem Iris estariam ali para ver. Ele ia pegá-la pela mão e fugir para longe dali. Daquela cidade, da guerra. Aquilo já os tinha ferido e machucado o suficiente, e ele simplesmente *não se importava...*

368 Rebecca Ross

Alguém o agarrou pelo braço, com um aperto de ferro. Roman parou abruptamente.

— Venha comigo — disse uma voz desconhecida ao pé de seu ouvido. — Não chame atenção.

Roman engoliu em seco, ainda olhando para Iris.

— Não vou com você a lugar algum.

Porém, ao sentir um revólver cutucar suas costelas, encolheu os ombros, submisso.

— Vai, sim — disse o homem. — *Já.*

Roman se permitiu ser empurrado pela multidão, com a arma pressionada discretamente no tronco. Quando saíram para os corredores vazios do Promontório, ele se desvencilhou e girou, olhando feio para a pessoa que se metera entre ele e Iris.

Para sua surpresa, Roman o reconheceu.

Mesmo de terno elegante e chapéu, o assessor do pai não tinha como disfarçar a aparência rude. *Bruce*, dissera o sr. Kitt, se orgulhando de manter a família segura.

— O que você veio fazer aqui? — perguntou Roman, duro.

Bruce manteve a arma apontada para ele, mas Roman imaginava que fosse apenas para fazê-lo obedecer. Aquele homem não tinha a menor intenção de atirar no filho do patrão.

— Eu conto no caminho de casa. — Bruce pegou o braço de Roman de novo e o forçou a se virar e a andar. — Seu pai quer que você volte. Este lugar não é seguro.

— Você não entendeu. — Roman fincou os pés no chão. Os sapatos guincharam, arrastados no mármore polido. — Preciso voltar para o pátio.

— Você vai me agradecer.

— Minha *esposa!* — sibilou Roman. — Minha esposa está lá!

A revelação fez Bruce hesitar. Porém, Roman nunca saberia o que ele planejava fazer — se era empurrá-lo para a frente ou voltar para buscar Iris.

Houve um clarão nas janelas, seguido de um estrondo ensurdecedor que Roman sentiu no peito, como se o coração fugisse.

A explosão o derrubou.

PARTE QUATRO

Um crescendo de sonhos

40

Tomando ar

Aturdido, Roman deixou Bruce puxá-lo até que ficasse de pé. Fumaça escapava das janelas estilhaçadas. Vidro cintilava no chão como constelações.

— Levante e *ande* — ordenou Bruce, arrastando Roman pelo corredor, cada vez mais longe dos gritos que soavam na praça.

Roman tossiu, zonzo.

— Iris — sussurrou, se lembrando do desenho vermelho de sua boca, da prata de seu vestido.

De como ela se destacara no meio da multidão.

Roman tentou se desvencilhar, olhando para trás. A fumaça e os gritos continuavam entrelaçados. Soaram tiros. O coração dele ficou engasgado na garganta.

— *Iris!*

Foi a última coisa que ele disse antes da coronha do revólver de Bruce bater com força em sua têmpora. Roman viu estrelas. E Iris brotou em sua imaginação, estendendo para ele uma mão pálida.

Ele a viu se dissipar na névoa, e o mundo todo se apagou.

* * *

Quando despertou, ele estava largado no banco traseiro de um veículo. Estavam no meio de uma curva fechada, cantando pneu nos paralelepípedos. Roman escorregou no banco de couro e vomitou, se sujando todo e também o piso do carro.

O mundo parecia virado do avesso.

Ele se engasgou e vomitou de novo, com a visão embaçada. Ou talvez fossem apenas as luzes da rua, que piscavam na passagem deles, a aura dourada borrada pela janela.

O carro fez outra curva brusca. Roman tentou se segurar. Ele sentiu o vômito grudar na camisa.

— Estamos chegando — disse uma voz grossa.

Bruce.

Roman forçou a vista, com a cabeça latejando. Alguma coisa estava fazendo o rosto dele coçar. Quando tocou a têmpora, acabou com os dedos molhados de sangue.

— Última curva — disse Bruce. — Tenta segurar a barriga dessa vez.

O veículo sacolejou.

Roman fechou os olhos. Contou os segundos, sentindo um gosto ácido. Finalmente, o carro parou, derrapando.

Ele arfou, ainda largado no banco, até Bruce abrir a porta.

— Levante-se. Precisamos ir rápido.

— Onde estamos? — perguntou Roman, rouco.

Bruce não respondeu. Ele puxou Roman e o arrastou para fora do carro.

Estava escuro, a hora logo após o pôr do sol, quando se via apenas um vestígio de luz rosada desbotando no horizonte ao oeste. A lua estava cheia, e as estrelas eram numerosas no céu limpo da noite. Roman logo reconheceu onde estavam: na rua Derby, na passagem entre as casas 1345 e 1347.

— O que aconteceu? — perguntou ele, quando viu a cerca surgir. — Como você está envolvido nisso tudo?

— Você vai precisar perguntar para o seu pai — disse Bruce, encontrando o carvalho e a cerca quebrada escondida pelo arbusto. — Acelere.

Roman sibilou, irritado pela falta de respostas. Por não ter força para se desvencilhar daquele homem e voltar para o Promontório atrás de Iris.

Abrindo caminho entre o arbusto e sentindo os espinhos prenderem no cabelo e no paletó, ele perguntou:

— O plano era matar todo mundo na praça?

— Mandei perguntar para o seu *pai* — grunhiu Bruce atrás dele, empurrando Roman para acelerar, como se um feitiço fosse acabar à meia-noite e transformá-los em pedra. — Mas, porque sua esposa estava lá, direi que… não. Apenas ele.

Ele, Dacre.

Roman não conteve o calafrio. Suas mãos estavam geladas, mas o peito ardia. Ele se sentia emaranhado em uma mistura estranha de alívio e choque, indignação e esperança, e arrancou um galho de espinhos do cabelo ao sair do outro lado.

Ele parou, ofegando. Bruce devia ter notado que ele precisava de um instante, porque, finalmente, não o empurrou mais.

— Uma bomba não vai bastar para matá-lo — acabou dizendo, Roman, se lembrando do bilhete ainda no bolso do paletó.

Bruce franziu a testa.

— Como assim? Estava bem embaixo do palco.

Roman fez uma careta, imaginando a madeira toda estourada pela explosão, voando pelo público. Atravessando gente inocente. Ele engoliu em seco e falou:

— É preciso mais do que isso para matar um deus.

— Vou rezar para você estar errado. Porque, se estiver certo...

Bruce não concluiu o pensamento.

Nem Roman sabia completar a frase.

Eles correram pelos fundos do terreno, que mesmo naquele momento parecia outro mundo. Muito distante de Oath e da guerra. Porém, antes da casa surgir à frente, Bruce parou na sombra de um cratego.

— Não posso passar daqui, senão os soldados me verão — falou. — Vá imediatamente encontrar seu pai.

— Você faz parte do Cemitério?

Bruce não respondeu à pergunta direta, e Roman tomou aquilo como afirmação.

— Você vai voltar para buscar ela? — perguntou, em seguida, sem conseguir esconder o tremor na voz. — Vai voltar para buscar minha esposa?

— Não se preocupe com a srta. Winnow. Ela é esperta.

— Quer dizer que vai fazer o que pedi? Eu... — Roman se interrompeu e franziu as sobrancelhas. — Nunca falei que ela se chamava Winnow. Como você sabia?

Bruce não respondeu, mas sustentou o olhar de Roman, tensionando a mandíbula.

As peças começaram a se encaixar. Roman avançou um passo, usando sua altura para dominar Bruce.

— Você já a conheceu. Quando?

— Não temos tempo para isso.

— *Quando?*

— Antes de ela partir para a linha de frente, umas semanas atrás. Seu pai pediu para eu entregar um recado a ela. Não perca a cabeça. Não é hora de...

— Qual era o recado? — perguntou Roman, a voz fria e calma.

— Era dinheiro.

— Dinheiro?

— Para ela viver com conforto, caso anulasse o casamento. Parece que ela não anulou, então saia da minha frente e faça o que mandei, antes do mundo todo virar de pernas para o ar.

Roman cerrou o punho.

Tinha todas as respostas que desejava.

Ele se virou e foi embora.

O sangue dele ainda estava fervendo quando chegou à porta dos fundos da mansão.

Através da névoa da raiva, percebeu duas coisas: havia uma pilha imensa de engradados sob o pavilhão, com o rótulo colorido de CUIDADO, e os soldados de Dacre patrulhavam o quintal como se não tivessem mais medo de serem vistos pelos vizinhos. Roman atravessou a fileira deles diretamente, e percebeu que tinha mais poder do que antes imaginava. Gritaram para ele parar, para levantar as mãos, mas não fizeram *nada* quando Roman se recusou a obedecer. Ele fingiu que os soldados nem existiam e entrou pela porta dos fundos da casa.

Os sapatos batiam com ruído no chão polido. Ele foi direto ao escritório do pai, afogado em pensamentos.

Ele não conseguira chegar a Iris. Não conseguira protegê-la quando ela mais precisava — nem do pai dele, nem de Dacre. Roman não fazia ideia se ela estava viva, se estava ferida, se estava morta.

Não, pensou, mesmo rangendo os dentes. *Eu saberia se ela estivesse morta.*

A porta da sala do pai estava entreaberta. Roman a escancarou com um chute, assustando o sr. Kitt, que andava em círculos com um charuto na mão.

— Feche a porta — disse o pai, em um tom urgente. Ele arregalou os olhos azuis ao ver a aparência desgrenhada de Roman. O vômito, o sangue escorrendo, os arranhões dos espinhos. — O que aconteceu?

Roman ficou quieto, encarando o sr. Kitt. Ele se sentia entalhado em pedra, gasto por anos de culpa, medo e desejos que não podia seguir. Ele não seria mais comandado por aqueles sentimentos. As semanas anteriores tinham-no lascado e rachado; ele se esgueirara para fora da casca, cortara os fios antigos, e agora sustentava o olhar até o pai se submeter e apagar o charuto na mesa.

— Por que tem engradados empilhados no pavilhão? — perguntou Roman, brusco. — Não me diga que é mais daquele gás maldito que você mandou o professor de química fazer.

O sr. Kitt piscou, espantado pela brusquidão de Roman, mas logo se recuperou e se aproximou para sussurrar:

— Na verdade, não é. Mas a situação se resolveu?

— Ao que se está se referindo, pai?

O sr. Kitt olhou para trás de Roman, para a porta ainda aberta. Foi a primeira vez que Roman viu o pai parecer amedrontado.

O sr. Kitt abaixou ainda mais a voz e murmurou:

— Ele *morreu*?

Roman desconfiava que o pai jogava para os dois lados: Dacre e o Cemitério. Era claro que faria isso, porque queria sair ganhando, qualquer que fosse o resultado. No momento, ele teve certeza.

O sr. Kitt estava envolvido demais. Ele não sabia nada dos deuses subterrâneos, nada da vida na linha de frente, das garras da guerra e das feridas que causavam. E o Cemitério, apesar de diligente, parecia extremamente desorganizado e desordenado. Tinham fracassado no atentado de assassinato, e a cidade inteira pagaria o preço.

— Não sei — respondeu Roman.

— Como assim, *não sabe*? A bomba explodiu ou não?

— Explodiu, mas seu capanga me levou embora antes de eu ver o resultado.

O sr. Kitt voltou a andar em círculos. Ele estava mais confiante, como se, ao saber da explosão, pudesse seguir para o próximo passo.

— Devemos...

Ele foi interrompido por uma lufada de ar frio. As paredes tremeram. O lustre tilintou. O assoalho rangeu sob um par de pés pesados.

Roman conhecia o som, a *sensação*. Viu o pai ficar paralisado, também reconhecendo. Eles escutaram, horrorizados, a porta da sala de estar bater.

— Se esconda atrás da mesa — sussurrou o sr. Kitt, apertando o braço dele com força até doer. — Fique abaixado. Só saia quando eu mandar.

Roman se soltou, mas o terror do pai era contagioso. Ele sentiu o medo coçar na garganta.

— Não posso me esconder. Já é tarde.

— Faça o que eu mandei, meu filho. Não vou perdê-lo para isso.

O sr. Kitt saiu a passos largos do escritório, fechando a porta ao passar e deixando Roman para trás, na sala abafada e fumacenta.

Ele respirou pela boca, mas não se mexeu. Ficou de pé no meio do cômodo, escutando...

— Meu senhor! — exclamou o pai. — O que aconteceu?

Uma pausa desconfortável. Quando Dacre finalmente falou, a casa pareceu amplificar sua voz:

— Quero que todos os oficiais e soldados restantes façam fila no corredor. Imediatamente.

Roman ouviu o rufar repentino de botas em obediência às ordens de Dacre. Um dos oficiais seria o tenente Shane, que carregava a confissão de Roman como uma granada. O tenente Shane, que sem dúvida acreditava ter sido traído, já que a cabeça de Dacre ainda estava presa ao corpo.

Roman arreganhou os dentes, com o coração agitado. Ele correu até a mesa do pai e conteve a tosse ao acender um fósforo. Rápido, tirou do bolso a carta incriminadora e a segurou pela ponta até pegar fogo.

Ele viu o papel se encolher na fumaça antes de jogar o que restava no tapete e pisotear as chamas famintas. Ainda estava com dor de cabeça, mas se dedicou a jogar o fósforo queimado no cinzeiro, alinhado com os outros que o pai usara.

Só então saiu do escritório para o corredor.

Respire, fundo e devagar.

Os soldados estavam todos enfileirados, em posição de sentido. Mantinham o foco firme à frente, mesmo enquanto Dacre caminhava diante deles, analisando cada rosto ao passar.

Roman parou. Ele via apenas as costas de Dacre, mas suas roupas estavam rasgadas e ensanguentadas. O cabelo loiro, embaraçado.

— Alguém aqui me traiu — disse Dacre, com a voz lisa, espessa como óleo na água. — Esta é sua oportunidade de se apresentar e confessar.

Ninguém se mexeu nem falou.

Roman localizou o tenente Shane na fileira. Sua aparência era perfeita. O rosto estava contido, o uniforme, impecável, como se lhe desse imenso orgulho. Ele não tremia de medo, não respirava com dificuldade. Parecia em controle absoluto, como se a ideia de traição nunca tivesse lhe ocorrido.

— Você aí — disse Dacre, apontando para um dos cabos. — Avance e se ajoelhe.

O soldado obedeceu.

— Estenda o braço direito.

O soldado fez o que Dacre mandava, mas Roman viu que a mão dele tremia.

— Vou quebrar seu braço, a não ser que você confesse ou me dê os nomes dos colegas que me traíram — disse Dacre, apertando o antebraço do soldado.

— M… meu senhor comandante — gaguejou o homem. — Não sei e falo a verdade. Sou inteiramente devoto ao senhor.

— Darei mais uma chance de responder. Confesse ou me dê um nome.

O soldado ficou quieto, mas urina molhou a frente da calça.

Roman já tinha visto o suficiente. Ele estava tomado de fúria silenciosa e cansado de se curvar diante de um deus que se alimentava do medo e da subserviência dos mortais. Que sentia deleite em causar ferimentos e curá-los parcialmente a seu bel-prazer.

Roman voltou a caminhar pelo corredor. Porém, pôs a mão no bolso e passou os dedos na borda do livrinho de Iris, que carregava por aí desde que ela o deixara no quarto.

— Senhor Comandante? — chamou.

Dacre levantou a cabeça bruscamente. Com os olhos brilhantes, ele analisou a aparência de Roman, que de repente agradeceu pelo vômito e pelo sangue nas roupas. Pela sujeira, pelo tecido amassado, pelos espinhos. Simultaneamente, ficou chocado ao ver como Dacre estava ileso. O sangue que sujava sua vestimenta não era dele, e não havia um arranhão sequer em seu rosto ou suas mãos.

— Roman — disse Dacre, soltando o braço do soldado. — Achei que tivesse morrido.

— Não, senhor.

Roman passou por Shane. Sentiu o olhar frio do tenente, breve, mas de arrepiar, antes de parar diante de Dacre.

— Por que está aqui? — perguntou o deus. — Como sobreviveu?

— Eu estava numa área mais afastada da praça. Quando ocorreu a explosão... Eu não sabia o que fazer, então voltei para casa, sabendo que o senhor também voltaria para cá.

Dacre se calou, ponderando a resposta de Roman.

No momento tenso de espera pela reação do deus, Roman percebeu que os outros soldados — inclusive o capitão Landis — que tinham estado com ele na Quadra Verde provavelmente tinham morrido na explosão. Era o sangue deles no rosto e nas roupas de Dacre. E um daqueles homens estava bem ao lado de Iris.

Roman sentiu uma pontada de tristeza. A angústia começou a devorar seus ossos, o fazendo tremer com seu peso. Ele quase desabou. Quase derreteu no chão.

Se contenha.

Ele repetiu aquelas palavras, uma estrutura onde pendurar a cabeça e o corpo, e mordeu a bochecha. Entrelaçou os dedos nas costas. Porém, um grito se formava em seu peito, rasgando seus pulmões.

Se ela estivesse morta, eu saberia.

— Estenda o braço direito, Roman — disse Dacre.

Se fosse um teste, Roman não podia reprovar. E, se não fosse, Roman saberia como era se partir de verdade sob as mãos de um deus.

Ele estendeu o braço sem hesitar. Por dentro, sua mente era uma correnteza profunda e sombria. Girando sem parar. *Você vai se arrepender de quebrar meus ossos. Vai se arrepender de ter arrancado Iris da minha memória. Vai soltar do meu âmago algo que desejaria nunca ter tocado.*

Dacre pegou o braço de Roman. Ele o puxou até misturar seus hálitos.

— Sabe quem me traiu? — perguntou o deus.

— Não, senhor.

Dacre apertou com mais força. Roman sentiu a mão começar a formigar; viu o pai pelo canto do olho, se aproximando com uma careta de horror.

— Não, eu não tenho nomes — disse Roman, mais alto. — E não acredito que haja aqui um traidor.

— Me convença dessa lógica.

— Estivemos com o senhor, meu comandante. Servimos ao senhor, abaixo e acima. Sabemos de sua natureza, de seu poder, de sua magia. Se um de nós tentasse matá-lo, imagina que teríamos a tolice de usar uma bomba?

Dacre soltou o braço de Roman. Ele passou a mão pelo cabelo desgrenhado, e o gesto foi tão humano que Roman quase riu.

Era possível matar um deus. Mas, da próxima vez, eles precisariam ser mais espertos.

Encorajado pela hesitação de Dacre, Roman insistiu:

— Senhor, estamos em um momento muito precário. Em vez de duvidar de nós, permita-nos planejar os próximos passos.

Dacre voltou a fitá-lo. Ele suspirou, como se entediado.

— Vá trocar de roupa. Me encontre na sala de estratégia em dez minutos.

Para os soldados, ele disse:

— Voltem a seus postos.

Roman ficou parado no corredor, cercado por um fluxo repentino de vida. Soldados voltavam a patrulhar ou iam à sala de jantar para comer. Voltavam à biblioteca, transformada em quartel. Ao que quer que estivessem fazendo antes de Dacre reaparecer e estragar a noite.

Shane esbarrou no ombro de Roman.

Se era sinal de camaradagem ou de advertência, Roman não saiba, e estava exausto demais para tentar interpretar. Ele subiu a escada e se recolheu no quarto. Finalmente a sós, arrancou o paletó. Caiu de joelhos, apertando a garganta.

Ele arfou como se tivesse acabado de emergir da superfície do mar.

Nove minutos depois, Roman voltou à sala de estar, vestido em roupas limpas. O sangue e o vômito tinham sido lavados, e o cabelo escuro, penteado para trás. Mantinha a postura ereta, um pouco rígida, mas ele sempre fora assim, não?

Por fora, ele parecia normal. Bem. Arrumado e alinhado, mesmo após escapar por pouco de uma bomba.

Já por dentro? Ele se sentia estilhaçado.

Dacre parecia preocupado demais para notar. Ele estava de pé diante da lareira, cheio de vitalidade, como se nunca tivesse sentido o estouro da bomba. Ele também havia trocado de roupa e lavado os resquícios de sangue mortal, e o fogo iluminava seu rosto anguloso. Por mais distante que estivesse por dentro, porém, escutou Roman entrar na sala. Sem se virar, falou:

— Preciso que datilografe uma carta importante para mim.

Roman se sentou diante da máquina de escrever, esperando sentir uma onda de alívio por estar perto dela outra vez. A Terceira Alouette. Sua conexão com Iris. Ele se sentiu vazio ao fitar as teclas E e R.

Foi então, contudo, que notou outra coisa, caída na mesa. Uma chave de ferro manchada de sangue, pendurada em uma corrente.

A chave que o capitão Landis levava no pescoço.

— Me avise quando estiver pronto — disse Dacre.

Roman voltou a atenção à tarefa, encaixando uma folha de papel na máquina. Ele não conseguiu deixar de olhar novamente para a chave, tão perto dele. O poder de abrir portais, logo a seu alcance.

— Estou pronto, senhor.

Porém, não estava preparado para as palavras que saíram da boca de Dacre. Para o destinatário daquela carta. Roman escutou, mas não conseguiu datilografar o nome.

Dacre notou o silêncio. Parou de falar e o olhou, franzindo a testa.

— Há algum problema, Roman?

— Não, senhor.

— Então por que não começou?

— Perdão, senhor — disse Roman, e flexionou os dedos, estalando duas juntas. — Continue, por favor.

Eu saberia se ela estivesse morta.

Dacre se repetiu e, desta vez, Roman transformou suas palavras em tinta, sem desviar os olhos da primeira linha:

```
Cara Iris E. Winnow
```

41

Conversas com um devaneio

Iris correu pela rua escura.

No caminho, tinha perdido um dos sapatos de salto, e o pé descalço doía a cada passo torto. O vestido estava rasgado; os joelhos, ralados. Ela não sabia a extensão dos ferimentos, porque o corpo estava entorpecido.

Tudo que sentia era o coração, batendo em uma melodia errática até os ouvidos, pelas linhas retorcidas das veias.

Não pare! Ainda não é seguro.

Exaustão a inundava, deixando-a lenta e desajeitada. Os músculos estavam tensos e quentes sob a pele suada. Ela não parecia capaz de se forçar a correr mais rápido, mas temia desabar se parasse de se mexer.

Onde estou?

Ela se sentia inteiramente perdida, desamparada em um labirinto de sombras. Engolida por um pesadelo do qual estava desesperada para acordar. Estremeceu e parou, relutante e mancando, no cruzamento.

Alguns carros passaram com velocidade, respingando a água das poças de chuva. As luzes nos postes começaram a se acender, o brilho âmbar atraindo mariposas. Um jornal se desintegrava nos paralelepípedos.

Era noite, e o toque de recolher era iminente. Oath ficava assombrosa na escuridão solene, como se brotassem dentes e garras na cidade após o pôr do sol. Ela precisava encontrar um lugar seguro para descansar aquela noite, e não sabia que porto lhe abrigaria até perceber a rua a que tinha chegado.

Ela avançou com passos hesitantes.

Lá, ao longe, se erguia o museu, de colunas brancas, lamparinas bruxuleantes e portas vermelho-sangue. As portas seriam trancadas quando a noite caísse por definitivo; ninguém conseguiria entrar atrás dela. Seria seu abrigo do Cemitério.

Como se pressentissem seus pensamentos, tiros dispararam por perto, seguidos por gritos e um berro de enregelar o sangue.

Iris se encolheu e se agachou, mas não parou de se mexer. Foi avançando rápido pela calçada até quase chegar à escada do museu. Finalmente, saiu correndo, chutando o outro sapato para longe até tocar o mármore apenas com os pés.

Ela abriu a porta pesada e entrou no museu meros momentos antes da tranca se fechar magicamente. Iris tremeu — *você está segura, você está segura* — e deu cinco passos no saguão antes das pernas cederem.

— Você está segura — sussurrou para si mesma, como se falar as palavras em voz alta as tornasse realidade.

Mas ela não acreditava na própria voz.

Não acreditava mais nas próprias palavras.

* * *

Nos momentos antes da explosão, Iris tinha achado o discurso de Dacre convencido, exagerado e ardiloso. Não confiava em uma palavra sequer do que ele dizia — enxergava as intenções dele como se o deus fosse de vidro —, mas, ao olhar para as pessoas ao seu redor... viu que tinham expressões atentas e fascinadas. Ela via que estavam atraídas pelo apelo dele a Oath.

Não haverá mais sangue. Não haverá motivo para morte.

Estou aqui para curar seus males e restaurar a glória desta cidade.

Ela se perguntou se era o começo do fim. Se Oath estava prestes a se dobrar em uma rendição febril. O que seria sua vida sob comando de Dacre.

Foi então que ouviu o estalido estranho.

De início, Iris não sabia o que era, mas ela ficou rígida ao se lembrar da trincheira com Roman. Do som semelhante da granada antes de explodir. O homem alto ao seu lado também parecia saber o significado daquele ruído. Ele arfou e deu um passo para a frente, entrando bem diante dela, como se prestes a invadir o palco.

Não houve tempo antes da explosão sacudir o pátio.

Uma luz ofuscante, a madeira rachada, o peso do trovão. A ardência do granizo e o assobio de metal no ar. A gravidade derretida e os ossos partidos. O gosto de sangue e fumaça e o zumbido da morte.

Iris não se lembrava de ser jogada para trás. Porém, quando conseguiu piscar e limpar um pouco da poeira dos olhos, percebeu que o homem diante dela tinha recebido a maior parte da força da explosão. O homem cujo *nome ela nem sabia* tinha morrido lhe servindo de escudo, fosse ou não de propósito. Estava caído nas pernas dela, perfurado por lascas de madeira, sangrando no vestido de Iris. Estava morto, e ela precisou se desvencilhar do peso dele, com os pulmões comprimidos ao perceber o que tinha acontecido.

Ela se levantou, com as pernas tremendo.

Através da fumaça, via algumas pessoas tossirem e se arrastarem pelo chão, mas a maioria das que a cercavam estava morta. Apertando a frente do vestido, Iris ergueu o rosto.

E encontrou o olhar de fogo de Dacre. Ele se erguia, são e salvo, entre os escombros, sangue pingando do rosto, as roupas em frangalhos pendendo do corpo poderoso.

Quando ele avançou, ela recuou, tropeçando nos corpos e caindo com um baque no chão.

Corra.

Foi o único pensamento cristalino que teve.

Corra.

Quando disparos atravessaram a névoa, Iris pulou para ficar de pé e correu.

Era estranho ela não conseguir mais se levantar.

Iris estava deitada no piso do saguão do museu, com o rosto encostado no mármore. Da última vez que estivera ali, fora roubar a Primeira Alouette com Attie e Sarah. Em uma noite que parecia fazer séculos.

Ela relembrou o momento, na esperança de acalmar o peito. Porém, Iris lembrou que sempre havia um guarda patrulhando o museu à noite. Não estava sozinha ali, e não queria ser pega.

Com um gemido, ela se forçou a se ajoelhar e então a se levantar. Agora que a adrenalina tinha diminuído, ela sentia uma pulsação quente na sola do pé direito. Quando o examinou, viu alguns cacos de vidro enfiados na pele.

Ela havia sangrado no chão, mas não tinha como limpar.

— Depois — decidiu, mancando pelo corredor.

Apenas algumas lâmpadas estavam acesas, emitindo uma luz fraca. A maior parte do museu estava envolto em sombras, quieto e frio como se debaixo d'água, e Iris estava quase na sala que antes exibia a Alouette quando ouviu o eco de uma porta fechando.

Ela ficou paralisada, escutando.

Alguém andava pelo outro corredor, no sentido do saguão.

Tinha de ser o guarda noturno, então Iris correu para uma das salas do fundo, caindo ajoelhada para engatinhar atrás de uma estátua. Ela abraçou as pernas junto ao peito. Estava respirando com dificuldade, e o pé latejava no ritmo frenético do coração.

Fechou os olhos quando o som das botas se aproximou.

Ela estava tão *cansada*; não tinha mais força para escapar de outro inimigo. Para correr de sala em sala como caça em busca de um esconderijo.

Iris fechou os olhos e engoliu em seco.

Após mais alguns instantes, viu um feixe de luz atravessar as pálpebras. Tensa, aguardou. Quando a luz finalmente a inundou, ela soube que não restava fingimento. Não havia como se esconder.

Abriu os olhos, forçando a vista diante da guarda à frente dela. Era uma mulher de meia-idade e cabelo comprido, escuro como a noite, com algumas mechas grisalhas. A pele dela era pálida, mas radiante, e seu rosto poderia ser qualquer um que Iris tivesse visto muitas vezes e esquecido, exceto pelos olhos. Estes tinham um tom espantoso de verde. Ela era alta e magra sob o uniforme azul-marinho de guarda e não carregava arma alguma. Nada de pistola nem de cassetete, apenas uma lanterna de metal, que, por educação, apontou para o chão.

Iris tremeu, aguardando que a mulher lhe desse ordens. Esperou o que imaginava: *Quem é você? Está invadindo o museu. Precisa ir embora já. Saia daqui.*

Mas essas palavras nunca vieram.

— Você está machucada — disse a mulher. — Deixe-me ajudar.

E, quando ela estendeu a mão, Iris não hesitou.

Ela aceitou a ajuda, e a mulher a levantou do chão.

— Desculpa — disse Iris.

Ela estava sentada em uma cadeira de couro no escritório do museu, e a mulher — que não usava crachá — tinha se ajoelhado na frente dela, se preparando para tirar o vidro de seu pé com uma pinça.

— Por quê?

— Por invadir o museu depois de fechado.

A mulher examinou o pé de Iris em silêncio. As mãos dela eram frias e macias, mas as juntas estavam inchadas. Iris se perguntou se ela também estava machucada, até ela dizer:

— O museu é mais do que um lar para artefatos. De muitos modos, é um refúgio. Você acertou em vir para cá, se sentiu necessidade.

Iris assentiu. Estava começando a ficar tonta, olhando para a pinça.

A mulher percebeu.

— Feche os olhos e recoste a cabeça. Vou acabar antes de você notar.

Iris obedeceu e respirou fundo. O silêncio, contudo, a preocupava mais, então ela falou:

— Há quanto tempo a senhora trabalha no museu?

— Faz pouco tempo.

— A senhora é de Oath?

Vidro tilintou em uma lata de metal. Iris nem tinha sentido ela arrancar o caco.

— Originalmente, não. Mas agora é meu lar. Faz muito tempo que não vou embora.

— Tem família por aqui? — perguntou Iris.

— Não, sou só eu. A música me faz companhia.

— A senhora toca algum instrumento?

Uma longa pausa, seguida de um leve puxão. Iris fez uma careta, sentindo o caco de vidro ser arrancado.

— Eu tocava — respondeu a mulher. — Mas não toco mais.

— Por causa do decreto do chanceler?

— Sim e não. Um homem como ele não poderia me impedir de tocar se eu quisesse.

Isso fez Iris sorrir. Lembrava ela de Attie, passando o arco pelas cordas do violino no porão. Se recusando a entregá-lo às autoridades que confiscaram todos os instrumentos de corda.

Mais um caco de vidro foi solto. Dessa vez, ardeu, e Iris sibilou.

— Estou acabando — disse a mulher. — Só mais alguns cacos.

Iris ficou quieta desta vez, os olhos fechados com força, com a cabeça encostada. Ela absorveu os sons noturnos do museu: uma chaleira fervendo no fogãozinho dos fundos, mais um tilintar de vidro, as mãos firmes da mulher trabalhando e um silêncio reverente misturado a tudo.

— Acabei — disse a mulher. — Vou enfaixar.

Iris abriu os olhos. Ela tinha sujado a calça da mulher de sangue, mas a guarda não parecia incomodada enquanto envolvia o pé de Iris com uma atadura.

— E, agora, um pouco de chá.

Ela se levantou e foi ao fogão antes de Iris piscar, deixando de lado a pinça e a bandeja de cacos.

Iris a escutou lavar as mãos na pia, e logo a sala foi perfumada por chá preto com lavanda e mel quente.

— Aqui está — disse a mulher, entregando uma xícara de chá. — Beba. Vai ajudar a dormir.

— Obrigada — respondeu Iris. — Mas é melhor eu ficar acordada.

— Já se perguntou como seriam seus sonhos se dormisse em um museu?

Iris sorriu.

— Não, nunca.

— Então pense nisso. Você está em segurança. Se permita sonhar, nem que seja para ver aonde a mente a levará.

Iris tomou um gole. A cabeça dela estava embrumada, e uma sensação de conforto e prazer começou a tomá-la, como se estivesse deitada na grama, com o sol de verão esquentando o rosto. Ela se perguntou se era o chá ou se estava mesmo cansada assim.

A mulher cobriu as pernas dela com uma manta.

Iris pegou no sono antes de notar.

— *Iris.*

Ela se sobressaltou ao ouvir seu nome. Um som como juncos ao vento. Um sopro mágico sob a porta do guarda-roupa.

Iris abriu os olhos. Ela estava no museu.

Avançou pelo saguão e percebeu que não estava só. A guarda noturna a acompanhava, mas, agora, usava um vestido simples e estava descalça.

— Venha comigo — disse ela, chamando Iris para uma das salas. — Quero mostrar uma coisa.

Iris a seguiu, surpresa quando a mulher parou diante de uma vitrine que exibia uma espada.

— Eu já vi isso — disse Iris, admirando o brilho do aço e as pequenas pedras preciosas cravejadas no punho dourado. — Acho que olhei para esta espada da última vez que estive no museu.

— Realmente — respondeu a mulher, bem-humorada. — Quando você invadiu o museu para roubar a Primeira Alouette.

Iris deveria sentir medo pela guarda saber de seu crime. Porém, aquela mulher não inspirava medo, então Iris apenas sorriu.

— Sim. É verdade. Por que quis me mostrá-la agora?

A mulher indicou a espada novamente.

— Esta arma é encantada. Foi forjada por um divino Inferior e presenteada ao rei Draven séculos atrás, quando esta terra era comandada por um só homem, e ele a empunhou em uma batalha contra os deuses. Esta lâmina matou muitos divinos em uma época quase esquecida.

— Mas a placa diz que foi usada apenas para…

— É mentira. — A voz da mulher foi firme, mas gentil. Ela sustentou o olhar de Iris, e seus olhos verdes hipnotizantes estavam ao mesmo tempo furiosos e tristes. — Muitas partes do passado foram reescritas ou perdidas. Esquecidas. Pense em todos os livros da biblioteca cujas páginas foram arrancadas.

Iris ficou quieta, mas sentiu o peso das palavras. Voltou a considerar a espada e perguntou:

— O que o encantamento faz?

— Faz a espada cortar osso e carne como uma faca corta manteiga, desde que quem a empunha ofereça à lâmina e ao punho um gosto do próprio sangue. Um sacrifício, para se enfraquecer e ferir a própria mão antes do ataque. — A mulher se virou e voltou a caminhar. — Venha, há mais coisas a ver.

Iris a seguiu pelo museu, surpresa quando as paredes de repente ficaram estreitas e pedregosas. O ar tornou-se úmido e frio, com gosto de musgo e podridão. A luz do fogo dançava nas tochas de ferro.

— Não sabia que tinha uma área assim no museu — disse Iris, se esquivando de uma teia de aranha.

— Não tem — respondeu a mulher. — Este é o reino do meu esposo.

— Vamos encontrá-lo?

— Não. Quero mostrar uma porta. Mas, primeiro, preste atenção no piso. Na inclinação. Ele vai guiá-lo pelas muitas passagens, cada vez mais ao fundo do reino.

— Mais fundo? — perguntou Iris, desacelerando o passo.

As paredes começaram a oscilar. Uma cor se misturava a outra.

— Não pense demais, Iris — disse a mulher, o cabelo preto tomando um brilho azul na luz estranha. — Senão, vai se romper.

Iris assentiu, tentando relaxar. Elas finalmente chegaram à porta. Era alta e arqueada, e o batente, entalhado com runas.

A mulher tocou a maçaneta de ferro e parou, como se perdida em memória.

— Quando eu vivi aqui, não havia fechadura. Eu podia ir e vir pelo reino inteiro, desde que não voltasse à minha vida lá em cima. Meu esposo achava que me dera liberdade, mas era uma jaula.

Iris sentiu uma onda de alarme.

— Quem foi seu esposo?

A mulher olhou para Iris, mas disse apenas:

— Do outro lado desta porta fica o coração do reino. Um lugar bravio, mas vulnerável. É aqui que minha música fica mais forte, talvez por causa do risco. Mas você precisará de uma chave para abrir a porta.

— Onde consigo uma chave? — perguntou Iris, com a cabeça começando a latejar.

A mulher não respondeu, mas, ao empurrar a porta, a abriu. Iris foi atrás, surpresa quando o ar úmido do túnel voltou a ser quente e leve.

Elas estavam em uma colina coberta de grama. Ao redor delas havia uma paisagem de vales e picos salpicados de flores, levando a montanhas distantes. Grupos de pinheiros e um rio que fluía por uma planície.

— Faz muito tempo que não posso vir aqui admirar a vista. — A voz da mulher estava suave de saudade. O vento a tocava com um suspiro, acariciando o cabelo comprido como uma mão carinhosa. — Você me perguntou se eu era de Oath. Não sou, e antigamente vagava por estas colinas com minha família. Aonde visse o céu, atrás de qualquer horizonte. A terra recém-revolta dos cemitérios. Era este meu domínio, mas eu abri mão dele ao fazer promessas a Alzane, tudo porque ele temia meu poder crescente. Desde então, estou confinada em Oath. Não posso sair da cidade, ou teria ido ao encontro dele no oeste quando despertou.

— De quem? — sussurrou Iris.

— Dacre — disse a mulher. — Ele pode consertar o que quebra, mas eu sou música e conhecimento, chuva e colheita. Sou pesadelos, sonhos e ilusões. E, se ele me matasse, como deseja, tomaria para si toda a minha magia. Seu poder não teria fim, e ele se alimentaria do banquete de medo e serviço mortal. Ele quer conquistar este reino. Quer que vocês o idolatrem, e apenas a ele.

— Mas, se tem tanta magia — começou Iris —, você não deveria ser capaz de conquistá-lo? Se é ilusões, pesadelos e…

— Ah, mas o preço é esse — interrompeu a mulher, suavemente, com uma expressão triste. — Eu assumi o poder dos outros três não porque os desejava, mas porque não queria que *ele* colhesse tamanha magia ao despertar. Mal sabia eu que, ao fazê-lo, enfraqueceria o que era meu por direito. — Ela ergueu a mão, e Iris viu os dedos inchados. — Ainda consigo tocar minha harpa, mas não sem sentir agonia.

O céu tinha ficado nublado e lúgubre. Um trovão reverberou ao longe, e o vento uivou em sinal de chuva.

— Por favor, nos ajude a derrotá-lo — sussurrou Iris.

Um ar de compaixão tomou o rosto da mulher. Ela acariciou a bochecha de Iris, com dedos frios como a água de um rio no inverno.

— Dei todas as peças de que precisam para destruí-lo — falou ela. — Confesso que, se for eu a enfrentá-lo, minha mão será detida. Não conseguirei cravar a espada em seu pescoço, mesmo após toda a inimizade que cresceu entre nós. Ele me destroçará e tomará meu poder. Então, será o único divino restante no domínio e, em algum momento, seja na sua geração ou depois, um mortal terá a coragem de acabar com ele e enterrá-lo, decapitado, em seu túmulo. Quando isso acontecer, a magia morrerá também, pois não haverá mais deuses caminhando entre vocês ou dormindo sob a terra. Quando morrermos todos, tudo irá se apagar.

Um nó apertou o peito de Iris. Quase doía respirar, quando pensava no que a mulher descrevia. Um mundo enjaulado. Um mundo sem liberdade ou magia, uma lembrança do passado.

Ela pensou na máquina de escrever. No encanto em coisas pequenas e comuns. Pensou nas cartas que mandava para Roman pela porta do guarda-roupa. Em palavras que atravessavam quilômetros e distância, dor e alegria, luto e amor. Palavras que a fizeram tirar a armadura depois de anos se protegendo.

Kitt.

Iris arquejou. Sua mente ia tomando nitidez ao se lembrar de quem era, e o mundo a seu redor começou a derreter. As montanhas e o céu, os vales e as flores. Estrelas que ela nem sabia existirem. Tudo se esvaía como a água no ralo da banheira, mas a mulher se mantinha firme à sua frente, com flores brotando no cabelo escuro.

Não era uma mulher, era uma deusa.

— Não quero que a senhora morra. Não quero que a magia se apague, mas não tenho a sua força — disse Iris. — Ele certamente me derrotará.

— Você é capaz de muito mais do que imagina. Por que acha que, ao vê-la agora, fico maravilhada? Por que acha que me aproximo da sua espécie? Cantei para muitos de vocês encontrarem o descanso eterno após a morte, e descobri que a música de uma vida mortal arde mais forte do que qualquer magia atiçada pelas minhas canções.

Ela se abaixou para beijar a testa de Iris. Por um breve instante, tomou a aparência de Aster: cabelo castanho comprido, a boca curvada, sardas salpicadas no nariz. Lágrimas arderam nos olhos de Iris quando ela percebeu que, aquele tempo todo, não estava sonhando com a mãe, mas com a deusa.

Antes de estar pronta para o fim do sonho, Iris despertou bruscamente.

Ela estava sentada na cadeira de couro, a sala do museu iluminada pela luz anterior ao amanhecer. Uma xícara de chá frio estava ao seu lado uma manta quente sobre suas pernas. O pé direito estava enfaixado, e ela tirou um tempo para recuperar o fôlego, ainda sensível ao sonho.

Percebeu um par de botas no chão à sua frente, desamarradas e engraxadas. Uma roupa limpa, de saia até os joelhos e blusa verde-floresta com botões de pérola, dobrada na cadeira ao lado. Um bule de chá fumegante, esperando ser servido.

Iris tirou a coberta e se levantou, tomando cuidado com o pé, apesar de, ao pisar, sentir apenas um murmúrio de dor.

— Enva? — chamou.

Não houve resposta. O ar estava pesado e quieto.

— *Enva!*

Ela se perguntava se era tudo sua imaginação febril, um jeito de sua cabeça entender o mundo após sobreviver à bomba, quando um clarão dourado chamou sua atenção. Iris se virou e viu uma espada de punho cravejado encostada na parede, a lâmina protegida pela bainha. Era a arma que Enva mostrara a ela no sonho. A espada de Draven. Aquela que matara tantos divinos no passado.

Iris andou até lá. Hesitou, pensando em tudo que Enva tinha dito e mostrado. Na espada, na porta, nas palavras.

Por que não percebi quem era assim que a vi?, Iris se perguntou, angustiada ao pensar em uma deusa ajoelhada diante dela, tirando vidro de seu pé. Enfaixando suas feridas. Uma deusa fazendo chá e caminhando com ela em sonho.

Você é capaz de mais do que imagina.

Antigamente, não tanto tempo atrás, Iris não teria acreditado naquelas palavras. Contudo, sentiu a maré repuxar seus pés, como se sob uma lua vermelho-sangue.

Ela empunhou a espada.

42

Entrego minhas mãos

Iris deixou a espada na mesa. À luz fraca da luminária, a lâmina *quase* parecia combinar com a máquina de escrever. Porém, ao olhá-las, sentiu que dois mundos e duas eras inteiramente diferentes entravam em colisão.

Com a cabeça distante, relembrou o sonho.

A *Tribuna Inkridden* estava quieta e vazia. Apenas algumas luminárias estavam acesas, dando a impressão de noite absoluta, sendo que passava um pouco do amanhecer. Iris, de espada em punho e vestida com as roupas deixadas por Enva, fora imediatamente à *Tribuna* assim que as portas do museu se abriram. Ficava à distância de uma quadra, e ela não queria pegar o trânsito matinal para o apartamento carregando uma espada que provavelmente valia mais do que todo o ouro nos cofres de Oath.

— Quem está aí? — soou a voz de Helena, vinda de sua sala.

Ela parecia cansada e irritada.

— Sou só eu — respondeu Iris. — Cheguei cedo, pela primeira vez.

Um instante depois, Helena apareceu na porta, envolta em fumaça. Ela tragou profundamente o cigarro, caminhando entre as mesas.

— Tudo bem, moça? Soube que explodiram uma bomba ontem na Quadra Verde.

Iris sentiu a boca secar, engolindo a memória. Lembranças que lhe davam a impressão de ainda ter vidro incrustado na pele.

— Não estou machucada.

Helena parou e a observou atentamente.

— Tem certeza? Posso levar você ao hospital agora mesmo se...

— Estou bem. — Iris sorriu, apesar de sentir o rosto rígido. — Mesmo.

— Bom, eu fumei um maço inteiro essa noite, achando que você tinha morrido e me odiando por deixá-la ir sozinha para aquela festança. — Helena apagou o cigarro em um cinzeiro próximo. — Sabe o que aconteceu?

Iris suspirou profundamente.

— Dacre estava lá. Imaginei que fosse um atentado para matá-lo?

— Foi isso que me disse meu informante. Cinquenta e três mortos, mais vinte feridos. Onze ainda desaparecidos. O chanceler está no hospital, em estado crítico. Não esperam que ele sobreviva. Dacre, por outro lado, sumiu. Ninguém sabe onde ele está, mas uma sobrevivente disse que ele saiu inteiramente ileso da explosão. Nem os tiros o afetaram. — Helena hesitou, interpretando a expressão de Iris. — Sente-se, moça. Você está pálida. Vou passar um café. — Foi então que finalmente notou a espada na mesa de Iris. — E *essa* é a espada do rei Draven. Pelo amor de todos os deuses, o que ela está fazendo na minha redação?

— Ela foi dada a mim — disse Iris. — E preciso escondê-la na sua sala. Só por um tempinho.

— *Escondê-la?* Iris, você...

Helena se calou quando as duas ouviram passos descendo a escada. Alguém se aproximava da *Tribuna*, mesmo que fosse apenas seis e quinze e o trabalho só começasse às oito.

— Por favor, Helena — sussurrou Iris.

Helena suspirou.

— Está bem. Vá rápido, antes de alguém vê-la. Não quero que espalhem por aí que roubei uma relíquia inestimável do povo de Oath.

Iris pegou o punho e correu para a sala de Helena atrás da editora. O cômodo não era amplo, e elas precisaram esconder a espada embaixo da mesa.

— Sra. Hammond?

Iris ficou paralisada ao ouvir a voz de Tobias. Ela se virou e o viu circular entre as mesas, na direção da porta da sala. Ele também pareceu chocado por ver Iris ali tão cedo, e levantou as sobrancelhas ao parar de andar.

— Tobias — cumprimentou Helena. — Aconteceu alguma coisa?

— Recebi uma correspondência urgente.

— Para a *Tribuna*?

— Para Iris, para ser entregue ao amanhecer — disse ele, estendendo um envelope.

Iris olhou para o envelope. Ela ficou congelada de pavor ao reconhecer a letra que lembrava aranhas. Porém, aceitou a correspondência. Quebrou a unha ao arrancar o selo para ler um convite datilografado e sucinto:

```
Cara Iris E. Winnow,

    Gostaria de convidá-la para o chá em meu solar
hoje, às quatro e meia da tarde. Precisamos discu-
tir algumas questões importantes. Por favor, venha
sozinha. Aqui é um lugar seguro.

                              Atenciosamente,
                              Sr. Ronald M. Kitt
```

— O que foi, Iris? — a voz ansiosa de Helena quebrou o silêncio.

Iris dobrou a carta. Ela não tinha pensado naquilo antes, e quase se sentiu boba. Deveria ter percebido assim que viu Dacre subir ao palco na Quadra Verde. Deveria ter notado onde o deus se escondia. Que porta tinha usado para chegar a Oath por dentro.

—Apenas um convite para o chá. Do meu sogro — disse Iris.

— Quer que eu mande alguém acompanhá-la? — perguntou Helena. —Attie, quem sabe?

Iris sabia que Attie tinha pedido pelo dia de folga. A reunião com a professora de música fora um sucesso, e Attie pretendia ensaiar a "Canção de Alzane" no porão sem parar, até conseguir tocar as notas perfeitamente em qualquer contexto. No escuro, na luz, parada ou em movimento constante.

Porém, mesmo que Attie estivesse livre, Iris não pediria que ela fosse à casa dos Kitt. Não com tanto perigo espreitando.

— Posso levá-la de carro, se quiser — ofereceu Tobias. — Espero no meio-fio e trago você de volta quando acabar.

Iris aquiesceu, relaxando os ombros.

— Eu agradeceria muito, Tobias. E não, Helena. Devo ir sozinha. Não precisa se preocupar.

Helena não pareceu convencida. Nem Tobias.

Por favor, venha sozinha. Aqui é um lugar seguro.

Iris sentiu a carta do sr. Kitt — de *Dacre* — amassar no punho.

Não havia mais lugares seguros na cidade.

Às quatro e vinte e oito da tarde, Iris encarou o portão de ferro da mansão dos Kitt. A grade não se abriu para o conversível, o que levou Iris a presumir que Dacre queria que ela chegasse a pé.

— Vou esperar bem aqui, caso você precise de mim — disse Tobias, estacionando no meio-fio.

Iris assentiu e saiu do carro. Como ela imaginava, o portão se entreabriu com um rangido quando ela se aproximou.

Ela andou sozinha pelo caminho comprido, carregando apenas a bolsa puída de tapeçaria, e ficou surpresa pelo silêncio inerte do quintal. Nenhum pássaro voava entre os arbustos perfeitamente podados. Nenhuma libélula ou abelha pairava de uma flor a outra. Nenhum vento soprava as árvores, nenhuma luz do sol escapava das nuvens. Parecia que uma sombra caíra sobre o terreno, e Iris estremeceu ao subir a escada que dava na porta.

Com as mãos suadas, se adiantou para tocar a campainha.

Não foi necessário. A porta se abriu, revelando o sr. Kitt. Ele estava tão desalinhado que ela se assustou. O cabelo preto estava seboso, os olhos, avermelhados, e ele fedia a fumaça de charuto.

Iris não tinha preparado um cumprimento. Ficou espantada por ele receber a própria visita. Onde estava o mordomo? Os criados que sem dúvida cuidavam do lugar? Um instante depois, ela entendeu.

— Entre, srta. Winnow — disse ele, a recebendo-a.

— Obrigada — agradeceu Iris, mas sua voz soou pequena, facilmente engolida pelo saguão grandioso.

Assim que a porta se fechou atrás dela, Iris viu os soldados postados nas sombras. Eram sete só naquela entrada, armados com fuzis, e, ao seguir o sr. Kitt, ela contou outros cinco no corredor.

A mansão se transformara em um quartel-general militar secreto.

— O chá será servido na sala de estar — disse o sr. Kitt.

Iris abriu a boca. Estava prestes a perguntar por Roman, mas engoliu as palavras. Ela tinha suposto que ele voltara ao posto, como dissera, mas isso não fazia mais sentido, se Dacre estava ali.

Talvez fosse por isso que ele ainda não havia escrito para ela.

Talvez algo tivesse acontecido com ele.

A pulsação dela batia espessa na garganta quando eles chegaram à porta da sala. Ela nem acreditava em como tremia, como se o chão fosse instável. Pegou o pingente dourado escondido sob a blusa. O ouro era uma âncora, lembrando-a de Forest e da mãe. Das coisas difíceis a que já sobrevivera.

A porta da sala se abriu.

Iris viu Dacre sentado a uma mesa comprida posta para o chá, bem à frente dela. Ao encontrar o olhar dele, foi como se um feitiço se conjurasse. Ele era eterno, atemporal, esculpido em beleza afiada e terrível. Era difícil parar de olhar sua aparência, simultaneamente agradável e fatal, como fitar o sol. Iris ainda o via ao fechar os olhos, como se queimasse ali sua impressão.

— Iris Winnow — disse ele, com um sorriso amigável que quase lhe dava aparência humana. — Venha, tome um chá comigo.

Iris deu um passo para a frente. Ela se sobressaltou quando o sr. Kitt fechou a porta e a deixou a sós com Dacre na sala de estar.

— Sente-se — insistiu o deus, servindo a primeira xícara.

Iris se instalou na cadeira, tensa. Viu o vapor subir, se perguntando se seria seguro beber aquele chá, então Dacre interrompeu seus pensamentos.

— Lembra-se de seu antigo colega?

Iris franziu a testa, mas sentiu o olhar de alguém — como a luz das estrelas na noite mais escura. Olhos que a tinham percorrido tantas vezes antes.

Ela perdeu o fôlego ao olhar para trás.

Roman estava encostado na parede, olhando para ela. Seu rosto estava pálido e magro, ainda mais do que na outra noite, quando ela dormira em sua cama. Ela se perguntou se ele andava comendo, se andava dormindo. Ele mantinha a expressão impassível, os olhos frios como o mar de inverno. Estava igual à época da *Gazeta*, profissionalmente alinhado por fora, com as roupas engomadas e o cabelo penteado para trás. Porém, ela via o músculo tenso em sua mandíbula. Notou as mãos enfiadas nos bolsos, escondendo os punhos.

— Sim — suspirou ela, voltando a atenção para Dacre. — Eu me lembro de Kitt.

— Ele entregou minha carta no café, não foi?

Iris aceitou a xícara e o pires de Dacre. Ela morreu de vergonha do tremor em sua mão. Como parecia pequena e fraca em comparação com a divindade.

— Entregou — disse ela, resistindo à vontade de olhar para Roman.

Finja odiá-lo de novo. Detestá-lo. Como se ele não fosse sua outra metade.

Dacre a fitou enquanto ela acrescentava leite e mel na xícara, se demorando, como se pudesse adiar o inevitável.

— Eu a vi ontem na Quadra Verde — disse ele.

Iris abaixou a colher.

— Sim, eu estava lá.

— Fui eu que pus seu nome na lista de convidados. Queria conhecê-la. — Dacre se aproximou, baixando a voz em um murmúrio grave. — Por que fugiu de mim, Iris?

— Perdão, senhor?

— Eu a vi pela fumaça. Estava indo curá-la, ajudá-la. E você fugiu.

— Não me sentia segura lá.

— Você tem medo de mim?

Sim, quis dizer. Tinha medo dele. Mas ela sustentou o olhar do deus, encostando a língua nos dentes.

— O que achou do meu discurso? — perguntou Dacre. — Antes da... interrupção?

— Sinceramente? O senhor disse tudo que aquela gente queria ouvir. Vendeu para eles um sonho, e não a realidade.

— Então você desaprova?

— Simplesmente não se alinha com o que ouvi sobre o senhor.

— E o que, Iris Winnow, você ouviu? E de onde?

Iris hesitou. Ela não sabia responder. Sentia jogar xadrez com ele, sem chance de vencer.

— Ouvi várias histórias — disse ela, passando a mão na alça de porcelana da xícara. — Quando fui repórter na linha de frente.

Dacre ficou pensativo, mas parecia saber exatamente o que ela queria dizer. Ela não vira sua destruição com os próprios olhos? Às vezes Iris ainda não conseguia dormir, por medo de rever aquelas lembranças. O pânico e o sangue das trincheiras sob ataque. Avalon Bluff, devastada pelo bombardeio.

O silêncio se estendeu, tênue e desconfortável. Iris se forçou a tomar um gole de chá, morno e doce demais. Ela escutou o sopro suave da respiração de Roman atrás dela.

Estamos presos aqui, pensou, com dor no estômago. *Fomos capturados na teia dele, e não sei como nos salvar, Kitt.*

— Por que o senhor me convocou? — perguntou Iris.

— Você sabe por quê, Iris.

A atitude indiferente de Dacre era enervante. Porém, a tensão crescia entre eles, repuxada como uma corda que chegava ao limite.

— Se deseja minha resposta à pergunta anterior — disse Iris —, é não.

— Não...?

— Não escreverei para o senhor.

— Mas escreverá para Enva? É muita, ah, como vocês dizem mesmo? Roman, que palavra eu estou procurando?

Roman ficou em silêncio por tempo demais. Quando falou, foi com a voz arranhada:

— Hipocrisia, senhor.

— Hipocrisia — Dacre repetiu, com um sorriso afiado.

— Não vejo por que seria — disse Iris. — Nós, mortais, temos a liberdade de escolher o que ou quem veneramos, isso se veneramos.

— Então você *a* venera?

Ele estreitou os olhos, fitando a roupa de Iris. A camisa verde-escura, os botões de pérola. As peças que Enva deixara para ela.

Iris não se mexeu. Será que ele percebia? Que ela tinha passado a noite junto de Enva?

— O que você sabe das divindades? — disse Dacre, voltando a olhá-la nos olhos. Iris mal conseguia respirar. — Sabe que todos nós, mesmo os Celestes, a família arrogante de Enva, buscamos vantagem própria? Somos egoístas por natureza. Fazemos de tudo, até matar nossos filhos, irmãos, esposos, para sobreviver. Por que imagina que restem tão poucos entre nós, se antes éramos centenas, acima e abaixo?

Dacre continuou, sem nem dar importância à cascata de pensamentos na cabeça de Iris:

— Não nos importamos com você, nem com sua espécie, apenas com o que vocês podem fazer por nós, seja ao servir de tutelados ou morrer mortes gloriosas. Ou nos entreter com suas canções bobas e seu artesanato, ou ainda aquecer nossa cama, se assim desejarmos. E, como a guerra mostrou... vocês desejam venerar algo maior do que si e morrerão por isso, se necessário. Vocês são frágeis, mas resilientes. Têm esperança, mesmo quando não deveria restar nada.

Ele parou, observando o rosto de Iris. A cabeça dela estava a mil, e ele pareceu gostar do brilho confuso em seus olhos.

— Mas, acima de tudo, vocês lutam por uma deusa covarde. Ela se esconde à vista de todos. Se a guerra eclodisse nas ruas de Oath, ela continuaria na sombra. Ela nunca oferecerá auxílio, e deixará tranquilamente você e seu povo morrerem em seu nome. Você prefere escrever para ela, uma deusa que usou sua magia para me atrair para cá, destruindo sua terra no processo, ou prefere escrever para mim, que caminha ao seu lado? Que mostrou que um deus pode, sim, ser cruel, mas também misericordioso?

Iris desviou o olhar dele. Os ossos dela vibravam, a dúvida borbulhando como uma inundação.

Ela pensou naquela noite. Enva tinha sido gentil e cuidadosa com Iris. Ela a tinha ajudado, abrigado, oferecido conhecimento como migalhas para sustentá-la nos dias vindouros. Mas Enva ainda era uma divindade. Não era humana, e não entendia toda a complexidade da mortalidade.

— Nunca fui devota — disse Iris, encontrando o olhar de Dacre. — Não escrevo para ninguém além de mim mesma.

— É solitário reivindicar essa montanha — respondeu Dacre, com um toque de desdém.

— É? O senhor diz que eu não sei nada do seu mundo, mas, mesmo depois de tanto tempo caminhando entre nós, acho que o senhor também não nos entende.

— Não me desafie, Iris. A não ser que ache que vai vencer.

A advertência dele a paralisou.

— Roman? — Dacre olhou para ele. — Traga a máquina de escrever para Iris.

Iris engoliu em seco e sentiu Roman se aproximar. Ela sentiu o cheiro da água de colônia dele e quis chorar, pensando na época em que tinham disputado palavras e pautas. Lembrando como eles pareciam jovens então e reconhecendo onde estavam agora.

Roman afastou a xícara dela com a mão pálida e elegante. A mão que a tocara, explorara cada linha e curva. Dedos que tinham roçado sua boca quando ela gemia. Então, ele trouxe a máquina de escrever. Ele a pôs diante dela, com cautela. A Terceira Alouette.

Ela a observou, piscando para conter a ardência nos olhos. Quantas palavras tinha escrito naquela máquina, a companheira fiel de suas noites solitárias? Quantas ideias tinha tirado dela, as transformando em tinta eterna no papel? Quantos poemas e cartas a avó tinha datilografado ali, anos antes do nascimento de Iris? Quantas horas de conforto ela dera a Roman, uma âncora para ele nos dias mais sombrios de cativeiro?

Era imensurável. Infinito. A magia ainda crescia e a convocava.

Ainda assim, Iris se recusou a tocar as teclas.

Dacre a olhou, à espera. A paciência dele se dissipou rápido, como o gelo na primavera. Uma expressão sombria tomou seu rosto.

— Papel, Roman?

Iris mordeu o lábio quando Roman, obediente, pegou uma folha em branco. Ele precisou parar atrás dela, se curvando sobre seus ombros, para encaixar o papel na máquina. Ela sentiu o calor dele. A respiração em seu cabelo. Roman tomou cuidado para não tocá-la, mesmo quando abaixou as mãos e se endireitou. Era cauteloso, como se conhecesse os próprios limites e os dela também.

Se eles se tocassem, espatifariam a história que tinham escrito para sobreviver.

— Agora podemos discutir o que a chamei para escrever? — perguntou Dacre. — Tenho um artigo importante que…

— Não escreverei para o senhor — interrompeu Iris.

Dacre arqueou a sobrancelha. De início, ele pareceu surpreso, como se o desafio dela fosse uma chuva inesperada. Porém, a irritação logo ficou evidente, e ele pressionou a boca em uma linha fina.

— Respondeu sem nem saber que palavras eu pediria para datilografar? — perguntou Dacre. — Que tipo de jornalista é você, se recusando a escutar o conhecimento que se oferece? Conhecimento que pode salvar milhares do seu povo?

Iris rangeu os dentes, mas já estava tremendo. Parecia que tinha sido jogada na neve e no vento, que não havia fogo ou luz capaz de aquecer seus ossos. Ela estava apavorada, com o estômago embrulhado, ameaçando vomitar a torrada com sopa que comera naquele dia.

Dacre estalou os dedos.

— Roman? Ponha as mãos dela nas teclas, se Iris esqueceu como se datilografa.

— Senhor Comandante — disse Roman, rouco, como se doesse falar. — Eu...

— Ou você também perdeu toda a noção?

— Não, senhor.

Ele se aproximou de um passo outra vez, obediente. Iris sentia ele olhar para os dedos que ela entrelaçara com força no colo. Para o brilho da aliança.

Roman hesitou.

Se ele me tocar, eu partirei ao meio, ela pensou, com fogo no sangue. *Se ele me tocar, eu me deslindarei.*

Iris pôs as mãos nas teclas antes que Roman pudesse pegá-las. Ainda assim, ela o sentia, a presença logo atrás. Ouviu o suspiro que escapou dele.

— Pronto — disse Dacre. — Não foi tão difícil, foi, Iris?

Ela não conseguia responder. Sentiu a cabeça doer ao perceber como ele a coagira. Como ela aceitara escrever para ele. Algo que nunca quisera fazer.

— Me diga quando estiver pronta — disse Dacre, com triunfo brilhando nos olhos.

Iris ficou mais alguns minutos sentada, com as mãos paralisadas nas teclas, olhando para a máquina. Ela se debateu com a decepção vasta, o fantasma escorregadio do medo, a raiva, o desejo, as palavras que se acumulavam até formar uma represa dolorida no peito.

Mas ela estaria mesmo cedendo, se sobrevivesse? Se entregasse a ele apenas suas mãos?

Iris ergueu o rosto. Ela olhou para o pescoço de Dacre, para os tendões da garganta que se moviam ao beber o último gole de chá.

— Estou pronta — declarou.

43

Cortesia de Iris Inkridden

O ar da tarde tinha refrescado com a chegada do anoitecer quando Tobias levou Iris embora da casa dos Kitt. A cidade estava estranhamente quieta para aquele horário, que normalmente era o mais agitado.

Iris notou que a maioria das ruas estava vazia, com lixo acumulado no meio-fio como destroços em um rio. As lojas já estavam fechadas. Nos parapeitos das janelas, flores tinham sido expostas em homenagem ao chanceler, que ainda lutava pela própria vida no hospital. Não havia crianças brincando nos quintais nem no parque, e as pessoas andando pela calçada estavam de casaco bem apertado e olhos arregalados de preocupação. As portas estavam trancadas, como se a guerra não pudesse entrar sem ser convidada.

Iris sabia que não era assim. Sabia também que Oath estava abalada pela chegada de Dacre e pelas consequências do atentado. Pessoas inocentes tinham morrido, e novas covas eram cavadas no cemitério. Não seriam as últimas, e a cidade parecia se equilibrar no fio da navalha, esperando para ver de que lado cairia.

No meio-dia do dia seguinte, teriam sua resposta. Ela tocou o papel guardado no bolso. Uma página marcada pelas palavras de Dacre.

O sol afundava atrás dos edifícios, tingindo de ouro as nuvens, quando Tobias estacionou na frente da gráfica. Aquele lugar não dormia nunca, e imprimia jornais madrugada afora, para estarem prontos para os jornaleiros ao amanhecer. Iris só podia torcer para não ter chegado tarde demais para a impressão da *Tribuna Inkridden*.

Ela desceu do carro, com as pernas trêmulas.

— Obrigada, Tobias. Nem sei dizer como sua ajuda foi importante hoje.

Ele assentiu com a cabeça, apoiando o braço no encosto do banco.

— Quer que eu espere aqui?

Iris hesitou. O toque de recolher estava se aproximando, mas o dia estava longe de acabar.

— Pode me fazer mais um favor?

— Claro.

— Pode buscar Helena na redação da *Tribuna* e trazê-la para cá? Diga que é de extrema importância.

— Deixa comigo — disse Tobias, já passando a marcha do conversível. — Volto em um minuto.

Iris o viu partir, sentindo o gosto da fumaça do escapamento.

Ela subiu correndo a escada que levava à entrada da fábrica, sentindo o pé direito arder. Ela se perguntou se o machucado estaria sangrando, mas não teve tempo de se preocupar, e passou pela porta pesada.

— Licença — disse Iris, abordando uma mulher de certa idade sentada atrás de uma mesa no saguão. — Preciso falar com o sr. Lawrence, chefe da gráfica.

A mulher analisou Iris através dos óculos grossos. O cabelo loiro-grisalho estava preso em um coque apertado. Ela parecia nunca descumprir regra alguma.

— Ele está ocupado na tipografia, mas posso marcar uma reunião para amanhã. Estará livre de meio-dia a uma, e depois…

— Infelizmente, é uma questão de incrível urgência — disse Iris, com um sorriso forçado. *Tente ser simpática*, pensou, mesmo com vontade de gritar. — Sou repórter da *Tribuna Inkridden*, e tenho uma edição para o jornal de amanhã.

— Não aceitamos mais edições a esta hora.

— Eu *sei*, senhora. Mas é uma exceção atípica. Por favor, preciso falar com ele.

— Só com hora *marcada*, senhorita.

Iris não sabia o que fazer. Ela suspirou, frustrada, e olhou para a parede de vidro à esquerda, pela qual via a tipografia da gráfica. Havia inúmeros linotipos funcionando; ela sentia a vibração constante no piso. Iris se aproximou do vidro, vendo os funcionários datilografarem nas teclas diante de cada máquina. Soavam cliques e estalidos regulares, enquanto os linotipos criavam os tipos móveis de chumbo quente para uso na prensa do segundo andar. Era fascinante, mesmo de longe, e Iris se perguntou se algum dos funcionários estaria preparando os tipos para a *Tribuna Inkridden*. Se fosse o caso, Iris teria de convencer o sr. Lawrence a jogar fora aqueles tipos móveis e recompô-los.

Ela sentiu uma onda de incerteza até olhar para as mãos, que ainda seguravam as palavras de Dacre. O deus tinha insistido que ela publicasse o artigo na primeira página da *Tribuna* do dia seguinte. E Iris, que rangera os dentes enquanto o datilografava, sabia que não tinha opção e precisaria obedecer à ordem. Dacre não tinha dado importância quando ela dissera que talvez o jornal já estivesse no prelo.

Então é melhor correr, Iris E. Winnow, fora sua resposta arrogante. Como se ele soubesse que ela teria de correr de um lado ao outro da cidade, perturbada e agitada. Como se soubesse que ela teria de brigar com unhas e dentes para conseguir aquela edição para ele.

Iris abriu o papel, pulou a introdução de Dacre — aquelas palavras floreadas todas que usava para atrair as pessoas —, e releu a parte importante. Era estranho como ainda sentia aquele texto como uma facada no tórax, fazendo-a encolher os ombros. Tinha datilografado aquelas palavras menos de uma hora antes, mas ainda assim perdia o fôlego ao lê-las.

```
Como sou misericordioso, darei a todos uma opção.
Àqueles que desejarem se juntar a mim nesta nova
era de restauração e justiça, venham para a se-
gurança. Venham para o meu lado da cidade antes
do relógio marcar o meio-dia hoje. Atravessem o rio
para o norte de Oath, onde meus soldados estarão à
espera para recebê-los e protegê-los. Nada de ruim
acometerá vocês e os seus caso atravessem antes do
meio-dia. Para aqueles que recusarem minha oferta
e ficarem para trás, no sul da cidade, não posso
oferecer proteção. E, como sou um deus que respeita
a justiça, considerando o que foi feito comigo na
Quadra Verde, vocês devem se preparar para enca-
rar as consequências de seus atos.
```

À porta do saguão se abriu.

Iris se virou e viu que Helena e Tobias andavam até ela a passos largos.

— O que aconteceu? — arfou Helena.

Iris suspirou de alívio.

— Preciso que esta seja a manchete do jornal de amanhã. Ela entregou o discurso de Dacre.

Helena franziu a testa, lendo as frases com rapidez. Quando percebeu de quem eram aquelas palavras, ficou pálida como a morte.

— Meus deuses — sussurrou, olhando para Iris. — Ele pretende bombardear o sul de Oath amanhã?

Iris confirmou, com um nó no estômago.

— Sei que você estava determinada a não publicar nenhuma palavra dele, Helena, mas…

— Não, é uma exceção. Ele não nos deu escolha. — Helena olhou para o vidro, atrás do qual os linotipos trabalhavam. — Cadê o Lawrence?

— O sr. Lawrence está *ocupado* — disse a mulher atrás da mesa em voz alta. — Posso marcar hora amanhã às…

— Sim, mas há grandes chances deste edifício nem estar de pé depois de amanhã, Greta — interrompeu Helena, brusca. — Chame Lawrence. *Já.*

Greta ficou vermelha, e bufou, indignada. Porém, pegou um telefone e ligou para a tipografia. Cinco minutos depois, chegou Digby Lawrence, de cabelo grisalho escuro penteado para trás e mangas arregaçadas até os cotovelos. Os dedos dele estavam manchados de tinta, e seu rosto estava franzido em uma carranca forte, mas Iris nunca o vira *sem* a carranca, nas raras vezes em que fora à gráfica.

— Você sabe que não aceito edições de última hora, Hammond — disse ele.

Helena ignorou o comentário.

— Já imprimiu a *Tribuna*?

Ele pareceu escutar a urgência e o medo que a voz dela carregava.

— Não — disse Lawrence, mais suave. — Está programada para o linotipo daqui a uma hora. Por quê?

— Preciso editar a primeira página. Perdão, Lawrence, mas não tenho escolha.

Ela estendeu o papel para ele.

Iris estalou as juntas da mão enquanto Lawrence lia. Ela percebeu quando ele chegou à ameaça, porque franziu ainda mais a sobrancelha.

— Certo — disse ele. — Vou interromper a produção. Você pode vir me ajudar no linotipo para fazermos a edição.

— Espere — suspirou Iris. — A *Gazeta* já foi impressa?

— Ainda não. Sempre imprimo depois da *Tribuna*.

— Então pode interrompê-la também?

— Iris — disse Helena, em advertência. — Não posso interferir com a produção de outro jornal.

— Eu sei — respondeu Iris. — Mas tive uma ideia, e vou precisar da *Gazeta*.

Helena hesitou, assim como Lawrence. Foi Tobias quem se pronunciou, se aproximando de Iris.

— Que diferença faz? — perguntou, levantando a mão. — Amanhã nem vamos mais nos preocupar com isso.

— É verdade — disse Helena, e pegou o cigarro do bolso, girando-o entre os dedos. — Lawrence?

Ele ficou em silêncio por muito mais tempo do que Iris gostaria, mas, enfim, assentiu.

420   Rebecca Ross

— Está bem. Vou parar os dois. Então vamos imprimir quase até o amanhecer. — Lawrence se virou para Iris e estreitou os olhos. — É melhor que valha a pena o que planejou para a *Gazeta*, srta. Winnow.

Iris cruzou os braços. Fazia muito tempo que ela não publicava na *Gazeta*. Na maior parte do tempo, não sentia falta, mas, vez ou outra, se permitia as saudades de quando era ávida e animada e tinha esperança de ser colunista no jornal de maior prestígio de *Oath*.

Parecia até adequado que ela tomasse comando da *Gazeta* e escrevesse nela uma última vez.

— É claro, sr. Lawrence. Vou usá-la para dizer às pessoas onde encontrar abrigo durante o bombardeio.

Enquanto Helena acompanhava Lawrence à tipografia para preparar os tipos móveis da primeira página da *Tribuna Inkridden*, Iris e Tobias se sentaram no saguão com papel e lápis, anotando todas as ruas e edifícios mágicos de que se lembravam ao sul do rio.

Não era tão fácil quanto Iris imaginava de início, porque ela sabia que as linhas de Ley subterrâneas não eram perfeitamente alinhadas com as ruas. E, apesar de metade de um edifício ou condomínio ser seguro, era possível que a outra metade não fosse.

Iris girou o lápis na mão, olhando para os endereços e as ruas que ela e Tobias tinham anotado. De alguns lugares, tinha certeza, pois lembrava o mapa que Roman desenhara. De outros, sabia por experiência, como o mercadinho de esquina ao qual frequentemente ia ao voltar da *Gazeta*. Não dava para negar que era um edifício encantado, enraizado em uma linha de Ley, cujas paredes e telhado suportariam a bomba. Um lugar seguro para as pessoas se abrigarem do ataque. Porém, às vezes, a magia era mais suave. Mais discreta. Às vezes, as estruturas não eram tão óbvias, e Iris suspirou.

— Não quero enganar ninguém — disse ela, massageando as têmporas. — Dizer que um abrigo é seguro, sendo que pode não ser.

Tobias estudou a lista, quieto.

— Eu sei. Mas isso vai salvar ainda mais gente do que você imagina, Iris.

Ela releu a lista, sofrendo ao pensar em quanta gente morava no sul da cidade. A universidade ficava lá, assim como a *Gazeta* e a *Tribuna*. A maior parte do centro. O parque na beira do rio. A ópera. O museu.

Iris morava ao sul do rio, assim como Attie e Tobias. Eram os lugares onde tinham crescido, os lugares que amavam. Tudo seria destruído por Dacre no dia seguinte.

Iris olhou para a porta. A noite chegava rápido.

— É melhor você voltar para casa, Tobias. Não quero que seja pego depois do toque de recolher.

— E você e Helena?

— Ficaremos bem aqui. Obrigada pela ajuda hoje.

— Disponha — disse ele, sorrindo, mas parecia triste, preocupado. — Vou passar na casa da Attie na volta, para informar ela e a família do que vai acontecer, já que estão ao sul do rio.

Iris concordou.

— Eu ia passar por lá amanhã cedo.

Tobias a abraçou em despedida, e Iris sentiu as palavras dele reverberarem no peito:

— Não se preocupe. Já passamos por muita coisa, e a última volta é sempre a mais difícil da corrida. Mas passaremos por isso também.

Se Iris tivesse dito aquilo, teria dificuldade de acreditar. Porém, Tobias já dobrara o impossível como se fosse metal quente, e ela encontrou conforto naquela ideia.

Depois de ele ir embora, Iris recolheu o papel. Greta a olhou em repreensão, mas não a interrompeu quando Iris passou por sua mesa em direção a Lawrence e Helena, que trabalhavam em um dos linotipos na tipografia barulhenta.

— Certo — disse Iris, forçando a voz para ser ouvida em meio ao ruído constante. — Eu...

Antes que ela continuasse, Helena a pegou pelo braço e a conduziu ao corredor mais quieto.

— O que tem para mim, moça? — perguntou Helena.

— Estava pensando no seguinte — disse Iris, e respirou fundo. — Dacre vai ler a *Tribuna Inkridden* amanhã, para ver se obedeci e publiquei o anúncio na primeira página. Não imagino que ele vá ler a *Gazeta* também, mas, por via das dúvidas, acho que devemos listar alguns endereços na primeira página, como se fosse um mero anúncio, e continuar a lista na segunda ou na terceira, concluindo com a explicação de que são edifícios que presumimos estarem em linhas de Ley e que podem fornecer o melhor abrigo durante o bombardeio.

Helena sorriu, com o cigarro apagado na boca.

— Achei genial, moça.

— Até Zeb Autry me ligar de manhã e ameaçar um processo — resmungou Lawrence, que Iris não notara ter ido atrás delas no corredor. — Sei que depois do meio-dia não vai fazer diferença, mas como devo explicar para ele que publiquei um "anúncio" no jornal sem ele aprovar?

Ⓟromessas Ⓒruéis **423**

— É simples, na verdade — disse Iris, cruzando os dedos atrás das costas. — Diga que foi cortesia de Iris Inkridden.

44

Ferro e sal

Estava quase escuro quando Iris caminhou até o ponto mais próximo para esperar o bonde sob um poste iluminado. Helena decidiu passar a noite na gráfica para ajudar Lawrence, e dispensara Iris logo depois de combinar o que fariam com a *Gazeta*.

— Vá para casa antes de cair a noite, moça — disse Helena, acendendo o cigarro, finalmente. — Tenho certeza de que seu irmão quer vê-la.

Iris não protestou. Ela estava exausta e abatida agora que o artigo não estava mais em suas mãos. E precisava mesmo voltar para casa — queria ver Forest —, mas, então, se lembrou da espada ainda escondida sob a mesa de Helena.

Com um suspiro, Iris começou a caminhar com pressa para a *Tribuna Inkridden*. Não ficava longe da gráfica, e ela felizmente chegou antes do último redator ir embora.

— Tranque a porta ao sair, por favor, Winnow — pediu ele, vestindo o casaco.

Iris se sentou à mesa como se pretendesse trabalhar noite adentro e assentiu.

— Claro. Boa noite, Frank.

Ela esperou os passos dele sumirem escada acima antes de se levantar e pegar um casaco no cabideiro. Correu para a sala de Helena, com medo da espada ter sumido. Felizmente, ainda estava lá, bem onde a tinham deixado.

Iris se ajoelhou e embrulhou no casaco o punho e a bainha. Era o melhor método que lhe ocorria de transportar a espada sem revelar o que era — pelo amor dos deuses, o que ela faria se o Cemitério a pegasse com aquilo? —, e ela estava prestes a se levantar, carregando a espada, sem jeito, quando voltou a ouvir passos. O som estava cada vez mais alto. Alguém descia a escada, se aproximando da *Tribuna*.

Iris ficou atrás da mesa de Helena. Ela não tinha trancado a porta depois de Frank sair, porque achava que ninguém apareceria, já que estavam prestes a decretar o toque de recolher. Porém, tinha ficado presa na sala de Helena, sem saber quem vinha agora.

Ela ouviu a porta se abrir e fechar. Passos dando a volta nas mesas, quase hesitantes, como se perdidos ou procurando por algo.

Iris prendeu a respiração quando o som se aproximou da sala de Helena. *Vá embora*, pensou, achando que, quem quer que fosse, não estaria ali por bom motivo. Finalmente, ouviu uma tosse abafada. Alguém pigarreou.

— Iris?

A voz era conhecida.

Ela se levantou de um pulo, com a espada em braços, e encarou, de olhos arregalados, a última pessoa que esperava encontrar.

— *Kitt?*

Ele empurrou a porta da sala, e a luz da lâmpada cobriu seu rosto.

— Você tem hábito de se esconder debaixo da mesa, Winnow? — perguntou ele, com a voz arrastada.

O humor na voz dele, o leve sorriso puxando a boca, o som do sobrenome dela em seus lábios. Parecia que tinham voltado no tempo, e o peito de Iris doeu. Ela precisou engolir o choro, e não resistiu a olhar feio para ele.

— De vez em quando me cai bem — retrucou ela, mas logo abaixou a voz. — O que está fazendo aqui?

— Queria confirmar que você tinha saído em segurança da minha casa. E que ia chegar bem à sua. Eu estava esperando na frente da gráfica e me surpreendi quando você mudou de caminho. — Roman olhou para o embrulho nos braços dela. — Quero saber o que é isso aí?

— Quer, certamente. Mas deixe-me levá-lo para um lugar mais iluminado. Aqui, vamos à minha mesa.

Ela passou por ele, quase esbarrando em seu peito. Ouviu ele prender o fôlego, e seu coração acelerou.

Roman a seguiu até a mesa — lamentavelmente — desorganizada, porque quem teria tempo para manter tudo arrumado ultimamente? A máquina de escrever do trabalho estava ali com uma frase pela metade em suas garras, entre alguns livros abertos e uma pilha bagunçada de papel. Ela empurrou discretamente o prato com uma torrada velha.

Roman a viu abrir o casaco para expor a espada embainhada.

Ele assobiou.

— Roubou do museu, esposa?

— E eu lá tenho cara de ladra? — perguntou Iris, e fez uma careta. — Na verdade, melhor não responder.

— Bom, agora que a olho melhor... — Roman sorriu, encarando-a de cima a baixo, e de baixo para cima, devagar. — Por sinal, gostei do cabelo novo.

Iris bufou, mas corou ao passar a mão no cabelo. Ainda estava ondulado pelo cabeleireiro, e a ponta mais curta roçava na clavícula.

— Obrigada. E, na verdade, eu *ganhei* essa espada.

— De quem?

— De Enva.

Roman ficou paralisado. Ele escutou, atento a cada palavra, Iris contar da noite anterior: da bomba, do refúgio no museu. Do sonho. Do que Enva revelara.

— Você estava certo, Kitt — concluiu Iris. — Ela matou Alva, Mir e Luz e roubou o poder deles, mas apenas por prevenção, para Dacre não roubar a magia deles ao despertar. Porém, o custo disso foi um enfraquecimento do dom musical dela, que acabou presa aqui, em Oath.

— E por que ela não aproveitou e matou Dacre no túmulo logo? — perguntou Roman, brusco. — Teria nos poupado de um sem-fim de trabalho se tivesse feito *uma* coisa.

Iris hesitou, mordendo o lábio.

— Não sei. Só percebi que era ela quando o sonho estava acabando. Queria ter conversado mais.

Roman ficou quieto, olhando para a espada.

— E agora ela quer que *você* mate Dacre.

— Sim.

— Ela tem todo esse poder à disposição e, ainda assim, ordena que você faça algo.

— Ela não *ordenou* — disse Iris, mas se perguntou por que se sentia tão defensiva.

De certo modo, ela entendia o apelo do Cemitério e das crenças deles. Misturar-se aos deuses nunca parecia trazer vantagem para as pessoas. Havia sempre uma armadilha.

— Não sei como levar Dacre para o subterrâneo, onde será encantado pela música — confessou.

Roman começou a andar em círculos, passando a mão pelo cabelo. Iris deixou a espada de lado, com cuidado, e se sentou na beira da mesa, com as pernas balançando, enquanto Roman organizava suas ideias confusas. Ele finalmente parou e se virou, fitando Iris com seus olhos escuros e cintilantes.

— Lembra quando estávamos na trincheira? Quando o tenente Lark explicou que os eithrais não apareciam na linha de frente e eram reservados para as cidades civis, a quilômetros da batalha em si?

Iris assentiu.

— Acho que é porque o próprio Dacre comanda os eithrais quando eles jogam bombas, e, para isso, ele precisa estar no subterrâneo — continuou Roman. — Em bombardeios a trincheiras, ele prefere ficar aqui em cima, para supervisionar o ataque. Mas, durante os impasses, quando dias se passam sem nada acontecer, Dacre desce para o próprio domínio e manda os eithrais aterrorizarem os civis. E sempre controla completamente as criaturas.

Iris passou o dedo no lábio.

— Se for verdade, então Dacre estará...

— Lá embaixo amanhã, quando a cidade for bombardeada — concluiu ele. — Há mais de cem engradados no meu quintal. São as bombas que ele pretende usar. Ele vai mandar os eithrais buscá-las, uma a uma, e carregá-las para que sejam soltas no sul. É então que nós precisamos agir.

— Nós?

— Você achou que eu a deixaria ir sozinha?

— Estarei com Attie.

— E que porta pretendem usar?

— A da sua sala?

— Está protegida por muitos guardas. Acho que não consigo levar vocês até lá.

— E as chaves?

Roman massageou o queixo.

— Talvez eu consiga arranjar uma chave. Tinha uma sem dono ontem na sala de estratégia.

A ideia de Roman roubar uma das chaves preciosas de Dacre fez o sangue de Iris congelar. Ela ficou quieta, desesperada para pensar em outra solução, mas não havia caminho. Precisariam da porta da sala, cercada pelos soldados de Dacre, ou de uma chave para abrir outro portal.

— Queria que isso não fosse necessário — disse ela.

A expressão de Roman se suavizou, como se as palavras dela cutucassem uma ferida. Ele se aproximou até parar entre as pernas dela. Apoiou-se na mesa, com um braço de cada lado de Iris, cercando-a.

Iris não se mexeu, enfeitiçada pelo olhar de Roman alinhado ao dela.

— Se você tivesse me tocado hoje, Kitt — sussurrou ela —, acho que eu não teria conseguido esconder. Quem você é para mim. Quem eu sou para você.

— Assim?

Ele passou o polegar no joelho dela, por baixo da saia. O toque era suave, mas possessivo, e Iris fechou os olhos.

— Ou assim, Iris?

Ela sentiu os dedos dele acariciarem seu braço e ombro, até pararem nos botões da blusa.

— Sim.

Ela inclinou a cabeça para trás, sentindo a boca dele no pescoço.

— Acha que eu deixaria ele me dizer quando e como tocá-la? — perguntou Roman, rouco, passando a boca pela mandíbula dela. — Acha que eu deixaria ele roubar de mim este último momento? Quando eu me entregaria apenas para você, a tomaria em mãos, e arderia com você antes do fim?

— Não é nosso último momento — disse ela, sustentando o olhar dele.

Porém, sentiu o peso das declarações de Roman como se fossem o destino.

Ela envolveu a cintura dele com as pernas, a saia se abrindo na mesa. Por cima dos papéis e dos livros, a máquina de escrever cintilando quando a mesa estremeceu sob eles.

— Escreva uma história para mim, Kitt — sussurrou, beijando a testa dele, as bochechas fundas. A boca e o pescoço, até sentir que o amor era um machado que rachara seu peito. O coração batendo no ar. — Escreva uma história em que me deixa acordada até tarde datilografando e eu escondo bilhetes no seu bolso para você encontrar no trabalho. Escreva uma história em que nos conhecemos em uma esquina e eu derrubo café no seu sobretudo caro, ou em que nos encontramos na nossa livraria preferida e eu recomendo poesia, mas você me indica lendas. Ou em que a lanchonete confunde nosso pedido de sanduíche, ou que acabamos sentados lado a lado em um jogo de beisebol, ou que eu arrisco pegar o trem no sentido oeste só para ver até onde chegaria e você também está lá.

Iris engoliu a dor na garganta, se esticando para trás, para encontrar o olhar de Roman. Suavemente, como se em um sonho, ela tocou o cabelo dele. Afastou as mechas escuras da testa.

— Escreva uma história sem fim, Kitt. Escreva para preencher meus espaços vazios.

Roman sustentou o olhar dela, desespero brilhando nos olhos. Uma expressão que ela nunca vira tomou seu rosto. Parecia uma mistura de prazer e dor, como se ele se afogasse nela e em suas palavras. Eram ferro e sal, uma arma e um remédio, e ele respirava pela última vez.

Por favor, orou Iris, puxando-o para perto. *Que não seja o fim.*

Porém, foi o que tornou sua união ainda mais doce, ainda mais ácida, a pele reluzindo como o orvalho, a respiração indo e vindo na maré, os nomes transformados em sussurros sôfregos.

Ao escrever a história que os dois queriam naquela noite.

Ao pensar que poderia ser a última.

45

Cem, mil vezes

Roman sabia que tinha ficado na rua até tarde demais. Tentou não pensar nas consequências enquanto acompanhava Iris até a casa dela, de mãos dadas e segurando a espada embrulhada no casaco. As ruas estavam mais vazias do que ele antecipara: até o Cemitério tinha ficado em casa, como se pressentisse a chegada do fim. Um tremor suave no chão encorajava a população a fechar as cortinas, trancar as portas e se aconchegar com as pessoas mais queridas.

O prédio de Iris surgiu bem quando começou a bruma. As luzes cintilavam como estrelas cadentes, e Iris parou entre postes, em um trecho aveludado de sombra. Porém, Roman ainda a via, vagamente. A névoa se acumulando, iridescente, no cabelo. O brilho dos olhos dela, e a boca entreaberta, enquanto ela o fitava.

— Quer entrar? — perguntou Iris. — Forest está em casa. Ele ia gostar de dar um oi.

Roman se remexeu, desconfortável. Ele tinha opiniões conflitantes sobre Forest, mas não queria demonstrar para

Iris. Principalmente porque tinha visto Forest arrastá-la, sem que ela entendesse, durante o ataque a Avalon Bluff. Porque Forest intencionalmente *fugira* de Roman, separando--o de Iris.

Porém, depois de viver entre o exército de Dacre, solitário e desorientado, com ferimentos ainda doloridos... Roman entendia melhor. Sentia que, antes, via a vida apenas por um periscópio. Finalmente, enxergava como o horizonte era vasto. Também havia o fato de Roman, estranhamente, sentir que conhecia Forest, devido às cartas de Iris no começo.

— Infelizmente, acho que tenho que voltar — disse ele, o que era verdade. — Mas gostaria de ver Forest em breve. Talvez a gente possa ir juntos ao parque?

Ao parque, que talvez fosse demolido antes da noite seguinte.

Iris assentiu, mas Roman a viu engolir em seco. Não sabia se ela estava com lágrimas nos olhos, mas sentia seus próprios olhos arderem.

Ele deu um beijo de boa-noite nela. Queria ser suave, mas foi um encontro forte de bocas, mordidas, arquejos que lhe deram calafrios até os olhos. Ele sentiu Iris agarrar-se nele, e soube que, se não a soltasse naquele instante, não soltaria nunca. Iria atrás dela para o apartamento. Tiraria as roupas úmidas e se deitaria ao lado dela na cama. A abraçaria junto ao peito e rezaria para a manhã não chegar nunca.

— Boa noite, Winnow — sussurrou, entregando a espada para ela. Ele recuou um passo, surpreso pela distância causar a sensação de uma costela rachada. — Nos vemos amanhã.

— Tudo bem.

Nenhum deles se mexeu. Tinham combinado de se encontrar no norte da cidade, quando Iris e Attie usariam o convite de segurança de Dacre como pretexto. Roman esperava ter a chave de que elas precisavam e entregá-la às onze e meia. Se ele não conseguisse roubar a chave, teriam de recorrer à última opção: Roman as levaria escondidas para a mansão e abriria caminho até a porta na sala.

— Vou esperar aqui — disse Roman. — Até você entrar.

Iris se afastou, ainda de frente para ele.

Ele viu a luz do poste dourá-la, antes de ela dar meia-volta e subir com pressa a escada que levava ao apartamento. Ele viu, de mãos nos bolsos e coração na boca, Iris entrar no apartamento e fechar a porta.

Só então se entregou à sombra das ruas, voltando ao norte do rio.

Ao lugar que chamava de casa, mas que parecia o mais distante possível disso.

Tudo bem.

As palavras vazias foram a última coisa que ela dissera para ele.

Iris estava atordoada ao entrar no apartamento e trancar a porta.

Tudo bem, como se tivessem marcado de tomar um chá. Como se o mundo não estivesse prestes a desabar e pegar fogo.

— Iris? É você?

Ela despertou do devaneio quando escutou a voz de Forest vindo da cozinha.

— Sou eu.

Ela deixou a espada no aparador e correu para encontrá-lo no meio da sala, deixando que ele a levantasse no colo em um abraço apertado. Iris perdeu o fôlego e quase riu. Lembrava os abraços dele de antigamente, quando a mãe ainda estava ali. Antes de tudo desmoronar.

— Pelo amor dos deuses, Iris — disse Forest, soltando-a e acariciando seu rosto com as mãos calejadas. — Estava preocupado com você.

— Eu sei, mas estou *bem* — respondeu ela, sorrindo para apaziguá-lo. — Só ralei um pouco o joelho.

Ela tinha ligado para a oficina de manhã, no telefone da *Tribuna*, porque sabia que a notícia da bomba na Quadra Verde se espalharia. Nunca tinha ouvido a voz de Forest tremer tanto quanto naquele telefonema, e sentia-se culpada por chegar tão tarde em casa.

— A Prindle está?

— Não, foi passar a noite com a família. E você deveria ter voltado há *horas*.

— Precisei fazer uma entrega urgente na gráfica. Demorei mais do que esperava. — Ela andou até o quarto, com os pensamentos emaranhados. — E preciso contar uma coisa para você, mas deixe-me trocar de roupa antes.

— É engraçado você dizer isso, porque eu também tenho uma notícia.

Por que o coração de Iris se contorceu? Por que ela supôs que seria ruim?

— Vou fazer um chá — ofereceu o irmão, como se notasse sua angústia.

Quando Iris voltou para a sala, Forest estava sentado no sofá. Um bule de chá preto e duas xícaras lascadas esperavam na mesa, e ela aceitou, agradecida, envolvendo a porcelana com os dedos frios.

— Fale você primeiro, Forest — pediu Iris, se instalando ao lado dele na almofada.

— Bom — começou ele, e hesitou, coçando o queixo. Parecia que estava tentando deixar a barba crescer, mas os pelos ainda estavam esparsos. — Sabe quando eu fui ao médico, semana passada? Ele me deu remédios para os sintomas, e isso tem ajudado, mas também quis tirar um raio-X.. E... ontem tive outra consulta para falar dos resultados.

Iris se preparou para qualquer coisa. Estava tonta ao dizer:

— E qual foi, Forest?

Ele suspirou, olhando para o chá.

— Encontraram fragmentos de bala em mim. Acho que, quando Dacre me curou, ele deixou os estilhaços de propósito. Para me castigar caso eu escapasse. Talvez achasse até que a dor acabaria por me fazer voltar para ele. Mas agora percebi que isso tem me adoecido gradualmente, piorando a cada dia.

Lágrimas subiram aos olhos de Iris. Ela deixou a xícara de lado e se virou para Forest no sofá, pegando a mão dele.

— Eu sinto muito — sussurrou. — Nem imagino como você deve se sentir, Forest.

Ele riu um pouco. Era um jeito de se esquivar, mas, quando abaixou a xícara de chá, suas mãos tremiam.

— A má notícia é que vou precisar de outra cirurgia. Mas a boa notícia é que o médico acredita que será possível remover todos os fragmentos, e, embora eu provavelmente continue a ter sintomas, serão mais brandos do que antes. O remédio vai me ajudar a aguentar.

— E estou aqui para ajudar — disse Iris. — Quando marcaram a cirurgia?

— No próximo Dia de Mir.

Foi a vez de Iris hesitar. O hospital ficava ao sul do rio, e ela achava possível Dacre bombardeá-lo.

— O que foi? — sussurrou Forest, vendo as rugas de tensão no rosto dela.

Iris contou do ultimato de Dacre. De correr para a gráfica para forçar a edição e de acreditar que certas casas e ruas seriam mais seguras apesar do bombardeio iminente. Ela odiava a ardência das palavras, como fumaça. A esperança dos olhos de Forest, acesa pela recuperação e pelo possível futuro, se apagou rápido.

Ele se recostou no sofá, olhando para o teto manchado de infiltração.

— Aqui não é seguro, é?

Iris não sabia. O apartamento às vezes tinha suas peculiaridades, mas ela não sabia se era por causa de uma linha de Ley ou apenas porque o edifício era velho. Ela olhou ao redor e tentou imaginar o que sentiria se a casa se transformasse em destroços, mas ainda estava entorpecida.

— Acho que precisaremos nos abrigar em outro lugar. Conheço alguns bons lugares perto daqui.

Ela quase contou para Forest que não estaria com ele aquele tempo todo; que, enquanto Oath chorava, ela estaria no mundo inferior. Porém, as palavras tinham gosto de ferrugem, e ela as engoliu, pegando o livro na mesa.

— É da Prindle?

Forest pareceu feliz com a distração.

— É. Ando lendo para ela à noite. Ela está tentando me convencer de que, na verdade, eu gosto de ficção, e só preciso encontrar a história certa.

— Lê para mim?

O irmão abriu um sorriso tímido, mas aceitou o livro, e abriu na página em que tinha parado com Sarah.

— Talvez você pegue no sono.

— Tudo bem — disse Iris, cobrindo as pernas com a manta.

Tudo bem. As mesmas palavras. Não combinavam com a noite, ou talvez combinassem, e ela não tinha percebido antes.

Iris se permitiu descansar, escutando Forest ler, a voz grave em um murmúrio reconfortante. Ela não disse que tinha medo de dormir sozinha, temendo o que encontraria em sonhos. Explosões, corpos destruídos, sangue e Dacre a perseguindo pela fumaça. Não disse que tinha medo, mas, quanto mais ele lia, mais os medos cediam. Eles espreitavam pelos cantos, mas eram fracos se comparados com a presença firme e luminosa de Forest.

Iris adormeceu com a cabeça no ombro do irmão.

Roman não precisava entrar de fininho em casa. Depois de ver Iris partir da sala de estar naquela tarde, ele tinha decidido abordar Dacre diretamente, com o coração ardendo. Tinha olhado o deus de frente e perguntado, calmamente, se podia segui-la.

— Por quê?

Dacre não soava desconfiado, mas queria ser convencido.

— Para eu garantir que ela fará o que o senhor pediu — respondera Roman.

— Acha que não fará?

— Não viu como ela é teimosa, senhor?

Dacre ficara pensativo. Mas, por algum motivo, concordara.

Roman tinha saído pelo portão por vontade própria e voltava horas depois. Sabia que tinha exagerado no tempo de liberdade e que Dacre perguntaria o motivo da demora. Sabia também que precisava roubar a chave da mesa, de onde a vira em uma pilha de papel, o ferro escurecido pelo sangue do capitão Landis.

Roman estava pensando nisso quando chegou à porta, estalando as unhas. A névoa tinha formado gotas no sobretudo, molhado seu cabelo. Ele tossiu nas mãos diversas vezes, limpando os pulmões apesar da dor afiada no peito.

O gosto era horrível, mas ele engoliu, enjoado pela caminhada.

Estava distante em pensamento quando a porta se abriu com um rangido. Dois soldados o receberam, quietos e sérios, e Roman começou a passar por eles, os sapatos molhados fazendo barulho no piso do saguão.

— O Senhor Comandante está aguardando você na mesa de estratégia — disse um dos soldados.

Nunca era bom deixar Dacre esperando, mas Roman estava preparado. Ele assentiu e foi à sala de estar, mas, a cada passo, sua confiança diminuía, até ele se sentir uma casca de quem fora mera horas antes, quando estava com Iris.

A porta da sala estava aberta, e a luz se derramava no corredor. Roman entrou e se surpreendeu ao ver que um grupo se reunia ali.

Dacre estava sentado na cadeira preferida, e o fogo crepitava às suas costas, jogando sombras no rosto. Quatro dos oficiais estavam de pé atrás dele, dentre eles o tenente Shane. O sr. Kitt também estava presente, com a aparência mais abatida que Roman já vira, de roupa amarrotada, corpo caído na cadeira como se perdesse toda a esperança.

Foi o desespero nos olhos vermelhos do pai que fez o coração de Roman parar.

Tinha algo de errado.

— Senhor? — perguntou Roman, voltando a olhar para Dacre. — Ela entregou o artigo à gráfica. Deve sair na primeira página da *Tribuna Inkridden* amanhã, como o senhor desejava.

— Você se atrasou muito, Roman — respondeu Dacre, como se não ouvisse nenhuma palavra que ele dissera. — Por quê?

— Ela demorou na gráfica. Uma edição dessas... o chefe resistiu um pouco.

— Humm. — Dacre sorriu, mas a expressão não chegou aos olhos. Ele roçou o lábio inferior com os dentes. — Por que você me roubou?

A respiração de Roman falhou.

— Como assim, senhor?

— Não fui bom para você? Não lhe dei mais liberdade do que para a maioria? — Dacre o encarou por um instante extenso e torturante. — Vasculhem-no.

Os dois soldados que tinham recebido Roman avançaram. Eles arrancaram o casaco dele com rispidez e começaram a apalpá-lo.

Não resista, Roman pensou, mesmo incomodado.

— Senhor? — insistiu. — Não entendi.

Dacre não respondeu. Os soldados não encontraram nada além do livro sobre pássaros. Eles jogaram o exemplar na mesa, e Roman viu Dacre folhear as páginas frágeis. Ele arqueou a sobrancelha ao ver que não havia ali nenhuma mensagem secreta. Nada que indicasse a culpa de Roman. Era apenas um livro sobre pássaros, e Dacre bufou, jogando o exemplar na lareira.

Roman se encolheu quando o livro de Iris pegou fogo em chamas fortes. Devagar, ele se desfez em fumaça, deixando para trás cinzas retorcidas. As palavras e ilustrações continuavam queimadas em sua mente.

Ele pensou nas corujas, nas garças, nos albatrozes, nos rouxinóis. Nas páginas mais gastas pelo uso. De orelha dobrada, manchadas, como se tocadas por inúmeras mãos, lidas e relidas.

Pensou nos pássaros que tinham partido as asas, recusando o cativeiro.

— Onde está a chave, Roman? — perguntou Dacre.

— Que chave?

— Não se faça de bobo. Sei que você a viu, aqui nesta mesa. Estava aqui hoje de manhã, antes da visita de Iris Winnow, e agora sumiu. O que você fez com ela?

Roman estava com a cabeça a mil. Suor brotou em suas mãos.

— Removemos informações delicadas da mesa antes da visita de Iris, para guardá-las em uma outra sala. Para que ela não visse nada relevante. Foi por ordens suas, senhor, e a chave deve ter se perdido…

— Quantas outras mentiras você me contou? — interrompeu Dacre.

Roman ficou paralisado. *É um teste.* Mas ele não sabia responder.

Passos soaram no corredor. Um ritmo lento, confiante. Um segundo depois, Roman sentiu a presença encharcada de alguém alto e intimidador atrás dele.

Roman se virou e viu Val, que o fulminava com os olhos cansados.

— Relatório — pediu Dacre.

Val voltou o olhar para Dacre.

— Ele a seguiu até a gráfica, como informado. Esperou lá fora por horas, até Iris Winnow sair. Ela seguiu pela rua; ele a seguiu. Quando ela parou na *Tribuna*, ele fez o mesmo. Eles passaram aproximadamente uma hora juntos antes de ele acompanhá-la até o apartamento. Lá, tiveram um momento… bastante romântico.

O sangue se esvaiu do rosto de Roman. Até aquele instante — quando reparou que Dacre mandara Val segui-lo e observá-lo —, ele acreditava que poderia resolver a situação. Mesmo com a paranoia de Dacre sobre a chave. Porém, logo soube que seu tempo chegara ao fim. Não havia nada a dizer, nenhuma mentira a criar, capaz de livrá-lo daquela teia.

— Imagino que Iris E. Winnow seja Iris *Elizabeth* Winnow — disse Dacre, com a voz suave e sombria.

Roman voltou a atenção para o deus. Finalmente, notou as folhas de papel espalhadas diante de Dacre na mesa. A letra de Roman cobrindo as páginas. A confissão dele, que Shane guardara.

Acabou.

Você não precisa mais fingir.

Roman olhou de relance para o tenente.

Shane parecia entediado, de mãos cruzadas atrás das costas e olhos pesado. Porém, ele inflou as narinas quando encontrou seu olhar.

Roman queria perguntar *por quê*. Por que traí-lo naquele momento? Por que expô-lo assim? Ele cerrou os dedos em punho, as unhas cortando as palmas, e se perguntou se deveria também expor a verdade sobre Shane.

Você não tem provas!

A verdade ecoou nele como se estivesse oco. Ele tinha queimado o bilhete que Shane lhe dera, por medo de carregá-lo por aí. Era um erro, mas talvez não tivesse feito diferença, no fim.

Shane tinha a vantagem, e jogara Roman aos lobos para se salvar.

Roman não faria o mesmo com ele. Mesmo ali, no momento antes de sua desgraça se enraizar, Roman não veria outro homem derrubado e ferido por um deus cruel.

Fiz minha parte, e fui superado.

Porém, seu peito ardeu ao pensar em Iris. Ela contava com ele no dia seguinte.

O silêncio de Roman tinha demorado demais. Dacre se levantou, ameaçador em sua altura. Todas as paredes e pessoas da sala pareciam se inclinar em sua direção, como se ele fosse um redemoinho. Uma estrela em colapso. O centro da gravidade.

— Farei quatro perguntas finais, Roman — disse Dacre. — Quatro perguntas, que você pode responder. Escolha com sabedoria suas palavras, porque não tolerarei mais mentira alguma.

Roman assentiu com um gesto curto, à espera.

— Por que você me traiu? — perguntou Dacre. — Por que informou Iris *Elizabeth* Winnow sobre Hawk Shire? Não o tratei bem? Não o salvei?

Roman suspirou. Estava pensando na resposta, no que queria dizer e em como articular, quando o pai se levantou abruptamente.

— Senhor Comandante — suplicou o sr. Kitt. — Por favor, meu filho não está bem, como o senhor vê, e…

Dacre levantou a mão.

— Cale-se. Deixe Roman falar.

O sr. Kitt abaixou a cabeça.

Roman não olhou diretamente para o pai, mas, pelo canto do olho, viu que ele tremia. Era estranho ver aquilo, o pai formidável derrubado.

— Eu o traí — começou Roman — porque eu a amo.

Não era a resposta que Dacre esperava. Ele pareceu confuso, e finalmente riu, um som vivo, mas cortante.

— E isso é motivo para se destruir? Ora, vocês, mortais, pensam com o coração, quando deveriam dar mais poder à cabeça.

— Eu o traí porque amo Iris Elizabeth Winnow — continuou Roman, direto, como se não escutasse a provocação de Dacre. — Ela representa tudo de bom neste domínio, e seu ataque a Hawk Shire a ameaçava, simples assim.

"Eu não suportaria viver em um mundo em que ela fosse morta por seu egoísmo, então a adverti. Não suportaria viver em um mundo em que o senhor matasse ou ferisse inúmeras pessoas do meu povo, apenas para curá-las parcialmente, para que elas se sentissem confusas, em dívida e devotas ao senhor. O senhor nunca me curou como deveria. É o autor dos meus ferimentos, na verdade. Eu nunca teria respirado o gás que feriu meus pulmões se não fosse pelo senhor. Nunca teria sentido o corte de estilhaços nas pernas se não fosse pelo senhor.

"E como é cruel e terrível ser uma divindade com tamanho poder e magia, e ainda assim acabar tão mesquinho e assustado que decide viver seus dias eternos fazendo mal aos outros. Em vez de nos permitir *escolher* amá-lo pelo bem que poderia fazer, o senhor nos forçou a servi-lo por dor e terror. Isso é imperdoável, e uma lição que aprenderá tarde demais, quando perder esta guerra contra nós.

"O senhor nunca me salvou, como alega. No campo de Avalon Bluff. O senhor não me salvou, mas Iris, sim."

Dacre socou a mesa. Torceu a boca em um esgar de desdém. Toda sua beleza imortal se transformou em algo tão feio que Roman se encolheu ao ver os verdadeiros ossos sob a pele. O coração podre de Dacre, uma divindade que se importava apenas consigo.

— Você me traiu por uma mulher? — perguntou Dacre.

— É o maior tolo de minhas forças, e também minha maior vergonha.

As palavras nem afetaram Roman. Ele sorriu, sentindo que tinha engolido fogo. Acendia seus ossos. Iluminava suas veias.

— Ah, eu o trairia cem vezes — disse ele, erguendo a voz. — Eu o trairia *mil vezes* por ela.

— *Basta!*

A exclamação de Dacre rasgou o ar. A tensão estalou pela sala como relâmpago; Roman esperou o ar atingi-lo.

Ele não estava com medo. Mesmo com as pernas bambas, sabia que o tremor era forjado por coragem. Ele dissera as palavras que queria — as palavras que *sentia* —, e não tinha mais arrependimento algum.

— Leve-o lá para baixo e acorrente-o entre os traidores — Dacre disse para Val.

Roman não resistiu quando Val agarrou os braços dele pelas costas, os torcendo para forçá-lo a obedecer.

— Então, após prendê-lo — continuou Dacre, e sua voz tomou um ar de prazer —, vá buscar Iris. Traga ela para mim. Gostaria de falar com ela outra vez.

— Não — sussurrou Roman.

A força do comando de Dacre o acertou como uma espada, partindo-o ao meio. Ele começou a se debater. Lutou contra as mãos de ferro de Val.

— *Não!*

Ele berrou até a voz parecer arrancada da garganta. Val o arrastava até a porta escancarada como uma bocarra, na sombra do mundo inferior. Mas Roman dificultou. Ele quase escapou, com a pele formigando de contusões, quando Dacre se postou diante dele.

O deus ergueu a mão e fechou os dedos.

Roman arfou quando os pulmões se apertaram em resposta.

A força se esvaiu de seu corpo e ele começou a tombar. Faíscas salpicavam sua visão. Porém, ele sussurrou o nome dela em pensamento. Ele se agarrou ao nome quando a escuridão o devorou.

Iris.

46

Sua alma prometida à minha

Iris abriu os olhos, sem saber por que tinha acordado. Estava com a cabeça apoiada no ombro de Forest, e ele respirava pesado de sono.

Estavam sentados no sofá, e ainda era noite atrás das cortinas. O chá estava na mesa, e o livro aberto jazia no colo de Forest. Apenas uma lâmpada estava acesa, e o âmbar nebuloso de sua luz jogava feixes nas paredes.

Fez silêncio até Iris ouvir a água na cozinha, seguida do tilintar inconfundível da chaleira sendo posta no fogão. Tinha alguém com eles no apartamento, e Iris se levantou, arrepiada.

Ela andou até a cozinha e se virou para ver quem era o invasor.

Cabelo escuro e comprido. Um vestido simples. Um cinto de flores trançadas.

— Enva? — disse Iris, sem conseguir esconder o choque.

Enva se virou para ela.

— Olá, Iris.

— A senhora está aqui mesmo ou estou sonhando?

A deusa não respondeu em palavras, mas, quando pegou a chaleira fumegante, o objeto derreteu em suas mãos.

Sonhando, então, pensou Iris.

— Por que veio me visitar outra vez?

Enva se endireitou, como se de repente estivesse desconfortável naquela cozinha, tentando fazer tarefas mortais.

— Queria vê-la de novo. Antes da sua descida.

Iris a fitou por um longo momento.

— Em quantos outros sonhos já caminhou?

— Eu perdi a conta.

— A senhora visitou Attie.

— Sim — respondeu Enva, cautelosa. — Queria que vocês duas ouvissem a canção.

— E Forest?

— Algumas vezes.

— E Kitt? — perguntou Iris. — Visitou os sonhos dele?

— Não como você imagina.

— Como, então?

Enva abanou a mão por cima do fogão. A chaleira ressurgiu e manteve a solidez quando ela a segurou e serviu água quente em uma xícara.

— Ajudei ele a lembrar quem era.

Iris ficou quieta, relembrando as palavras que Roman escrevera para ela. *Toda noite de sonho, eu estava tentando reunir as peças. Estava tentando encontrar meu caminho de volta para você.*

— Assim, enfraqueceu Dacre — disse Iris.

Enva continuava a olhar a xícara, servindo uma colher de mel.

— Inspirei uma boa quantidade de soldados de Oath a lutar. Entre eles, seu irmão. Esperava que eles dessem auxílio suficiente ao oeste para que Dacre fosse morto por mãos mortais. Porém, muitos dos soldados morreram em covas sobre as quais ainda não cantei, e, outros, meu esposo curou e usou perversamente para suas próprias forças. Eu não podia deixar a cidade em corpo, mas podia usar a magia de Alva para atingir os soldados em sonho. Para ajudá-los a lembrar quem eram.

— Por que não o matou quando teve a oportunidade? — perguntou Iris, em voz baixa. — Se matou Mir, Alva e Luz nas sepulturas, por que não Dacre?

Ao ouvir isso, Enva deu as costas para ela, respirando com a postura rígida. Iris se perguntou se estava prestes a se dissolver do sonho, optando por minguar em vez de responder.

— Você já fez juras a alguém, Iris?

A pergunta de Enva foi tão inesperada que Iris apenas piscou. Porém, ao fechar os olhos, ainda escutava um eco seu, pronunciando juras de amor a Roman em um jardim ao crepúsculo.

Mesmo então, que eu encontre sua alma ainda prometida à minha.

— Sim — disse Iris.

— Quando eu desci para comandar ao lado dele, me jurei para ele, como ele se jurou para mim. Porém, não percebi que promessas Celestes são muito diferentes daquelas dos Inferiores. Com minhas palavras, jurei nunca acabar com sua imortalidade, mas ele não fez o mesmo para mim. Eu não temia que ele me matasse nos dias de lua de mel, mesmo quando eu vaguei nas profundezas de seu domínio. Eu sabia que ele estava encantado por minha presença, mas que, um dia, se cansaria de mim. Um dia, eu o encontraria com uma lâmina encostada em meu pescoço, ávido para roubar minha magia e livrar-se de mim. — Enva bebeu o chá e deixou a xícara na bancada. Ela olhou para trás, sustentando o olhar de Iris. — Eu podia feri-lo. Humilhá-lo. Deixar o reino dele se conseguisse enganá-lo. Mas não podia quebrar minha promessa e matá-lo.

Iris absorveu as palavras. Ela se perguntou se o respeito à imortalidade fazia parte das juras de casamento dos Celestes para impedir que eles se casassem e depois se matassem. Para impedir que os deuses roubassem mais poder daqueles mais próximos. Daqueles que deveriam amar.

— Eu menti para meu marido várias vezes — continuou Enva. — E menti para Alzane, seu rei mortal, quando ele me pediu para matar os outros quatro divinos. Fizemos um acordo para eu ser a última deusa do reino, o último veículo de magia, mas eu precisei fazer outra promessa e ficar em Oath, para o rei me manter em suas garras. A canção que cantei sobre Mir, Alva e Luz foi como uma lâmina em seus pescoços adormecidos. Eles eram um problema, e foi bom vê-los partir. Mas Dacre? Não pude matá-lo, então cantei pelo tempo que pude, para mantê-lo na sepultura por séculos. Alzane nunca soube; ele achou que os deuses estavam todos mortos, exceto por mim, e contou a história de que estávamos todos adormecidos, para que seu povo continuasse a adorar e viver em magia e paz tranquilas.

Iris fitou o rosto de Enva. Ela se perguntou como seria sustentar uma mentira por tanto tempo. Estar prometida a um marido que desejava derramar sangue. Ter um poder imensurável, mas estar presa a uma cidade. Encontrar apenas angústia na magia que um dia fora incandescente de prazer.

— Ele está em Oath — disse Iris. — Na casa dos Kitt.

— Eu sei. — Enva desviou o rosto. — Eu o encontrei em um sonho. Foi então que soube que ele não pararia até ter minha cabeça em mãos.

— *Iris.*

Era a voz de Forest, distante, mas tomada de urgência. Iris sentia a mão em seu joelho, sacudindo-a.

O sonho começou a oscilar, ameaçando se desfazer. Iris rangeu os dentes, se esforçando para mantê-lo intacto por mais um momento, mesmo que o chão começasse a desaparecer aos poucos sob seus pés.

— Por que a senhora apareceu com o rosto de minha mãe? — arriscou perguntar. — Por que não me mostrar quem era desde o princípio?

Enva sorriu. Era uma lua crescente e triste, e o cabelo começou a fustigar ao seu redor, como se ela fosse puxada para uma tempestade.

— Vocês, mortais, demoram a confiar. E eu precisava que você confiasse em mim, Iris.

O sonho desabou sem aviso.

Iris despertou de sobressalto, tonta e suando frio. Forest estava sacudindo seu joelho, e ela se endireitou, sentindo o torcicolo doer no pescoço.

— O que foi?

— Está ouvindo?

A voz dele soou tão baixa que ela quase não entendeu as palavras.

Os dois escutaram, imóveis, respirando com dificuldade. *Ali*, ouviu. Parecia que alguém estava tentando arrombar a fechadura do apartamento.

— Se levante em silêncio — disse Forest. — Se esconda na cozinha. Se as coisas derem errado, quero que você fuja. Vá imediatamente para a casa de Attie, está bem?

Iris não conseguia falar, os olhos ardendo de medo.

— *Vá* — insistiu Forest, puxando-a ao se levantar.

Ela obedeceu, correndo para as sombras da cozinha e se agachando atrás dos armários. Dali, não enxergava a sala, o que a deixou ansiosa. Não via Forest e não entendia por que aquilo estaria acontecendo. Por que alguém invadiria o apartamento deles na calada da noite?

A porta se abriu com um rangido.

Por um momento, não houve nada além do silêncio absoluto, tão agudo que Iris tinha medo de respirar. Depois, vieram os passos. O ar de repente cheirou a bruma, pedra úmida e couro velho. A luz oscilou.

Iris mordeu a palma da mão, contendo uma onda de pavor.

O desconhecido parou.

Um instante depois, veio um estrondo e um grunhido. Parecia que a mesa tinha quebrado, e corpos rolavam, batendo nos móveis e na parede com tanta força que o único quadro emoldurado tremeu. A lâmpada âmbar piscou outra vez, quando a luminária foi derrubada. O apartamento foi inundado por sombras, e Iris arfou, com os músculos ardendo, ainda agachada.

Alguém gritou de dor. O som atravessou Iris como um choque elétrico, e ela soube que era Forest. Soube como se ela própria tivesse apanhado.

Ele queria que ela fugisse e o deixasse para trás. Porém, Iris rangeu os dentes e se levantou, se lembrando da espada no aparador.

Ela conhecia aquele apartamento intimamente. Podia andar nele no escuro absoluto, e o fez sem emitir som algum. Porém, ao entrar na sala de estar, um fio de luz da rua escorria para dentro. Iris viu a mesa quebrada, o bule espatifado no chão. Os frascos de remédio de Forest tinham quebrado, revelando um rastro de comprimidos. Via duas sombras se debatendo no sofá, a de cima socando incansavelmente a de baixo.

Forest gritou de novo, esmagado pelo invasor.

— Cadê ela? — perguntou a voz desconhecida. — Cadê sua irmã?

Ele queria *ela*. Iris pegou a espada.

O casaco caiu quando ela desembainhou a arma. Estava tremendo ao avançar. Ela se perguntou se os ossos iam se soltar das juntas quando levantou a espada, lembrando, finalmente, o que Enva tinha explicado.

Faz a espada cortar osso e carne como uma faca corta manteiga, desde que quem a empunha ofereça à lâmina e ao punho um gosto do próprio sangue. Um sacrifício, para se enfraquecer e ferir a própria mão antes do ataque.

Iris hesitou antes de encostar no fio da lâmina. Fez uma careta quando o aço machucou sua palma, e o sangue começou a fluir e pingar, quente e rápido. Doía empunhar a espada com as duas mãos; o metal ficou molhado, e ela nunca segurara nada com tanta falta de jeito.

Porém, ela avançou de novo, esmagando um caco do bule com o pé.

O invasor parou de bater em Forest e se virou para ela, um feixe de luz cortando seu rosto.

Iris o reconheceu. Era um dos capangas de Dacre. Val. Aquele que transportava os artigos de Roman para a *Gazeta*. Que comandava e montava eithrais.

— Abaixe a espada, Iris — disse ele, encarando-a. Ele estendeu a mão enluvada. Havia espinhos de metal nos nós nos dedos. — Venha comigo, e deixarei seu irmão vivo.

Forest gemeu no chão. O som distraiu Iris, e ela olhou para o irmão. O rosto dele estava ensanguentado; o nariz parecia quebrado.

Val avançou, se aproveitando da atenção dividida.

Ele pretendia derrubar a espada das mãos dela, sem dúvida acreditando que seria fácil. Porém, Iris abaixou as mãos, apoiando o punho na cintura, com a ponta da lâmina para cima. Val andou diretamente contra a ponta, e o aço afundou em seu peito.

Ele soltou uma exclamação engasgada, encarando Iris, chocado. Ela viu o reconhecimento tomá-lo, tarde demais. Percebendo que espada era aquela.

Quando Val caiu, a espada continuou a cortar para cima, ficando presa em dois colares de prata pendurados sob a roupa dele. Uma flauta e uma chave de ferro. As correntes arrebentaram sob o encanto da lâmina, e caíram tilintando como sinos no chão, enquanto a espada continuava a cortar, até ter dividido o coração dele, o esterno, as ramificações das costelas.

Acabei de matá-lo.

Iris gemeu, mas não soltou a espada. Viu Val desabar no chão, o sangue fazer uma poça. Viu a chave e a flauta, ilhas no lago vermelho crescente. A pele dela formigou e bile subiu à garganta, um gosto amargo assombrando a boca.

Acabei de matar um homem.

— Iris.

Ela largou a espada e pulou Val para chegar ao irmão.

— Você se machucou? — perguntou ele, rouco.

— Não — disse Iris, mesmo com a mão ardendo. — Mas você, sim.

Concentrar-se nele a distraía. Ela pegou a manta no sofá e limpou o rosto de Forest devagar.

— Não é tão grave quanto parece — disse Forest. — Quem era aquele? O que ele queria com você?

— É um dos capangas de Dacre — respondeu ela, ajudando o irmão a se levantar.

Os dois olharam para Val, sem saber o que fazer. Deveriam deixá-lo ali? Enterrá-lo em algum lugar? Queimá-lo?

Iris se abaixou para pegar a flauta e a chave, em meio aos protestos de Forest.

— Não, Iris!

Ela não respondeu, e fechou os dedos ao redor da chave. Em seguida, pegou a espada, e, antes que Forest pudesse exigir explicações, falou:

— Não podemos ficar aqui. Precisamos ir embora.

Eu matei alguém, pensou Iris, fechando os olhos com força.

E estremeceu ao perceber que ele não seria o último.

O pai de Attie não pareceu surpreso ao encontrar Iris e Forest na frente de casa, batendo discretamente na porta na calada da noite. As luzes da casa estavam acesas, escapando pelas persianas, o que fez Iris se sentir um pouco melhor por perturbar a família da amiga em uma hora daquelas.

O sr. Attwood apenas olhou para Iris, de cabelo desgrenhado e espada embainhada nas costas, e Forest, de rosto espancado, antes de escancarar a porta.

— Mil desculpas — disse Iris, ofegante devido à caminhada apressada até ali. — Eu... a gente não sabia aonde ir.

456 Rebecca Ross

O cheiro de biscoitos de açúcar e melado se espalhou pela casa e quase fez Iris cair de joelhos.

— Entrem, *entrem* — disse o sr. Attwood, acolhendo-os. — Vocês parecem ter tido uma noite difícil, e acabamos de fazer um chá.

— Às vezes eu cozinho quando não consigo dormir — disse Attie, deixando o prato de biscoitos quentes na mesa da sala de jantar. — Eu cheguei a cozinhar com Marisol em algumas noites em Avalon Bluff. Ela me ensinou a fazer scones, mas nunca acerto.

Iris sorriu, pegando um dos biscoitos. Ela não estava com fome, mas a doçura derretendo na língua a fez sentir que voltava ao próprio corpo. O gosto atravessava a sensação entorpecida.

Forest se sentou ao lado dela, agradecido pelo cuidado da sra. Attwood, que suturava seu supercílio arrebentando com linha e agulha. Tobias estava sentado do outro lado da mesa, ao lado de Attie. Iris não se surpreendeu ao vê-lo ali, nem pela família ter insistido que ele passasse a noite na casa, pois o toque de recolher caíra durante sua visita.

Os Attwood sabiam bem o que estava por vir. Por isso mantinham-se acordados; parecia impossível dormir. Apenas os irmãos mais novos de Attie estavam na cama no segundo andar, sem fazer ideia do que viria pela manhã. Os pais queriam que fosse uma noite normal para eles, para as crianças não se preocuparem.

— Amanhã, vamos para a casa dos McNeil — disse a sra. Attwood, servindo um bule fresco de chá. — Sei que eles moram em uma linha de Ley. Lá, estaremos seguros.

O sr. Attwood concordou, apesar de parecer preocupado. Tobias mal falava, perdido em pensamento enquanto mastigava o quarto biscoito. Attie encontrou o olhar de Iris. Nenhuma das duas tinha mencionado a missão subterrânea, e também não sabiam como dar aquela notícia.

Às três da manhã, o chá tinha sido bebido, e os biscoitos, comidos. O grupo foi para a sala de estar, para aguardar em um lugar mais confortável. Enquanto o sr. Attwood atiçava o fogo da lareira, Iris ajudava Attie a levar os pratos à pia da cozinha.

— Faz diferença lavar? — suspirou Attie. — Talvez esta casa nem esteja de pé amanhã. Mas, se alguma coisa aqui sobreviver, aposto que vai ser a louça suja.

Iris abriu a torneira e começou a esfregar a louça.

— Preciso contar uma coisa.

Attie a olhou com atenção.

— O que foi? Você usou a espada hoje, não usou? Vi que sua mão está enfaixada.

Iris fez uma careta.

— Usei, mas é outra coisa. — Ela hesitou, entregando uma xícara para Attie secar. — Encontrei uma chave.

— Para o domínio inferior? — sussurrou Attie.

Iris confirmou.

— E hoje combinei com Kitt que nós duas o encontraríamos ao norte do rio, para ele nos dar uma chave ou, no pior dos casos, nos levar até a porta na sala dele. Ele quer nos acompanhar. Mas agora que tenho uma chave… Acho que devemos ir à porta mais próxima que encontrarmos amanhã, depois de deixarmos nossas famílias em um lugar seguro. Porque atravessar o rio para encontrar Kitt, eu com uma espada e você com um violino, vai ser arriscado demais.

458 Rebecca Ross

Attie ficou quieta, considerando as palavras de Iris.

— Tem certeza, Iris? — perguntou, pendurando as xícaras limpas nos ganchos da prateleira. — Só imagino o quanto você gostaria de ver Kitt antes de tudo acontecer. E da companhia dele.

Por um momento, Iris nem conseguiu falar. A atadura na mão estava molhada, e o corte começou a latejar.

— Tenho certeza, sim — disse, finalmente, entregando outra xícara para Attie. Ela se forçou a sorrir, para aliviar a tristeza na expressão da amiga. — Tenho certeza de que o verei amanhã. Quando isso tudo acabar.

47

Onde repousam os traidores

Roman se remexeu, com o rosto esmagado na pedra quente. Ele se sentia pesado, carregado. Estava com dor de cabeça, boca seca. O ar tinha gosto de enxofre e podridão, e ele escutava o silvo do vapor, o borbulhar de líquido.

Abriu os olhos e viu que estava no coração do mundo subterrâneo. Poças amarelas fervilhando, sombras grudentas, esqueletos espalhados, a dança do vapor. Que estranho aquilo lhe parecer familiar. Quando tentou mexer as mãos, sentiu a resistência, seguida por um baque de ferro em pedra.

Roman observou o próprio corpo como se não fosse dele. Estava entorpecido demais para reconhecer o que viu, a princípio, até que o passado voltou a ele como uma maré fria e sóbria.

Ele se lembrou de Iris sentada na mesa da *Tribuna*, das pernas envolvendo a sua cintura, das mãos no cabelo dele enquanto se uniam. Ele se lembrou das acusações e das perguntas de Dacre na sala de casa. Ele se lembrou de sua resposta, dos arrependimentos descascando como pele calejada e da agonia que se seguira.

460 Rebecca Ross

Era aquele o destino dos traidores de Dacre. Morrer devagar, acorrentado entre vapor e sombras.

Não, pensou Roman, puxando as correntes. Elas estavam presas nos dois pulsos, a borda enferrujada cortando a pele. Ele tentou se levantar, mas as correntes eram curtas e não permitiam, e ossos velhos e frágeis estalaram sob suas botas.

Ele puxou outra vez, sentindo o sangue começar a escorrer pelos antebraços.

Ar gelado soprou acima dele.

Ele ficou paralisado, mas viu as sombras de asas ondularem pelas piscinas de enxofre. O eithral guinchou, um ruído que fez os pelos de Roman se arrepiarem.

Não se mexa, Kitt! Não fale, não se mexa.

A voz de Iris sussurrou dentro dele. A memória de um campo dourado, do corpo dela junto ao dele, o prendendo à terra. Respirando com ele. Dando-lhe ordens, desesperada para mantê-lo vivo.

Roman voltou ao chão de pedra e se sentou entre os ossos. Mas via o eithral circular, como se a criatura pressentisse sua proximidade e estivesse dedicada a encontrá-lo.

Não se mexa.

Roman fechou os olhos, o suor escorrendo pelas têmporas.

Era *aquele* o destino dos traidores de Dacre. Daqueles que o desafiavam ou discordavam dele. Daqueles que se desvencilhavam de seu jugo.

Dacre não curava as feridas remanescentes. Não mascarava sua dor nem limpava sua memória, não os obrigava a recomeçar.

Ele os dava de alimento para os monstros.

48

Uma porta pela qual já passou

A manchete da *Tribuna Inkridden* dividiu a manhã em *antes* e *depois*. Entre ignorância tranquila e conhecimento terrível.

Iris, na janela dos Attwood, viu o ultimato de Dacre causar furor na rua. As pessoas saíam de casa, carregando malas e pertences preciosos, com expressão ansiosa. Algumas iam para o norte; outras, para o sul, e, Iris esperava, um abrigo.

Ela viu o pânico do êxodo, com o estômago revirado.

Odiava a familiaridade da sensação. Odiava ver Avalon Bluff sempre que fechava os olhos.

Tobias tinha partido ao amanhecer, para ir de carro até sua casa buscar os pais. Attie dera para ele o endereço dos McNeil, o ponto de encontro e abrigo que tinham escolhido para passar o dia. Ele estava certo de sair antes dos jornais caírem nas soleiras, porque, depois das oito, as ruas estavam tão cheias que Iris não achava que passaria veículo nenhum.

— Preciso buscar Sarah — disse Forest, ao lado de Iris na janela. — Será que ela está na *Gazeta*, ou é melhor eu passar primeiro na casa do pai dela?

— Aposto que ela já está na redação. Era sempre a primeira a chegar.

Iris se perguntou o que estaria acontecendo na *Gazeta*. Zeb espantado e invejoso ao ver o frenesi causado pela *Tribuna Inkridden*, furioso ao ver a alteração nas próprias páginas.

Porém, Iris só acreditaria ao ver o jornal com os próprios olhos.

Ela saiu atrás de Forest e o segurou pela manga. O irmão estava com o rosto machucado, um pouco inchado perto do olho direito, mas tinha o olhar nítido e concentrado. Iris via que, em pensamento, já estava a quilômetros dali, imaginando que rota tomaria para chegar a Sarah.

— Leve ela a Thornberry Circle, 2928 — disse Iris. — A casa dos McNeil. Esperaremos por vocês lá.

Forest concordou.

— Talvez nos atrasemos, se ela estiver na *Gazeta* e precisarmos buscar o pai dela em casa.

Iris mordeu o lábio, querendo protestar. Porém, uma brisa suspirou na rua, e um jornal farfalhou na calçada. Pela fonte da manchete, Iris soube que era a *Gazeta*. Ela pegou o jornal do chão e alisou a primeira página.

Ela nem sabia explicar a sensação que tomou seu peito ao ver o artigo sorrateiro bem ali, no meio da primeira página. Para um leitor qualquer, o texto pareceria apenas uma lista estranha de endereços, que acabava com *continua na página três*. Ela foi para a terceira página, e Forest franziu a testa quando se aproximou para ver o que ela fazia. Ali, outro grupo de endereços. E outro, e mais outro, com uma explicação.

SABE-SE OU DESCONFIA-SE QUE ESTES ENDEREÇOS
TENHAM RAÍZES EM LINHAS DE LEY MÁGICAS
E POSSAM SERVIR DE ABRIGO NO BOMBARDEIO

— Se você, Sarah e o sr. Prindle não chegarem a tempo na casa dos McNeil — começou Iris, entregando a *Gazeta* para Forest —, sigam para um dos endereços listados aqui, ou para um prédio que saibam ter tendências mágicas. Deve ser seguro.

Forest finalmente entendeu. Uma luz se acendeu em seus olhos quando ele passou a mão no cabelo de Iris e a beijou na testa.

— Já falei como me orgulho de você? — perguntou ele.

— Já, mas eu não canso de ouvir — retrucou Iris, irônica.

— E… gostei do seu cabelo novo. Combina com você.

— Você só notou *agora*, Forest?

Ele apenas sorriu e saiu para a rua. Com o jornal debaixo do braço, se virou e se misturou à multidão.

Iris ficou mais um tempo ali, tentando domar a preocupação. Com Forest e Sarah, Tobias e os pais. Marisol, Lucy e Keegan, ainda nos arredores da cidade. Roman, e o que ele pensaria quando Iris e Attie não aparecessem no encontro marcado.

Ela passou a mão na chave de ferro escondida no bolso da calça.

— Está pronta para sair?

Iris olhou para trás e viu Attie descer os degraus até encontrá-la na calçada.

— Acho que sim.

— Tem mingau e ovo na mesa, se quiser comer. Meu pai insistiu que todo mundo comesse uma boa refeição antes de sair.

— Não sei se consigo comer.

464 Rebecca Ross

— Nem eu. — Attie ficou quieta, protegendo os olhos dos raios de sol da manhã. — É estranho dizer isso, mas eu não sabia o que pensaria.

— Do quê?

— De tantos vizinhos nossos empacotarem tudo de valor e partirem para o *norte*.

Iris ficou quieta, vendo as pessoas passarem. Famílias chegando do lado norte do rio, famílias fugindo do lado sul. Algumas pessoas que apenas davam voltas, confusas e chorando. Outras que agiam como se estivesse tudo normal, e tentavam seguir a rotina de sempre.

Ela escutara alguns indivíduos, em pânico, dizerem que todos os portões e acessos no sul tinham sido bloqueados por barricadas do exército de Dacre. Ninguém poderia sair de Oath, apenas escolher em que lado do rio se abrigar.

— Achei que mais gente que eu conhecia se recusaria a se ajoelhar diante de Dacre, mas acho que estava enganada.

Attie deu de ombros, mas Iris viu como ela estava triste e magoada.

— Às vezes — começou Iris —, acho que não sabemos do que somos feitos até o pior momento possível acontecer. É então que devemos decidir quem somos de verdade, e o que é mais importante para nós. Acho que frequentemente nos surpreendemos com o que nos tornamos.

Elas ficaram mais algum tempo paradas, lado a lado, perdidas em pensamento.

Attie finalmente quebrou o silêncio.

— Aqui. Isso é seu.

Ela pôs uma bola grudenta e lisa nas mãos de Iris.

— O que é?

— Cera para você botar nos ouvidos — explicou Attie. — Por mais que eu queira que você me ouça tocar, é melhor não ouvir. Não quero que você pegue no sono.

Iris nem tinha pensado naquilo, mas estremeceu de alívio. Era claro que também ficaria vulnerável ao feitiço da música de Attie se a escutasse no subterrâneo, então guardou a cera no bolso.

— Você vai tocar a "Canção de Alzane" para mim quando isso tudo acabar? — pediu Iris. — Aqui em cima, por favor.

Attie sorriu.

— Prometo.

Uma caminhada de dez minutos levou quase meia-hora.

Iris foi de mãos dadas com Ainsley, seguindo o caminho que o sr. Attwood abria pelas ruas lotadas. Ele carregava uma cestinha contendo Lilás, que emitia um fluxo constante de miados lamuriosos. Attie vinha logo atrás, com o irmão mais novo montado nas costas e o violino amarrado no peito. A sra. Attwood dava as mãos para os gêmeos, um de cada lado. Porém, era difícil se manterem juntos, enquanto esbarravam em desconhecidos e tropeçavam em coisas abandonadas pela rua. Seguindo o fluxo e lutando contra ele ao mesmo tempo.

Iris sentia os joelhos oscilarem como água, a roupa ensopada de suor, quando finalmente chegaram à porta dos McNeil.

A sra. Attwood tocou a campainha, mas Attie já estava abanando a cabeça.

— Parece que não estão aqui, mãe.

— Vou bater. Não acho que eles iriam para o norte.

Iris observou a casa. As persianas estavam fechadas com o trinco. Não tinha nenhuma luz acesa. A porta estava trancada.

A sra. Attwood murchou quando a verdade a atingiu, e franziu o rosto, preocupada.

— Podemos encontrar outro lugar — disse Attie, confiante. — Que tal o museu?

O museu era encantado e espaçoso. Um edifício quase sem janelas. Também forneceria distração no passar das horas.

— Boa ideia — disse o sr. Attwood, e Lilás miou em concordância. — Mas precisamos correr. Vamos demorar nesse engarrafamento.

— Precisamos deixar um bilhete para Tobias e Forest.

Attie abriu o estojo do violino e tirou uma folha de partitura.

Iris encontrou um batom em uma bolsa abandonada e entregou para Attie. Em letras vermelhas garrafais, escreveu por cima da partitura: *TOBIAS & FOREST, ESTAMOS NO MUSEU!!* Em seguida, grudou a folha na porta dos McNeil com um pouco da cera que dera para Iris.

Dali, seguiram mais para o sul, em direção ao centro, abrindo caminho com dificuldade pela multidão.

Eram quase onze horas — faltando apenas uma hora para o impacto — quando o museu surgiu.

Para o choque de Iris, havia muita gente aglomerada na porta, como se todos os cantos lá dentro já estivessem ocupados por quem lera a *Gazeta* e se desesperara por segurança. Não havia a menor chance dos Attwood encontrarem espaço, e Iris começou a sentir o pânico formigar nos dedos.

— Mãe, aonde vamos? — perguntou Ainsley, exausta de andar. — Estou com sede.

A sra. Attwood não respondeu, olhando para a impossibilidade diante deles.

— Que outro prédio encantado tem por aqui? — Attie cochichou para Iris. — Estou tentando pensar, mas minha cabeça está confusa...

Iris subiu na porta dos pés para estudar as estruturas altas ao redor. A espada embainhada era pesada, e ela girou os ombros doloridos. Pensou na lista que tinha feito com Tobias, e no lugar que tinham esquecido.

— Que tal o Gould?

—O café?—perguntou o sr. Attwood, escutando a conversa.

— Onde o chá nunca esfria e o pão é sempre quentinho. Não fica longe daqui. — Attie ajeitou o irmão nas costas. — Acho que vale passarmos por lá para ver se está cheio.

Eles avançaram pela multidão. Iris sentiu a tensão dissolver dos ossos ao ver que tinha muito espaço ainda no café. Alguns garçons até serviam chá e bolo para os clientes, como se não fossem cair bombas ali.

— Aqui, meus amores. Vamos sentar naquela cabine no fundo — disse a sra. Attwood, com alívio quase palpável.

Os irmãos de Attie entraram na cabine espaçosa, o mais distante possível das janelas, seguidos por Lilás, e, enquanto o sr. Attwood ia ao balcão pedir uma jarra de limonada e uns sanduíches, Attie puxou Iris de lado.

— Vou voltar para o museu — disse ela. — Para dizer para Tobias e Forest onde estamos quando eles chegarem.

Iris lambeu os lábios rachados, sentindo o gosto salgado do suor. Ela não ignorava a sensação do coração afundado, como se o peito tivesse cedido ao peso. Eles tinham demorado tanto para ir de um ponto ao outro, que ela não sabia se Tobias e Forest conseguiriam encontrá-los.

— Ok — falou, ignorando a pontada de medo. — Vou descobrir se tem alguma porta aqui para usarmos.

Attie concordou.

— Boa ideia. Volto às dez para meio-dia.

— Se cuide — disse Iris.

Ela viu Attie voltar para a rua, onde a multidão se dissipava conforme o meio-dia se aproximava. Incomodada, Iris deu voltas pelo café, procurando uma porta que pudesse mudar magicamente. Passou pela mesa onde um dia encontrara Sarah em uma manhã chuvosa e por aquela à qual se sentara com Roman para tomar chá e comer sanduíches, pouco tempo antes. Passou a mão no encosto da cadeira no caminho, com lágrimas nos olhos.

Atenção e força, pensou. *Foco só por mais um tempinho. Logo vai acabar.*

Roman mencionara que as portas de Dacre tinham preferência pela proximidade do fogo. Porém, não havia lareira no café, e Iris estava começando a pensar que precisaria buscar uma porta em outro edifício quando um garçom se aproximou.

— Bela espada. Quer um chá? — perguntou ele, oferecendo uma xícara delicada no pires. — Cortesia da deusa.

Iris se assustou.

— *Enva* esteve aqui?

— Não — respondeu ele, sorrindo. — É apenas nosso jeito de dizer *Dacre pode voltar para o inferno de onde veio.*

—Ah — disse Iris, e riu um pouco, trêmula. — Um brinde a isso. Obrigada.

Ela bebeu o chá, surpresa por acalmar seu estômago, e continuou a andar pelo café. Talvez a sensação não viesse do chá, mas da coragem, da camaradagem inesperada. Olhou para as pessoas reunidas ali, algumas com malas e bolsas transbordando de pertences, outras acompanhadas apenas do chá e do bolo que o café distribuía gratuitamente. Havia pessoas de idade mais avançada, e outras de aparência muito jovem. Algumas de terno e salto alto, outras de uniforme ou macacão sujo de graxa. Uma mulher estava sentada envolta por um xale, com um livro de poesia nas mãos finas.

E estavam todas conectadas por sua decisão de *ficar*.

Iris viu o dono do café e alguns funcionários começarem a carregar painéis de madeira para pregar nas vitrines. O sr. Attwood e os irmãos de Attie foram ajudar, e a luz lá dentro diminuiu aos poucos, conforme iam bloqueando os raios de sol.

Iris continuou a vagar pelo café, seguindo o corredor torto que levava à cozinha brilhante, convocando-a com sua luz e seu aroma de bolinhos frescos de mirtilo. Passou pelo banheiro, o mesmo no qual lera as cartas de Roman e Dacre, e a chave no bolso esquentou.

Ela parou e olhou para a porta.

Era ali, então. Uma porta que se transformaria.

Bebeu o resto do chá e se juntou à família de Attie na cabine, onde uma lamparina fora posta na mesa para iluminar o espaço.

Os minutos continuaram a passar. O relógio na parede logo marcou onze e quarenta e cinco, e Attie ainda não tinha voltado. O ar no café começava a ficar ansioso e lúgubre, e Iris não conseguia se aquietar.

Ela andou até a porta e olhou para a rua de Oath.

Estava vazia.

Parecia fantasmagórica, abandonada, mesmo sob o peso absoluto do sol de meio-dia.

Às cinco para o meio-dia, o medo de Iris se enganchara completamente no peito. Ela cruzou os braços para esconder como tremia.

— Vou buscá-la — disse o sr. Attwood.

Iris se virou e viu que ele estava trás dela, também olhando pela porta, à espera de Attie. Se ele saísse, não voltaria ao café antes do meio-dia.

— Deixe que eu vou, sr. Attwood — ofereceu Iris. — Planejamos...

— *Espere*, ali estão eles!

Iris se virou de uma vez. Ela abriu a porta, e o sino tilintou quando o calor do dia a inundou. Tobias e os pais vinham correndo atrás de Attie, que os conduzia até o café.

Não havia sinal de Forest nem de Sarah.

Iris engoliu a constatação como se fosse um caco afiado de gelo. Arranhou a garganta. Ela sentiu um frio irrevogável.

— Voltamos — anunciou Attie para o pai. Em seguida, se virou para Iris e sussurrou: — Perdão. Esperei o máximo que pude, mas Forest e Prindle não chegaram.

— Eles devem ter buscado outro abrigo — disse Iris.

Ela olhou o relógio. Dois minutos.

Attie levou Tobias e o pai para um canto reservado. Iris sabia que ela daria a notícia para eles, então levou os Bexley para a cabine. Cumprimentou formalmente os pais de Tobias, com um aperto de mãos e um sorriso.

— Ouvimos falar tanto de você, Iris — disse a sra. Bexley, calorosa. — Que bom conhecê-la finalmente. Tobias me mandou trazer um baralho para passar o tempo. Quer jogar conosco?

— Eu adoraria, sra. Bexley — disse Iris, contendo as lágrimas. — Preciso resolver uma coisa antes, mas que tal depois?

— É claro. Vamos deixar espaço para você.

Iris assentiu, com os pés pesados como chumbo ao abrir caminho para o garçom. Ele trouxe a última xícara de cortesia, o último bolo. Parecia o sopro final da normalidade, um vestígio da vida que eles conheciam.

Ocorreu a Iris, então, que ela precisaria deixar um rastro lá embaixo. Ela pediu alguns biscoitos, e o garçom que lhe servira chá trouxe três bolinhos de mirtilo, ainda quentes do forno.

— Não sei o que você planeja — disse ele, voltando a olhar a espada —, mas espero que dê certo.

Iris não teve a oportunidade de responder; Attie a chamou, mais alto do que o murmúrio de conversa, com o violino e o arco na mão esquerda. Iris atravessou o café até a amiga.

Tobias parecia chocado. Estava de boca torcida, os olhos abaixados. Porém, se mantinha bem atrás de Attie, de mãos dadas com ela. O sr. Attwood também estava espantado, mas havia um brilho de orgulho em seu olhar para a filha, que empunhava o instrumento em espaço público.

— Contei tudo para eles — disse Attie. — Você achou a porta?

— Achei. Fica para lá.

Iris abriu caminho entre as mesas. O violino de Attie atraiu mais comentários e olhares do que a espada de Iris, e ela ficou contente ao chegar ao corredor, mais reservado.

A chave esquentou no bolso dela outra vez. Iris a puxou sob a luz fraca, e a segurou na palma da mão aberta. Por um momento, ninguém disse nada, nem se mexeu. Apenas encararam a chave do domínio inferior, até um estrondo distante fazer as paredes tremerem.

A primeira bomba, que não parecia tão longe.

— Uma das táticas de Dacre é bombardear e devastar, e depois trazer as forças dele para roubar e saquear — disse Iris, olhando para o sr. Attwood. — Vou abrir esta porta para passarmos e trancá-la de novo. Então este portal não estará ativo, mas ainda é bom manter isso em mente.

Ainda é bom manter isso em mente, para o caso de fracas-sarmos, concluiu Iris, por dentro. Porém, ela não queria nem pronunciar aquela possibilidade.

— Quanto tempo vocês vão demorar? — perguntou Tobias.

Iris e Attie se entreolharam, incertas. Não dava para saber.

— Não sabemos — respondeu Attie. — Mas esperamos não demorar muito.

Outra bomba sacudiu as paredes. Alguns garçons passaram correndo e sumiram cozinha adentro. A eletricidade piscou.

— Pronta, Iris? — disse Attie, e, embora ela parecesse confiante, Iris viu que ainda segurava a mão de Tobias, como se a última coisa que quisesse fosse deixá-lo.

Iris assentiu e se virou para a porta. Levou a chave à maçaneta, impressionada quando viu uma fechadura se formar. Ela encaixou a chave, virou, e a porta se abriu.

Primeiro, sentiu o cheiro, o odor do domínio subterrâneo. Rocha úmida e ar frio e bolorento. Com cuidado, puxou a porta e olhou para a passagem. Era uma escadaria íngreme esculpida em rocha pálida, descendo para o escuro espesso e repleto de teias de aranha.

— Tobias? — disse o sr. Attwood. — Pode trazer a lamparina que está na cabine?

Tobias obedeceu rapidamente, soltando a mão de Attie. Ele voltou em segundos com a lamparina, que passou para Iris.

— Obrigada — disse ela, sem conseguir esconder o tremor na voz.

Estava agradecida pela luz, e desceu o primeiro degrau, então o segundo.

Iris parou ao perceber que Attie não vinha atrás dela.

— Lembra tudo que ensinei, Thea? — perguntava o sr. Attwood.

— Como esqueceria, papai? — retrucou Attie, bem humorada, mas parecia que estava prestes a chorar. — Eu achava que tocaria na sinfonia um dia.

— Sim, e dedicou tantas horas a esse sonho, tocando em segredo. — O pai hesitou, e acariciou o rosto dela com os nós dos dedos. — Agora vejo que todos aqueles momentos a prepararam para este. Estou orgulhoso de você, meu bem. Tome cuidado.

Ele beijou a testa dela. Attie piscou, rápido, para segurar as lágrimas.

Em seguida, foi Tobias que avançou para abraçá-la. Ela subiu na ponta dos pés para cochichar algo ao pé do ouvido dele, que escutou, de mão espalmada nas costas dela. Diante daquelas palavras, ele a soltou, mas seu olhar queimava as sombras, a acompanhando quando Attie desceu o primeiro degrau.

— Volte para mim, Thea Attwood — disse ele.

Attie se virou para ele.

— Caso não saiba, eu também tenho nove vidas, Tobias Bexley.

Isso fez ele abrir um sorrisinho, que murchou quando Attie desceu mais um degrau para o mundo bolorento do subterrâneo. Tobias se encolheu, como se quisesse segui-la pelas trevas.

Iris mal conseguia respirar quando pegou a maçaneta.

— Trarei ela de volta em segurança — prometeu.

— Estaremos esperando por vocês — disse o sr. Attwood, apoiando a mão no ombro de Tobias.

Iris precisou de todas as suas forças para fechar a porta, para ver a luz se apagar no movimento. Mas ela o fez, bloqueando a passagem entre os mundos. Ela encaixou a chave na fechadura e trancou a porta atrás de si e de Attie.

49

O peso de cinquenta asas

Tobias olhou para a porta do banheiro, o coração martelando no peito quando Iris girou a chave lá dentro. Ele respirou fundo duas vezes antes de pegar a maçaneta, sem conseguir se conter.

Ao abrir a porta, viu apenas o banheiro. Azulejos pretos e brancos no piso, uma privada, uma pia com espelho manchado, papel de parede floral.

Attie e Iris tinham partido. Desaparecido, como se nem existissem.

— Vamos voltar à mesa — disse o sr. Attwood.

Tobias assentiu, embora pudesse ter passado horas parado ali, olhando para aquela porta, esperando que elas voltassem. Ele esperaria o tempo que fosse necessário, mesmo que as paredes desabassem.

Porém, ele não esqueceria as palavras que Attie cochichara ao pé de seu ouvido logo antes de partir.

Por favor, cuide de minha família enquanto eu não estiver.

Ele caminhou com o sr. Attwood até a cabine, onde os pais dele conversavam com a sra. Attwood. Os irmãos de Attie estavam aconchegados, e a doçura da limonada e do bolo fora esquecida fazia tempo quando caiu outra bomba, partindo o ar como um trovão.

Tobias se sentou no banco ao lado de Garrett, um dos gêmeos. O garoto arregalou os olhos de medo, encolhendo os ombros. Caiu outra bomba, mais perto. Os pratos chacoalharam, os quadros estremeceram na parede. Na cozinha, parecia que uma pilha de louça tinha caído e se espatifado.

Tobias pegou a pequena bolsa de couro que trouxera de casa. A mãe dele achava que ele ia trazer seus troféus, suas fitas. Os objetos que representavam seu sucesso nas pistas. Porém, ele pegara sua antiga coleção de carros: seus brinquedos de madeira da infância.

Ele pôs um carro na mesa e o empurrou para Henry. Depois, outro para Ainsley. Hilary. Laven. E, enfim, para Garrett, ao seu lado.

— Eu sempre apostava corrida com esses carrinhos quando tinha a idade de vocês — contou.

Caiu outra bomba. O chão tremeu e Ainsley gritou, mas abraçou junto ao peito um carrinho de madeira.

— Quem acha que ganha de mim? — perguntou Tobias.

— Eu! — respondeu Garrett, ágil.

— Não, eu! — insistiu Laven.

Enquanto os irmãos falavam de quem achavam que ia ganhar, admirando os detalhes diferentes de cada carro, Tobias ergueu o rosto e encontrou o olhar da mãe. Ela estava sorrindo, com lágrimas brilhando nos olhos. Ele nunca vira aquela expressão nela, e precisou se distrair antes da emoção apanhá-lo.

— Certo — disse ele, pondo o último carro na mesa. — Vamos apostar.

Helena estava sentada à mesa na *Tribuna Inkridden*, fumando o nono cigarro do dia. Estava com os pés apoiados ao lado da máquina de escrever, com um copo de uísque reluzente, olhando para os ladrilhos do teto, quando as bombas começaram a cair.

Ela estava sozinha na redação, bem como queria.

Inspirou fundo o cheiro da *Tribuna*. Expirou fumaça.

As bombas sacudiram a terra e romperam a tarde, uma depois outra. Rachaduras percorreram o teto. Pó chovia em rios. Os canos gemeram e a eletricidade piscou até apagar.

Helena deixou os pés caírem no chão. Tomou um gole de uísque e pegou o papel na mesa para encaixá-lo na máquina.

Estava tão escuro que ela mal enxergava, mas um fio de luz do sol ainda abria caminho pela janelinha na parede atrás dela. A luz se derramava na mesa, cortando o papel como uma lâmina de fogo.

Fazia muito tempo que ela não escrevia apenas para si.

Enquanto Oath desabava a seu redor, Helena fez a única coisa que conseguiu.

Acendeu outro cigarro e começou a datilografar.

Marisol estava de pé na colina, ao lado de Keegan, vendo Oath ao longe.

Elas tinham marchado com o exército por quilômetros para se abrigar em um vale, e uma brisa soprava do oeste. O sol estava no zênite, e Marisol protegeu os olhos com a mão, vendo os eithrais voarem pelas nuvens e pairarem entre arranha-céus, de asas iridescentes na luz enquanto largavam bombas.

Marisol tinha contado vinte e cinco eithrais. Era o máximo que já tinha visto de uma vez.

Fumaça e pó logo se ergueram, dificultando a visão, quando o lado sul de Oath começou a desabar.

— Keegan — disse Marisol, um soluço interrompendo a voz. Cobriu a boca com a mão, mas o nome escapou de novo entre os dedos. — *Keegan.*

Era a única palavra que conseguia dizer. O nome da esposa, que continha tudo que Marisol amava e com o que sonhava. Era força e conforto, segurança e desvario. Um passado, o presente e o futuro.

Keegan a abraçou. Marisol apertou o rosto no peito dela, onde batia forte o coração. Sentiu as estrelas pregadas no uniforme machucarem a pele, mas a dor foi bem-vinda quando Marisol fechou os olhos.

Uma vez, meses antes, Marisol tinha sonhado com a vida voltar ao normal após o fim da guerra. Com a vida *antes* da guerra. Tinha pensado que os dias finalmente voltariam àquela era, como se nunca tivessem sido tocados por aquela tempestade. Porém, ao sentir o chão tremer, com o abraço apertado de Keegan envolvendo-a, soube como fora ingênua.

Algumas cicatrizes podiam sumir com o tempo, mas outras não desbotariam nunca.

Marisol nunca esqueceria aquele dia em Avalon Bluff. Como a mudara. Marcara sua alma.

E nunca se esqueceria da queda de Oath.

* * *

Forest pegou a mão de Sarah, agachado atrás de um carro estacionado na rua. Ele a tinha encontrado na *Gazeta*, e ela quisera voltar para buscar o pai em casa antes de encontrarem o grupo, como ele previa.

Porém, Forest não esperava que as ruas estivessem tão caóticas, tão cheias. Os bondes tinham parado, e Sarah morava bem distante da Broad Street, mais para o extremo sul da cidade.

As bombas começaram a cair antes de eles chegarem ao bairro dela.

— Estamos quase lá — sussurrou Sarah, mas ele sentia seu tremor. — Só mais algumas quadras.

Forest engoliu em seco. Sua adrenalina era fogo no sangue, mas ele sentia também a náusea e a fadiga tomarem os ossos. Ele não tinha tomado remédio de manhã, e estava com dor no tronco.

Precisava ir a um abrigo, mas não conhecia bem aquele lado da cidade. Além do mais, tinha entregado a *Gazeta* que carregava para um pai histérico com suas três filhas.

Forest ousou olhar por cima do capô do carro.

— Precisamos…

Uma bomba explodiu na rua paralela. Tijolos e telhas voaram pelos ares. Lascas de madeira, cacos de vidro e pedaços de móveis se espalharam pela rua. Sarah se encolheu e gritou, mas Forest não fechou os olhos. Não soltou a mão dela e, pela fumaça, viu um caminho claro até uma casa de porta aberta.

Ele não sabia se era comum ou encantada, mas eles precisavam de cobertura.

Forest puxou Sarah e começou a correr, mantendo-a o mais perto que conseguia.

Olhou para a própria sombra, se espalhando pelos paralelepípedos quebrados e pelos escombros enquanto corria. Viu brotar na sombra duas asas compridas, até a sombra não ser mais dele, e sim de outra coisa, que bloqueava o sol como um eclipse da lua.

Um calafrio percorreu sua coluna. Ele apertou o passo, voltando a erguer o rosto, de olho na porta aberta.

— Forest — arfou Sarah. — *Forest*, meu pai!

— Estamos chegando. Não pare de correr, Sarah.

Eles estavam a três passos da porta quando surgiu um clarão espantoso, como se uma estrela caísse. Uma pressão nos ouvidos, um estrondo que sentiu no peito.

Mesmo assim, Forest não soltou a mão dela.

50

Uma canção de ninar para apaixonados trágicos

Roman já estava sentado, imóvel como uma estátua, havia certo tempo, de olhos fechados enquanto as asas dos eithrais batiam no ar, quando ouviu a nota distante de uma flauta.

Ele se sobressaltou. Não conseguiu impedir o sacolejo nos braços e o tilintar das correntes em consequência.

Um dos eithrais notou o movimento.

Ele mergulhou no ar e pousou diretamente na frente de Roman com um guincho, fazendo o chão tremer sob suas garras. As piscinas de enxofre que cercavam Roman começaram a subir, ameaçando transbordar e queimá-lo.

Ele não conseguia respirar, de tanto medo, mas encarou o eithral. A criatura abriu a boca, revelando dentes ensanguentados e o hálito podre, e soltou mais um guincho que fez o coração de Roman parar. Com uma careta, ele cobriu as orelhas com as mãos.

O eithral investiu contra ele, pronto para quebrar seu corpo inteiro, e Roman só conseguia pensar: *Não estou pronto para isso.* O impacto, contudo, não chegou. Mais notas tomaram o ar, cintilando como chuva ao sol. Um feitiço conjurado. Um comando da flauta.

A criatura parou abruptamente, levantando a cabeça, em resistência. Roman caiu de costas, largado na pedra, tremendo. Viu o eithral abrir as asas musculosas e disparar, seguindo o som da flauta conforme mais notas eram tocadas.

Roman ficou um tempo deitado assim, sentindo que os ossos tinham derretido. Olhou para o vapor flutuante e escutou as notas que continuavam a ressoar pelo mundo inferior. Finalmente, se sentou com um gemido e viu algo estranho ao longe. Um pilar de luz do sol, atravessando as sombras.

Era o buraco que emitia vapor. Ele tinha se aberto, para os eithrais saírem voando.

Tinha começado o bombardeio, e uma onda de calor fervente inundou Roman.

Ele berrou, rouco e desesperado, puxando as correntes. Puxou até as algemas cortarem seus braços e ele voltar a sangrar. Gritou até a força minguar e os pulmões ficarem apertados e encolhidos, o coração devastado de angústia.

Roman escorregou, ajoelhado entre os esqueletos.

Ele encarou o pilar de luz. Um calafrio o percorreu, como a geada cobrindo sua pele, ao perceber que era a última vez que veria o sol.

Fazia um silêncio sepulcral no subterrâneo.

Iris foi na dianteira escada abaixo, lembrando as palavras que Enva dissera em sonho. *Preste atenção no piso. Na inclinação. Ele vai guiá-lo pelas muitas passagens, cada vez mais ao fundo do reino.* Lembrou também o que Roman dissera sobre o andar mais profundo do lugar, onde viviam os eithrais, comandados pela flauta.

Ela ainda trazia a flauta de Val no bolso, junto da chave, da bola de cera e de três bolinhos de mirtilo. Os itens mais importantes para carregar em uma missão mortal sob a terra.

Quando a escada finalmente levou a um corredor, Iris escolheu ir para a direita, porque era lá que o piso se inclinava para baixo. Ela deixava uma migalha de bolinho toda vez que ela e Attie viravam uma curva, para encontrarem o caminho de volta. Porém, também prestava atenção nos afloramentos de malaquita, tão lindos que a fizeram parar e admirá-los.

— Para que será que servem esses cristais? — perguntou Attie, tocando as faces verdes.

— Será que são um mapa ou uma sinalização? — disse Iris. — Um jeito das pessoas saberem onde estão?

Roman descrevera afloramentos de ametista na caminhada sob Oath.

— Uma linda ideia — disse Attie, limpando a poeira dos dedos. — Mas por que cresceram nos corredores?

— Talvez a natureza tenha dominado quando Dacre adormeceu?

Com os pensamentos agitados, elas continuaram a avançar.

— Será que tem ratos aqui? — perguntou Attie, quando Iris jogou mais uma migalha.

— Espero que não.

Se ratos vierem comer os farelos, elas nunca encontrariam o caminho de volta à porta do café. Até ali, porém, tinham passado apenas por camadas grossas de teia, com aranhas cujos olhos cintilavam como rubis à luz da lamparina.

Elas logo chegaram a um cruzamento, e Iris se surpreendeu ao ver o fogo aceso nas arandelas de ferro. Ela escondeu a lamparina atrás de um afloramento de malaquita e estudou as possíveis rotas.

— Espere — disse Attie, quando Iris começou a avançar. — Está ouvindo?

Iris ficou paralisada, forçando os ouvidos. Dois segundos depois, escutou o mesmo que Attie: pareciam botas marchando na pedra, se aproximando.

— Rápido — disse Iris, voltando pelo caminho. — Se esconda.

Elas se encolheram atrás de rochas altas. Iris prendeu a respiração quando os passos se aproximaram. Ela arriscou espreitar e viu um fluxo de soldados de Dacre marchando pelo cruzamento. Traziam fuzis nos ombros, mochilas nas costas.

Era o que Iris desconfiava. Dacre esperaria até devastar o sul, e convocaria os eithrais. Os soldados então emergiriam de portas específicas para acabar com os sobreviventes.

Era Avalon Bluff, mas em escala maior.

Então Iris e Attie estavam perdendo tempo; não podiam se dar o luxo de uma interrupção daquelas. Bem quando Iris começou a pensar que talvez precisassem voltar, subir e encontrar outra passagem, a fileira de soldados chegou ao fim.

Elas esperaram alguns instantes antes de se levantar e correr até o cruzamento. Iris escolheu de novo o corredor mais íngreme, mesmo que fosse mais escuro do que os outros.

Ela escutava a própria respiração, sentia o coração bater até os ouvidos, quando chegaram a uma porta. Parecia com a que Enva mostrara, com runas entalhadas no batente. Como no sonho, estava trancada.

— É aqui? — sussurrou Attie.

— Sim — respondeu Iris, apesar de não ter certeza.

Pegou a chave e viu que ela se encaixou, destrancando a porta.

Desta vez, o caminho que percorreram estava invadido por vinhas e espinhos. Iris precisou quebrar os galhos para passar, sentindo eles ficarem presos no cabelo, arranharem o rosto como garras. Talvez parasse, desencorajada, se não tivesse visto a luz ao longe. Um farol amarelo nebuloso, misturado ao odor forte de enxofre.

— Estamos chegando — ela arfou para Attie, e a esperança esquentou seu sangue.

Depois de mais vinte e um passos infestados por espinhos, elas chegaram ao coração fervilhante do mundo inferior. Iris olhou para o vapor, impressionada pela vastidão do lugar. Notou que as vinhas corriam pelo piso traiçoeiro, mas logo sumiam, como se estivessem ali apenas para marcar a localização da passagem. Ela se virou e olhou para trás, notando que o batente estava coberto de espinhos, e que também crescera malaquita a seu redor, quase escondida.

Precisamos encontrar uma porta marcada por espinhos e malaquita para voltar, pensou, antes de avançar.

Iris e Attie caminharam entre as piscinas, pulando esqueletos e correntes de ferro. Aquilo fez Iris estremecer, mas ela continuou a arrancar migalhas de bolinho e marcar o rastro, com a pele brilhando de suor.

Cedo demais, as notas melodiosas de uma flauta encheram o ar. Em um segundo, soavam distantes; no seguinte, palpáveis de tão próximas. Iris tentou segui-las, mas foi impossível até ver um pilar de luz ao longe. Devia ser a referência, percebeu, e começou a conduzi-las para lá, usando os últimos farelos. Era lá onde Dacre estaria, tocando a flauta para comandar os eithrais que voavam ali.

Elas pareciam ter andado por uma hora, perseguindo as notas e o raio de sol, apesar de provavelmente serem meros dez minutos, quando Iris ouviu alguém gritar ao longe. Ela ficou paralisada, e Attie parou logo atrás dela.

— Você acha que é verdade? — perguntou Iris, com a voz pesada. — Ou uma ilusão?

— Não sei.

Elas não tinham tempo de investigar e ajudar. Iris avançou, ignorando a culpa repuxando o estômago. O gosto azedo na boca. O coração dando um pulo quando os gritos finalmente se calaram.

Elas se aproximaram da luz, do lugar onde o mundo de cima tocava o reino de baixo. Finalmente, ela viu Dacre, parado ao sol enquanto soprava notas na flauta, com o rosto e o cabelo dourados, como uma lenda de um livro antigo. Ele era lindo, hipnotizante. A imagem deixou Iris ao mesmo tempo furiosa e triste, vendo tamanha divindade e o que poderia ser, e sabendo que era mera ambição impiedosa.

— Pronta, Attie? — sussurrou Iris, apertando o punho da espada.

— Pronta — respondeu Attie. — Não se esqueça da cera!

Iris *tinha* esquecido, em meio ao fascínio e terror daquele reino. Ela tirou do bolso a bola de cera, que dividiu rapidamente antes de enfiar nos dois ouvidos.

Foi como afundar na água.

Ela não ouvia mais o sibilar das piscinas, a magia ressonante da flauta de Dacre. Não ouvia mais a voz nem os passos de Attie, nem a primeira nota que a amiga tirou das cordas do violino. Iris ouvia apenas a própria respiração e o próprio coração, martelando em ritmo regular.

Ela desembainhou a espada. A lâmina cintilou como se o aço risse, achando graça de refletir aquele reino subterrâneo.

Iris deixou o metal cortar a mão. O sangue fluiu como uma promessa em vermelho vibrante, e ela voltou a pegar o punho.

Ela sentiu um cutucão de Attie.

Iris olhou para trás, e viu que Attie estava de olhos arregalados de pavor, os dedos desacelerando nas cordas enquanto recuava.

— *Iris!* — a boca de Attie desenhou seu nome.

Iris se virou bem a tempo de ver Dacre assomar diante delas, com os olhos queimando como brasa, o cabelo loiro reluzindo. Ele esticou a mão para atacá-las; elas se esquivaram, Iris para a esquerda e Attie para a direita.

Iris correu alguns passos no caminho sinuoso de pedra, tomando cuidado com as piscinas. Porém, se virou ao ver a sombra de Dacre desaparecer no vapor. Ele estava perseguindo Attie, para que ela precisasse parar de tocar ao fugir.

Iris deu meia-volta, se esgueirando por trás dele. Dacre agachava-se, preparando-se para agarrar Attie, que segurava o violino pelo espelho, sem conseguir tocar enquanto desviava e se esquivava.

Com um grunhido, Iris balançou a ponta da espada em um arco amplo.

Ela sabia que o corte não acertaria o alvo. Fez apenas roçar o cabelo comprido de Dacre. Os fios arrebentaram imediatamente, esvoaçando como mil linhas de ouro.

Dacre hesitou, como se sentisse a dor de cada fio partido. Devagar, se virou, e olhou com tamanha malícia para Iris que o coração dela perdeu o compasso.

Ela recuou. Ele avançou.

Dacre sorriu, revelando o brilho dos dentes, e os lambeu, como se imaginasse o gosto da morte dela. E, por fim, ele levou a flauta à boca e soprou.

Iris não sabia se Attie tinha voltado a tocar. Não sabia quanto tempo a amiga precisava tocar antes da magia enredá-lo, mas estava abalada pelo fato de Dacre não desacelerar. O violino não parecia ter o menor efeito nele, e Iris estava começando a acreditar que Enva a enganara.

Vocês, divindades, só fazem mentir, gritava Iris em pensamento, enquanto corria de uma trilha coberta de correntes e osso para a outra, sentindo Dacre alcançá-la. *Vocês só se importam com si mesmos.*

Ela achou que Dacre estava atrás dela, até ele emergir do vapor à sua frente. Ela parou, derrapando, e se encolheu quando o deus lhe deu um tapa forte no rosto.

Ela sentiu um dos molares se soltar quando girou e caiu no chão, a milímetros do enxofre. Ela tossiu, cuspindo sangue e o dente. O coração dela estava frenético, o ritmo latejando nos ouvidos.

Porém, ainda empunhava a espada na mão direita ensanguentada. Foi lenta demais quando Dacre pisou naquele punho com a bota, ameaçando esmagá-lo. Quando ele o fez, Iris se encolheu, sabendo que cada tendão viraria pó.

A única coisa que o impediu foi um vendaval repentino. Iris arfou, com os olhos ardendo. O cabelo fustigou seu rosto quando ela ergueu o queixo e viu os eithrais pairando acima deles, voando em círculos. Dacre os convocara para auxiliá-lo, e Iris não sabia se chorava ou ria ao perceber que o bombardeio tinha parado, mas apenas porque os eithrais agora chupariam seus ossos depois de Dacre matá-la.

Ver os monstros a fez pegar fogo. Ela se debateu e lutou, rangendo os dentes enquanto esforçava-se para se libertar.

Dacre pisou com mais força em seu punho. Ela gritou de dor quando ele passou os dedos compridos e frios por seu cabelo, descendo até a garganta.

Era o fim, percebeu, paralisada, quando Dacre se preparou para quebrar seu pescoço.

Iris engoliu em seco, sentindo o gosto de cobre do sangue. O sal do suor.

Ela fechou os olhos e suspirou, trêmula, mas era estranho como o medo parecia minguar, deixando para trás apenas estrelas brilhantes em sua mente. Naquela lacuna de tempo sombrio, ela se viu esperar o impossível.

Que a magia ainda crescesse.

Roman prendeu o fôlego, fazendo força para escutar em meio ao borbulhar das piscinas a seu redor.

Para seu absoluto choque, um violino soava ao longe. A canção melancólica invadiu o submundo como o perfume da mirra no vento. Ele nunca tinha pensado no gosto ou no cheiro da música, mas aquela melodia lembrava a salmoura do mar de inverno, bolo de morango no primeiro dia da primavera, a fragrância do musgo no bosque logo após a chuva.

Atravessava o ar podre que assombrava aquele lugar.

Roman inspirou fundo, puxando a música para os pulmões. A canção era relaxante. Trazia o foco para dentro, até ele ser tomado por desejos tão ferozes que sentia que os ossos tinham virado ferro.

Ele não notou a força se esvair até o corpo formigar. A cabeça ficou embaçada como o vidro de uma estufa, mas já era tarde. Roman se debateu antes de perceber que era melhor simplesmente aceitar o sonho estranho que o chamava.

Ele se deitou e se entregou ao sono esfumaçado.

Dacre deslizou os dedos no pescoço de Iris, arranhando a pele com as unhas, que mais lembravam garras. Ela não sabia o que o tinha detido até abrir os olhos.

Era Enva, a oito passos dali, do outro lado de um riacho de enxofre borbulhante. Através das espirais de vapor, Iris a viu vividamente.

A deusa era radiante, usando um vestido azul sem mangas, de barra bordada com constelações. Broches de rubi reluziam em seus ombros, e um cinto dourado apertava a cintura. Uma coroa de flores e frutas vermelho-sangue enfeitava sua testa, e ela usava o cabelo comprido e solto, escuro como a meia-noite.

Iris ficou tão espantada que apenas tremeu, sabendo que era assim que Enva se apresentara na noite em que se juntara a Dacre lá embaixo e lhe fizera suas juras. Na noite em que eles tinham se casado, sob veios de minerais, longe do brilho da lua e do véu das nuvens. Na noite que plantara as sementes daquela guerra, ainda a séculos por vir.

Dacre deu um passo e se aproximou de Enva. Ele parou, hipnotizado por ela; ela se manteve firme quando ele continuou a avançar, a passos urgentes.

Iris, com o coração martelando a garganta, se forçou a se ajoelhar. *Não*, queria gritar, mas parecia que tinha engolido areia. Escutava apenas o rugido da pulsação nos ouvidos, a deixando tonta, mas tinha certeza de que Dacre dizia algo para Enva. Ele estava quase de frente para ela, o corpo assumindo uma postura violenta, e Iris se levantou de um salto, agarrando a espada.

As palavras que Enva lhe dissera no sonho do museu voltaram a arder em Iris, a impelindo para a frente.

Se ele me matasse, como deseja, tomaria para si toda a minha magia. Seu poder não teria fim.

— Não!

Iris sentiu a palavra reverberar pelo peito. *Não podemos deixar ele vencer esta batalha. Chegamos longe demais para isso.*

Ela estava prestes a pular o riacho de enxofre quando sentiu alguém pegar seu braço e segurá-la. Ela se virou e viu Attie, de violino encaixado sob o queixo, e arco apertado na mão direita. O cabelo cacheado de Attie esvoaçava no vendaval, e ela estava de olhos arregalados, mas atentos.

— *Espere* — disse para Iris, sem som, e voltou a tocar em um gesto imediato.

Iris queria protestar, mas Attie tinha notado algo que ela não vira. Ela se virou, voltando a olhar para as divindades.

Os eithrais continuavam a dar voltas no alto, jogando ar frio e podre ao redor deles. O cabelo cortado de Dacre se embaraçava no vento, assim como o de Iris e de Attie, mas o redemoinho não tocava Enva. O cabelo dela continuava liso e parado, sua roupa, como a água de um lago plácido.

Dacre ergueu a mão para bater nela. Toda a tensão preencheu os ossos de Iris; ela não conseguia respirar enquanto ele encarava Enva. Enva, que não se mexeu, nem falou, apenas fitou Dacre com um brilho sombrio no olhar.

O punho dele nunca a atingiu.

As pernas de Dacre cederam, e ele caiu de joelhos diante dela. Ele oscilou por um instante, como se para lutar contra o feitiço que invadia seus ossos, mas nem Dacre resistia ao canto do sono. A mão dele tombou inerte, e ele afundou na pedra, se largando de costas.

Depois dele, os eithrais começaram a cair do ar, um a um.

Iris e Attie se agacharam e se encolheram, o ar podre ardendo no nariz. Mas Iris ficou de olhos abertos, vendo os dragões tombarem nas piscinas e nas trilhas de pedra. As barrigas se arrebentavam com o impacto; as escamas derretiam no líquido sulfúrico. O chão tremia quando as asas quebravam.

Até que o mundo se tornou quieto e tranquilo.

Iris tirou a cera dos ouvidos e se levantou, puxando Attie.

Elas olharam para o corpo supino de Dacre, Enva de pé diante dele. A deusa fitou o marido adormecido antes de erguer o rosto e se voltar para Iris e Attie.

Foi como um cumprimento, e elas andaram cuidadosamente pela pedra escorregadia até as divindades.

— Enva — disse Iris, maravilhada.

Como ela chegara até ali? Por que não tinha cedido à canção encantada de Attie? Foi então que a ideia ocorreu a Iris, quando chegou perto o suficiente para notar a pele translúcida de Enva. O brilho suave do vestido de casamento.

Iris estendeu a mão. Seus dedos atravessaram o braço de Enva.

Era um de seus poderes roubados. A magia das ilusões e do engano. Ela estava ali, mas não estava, como se soubesse que sua presença era um fio destinado à tapeçaria do fim de Dacre.

Enva não parecia capaz de falar, mas indicou Dacre com um gesto da cabeça.

Iris o encarou, sentindo sua frieza. Ele parecia mais jovem e mais suave adormecido, e Iris pensou no que poderia ter sido, no que ainda poderia ser, agora que ele partiria do mundo. Apagado como uma chama. A alma e a magia desfeitas em fumaça, dissolvidas ao subir aos céus.

Arreganhando os dentes, ela abaixou a espada no pescoço dele.

Foi mais fácil e mais difícil do que ela imaginava. Mais fácil, porque a espada cortou osso e tendão como se Dacre não passasse de uma teia de aranha. E difícil, porque outro machucado se formou em seu coração, marcado pela morte.

O sangue de Dacre começou a escorrer, ouro cintilante na rocha. Um cheiro adocicado e enjoativo envolveu o ar, e Iris caiu de joelhos, a espada tombando das mãos. Ela sentiu a pressão mudar, fazendo seu coração dar um pulo.

Pelo canto do olho, Iris viu a ilusão de Enva desaparecer nas sombras.

51

Icor derramado

Roman ainda estava sonhando quando sentiu o piso deslizar sob seu corpo. Ouviu o tilintar do ferro, o chiado do vapor. Sentiu dor latejar nos pulsos. Escutou a voz de um homem, falando palavrões em meio ao ruído.

— *Acorde!*

Alguém o sacudiu e, como ele não despertou, a pessoa deu um tapa em seu rosto. Roman se remexeu, com os olhos pesados e ardendo. Levou um momento para as cores voltarem à visão, para a imagem embaçada ganhar nitidez e clareza.

Para seu imenso choque, ele estava olhando para o tenente Shane.

— O que está fazendo?

— O que parece? Vou tirar você daqui. — Shane o pegou pelos braços e o puxou. — Você consegue ficar de pé?

Roman se levantou, mas cambaleou.

— Me dê um instante.

Shane deu apoio para Roman, mas bufou, impaciente.

— Não temos um instante. Precisamos correr. A situação está evoluindo de modo inesperado, precisamos subir.

— Como assim?

Roman avançou um passo. A cada momento, ele se sentia mais estável, apesar da cabeça latejar violentamente. Ele flexionou as mãos, percebendo que tinha sido liberado das correntes.

— Como você...? — perguntou.

Shane tirou do bolso uma chave, ainda manchada com o sangue do capitão Landis. A chave que tinha desaparecido, ou que, Roman percebeu, Dacre deixara na mesa como isca, para ver que soldado roubaria.

— Por que você roubou? — perguntou Roman. — Você é do Cemitério?

— Sou. E precisamos do poder dela — disse Shane, puxando-o com pressa. Chutou um pequeno crânio para abrir caminho. — Podemos trancar ou destrancar qualquer porta de Dacre. Agora, somos capazes de entender quais são os recursos do subterrâneo.

— E as outras quatro chaves?

— Achamos que Val morreu. Ele nunca nos trouxe Iris, caso esteja preocupado. Não sabemos onde ele está, mas, depois de trazer você para cá, ele não a levou para nós. A chave dele sumiu, mas imagino quem a pegou.

Roman respirou fundo, trêmulo. Seus ossos doíam quando ele pensava em onde Iris estaria.

— Dacre também morreu — disse Shane, simplesmente, como se anunciasse a previsão do tempo, e não o fim de um deus. — Mas não sei onde foi parar a chave dele.

Roman tropeçou.

— *Morreu?*

— Sua Iris cortou a cabeça dele. Levou para um café, faz pouco tempo. Pelo menos é o que dizem os boatos. Venha, precisamos correr.

Roman não teve tempo de processar, mas, ao piscar, viu um lampejo de Iris, arrastando a cabeça de Dacre pelo cabelo dourado.

Ele estremeceu.

— Você saiu de Oath para se alistar no exército de Dacre — disse Roman, em seguida, juntando as peças do passado de Shane. — Mas nunca teve intenção de servi-lo. Você esteve enganando ele desde o começo, recolhendo informação para o Cemitério. Como matar um Deus. Encontrando as chaves do submundo. Localizando as linhas de Ley.

— Está chocado, Roman? Você não fez a mesma coisa?

— Ele me feriu e me tomou para servir contra minha vontade. Eu não o escolhi.

A conversa se interrompeu quando eles chegaram à porta, cercada de cristais de citrino e vinhas. Roman tentou manter o ritmo de Shane, mas a respiração estava difícil. Ele sentia a garganta entalada, os pulmões apertados. Parou e tossiu na manga da roupa, e ficou atordoado ao ver uma constelação de sangue manchar o tecido.

Shane notou, apesar do escuro.

— Você vai precisar ir logo ao médico. Na verdade, agora que o feitiço dele se rompeu, vão surgir muitos soldados feridos.

Roman não disse nada. Ele abaixou o braço e continuou a avançar atrás de Shane, mesmo que a inclinação fizesse seu peito arder. Ele não reconhecia os corredores que percorriam, mas, quando chegaram ao pé de uma escada, ele deteve Shane.

— Por que você me entregou para ele? — perguntou Roman. — Por que me traiu?

— Por que você não entregou o recado que eu pedi? Dacre teria morrido há dias, e o bombardeio nem teria acontecido — retrucou Shane, mas então suspirou e suavizou a postura. — Escute. Quando eu roubei a chave, Dacre nos revistou todos, louco para descobrir quem era o traidor. Eu dei sua confissão para me salvar, por mais egoísta que seja. E não me importaria com o que aconteceu com você, exceto pelo fato de você ter se recusado a me entregar em retaliação. Então cá estou, me arriscando para pagar a dívida.

— Não há dívida alguma — disse Roman, rouco.

— Na guerra — respondeu Shane —, sempre há dívidas. Agora venha. Estamos chegando no abrigo.

Iris parou na Broad Street, de frente para a *Gazeta de Oath*. O prédio tinha sido atingido e arrebentado. Tijolos, vidro, metal retorcido e pertences pessoais formavam montes, cintilando à luz da tarde. Ela via algumas máquinas de escrever enterradas nos escombros.

A *Gazeta* se fora.

O quinto andar tinha sido explodido, seus resquícios espalhados como lixo. Ela sabia que deveria sentir algo, mas seu peito estava entorpecido.

Forest fora primeiro para lá, para buscar Sarah. Provavelmente tinham ido dali para a casa dela, para encontrar seu pai.

Iris se virou, olhando para a rua e para o novo horizonte de prédios desabados e paredes desintegradas. Era irreconhecível; parecia que ela nunca tinha estado naquele lugar, onde os trilhos do bonde cortavam os paralelepípedos.

Onde Sarah morava? Iris não sabia exatamente, apesar de já ter ouvido ela mencionar um bairro no extremo sul de Oath. Ao lembrar, Iris precisou engolir o pânico.

Vou encontrá-los. Eles estão seguros. Eles estão bem.

Ela começou a andar, escalando os escombros. Os cortes na mão voltaram a sangrar. Ela mal sentia a dor enquanto abria caminho por entre os destroços.

Devo ir ao norte, para a casa dos Kitt?

Hesitou, dividida entre ir ao sul, atrás de Forest e Sarah, ou ao norte, atrás de Roman. Alguns rapazes passaram correndo por ela, portando armas, suas vozes agitadas carregadas pela brisa quente. Vê-los deveria tê-la assustado, mas Iris apenas piscou. Estava devastada pela destruição. Como reconstruiriam aquilo tudo? Nunca seria igual, a sensação nunca seria a mesma.

Mais gente começava a se aventurar nas ruas. Ao longe — na direção de onde ela viera —, vozes comemoravam e gritavam. Ela sabia que vinham do Café Gould, que se mantivera ileso no bombardeio, exceto por duas janelas rachadas, ladrilhos soltos no teto e vários pratos quebrados. Era lá que ela deixara a cabeça de Dacre. Tinham estourado e distribuído champanhe, além de mais biscoito e bolo em comemoração, mas Iris escapara da aglomeração depois de garantir que Attie estava segura com a família e Tobias.

Iris começou a vagar, sem saber aonde ia.

Não entendia por que se sentia tão vazia. Por que não queria comemorar a morte de Dacre. A guerra tinha chegado ao fim, sem dúvida. Mas por que ela sentia que outra coisa assomava? Como se faltasse uma ficha cair.

— Pare, Iris — ela se repreendeu, sacudindo-se para afastar o pessimismo. — Aonde você está indo?

Ela finalmente percebeu onde estava. Passou por mais destroços, parando apenas quando três rapazes a abordaram. Eles portavam armas, mas a olharam com fascínio.

— Foi a senhora que cortou a cabeça de Dacre? — perguntou um deles.

Iris não falou nada. Porém, não podia esconder o icor espalhado pela calça, manchando a roupa. Dacre havia sangrado e sangrado mais depois de sua cabeça sair rolando. Ela tinha ficado engasgada, vomitado.

Ela passou pelos homens, sentindo-os encará-la conforme andava. Logo chegou ao lugar que desejava e temia ver em igual medida, sem saber se sobrevivera.

O edifício da *Tribuna Inkridden*.

A construção ainda estava de pé, apesar da maioria das janelas terem estourado e de parte das paredes do último andar ter desabado. Iris estava admirando a cena quando ouviu uma voz conhecida.

— Veio fazer o que aqui, moça? Achei que tinha dado folga para vocês.

Iris se virou e viu Helena do outro lado da rua, fumando um cigarro. O coração dela pulou ao ver a chefe, sã e salva, apesar de desgrenhada e atordoada, e correu para abraçá-la.

— Não se preocupe, estou bem — disse Helena, com um tapinha desajeitado nas costas dela. — E, antes de você perguntar… a *Tribuna* também se safou. E a Attie?

Iris assentiu, engasgando com as lágrimas.

— Ela está bem.

— Que bom. Agora, pelo amor de Enva, o que você está fazendo por aqui sozinha e…

Helena foi interrompida por uma saraivada repentina de balas.

Iris deu um pulo, com o coração acelerado, e se agachou. Helena a pegou pelo braço e a puxou para trás de uma pilha de escombros.

— Escute, moça — disse Helena, pisando no cigarro. — Você precisa ir para casa ou ficar com gente de confiança. As ruas não estão seguras, e não estarão por um bom tempo. Não agora que o Cemitério está saindo da toca.

— O Cemitério? — repetiu Iris. — Por que eles sairiam para atirar nas pessoas? Em um momento *desses*, depois do que vivemos?

Helena passou a mão pelo cabelo.

— Porque o chanceler morreu. Um deus morreu também, se for verdade o que dizem. — Ela notou as manchas na roupa de Iris. — Eles estão capturando os soldados de Dacre. Para execução.

Roman e Shane passaram pela porta que levava ao mundo de cima.

A luz estava fraca, mas, quando Shane trancou a porta, Roman viu que se encontravam em um quarto elegante. Cortinas iam do teto ao chão, cobrindo as janelas, mas um feixe de luz delineava uma cama de dossel e um espelho imenso, com moldura decorada em ouro. O tapete sob as botas imundas de Roman era macio e felpudo.

Era o tipo de quarto que os pais dele teriam, o que indicava que tinham emergido ao norte do rio, em um dos bairros mais ricos.

— Onde estamos? — perguntou Roman, rouco.

Shane não respondeu. Ele abriu a porta do quarto e saiu para o corredor.

Roman foi atrás dele, mas, quando chegaram ao saguão, Shane parou de sobressalto.

Soldados corriam de um cômodo a outro, derrubando mesas e cadeiras, se protegendo atrás de tudo que encontravam, inclusive um piano de cauda. Estavam de armas em punho e rosto tenso, como se prestes a encarar uma batalha.

— Precisamos sair daqui — murmurou Shane ao se virar, pegando o braço de Roman. — Rápido. Vamos voltar para a porta do quarto. Este lugar não é seguro.

Roman não entendia o que estava acontecendo, mas sentia a pressão crescer, como se tivesse nadado até a profundeza mais sombria e gelada de um lago.

Lembrava a trincheira. O momento antes do ataque.

Uma fileira de soldados de Dacre passou por ele, sibilando ordens. Confusão, indecisão e desespero pairavam no ar, e Roman estava tão ávido quanto Shane para escapar quando viu um soldado largado contra a parede, tossindo na manga da roupa.

Sangue pingava de seu queixo. Dor enevoava seus olhos. Ele estava extremamente pálido.

Roman parou.

Ele conhecia o som daquela tosse molhada. Sentia o gosto no fundo da boca, e se ajoelhou na frente do soldado.

Aquele homem não lutava por Dacre por vontade própria, apesar do uniforme e das forças que o cercavam. Ele tinha sido ferido e quase morto pelo gás e curado apenas o suficiente para servir, com a cabeça embaralhada pela magia de Dacre. Como Roman.

— Deixe ele aí — disse Shane, as palavras secas de pânico. — Não temos tempo!

Roman não ia abandonar aquele homem. Passou o braço dele por cima dos ombros e o ajudou a se levantar.

— Você consegue andar? — perguntou.

— É melhor... me deixar — disse o soldado, tossindo mais sangue. — O Cemitério... está vindo nos matar...

— Precisamos levar você ao médico.

Roman olhou para o corredor, mas Shane tinha desaparecido. Shane o deixara para trás, e, apesar de Roman agradecer por ele tê-lo salvado da prisão subterrânea, não conseguia deixar de achar o tenente um covarde. Por fugir e se esconder quando o fim se aproximava.

— Vamos tentar sair pelos fundos.

Os dois foram mancando pelo corredor e chegaram a um solário. Através do vidro, Roman via silhuetas agachadas, correndo pelo jardim. Indivíduos com o rosto protegido por máscaras, de fuzis em mão, se aproximando.

Antes que Roman pudesse se virar, uma pedra voou pela parede de vidro. Não, não era uma pedra; era algo redondo e metálico, que soltava estalidos ao aterrissar no chão.

Ele arregalou os olhos.

— *Corra* — sussurrou.

Ele se virou e arrastou o soldado, voltando pelo corredor. *Corra*, mas sentia que as pernas estavam afundando em mel. Como se estivesse em um pesadelo e tudo fosse lento e resistente.

Contou cinco pulsações, cinco batidas no ouvido, antes da granada explodir.

Ela estourou as paredes.

Roman e o soldado foram derrubados, largados no chão e atordoados. Pedaços da casa se espalhavam ao redor deles.

Pó cobria suas roupas, entrava pela garganta e fazia os dois tossirem.

Roman estava caído de costas, aturdido. Olhou para o lustre de cristal pendendo, torto, do teto. Cintilando através da fumaça.

Seus ouvidos zumbiam, mas ele escutava o estouro dos tiros.

Precisamos fugir.

Uma sombra passou por cima dele, tapando a vista do lustre. Roman arquejou com um chiado quando sentiu alguém pegá-lo pela camisa e puxá-lo dos escombros.

— Junte os sobreviventes — disse o desconhecido, apertando com força. Ele tinha uma anêmona vermelha pregada no colete. — É hora do povo de Oath ver a justiça.

Iris estava quase em casa quando escutou passos ecoando nos montes de destroços. Parecia que alguém corria *atrás* dela. Ela ficou tensa e deu meia-volta, analisando as sombras que só faziam crescer.

O sol se punha, e Iris tinha decidido voltar para casa, na esperança de encontrá-la ainda de pé e o irmão protegido entre as paredes. Depois de se despedir de Helena, ela vira, por conta própria, como as ruas estavam imprevisíveis. Vira esforços corajosos de recuperação, pessoas resgatando sobreviventes de prédios desabados, assim como o caos do Cemitério, correndo soltos com suas armas.

— Forest? — chamou.

Os passos ficaram mais altos. Ela viu alguém correr por uma rua lateral, vindo em sua direção. Quando a pessoa finalmente apareceu na clareira, a luz a cobriu.

Iris perdeu o fôlego.

A pessoa usava uma máscara. Era integrante do Cemitério. Tinha ombros largos sob a roupa escura, indicando sua força. E vinha correndo bem atrás dela.

Iris se virou e correu até a pilha mais próxima de destroços. Sentia a distância entre eles diminuir, e, com o coração frenético, arrancou dos escombros um cano de metal, antes de se virar para enfrentar o agressor.

— Srta. Winnow! — gritou o homem de voz grossa quando ela ameaçou atacá-lo com o cano. Ele levantou as mãos e parou. — *Srta. Winnow*, sou eu.

Ela olhou para o desconhecido, boquiaberta. Não fazia ideia de quem era, então manteve o cano erguido.

O homem arrancou a máscara.

Era o capanga do sr. Kitt. Aquele que um dia a tinha seguido e ameaçado. Dado dinheiro para ela anular o casamento com Roman.

— Me deixe em paz!

Ela balançou o cano outra vez.

Ele se esquivou com facilidade.

— Escute! — gritou ele. — Não temos tempo. Preciso da sua ajuda.

Iris não confiava nele. Voltou a correr, passando pelo homem até as palavras dele a perseguirem.

— É o Roman! O esquadrão de fuzilamento está prestes a matá-lo.

Iris parou. O sangue dela gelava quando ela se virou.

— *Quem* está prestes a matá-lo?

O capanga se aproximou.

— O Cemitério. Ele foi capturado com soldados de Dacre, e eles não vão manter prisioneiro algum. Não consegui convencer meus colegas a soltá-lo. Querem *prova* da inocência dele. Você tem alguma coisa? Qualquer coisa que o mantenha vivo?

A cabeça de Iris estava tonta diante da revelação, mas ela mordeu a língua e se concentrou. Ela tinha todas as cartas que ele escrevera quando estava ao lado de Dacre. Ainda tinha a carta de Hawk Shire, mesmo que Roman tivesse dito *queime minhas palavras*.

— *Tenho* — sussurrou ela. — Tenho uma carta. No meu apartamento, se ele tiver sobrevivido.

O capanga do sr. Kitt entrou em movimento, a pegando pela mão para puxá-la pelos escombros. Ele era forte e chutava os destroços do caminho, atravessando os restos de uma casa desabada para chegarem mais rápido ao destino. Iris não sabia se devia ficar agradecida ou apavorada por aquele homem saber exatamente onde ela morava, mas, quando finalmente chegou à rua, todos os seus pensamentos e sentimentos desapareceram.

O prédio dela estava de pé.

Ela secou as lágrimas e subiu a escada correndo. A porta estava escancarada; lá dentro estava escuro, ainda sem eletricidade.

— Forest? — gritou ela, rouca.

Não havia sinal do irmão. Apenas o cadáver de Val continuava no chão da sala, e ela o pulou para correr até o quarto.

O capanga do sr. Kitt esperou na porta, e ela escutava sua respiração ofegante.

— Rápido, srta. Winnow.

Ela caiu ajoelhada e puxou de debaixo da cama a caixa que escondia nas sombras. Tirou a tampa e começou a revirar as cartas, com as mãos trêmulas. Lá estava, amassada e suja, mas perfeitamente legível.

Queime minhas palavras.

— Aqui está.

Roman achou que sonhava quando viu Iris na multidão.

Ele estava de mãos atadas, encostado em uma parede de tijolos. Tinha sido posto em uma fileira com cinquenta e um outros soldados; prisioneiros de guerra que o Cemitério estava prestes a executar sem julgamento.

Atrás do pelotão de fuzilamento, se aglomerara um grupo para assistir. Alguns comemoravam, outros pareciam assustados. Roman estava tonto, sobrecarregado pelos gritos, pelo ruído, pela imagem de tanta gente feliz de vê-lo morrer.

As pernas dele estavam bambas.

Ele achou que ia desmaiar, até que a viu. Iris abria caminho para a frente do grupo. Seu rosto estava arranhado e sujo, salpicado de ouro luminoso. Ela empunhava uma folha de papel e gritava, mas sua voz se perdia no alvoroço.

Foi então que ela encontrou o olhar de Roman.

— Preparar! — gritou uma voz.

O esquadrão abaixou os fuzis.

Roman não podia impedir nada. Não podia impedir Iris de avançar. Não podia impedi-la de se meter entre ele e a bala.

— Iris — suplicou, mas apenas ele ouvia o nome. Um sussurro no caos. — *Não, Iris.*

Ela atravessou a multidão como se o mundo fosse curvar-se a ela. Mantinha o olhar fixo em Roman, como se nada pudesse interferir com os dois. Nenhum deus, nenhuma guerra. Nem mesmo a dor de uma ferida fatal.

— Apontar!

Que nossa respiração se entrelace e nosso sangue se torne um só, até nossos ossos voltarem ao pó.

Um soluço de choro interrompeu seu fôlego.

Mesmo então, que eu encontre sua alma ainda prometida à minha.

Iris ultrapassou o pelotão, o cabelo emaranhado no rosto, as botas batendo nos paralelepípedos encharcados de sangue.

— *Fogo!*

Ela parou entre Roman e o fuzil bem quando os tiros estouraram no ar.

52

O que poderia ter acontecido

Iris ficou paralisada.

Ela percebia apenas três coisas.

O chiado agudo das balas.

Os soldados enfileirados que caíram para a frente em um movimento brusco, desabando de cara nos paralelepípedos ensanguentados.

E Roman de pé, respirando, intocado pelo tiro. Olhando para ela.

Os olhos dele estavam arregalados, frenéticos. Ardiam de horror, esperando para ver o sangue brotar na camisa dela, escorrer pelo seu peito. Para ela desabar com os outros.

Mas Iris ficou de pé. Os pulmões dela continuavam a se encher de ar; seu coração continuava a bater furiosamente.

Ela se virou para o homem que tinha se preparado para atirar em Roman. Ele escondia o rosto com a máscara, e ainda empunhava o fuzil, apontado para ela. Porém, não tinha atirado.

— Saia do caminho, moça! — gritou ele.

— Abaixe essa arma — disse ela. As pernas estavam tremendo de correr; suor escorria pelo cabelo. Ela estava tão aliviada de ter chegado a tempo que precisou engolir o ácido na garganta. — Está prestes a atirar em um homem inocente.

— Esses soldados não são inocentes.

— Eu tenho provas — disse Iris, erguendo a carta. — Roman Kitt é o único motivo de tantos soldados de Enva terem sobrevivido. Há semanas ele revela em segredo os planos e movimentos de Dacre. Se não fosse por ele, nenhum de nós estaria aqui, de pé, respirando, então repetirei. Vocês cometeram um crime de guerra horrendo ao fuzilar estes soldados sem julgamento. E você precisa abaixar essa arma.

O silêncio que se seguiu foi desconfortável, pesado de choque. Um homem alto e mascarado avançou para ir ao encontro dela. Só então o último fuzil foi abaixado, e ela notou que ele deveria ser importante para o Cemitério. Talvez fosse o líder.

Ele estendeu a mão enluvada. Duas flores adornavam sua jaqueta escura: uma anêmona branca e uma vermelha. Era um estranho contraste com sua arrogância, e Iris rangeu os dentes. Ainda assim, entregou-lhe a carta.

Ela observou ele ler as linhas com rapidez. Quando acabou, o homem encontrou o olhar dela. Ele fitou as roupas manchadas de icor, pelas quais ela agradeceu. Os arranhões no rosto dela, os espinhos no cabelo. Os hematomas nos braços e as marcas de unhas no pescoço. Provas de sua jornada subterrânea.

— Parte do que ela alega é verdade — disse o homem para a turba. — Esta carta é um alerta do ataque a Hawk Shire. Porém, necessito de mais provas. Como saberei que a alcunha R. corresponde a *este* homem? Como saberei que você não datilografou esta carta apenas para salvá-lo?

A pele de Iris ardeu de ira. Ela estava abrindo a boca para retrucar, mas outra voz foi mais rápida:

— Posso falar em nome dela.

A aglomeração se afastou para abrir espaço para Keegan. As estrelas pregadas em seu uniforme brilhavam na luz fraca, e seu rosto estava severo. A voz dela era poderosa, e sua postura não ameaçava, mas comandava respeito. Ela não portava arma, e ergueu as mãos quando o Cemitério apontou os fuzis.

— Não estou armada — disse. — Quero uma discussão pacífica, assim como os soldados de minha brigada, alguns dos quais têm seu lar em Oath e são *cidadãos* como vocês, lutando nesta guerra há *meses*. São pessoas que sangraram, passaram fome e abriram mão de tempo com a família. Eles merecem opinar no que acontecerá com seu lar nos dias que vêm por aí, e dar voz ao que acontecerá com os soldados que lutaram por Dacre, que, considerando as *leis* da nação e a mera *decência* da humanidade, devem ser capturados como prisioneiros e tratados com respeito. Então, façam o que Iris Winnow pediu educadamente. Abaixem as armas e nos permitam engajar em uma discussão intelectual e democrática sobre o que é moral e justo e como seguir em frente e começar a nos recuperar disso.

O líder do Cemitério ficou insatisfeito, mas devolveu a carta a Iris e fez sinal para seus seguidores abaixarem as armas. Conforme os soldados de Enva avançavam entre a multidão, interrompendo as execuções, Iris correu até Roman.

Ele estava ajoelhado, arfando.

Ela se ajoelhou diante dele e tocou seu rosto pálido com a mão. Ele estava gelado, como se esculpido em mármore. Medo atingiu o coração dela quando viu as manchas de sangue na manga da roupa, as feridas em seus pulsos. Iris não sabia o que tinha acontecido desde a última vez que o vira, mas pressentia que a história a dilaceraria como aço enferrujado.

— Você está seguro, Kitt — sussurrou ela, puxando-o para um abraço. Teve vontade de chorar ao senti-lo ele tremer e arfar, sem fôlego. Ela acariciou o cabelo dele. — Você está seguro comigo.

Roman encostou o rosto no pescoço dela. Quando ele chorou, ela sentiu-se vazia de palavras, como se tivessem sido arrancadas de seus ossos. Restavam apenas suas mãos, seus braços, sua boca encostada no cabelo dele.

E ela chorou com ele.

Para ser sincero, Roman não se lembrava muito de depois do momento em que Iris se postara entre ele e a morte. As horas seguintes foram estranhas, escapando como se ele estivesse com febre. Ele se sentia perdido em um turbilhão de nuvens e fumaça, e, apesar de ver e ouvir, não assimilava os momentos na memória.

Quando recobrou completamente a consciência, estava deitado em uma cama de hospital, com um acesso intravenoso na mão.

Ele olhou para o teto, escutando o movimento discreto de enfermeiros e médicos, o estalido de rodas, um gemido a duas macas dali. Estava com medo de reconhecer completamente onde se encontrava, até uma mulher mais velha e esbelta, de cabelo grisalho curto e olhos castanhos, parar ao lado dele.

— Como está se sentindo, sr. Kitt?

— Eu *não sou* o sr. Kitt — disse Roman, grosso. Porém, ao perceber como fora antipático, suspirou. — Perdão.

— Não precisa se desculpar — disse a médica, com um leve sorriso triste. — Quer me contar a história de seus sintomas, desde o começo?

Roman hesitou, com um aperto no peito ao se lembrar de Avalon Bluff. Porém, relaxou as mãos, percebendo que ali era seguro. E ele precisava abrir as cicatrizes antigas para curá-las.

Ele contou tudo à médica. Há quanto tempo sentia os sintomas, e o que os fazia piorar. O gás que respirara em Avalon Bluff.

A médica escutou e registrou tudo na prancheta, então posicionou o estetoscópio no peito nu de Roman e pediu para ele respirar. Ele obedeceu, com receio de olhar para o rosto dela. Quando ela recuou, foi com uma expressão contida, mas havia um toque de tristeza em sua voz.

— Eu quero tirar um raio-X do seu tórax — disse ela —, mas posso dizer o que imagino que seja, considerando as dezenas de pacientes que já atendi e tratei hoje com casos idênticos ao seu.

— Seja sincera, doutora — pediu Roman.

— Seus pulmões têm cicatrizes, criadas pelo gás ao qual foi exposto. Essa cicatrização dificulta sua respiração, como descreveu, e também causa estresse no seu coração. Não há cirurgias ou medicamentos para tratar completamente esse mal, mas há coisas que pode fazer para aliviar os sintomas quando piorarem. Precisará, principalmente, fazer ajustes nos dias por vir, para cuidar dos pulmões e do coração. Senão, esta doença pode ser fatal, levando a uma parada cardíaca ou o deixando vulnerável à tuberculose.

Roman ficou quieto.

— Tem outras dúvidas? — perguntou ela, gentil. — Se não tiver, mandarei um enfermeiro começar seu primeiro tratamento respiratório e fornecer medicamentos.

— Tenho — disse Roman, olhando para o longe, para as paredes brancas e as cortinas azul-claras, que separavam os pacientes. — Quando terei alta?

— Quando eu e a nova chanceler liberarmos.

— A nova chanceler?

— Sim. Ela pediu que todos os soldados de Dacre sejam mantidos na cadeia, ou no hospital, se necessitarem de cuidado médico.

Roman engoliu o pânico.

— Eu não sou soldado.

— Eu sei. — A médica apertou seu ombro. — Não se preocupe. Se concentre na recuperação para eu poder liberá-lo logo. Sua família também está ansiosa para vê-lo. Não podemos permitir visitas, devido às circunstâncias, mas sua mãe e Iris estão pensando no senhor e desejando que você saia logo.

A médica seguiu para outro paciente.

O coração de Roman acelerou, batendo forte até a respiração falhar. Ele queria voltar para casa; queria estar com Iris. Quanto tempo ficaria ali, enclausurado no hospital?

Congelado, apoiou a mão no peito. Sobre a dor oca do coração.

Era um meio-dia úmido, como se o verão devorasse as últimas semanas da primavera. Iris parou e secou o suor do rosto. Os músculos dos braços e das costas dela estavam doendo depois de tantas horas afastando escombros, mas ela não pararia. Não antes de encontrarem todas as pessoas que tinham morrido e ainda estavam enterradas sob pedra e tijolo. Não antes de resgatarem todos os sobreviventes, apesar de, na progressão dos dias, a chance de encontrar pessoas vivas diminuísse consideravelmente.

Iris não pensava demais naquele fato, porém, por um simples motivo: fazia dias do bombardeio, e ela ainda não encontrara Forest.

Ele está bem, pensou, se impulsionando para fazer mais esforço, revirando pilhas de pedra esmagada até quebrar as unhas.

Porém, não era apenas o fato do irmão ainda não ter aparecido. Dois dias antes, o hospital não permitira que ela visitasse Roman. Na última vez em que o vira, ele estava deitado em uma maca, cercado por enfermeiros que o carregavam com pressa para a enfermaria. Ela tinha segurado a mão dele até ser obrigada a soltá-lo, sem saber se ele sentia seu toque ou ouvia sua voz.

Iris passou a mão no cabelo molhado. Deixou a raiva motivá-la enquanto carregava tijolos, canos retorcidos e janelas quebradas até a carroça. De novo e de novo, até Helena trazer um cantil de água.

— Você precisa descansar, moça — disse ela, olhando Iris com preocupação. — Que tal registrar nomes por um tempinho?

Iris bebeu a água. Ela secou a boca e respondeu:

— Não, estou bem. Mas obrigada.

Ela deixou Helena olhá-la e trabalhou por mais uma hora. E mais outra. Sempre que alguém pedia ajuda, ela corria para lá, se perguntando se tinham achado Forest e Sarah, presos sob os destroços, esperando para serem puxados até a liberdade.

Sempre que encontravam um corpo, ele era levado com cuidado para um lugar designado na rua, para identificação. Helena registrava os nomes dos mortos para imprimir no jornal do dia seguinte, porque, apesar de muitos edifícios do centro terem sido demolidos, tanto a *Tribuna* quanto a gráfica tinham resistido. E o jornal era o melhor jeito de transmitir informações enquanto Oath buscava retomar o equilíbrio. A cidade passava por dificuldades em muitas áreas que considerara básicas, como eletricidade, água limpa, comida quente e os recursos necessários para o hospital tratar dos feridos.

A *Tribuna Inkridden* estava ajudando as pessoas que tinham se separado a se reencontrarem. Ou, no pior dos casos, a encontrarem alento em suas perdas.

Tinha caído o crepúsculo quando Iris escolheu acabar o dia em uma rua do sul que nunca vira. O lugar tinha sido muito bombardeado; apenas algumas casas restavam de pé. Ela abria caminho cautelosamente pelos destroços quando ouviu um dos homens, mais adiante na rua, gritar por auxílio.

Iris não saberia explicar por que sentiu um calafrio. Por que suas mãos imundas, doloridas e abertas por centenas de cortes, começaram a tremer.

Porém, ela correu até o homem, ajoelhado em um monte de destroços. Ela tomou cuidado ao se ajoelhar ao lado dele, e olhou o que ele encontrara.

Eram Forest e Sarah.

Iris os olhou como se fossem desconhecidos, sem conseguir processar o que via. O irmão, tão machucado que era quase irreconhecível. Ele tinha protegido Sarah com o corpo, mas não fora suficiente. O desmoronamento matara os dois, de mãos dadas.

Eles nunca mais respirariam. Nunca ririam, discutiriam nem envelheceriam juntos.

Florzinha.

Iris se virou e desceu pela pilha de escombros.

Avançou dois passos, então caiu de joelhos.

Ela sentia que estava se afogando. Que engolia água sem parar, e tudo ardia. Arfou antes de se encolher, apertando o tronco com as mãos porque, se não o fizesse, suas costelas se partiriam.

Iris percebeu vagamente as pessoas a seu redor, segurando-a. Ajudando-a se levantar. Helena, Attie e Tobias, entrando em foco.

Mas, em pensamento, estava distante.

Estava destruída pelo que poderia ter acontecido. Pelo que nunca mais viria a acontecer.

53

A *Tribuna* sangra

Quando percebeu que a *Tribuna Inkridden* era o único jornal ainda impresso em Oath, Roman começou a pedir por ele todo dia no hospital. A primeira coisa que fazia era ler a lista de nomes na primeira página. Os nomes de todos que tinham morrido e daqueles ainda desaparecidos. Em seguida, lia as notícias dos tribunais de guerra, que haviam começado sob orientação da nova chanceler e de um painel de juízes.

Foi na *Tribuna Inkridden* que Roman soube o destino do pai, um dos primeiros cidadãos a ser julgado.

O sr. Ronald M. Kitt foi considerado culpado de três acusações: Primeira, de ser cúmplice voluntário no transporte de gás nocivo. Segunda, de conspirar com o inimigo e escondê-lo sem aconselhamento adequado ou limites. Terceiro, de saber de planos de destruição em massa e não fazer nada. Foi condenado a setenta anos de reclusão, sem possibilidade de livramento condicional.

Roman estremeceu quando percebeu que o pai morreria na prisão. Também leu sobre o futuro de duas outras pessoas conhecidas.

O dr. Herman O. Little, professor de química na Universidade de Oath, e sua filha, Elinor A. Little, são considerados culpados de crimes de guerra e condenados à prisão perpétua, pela criação e produção de gás tóxico e bombas usadas como arma contra civis e soldados.

Virou a página. Quase conseguia ver a antiga noiva e sua postura resguardada no único encontro a que tinham sido obrigados.

Na quarta manhã em que acordou no hospital, o paciente a seu lado sucumbiu aos ferimentos, sem conseguir respirar com os pulmões cicatrizados. Todos do terceiro andar eram vítimas de gás, e Roman olhou para a maca vazia antes de arrumarem lençóis novos e internarem um novo paciente.

O enfermeiro trouxe a *Tribuna Inkridden* com seu café aguado e desjejum, e Roman seguiu a rotina que tinha estabelecido, com mais fome de palavras e conhecimento do que de comida. Primeiro, lia os nomes dos mortos e desaparecidos, e depois, as notícias do tribunal.

Ele não esperava ler nomes conhecidos entre os mortos, e ficou paralisado. Não era só um nome, mas dois, próximos como se conectados por fios invisíveis.

Sarah L. Prindle
Forest M. Winnow

Roman olhou as palavras até embaçarem. Sentiu gosto da água do lago; o peso inerte da irmã no colo. A dor de estômago como se cortado por uma faca. O coração batendo até não sentir nada enquanto ele a carregava para casa.

O luto o devastou, tão agudo quanto naquele dia, quatro anos antes.

Roman arrancou a coberta das pernas, jogando o jornal no chão. Derrubou a bandeja de comida. Café e ovos se espalharam no lençol, mas ele mal notou. Pisou no chão com os pés descalços e arrancou o acesso intravenoso da mão.

Ele iria embora dali. Aquelas paredes não o conteriam mais. Andou a passos largos até a porta, parando apenas quando um guarda o interceptou.

— Volte para a cama.

— Preciso ver minha esposa — disse Roman.

— Pode vê-la quando a doutora lhe der alta.

Seja racional para convencê-lo, pensou Roman, mas suas próximas palavras foram uma série de palavrões. Ele ergueu a voz até a médica aparecer. Ela pegou o braço de Roman com firmeza e o levou de volta à cama.

— Respire fundo — disse ela, pondo o acesso na mão dele outra vez. — Esqueceu o que eu falei? Não é apenas com os seus pulmões que você deve se preocupar.

— Não tem mais importância — disse ele, rangendo os dentes.

— Ah, é?

— Você precisa me liberar. Minha esposa… perdeu o irmão. Preciso vê-la.

A médica suspirou.

— Desejo meus pêsames, mas todos perdemos alguém na guerra.

— Pode me deixar ao menos telefonar para ela?

— Não posso abrir exceções durante os julgamentos.

Roman soltou uma gargalhada cruel.

— E por quanto tempo pretende me prender aqui?

A médica apenas o encarou até ele corar e desviar o rosto. Ele apenas imaginava como parecia louco, gritando obscenidades para o guarda, insistindo em ser solto.

— Isso — disse a médica — vai depender de você.

Roman se recostou. Se ele era bom em uma coisa, era em aceitar desafios.

Dois dias depois, a médica deu alta a Roman com uma lista de medicamentos e instruções rígidas de repouso. Caía uma chuva fraca quando ele saiu do hospital, usando roupas emprestadas. Ele andou por paralelepípedos quebrados e pilhas de escombros, passando apenas por poucas pessoas, que andavam com pressa, cobrindo a cabeça com guarda-chuvas ou jornais abertos. Roman não se incomodou com a chuva, e começou a andar para o leste, no sentido da casa de Iris.

Quando chegou a um cruzamento, ele parou. Ele se perguntou se Enva estaria por perto, manipulando as nuvens com magia, e um calafrio percorreu sua pele. Era estranho estar em um lugar que, meros dias antes, fora tão vibrante e cheio de vida. Que tinha carros, carroças, caminhões e bicicletas. Agora, ele parecia o único respirando aquele ar, lembrando o que fora um dia.

— *Roman!*

Ele se virou e viu Iris mais adiante, na mesma rua. Ela estava ensopada, o vestido quase translúcido, o cabelo grudado no rosto. Roman percebeu que ela estivera esperando pela saída dele do hospital.

Ele correu até ela.

Eles colidiram no meio da rua devastada pelas bombas. Roman tropeçou, se agarrando a ela. Teria se desequilibrado se Iris não usasse a própria força para endireitá-lo.

— Acho que sou muito boa nisso — disse ela.

Então encostou o rosto no pescoço dele, rindo para esconder o choro nas palavras.

Roman a abraçou com força, sentindo o peito dela subir e descer com a respiração. Lembrou-se do campo dourado em Avalon Bluff. De quando ela correra até ele, esmagara-o na terra. Cobrira seu corpo com o próprio para protegê-lo.

— No quê, Winnow? Tenho uma lista inteira de coisas que você faz bem.

Iris riu de novo. Um instante depois, ela afastou o rosto para encontrar seu olhar, a chuva reluzindo em sua pele.

— Em surpreender você, Kitt.

54

Querida Iris

TRÊS MESES DEPOIS

Iris parou diante do apartamento, segurando uma caixa vazia. Fazia semanas que ela adiava aquilo, preocupada com tantas outras coisas importantes que exigiam sua atenção. Porém, sabia que era hora. Ela precisava organizar suas coisas, decidir o que guardar e o que deixar antes de vender o apartamento. Era hora de mexer nas coisas da mãe, e também nas de Forest.

— Não precisamos fazer isso hoje — disse Roman.

Ele estava bem ao seu lado, o braço encostado no dela. A aliança brilhava em sua mão esquerda, um anel de prata, combinando com o de Iris. Ele também trazia uma caixa vazia, embora Iris soubesse que sua vida inteira não caberia apenas em dois engradados.

— Eu sei — disse ela, olhando para o céu, que se enchia de nuvens. Começaram a cair as primeiras gotas de chuva de verão, evaporando na calçada quente sob suas botas. — Mas não quero mais adiar.

Ela sorriu para Roman, para aliviar o vinco de preocupação em sua testa.

— Então vamos juntos? — disse ele.

— Sim, juntos — concordou Iris.

Eles entraram nas sombras do apartamento bem quando a tempestade caiu.

Iris organizou primeiro os pertences do próprio quarto, porque seria mais fácil. Ela achou que teria dificuldade de deixar coisas para trás, como se abrisse mão de fantasmas. Porém, era mais libertador do que ela imaginava.

Guardou algumas saias e blusas prediletas. As botas da trincheira. Uma pulseira de pérolas que fora da avó. Todos os livros e a miniatura de cavalo que antes decorava sua mesa na *Gazeta*. A máquina de escrever já estava no apartamento novo que ela e Roman tinham alugado, assim como a maior parte dos itens essenciais.

De muitos modos, parecia que ela finalmente tinha crescido além da pele da infância. A cada objeto que deixava para trás, a camada ia arrebentando, até ela de repente se sentir capaz de respirar profundamente. Não tinha problema deixar para trás o sofá e a xícara velha que a mãe usava de cinzeiro. O aparador com todas as velas derretidas das noites sem luz. O quadro na parede, que Iris sempre odiara, porque ficava triste sempre que o via.

Quando entrou no quarto de Forest, que antes dele fora da mãe, as duas caixas já estavam cheias.

— Vou arranjar outra caixa — disse Roman.

Ele deixou a porta aberta, para Iris ouvir a chuva. O apartamento logo começou a cheirar a terra molhada, e a fragrância acalmou seu coração e suas mãos enquanto ela começava a mexer nas coisas do irmão.

Ele não tinha tantas coisas. Como crescera dormindo no sofá e dividindo o armário com ela, sua única opção era se contentar com pouco. Porém, tinha uma bolsa de couro no pé da cama.

Com um suspiro, Iris a abriu.

Ela derrubou o conteúdo no colchão. Odiava sentir que estava se intrometendo, até uma carta cair da bolsa na cama. Estava dobrada, escrita em papel amarelo. *Florzinha*, dizia o papel na letra confusa de Forest.

Iris encarou a carta, ouvindo o trovão retumbar ao longe. Quando o coração finalmente se aquietou, ela pegou a folha e se sentou no chão para lê-la.

Querida Iris,

Tenho uma confissão: sua amiga Sarah anda me visitando. Ou sou eu que ando convidando ela para jantar. De início, achei que fosse ideia sua, para saber de mim enquanto você não está. Mas depois percebi que ela está tão solitária quanto eu. Nós dois sentimos saudades suas, então, de certo modo, você nos uniu.

Tenho outra confissão: fui ao médico, como você pediu. Agora percebi que não precisava temer minhas cicatrizes. Não precisava ter medo de contar ao médico a história verdadeira do que me aconteceu. Não sei por que isso me enche de vergonha, mas ainda é assim. Espero que, com o tempo, passe.

Talvez, um dia, eu escreva tudo. Acho que gostaria de contar tudo para você. Mas, por enquanto, me satisfaço em compartilhar apenas estas palavras. Espero que saiba o orgulho que sinto de você, e como acho você corajosa por voltar à linha de frente. Quero contar para todo mundo que vejo na rua que você é minha irmã. Que Iris E. Winnow, da <u>Tribuna Inkridden</u>, *é minha irmã.*

Volte logo, Florzinha. Mal posso esperar para ver você de novo.

Com amor, do seu irmão,
Forest

Ela não tinha entendido por que demorara tanto para espalhar as cinzas de Forest, mas então entendeu. Ela estivera esperando suas palavras. Que a carta dele encontrasse o caminho até suas mãos.

Iris tinha entregado as cinzas da mãe ao campo de Avalon Bluff. Ela decidiu que um lugar ao leste seria melhor para o irmão. Uma área verde e promissora, cujas colinas pareciam não ter fim.

Tobias levou ela, Attie e Roman a quilômetros ao norte de Oath. Havia uma colina, ele disse, que dava a impressão de você ser a única pessoa do mundo quando subia lá.

Iris subiu sozinha, carregando a urna com as cinzas de Forest.

Não era uma colina íngreme, mas a grama era alta e verdejante devido às chuvas de verão, e brotavam flores silvestres, grossas e cobertas de pólen. Quando Iris chegou ao cume, ficou maravilhada com a vista que se estendia diante dela. Vales e riachos cintilantes. Sempre-vivas e bétulas.

— Acho que já estive aqui — sussurrou para o vento, se lembrando do lugar que Enva mostrara em sonho.

Uma deusa que ela talvez nunca voltasse a ver, mas que Iris sabia ainda caminhar por Oath, disfarçada.

Ⓟromessas Ⓒruéis **525**

Iris abriu a urna.

Ela a segurou por um segundo antes de derramá-la. Com os olhos ardendo, viu as cinzas de Forest voarem na brisa, se misturando àquela terra. Aos pinheiros e à grama, aos vales e aos rios. Iris teria ficado ali por um tempo, de pé entre as flores que cresciam até seus tornozelos, mas então sentiu a primeira gota de chuva no rosto, misturada às lágrimas.

Outra chuva de verão chegava, e Iris voltou correndo pela trilha que levava à estrada, onde esperavam Tobias, Attie e Roman. O conversível reluzia como uma moeda nova, mesmo depois de ser amassado, marcado e salpicado de lama na estrada.

Iris entrou no banco de trás com Roman, enquanto Attie ia na frente com Tobias.

— E agora, aonde vamos? — perguntou Tobias, fazendo roncar o motor.

— Aonde vamos? — ecoou Attie. — Está *chovendo*, Tobias.

— Já perdi a conta de quantas tempestades e pneus furados este carro enfrentou — disse ele, e encontrou o olhar de Iris no retrovisor. — Que tal, Iris?

Iris sorriu.

— Vamos para casa.

Tobias deu meia-volta com o carro e passou a segunda marcha. Eles dispararam pela estrada, deixando para trás os trovões e a chuva. Iris ficou tentada a olhar para trás, para a colina que dera a Forest, mas um intervalo nas nuvens a impediu. Um raio de sol atravessou a escuridão do céu, prometendo uma tarde azul.

Roman pegou a mão dela, entrelaçando seus dedos.

Iris fechou os olhos, saboreando o calor da palma dele junto à dela. O vento que soprava por seu cabelo. A luz do sol em seu rosto. E, por um momento, quase sentiu que tinha asas.

55

A última palavra

UM ANO DEPOIS

Iris estava ajoelhada no jardim.

Os canteiros de flores ganhavam vida conforme os dias esquentavam e se alongavam, e o primeiro sinal das verduras brotava da terra. Ela sorriu, arrancando ervas-daninhas da plantação de áster e margarida, e passou para as fileiras de terra, sentindo a secura do substrato.

Ela estava prestes a se levantar e buscar o regador quando um papel dobrado em triângulo caiu no chão, bem aos joelhos dela.

Iris olhou para cima e não se surpreendeu ao ver Roman na janela do segundo andar. Ele estava com os cotovelos no parapeito, com o queixo apoiado na mão, e sorria enquanto esperava ela ler o bilhete.

— Está pronto para mim? — gritou ela.

— Precisa ler o bilhete e descobrir.

Iris fechou a cara, mas de brincadeira, gostando tanto quanto ele daqueles jogos. Pegou o papel com as mãos sujas de terra e desdobrou, lendo:

```
Querida Iris,

     Sem dúvida são um desperdício absoluto, mas
as páginas 81-104 aguardam por você na mesa da
cozinha. Se correr, o bule perfeito* de chá ainda
estará quente.

                                        Com amor,
                                    Seu predileto,
                                            Kitt
     *há sempre controvérsias
     P.S.: Se eu entregar páginas demais de uma só
vez, desconfio que minha prosa densa fará você
dormir, Winnow.
```

Iris sorriu, mas, quando olhou para a janela, Roman tinha sumido. Se tentasse, porém, escutaria o tilintar metálico da máquina de escrever, onde ele voltara ao manuscrito. Escutaria os pássaros voando pelos arbustos e cantando no salgueiro do vizinho. Escutaria a correnteza distante do rio, acessível a pé da casinha deles, uma estrutura de pedra e hera que resistira ao bombardeio, localizada junto ao parque.

Iris guardou o papel no bolso e se levantou.

Ela espanou a terra do macacão e deixou as botas na soleira, entrando na cozinha muito apertada, mas aconchegante.

Na mesa, encontrou as páginas 81-104 presas em um cantinho de sua máquina de escrever, como prometido por Roman, e um bule de chá ainda fumegante. Iris se serviu de uma xícara, com leite e mel demais, e se sentou na cadeira preferida para ler as páginas de Roman.

Sua prosa era linda, capaz de transportá-la. Sempre que Iris lia um capítulo novo, sentia viver dentro da história. Era sobre um garoto que navegava um barco nas nuvens, e as aventuras, os desafios e os amigos que encontrava no caminho. Não era sempre uma história feliz, mas era honesta, e a esperança nunca deixava o garoto e seus amigos, mesmo na perda e no luto.

Ela encontrou também dois erros de ortografia e teve três dúvidas sobre a motivação de um personagem secundário, então pegou a caneta que Roman deixara ao lado da xícara e anotou nas margens. Às vezes, Iris achava que ele cometia erros de propósito, apenas para ver se ela notaria.

Ela sempre notava.

Quando restava apenas a borra do chá, Iris pegou as páginas e subiu a escada até o lugar preferido de Roman para escrever, um cantinho de um quarto no fundo da casa, com vista para o rio e o jardim de Iris. A porta estava entreaberta, e ela a empurrou; Roman sentava-se à mesa, os dedos voando pelas teclas da Primeira Alouette.

— Está um lixo, não está? — Ele se virou para ela, uma mecha de cabelo escuro caída na testa. — Preciso começar do zero.

— Pelo contrário — disse Iris, indo até ele.

Ela deixou as páginas na mesa, ao lado do remédio dele. Frascos de comprimidos, latas de bálsamos e o óleo que Roman misturava na chaleira para inalar o vapor quando a garganta apertava ou a tosse piorava. Tratamentos que ajudavam a acalmar e aliviar seus pulmões e suas vias respiratórias, mas que não curariam o dano causado ali.

Iris se abaixou para roçar a boca em seu rosto, seguindo até a orelha. Ela cochichou:

— Talvez sejam minhas prediletas.

— Não brinque comigo — respondeu ele, mas havia desejo em sua voz.

Ele ergueu a mão e entrelaçou os dedos no cabelo dela, para mantê-la ali.

— Não é brincadeira. Deixei comentários nas margens.

Ela beijou a palma da mão dele quando ele a soltou, relutante. Mas Iris sabia que ele preferia ler os comentários em particular, então foi até a porta, pegando duas xícaras vazias no caminho.

— E não se esqueça de que vamos jantar com sua mãe e sua avó hoje, às seis, e que o concerto de Attie é às oito. Tobias vai nos buscar.

— Não esqueci — disse Roman, embora frequentemente perdesse a noção do tempo enquanto escrevia.

— Ah, Kitt, uma última coisa.

— O que foi, Winnow?

Logo antes de fechar a porta, Iris disse:

— Olhe no seu bolso esquerdo.

Roman não deveria se surpreender. Iris estava sempre um passo à frente. Porém, ele riu quando ela fechou a porta, e encarou o dilema de ler primeiro os comentários ou olhar no bolso esquerdo o que ela pusera discretamente ali pela manhã.

Ele decidiu ler primeiro os comentários, feliz por ela notar os erros de datilografia, e refletiu sobre as outras questões. Anotou algumas perguntas para lhe fazer depois, e então pôs a mão no bolso.

Encontrou um papel tão bem dobrado que só teria achado na hora de lavar a roupa.

Roman o levou à luz. Era um bilhete datilografado.

Esta não é a mensagem de verdade, apenas uma prévia. Encontrará a outra em nosso guarda-roupa, escondida no bolso de seu casaco vermelho.

— I.W.K.

P.S.: Isso só vale se você tiver me dado capítulos novos hoje. Se não, espere, pois implorarei por eles à noite… na cama.

Roman sorriu. Decidiu que tinha acabado de trabalhar e se levantou, seguindo a mensagem intrigante de Iris escada abaixo, até o quarto. Eles tinham apenas um guarda-roupa, que dividiam, as roupas dos dois juntas e apertadas. Roman encontrou o casaco vermelho-escuro e a carta que Iris acabara de datilografar guardada no bolso.

Ele levou a página dobrada à cozinha, para ver Iris pela porta aberta. Ela estava cuidando do jardim, a trança caída no ombro e quase encostando no chão quando se curvava.

Às vezes, Iris o distraía quando ele estava tentando escrever, mas, na maior parte do tempo, ele sentia uma paz e um conforto profundos na presença dela. Quando a olhava e a via cumprir tarefas cotidianas simples, mas belas. Quando ela se sentava na cadeira predileta diante do fogo e lia para ele à noite. Quando ela acordava pela manhã — sempre depois dele — e quando roubava as cobertas à noite. Quando voltava da *Tribuna Inkridden*, cheirando a jornal e café derramado, repleta de ideias geniais.

Era então, Roman percebera, que emergiam suas melhores palavras.

Quando ele estava com ela.

Roman desdobrou o papel. Era claro que ele sempre a deixaria tomar a última palavra, então leu:

```
Querido Roman,

      É difícil escrever um livro, ou pelo menos é o
que me dizem. Como autor, você amará as palavras
um dia e as detestará no seguinte. Mas eu repetirei
o que um antigo rival muito inteligente, muito bo-
nito e muito irritante um dia me disse:


      "Continue a escrever. Você encontrará as pa-
lavras que necessita compartilhar. Elas já estão
em você, mesmo nas sombras, escondidas como pedras
preciosas. — C."


      Aguardo ansiosamente o próximo capítulo. O que
você escreverá em sua história e o que escrevere-
mos juntos.

                                        Com amor,
                                        Iris
      P.S.: É impossível, Kitt.
```

Epílogo

Coda

Ela pedia o mesmo chá com bolo todo Dia de Dacre quando visitava o café. O mesmo garçom de olhos azuis a servia todos os dias e, apesar de saber seu pedido de cor, ele esquecia as feições precisas de seu rosto quando ela pagava e partia.

Para ele, era uma cliente qualquer. Uma pessoa educada, mas reservada, que gostava de sentar-se a uma mesa na calçada para ver passar o movimento de Oath enquanto bebia chá de um bule que nunca esfriava.

Naquele Dia de Dacre em particular, Enva se demorou ainda mais no Gould. Era primavera, a primeira tarde do ano em que fazia calor suficiente para sentar-se do lado de fora sem casaco. Ela não precisava mesmo do agasalho — nascera nos recantos mais frios do céu —, mas o usava mesmo assim quando parecia útil, para se misturar aos mortais enquanto caminhava pela rua e visitava certas lojas.

A deusa fechou os olhos ao sentir o sol aquecer seu cabelo. Por reflexo, pegou a chave de ferro pendurada no pescoço.

Iris a deixara, escondida, no altar da catedral de Enva.

Se quisesse, ela poderia abrir portais e despertar o mundo inferior. O subterrâneo voltara a dormir, apagando-se em brasas com a morte de Dacre. Porém, enquanto uma divindade respirasse, ele não desabaria. Um dia, fora seu lar, mesmo que ela não conseguisse enraizar seu coração de vento nas rochas.

O garçom de olhos azuis veio até sua mesa, com uma bandeja redonda debaixo do braço.

— Quer outro bule de chá, senhora?

Enva sabia que ele devia notar como ela estava demorando naquele dia. Quebrando o padrão de costume. Ela sorriu e respondeu:

— Não. A conta, por favor.

Ele deixou a nota ao lado da xícara dela, acenando com a cabeça, e seguiu para outra mesa. Enva pagou mais do que devia, como era seu hábito, e se levantou, admirando os edifícios altos do outro lado da rua. Oath ia sendo reconstruída ao longo dos anos, mas restavam cicatrizes da guerra, visíveis para quem soubesse onde olhar.

Em vez de seguir a rota costumeira para assistir ao ensaio da ópera, Enva entrou no Gould. Ela ficou de pé um momento, absorvendo o movimento agitado e o ar azedo de bolinhos recém-assados. Devagar, abriu caminho pelo café. Passou pela mesa onde se sentara no bombardeio, com um xale azul nos ombros e um livro de poesia nas mãos. Iris e Attie não tinham notado que era ela, mas Enva as vira descer ao subsolo.

Ela entrou no corredor escuro e se aproximou da porta do banheiro.

Enva hesitou, olhando a pintura descascada na madeira. A chave em seu colar esquentou, e foi então que lhe ocorreu. Estava aprisionada em Oath desde seu acordo com Alzane. Não podia descumprir a promessa e atravessar os portões da cida-

536 Rebecca Ross

de, nem deixar o vento erguê-la e carregá-la para longe. Mas será que teria o poder de caminhar pelo reino no subterrâneo? Não apenas em sonhos e ilusões, mas em carne e osso?

Um dia, o lugar fora sua gaiola, mas agora a provocava com a liberdade.

Fazia muito tempo que ela não via o oeste com os próprios olhos. Nem o norte, nem o sul. Além das fronteiras de Cambria, onde o horizonte derretia no mar. Mas ela sentia as sepulturas dos soldados, a terra seca e rachada sem sua música. Almas esperando que ela cantasse sua jornada ao descanso.

Enva encaixou a chave na fechadura. A porta se destrancou com um tremor suave, abrindo-se para revelar a escada que levava ao mundo de baixo. Quieto, empoeirado e escuro.

Ela deu um passo. E outro. Com dor nas mãos, tirou do casaco a harpa, escondida e leve no bolso encantado que tecera para si.

Assim ela desceu, afundando nas sombras. O lugar lhe era familiar, como se ela vislumbrasse seu reflexo nas águas da madrugada. Lembrava da última vez que tocara seu instrumento.

Fora para cantar aos mortais, chamá-los para a guerra. Nas esquinas e nos bares esfumados. No pátio da universidade e no musgo da beira do rio. Mas não seria seu último verso, mesmo que fosse a única divindade restante.

Com a harpa em mãos e a magia se acumulando nos dedos, Enva sumiu pela escuridão.

Agradecimentos

Querido Leitor,

Se você for o tipo de alma que gosta de ler este tipo de agradecimento, sabe muito bem que por trás de todo livro há um grupo de pessoas que deram seu tempo, amor e experiência para o autor e sua escrita. Sempre agradeço com humildade quando tenho a oportunidade de relembrar a criação de um livro e reconhecer as muitas pessoas extraordinárias que investiram horas em mim e em meus romances. Também é agridoce fechar o último capítulo da história de Iris e Roman em *Promessas cruéis,* embora seja simultaneamente muito emocionante (porque agora você pode ler e aproveitar esta continuação). Esta duologia foi uma jornada e tanto para mim, e quero agradecer às pessoas que a possibilitaram:

Primeiro, ao meu Pai do Céu. O Senhor ainda é a porção e a força de meu coração.

A Benjamin, minha cara-metade. Não há mais ninguém com quem eu preferiria caminhar de mãos dadas pela vida.

Nossas palavras para este ano: jardim, crescimento, coragem e aquelas abelhas.

A Sierra, sempre. Você tem doze anos agora, e saboreio todo dia que passo a seu lado, mesmo que, na maior parte do tempo, você esteja dormindo enquanto eu escrevo.

Aos meus pais — mãe e pai — e irmãos — Caleb, Gabriel, Rome, Mary e Luke —, por compartilharem de minha animação, acompanharem corajosamente todos os livros que produzo e serem uma base de apoio com a qual sempre posso contar. A meus sogros — Ted e Joy — e meus avós, cujo amor foi uma luz para mim.

A Isabel Ibañez, uma das minhas amigas mais queridas e minha parceira de escrita destemida, que, literalmente, salvou um ou dois (ou três!) capítulos específicos deste livro.

À minha agente, Suzie Townsend. Trabalhamos juntas há oito anos, e foram todos maravilhosos. Obrigada por ser a melhor esposa editorial.

A Sophia Ramos, um raio de luz e encorajamento cujos e-mails sempre espero. A Olivia Coleman, por estar sempre disponível e me ajudar a conciliar tudo de importante nos bastidores. À equipe da New Leaf, que são um sonho no trabalho: Joanna Volpe, Kate Sullivan, Tracy Williams, Keifer Ludwig, Pouya Shahbazian, Katherine Curtis, Hilary Pecheone e Eileen Lalley.

À minha editora, Eileen Rothschild. Nunca vou superar a tarde de quarta-feira, às 17h17 do dia 26 de julho, quando você me ligou (mas eu não atendi porque achei que o número de Nova York era spam) e depois me mandou um e-mail (com assunto *Rebeccccccaaaa!!!!*) com a notícia incrível de que *Divinos rivais* tinha chegado ao primeiro lugar da lista de mais vendidos do *New York Times*, dezesseis semanas depois da publicação. É um e-mail que merece ser emoldurado na parede (Kitt aprovaria, certamente). Que prazer e honra compartilhar esse momento com você. Obrigada por amar e encorajar esta duologia.

À minha equipe incrível na Wednesday Books, que dedicou tanto amor e tempo a esta duologia para que ela brilhasse de verdade e me apoiou a cada etapa: Meghan Harrington, Alexis Neuville, Lisa Bonvissuto, Brant Janeway e Sara Goodman. Eu jamais teria sonhado com um grupo mais perfeito com o qual trabalhar. A Olga Grlic, que continua a fazer mágica com as capas originais. A minha editora de produção, Melanie Sanders, e a Angus Johnston pela preparação de texto e por garantir que eu estava usando a palavra "vestígio" corretamente (todo autor tem palavras que confunde frequentemente, e as minhas neste livro foram "vestígio" e "visagem").

À minha equipe sensacional na Macmillan Audio, que garantiu a perfeição dos audiolivros em inglês de *Divinos rivais* e *Promessas cruéis*: Katy Robitzski, Amber Cortes, Chrissy Farrell e Claire Beyette. Aos narradores incrivelmente talentosos que deram vida a Iris e Roman: Rebecca Norfolk e Alex Wingfield.

À minha maravilhosa equipe do Reino Unido, que deu para esta duologia uma casa aconchegante do outro lado do oceano: Natasha Bardon, Vicky Leech, Elizabeth Vaziri, Chloe Gough, Fleur Clarke, Kate Fogg, Rachel Winterbottom, Ajebowale Roberts, Robyn Watts e Kim Young.

A Kelley McMorris, cujas ilustrações de Iris e Roman são simplesmente espetaculares e formaram capas tão lindas nas edições britânicas.

Às autoras que se juntaram a mim na turnê de *Divinos rivais* e comemoraram comigo: Margaret Rogerson, Rena

Barron, Emily Bain Murphy e Gina Chen. Obrigada por me concederem tempo e amizade, e por compartilharem uma refeição comigo antes de cada evento.

Às livrarias e empresas de livros que deram tremendo apoio a esta série: Little Shop of Stories, Barnes & Noble, Books-A-Million, Book of the Month, OwlCrate e FairyLoot.

Pode ser que eu tenha esquecido alguns nomes ou que não tenha conseguido mencioná-los aqui, simplesmente devido à natureza dos prazos e de quando precisei entregar estes agradecimentos, e quero apenas dizer meu obrigada por todo o amor e trabalho que dedicaram a este livro. Ele não seria o que é hoje sem vocês.

E, finalmente, para vocês. Meus leitores. É minha maior honra compartilhar minhas histórias com vocês, e eu serei eternamente agradecida pelo amor, pelas resenhas, pelos lindos posts, pelas artes e pelas recomendações. Seu apoio aos meus livros lhes deu asas. Foi (e continuará sendo) uma das grandes maravilhas e alegrias de minha vida ver minhas histórias voarem e encontrarem casa em suas estantes.

Sempre sua, em palavras e magia,

RJR

**Confira nossos lançamentos,
dicas de leitura e
novidades nas nossas redes:**

 editoraAlt
 editoraalt
 editoraalt
 editoraalt